KB082009

렛 잇 블리드

LET IT BLEED

렛 잇 블리드

Let It Bleed
존 리버스 컬렉션

이언 랜킨 지음
최필원 옮김

오픈하우스

일러두기

1. 본문의 괄호는 모두 옮긴이주이다.
2. 외국 인명, 지명은 외래어표기법을 따르되 일부는 관용적인 표기를 따랐다.
3. 책 · 신문 · 잡지는 『』, 영화 · TV 프로그램은 「」, 노래 제목은 〈〉, 음반 제목은 《》로 묶어 표기했다.

탐욕은 산업의 원동력이다.
-데이비드 흄, 『시민적 자유』

눈이 높은 독자들은 단순히 이탈리아 속담만을 반복해 읊었다.
"사실이 아닐수록 핵심에 가깝다."
-뮤리엘 스파크, 『대중적 이미지』

여자가 없는 인생은 펍^{pub}이나 다름없다.
-마틴 에이미스, 『돈』

작가의 말

나는 열 살인가 열한 살 때 롤링 스톤스의 앨범 《Let It Bleed(피 흘리게 하라)》를 처음 들었다. 나는 음악을 좋아하지 않았다. 당시에는 마크 볼란 (영국의 록 뮤지션)만 줄기차게 들었을 뿐이다. 롤링 스톤스에 빠져 있었던 건 누나의 남자친구였다. 들어보니 가사가 아주 흥미로웠다. 정확한 의미 는 알 수 없었지만 칙칙하고 지저분한 분위기는 뚜렷이 느낄 수 있었다. 섹스, 방탕, 폭력, 그리고 마약의 암시. 〈Midnight Rambler〉는 아예 실재했 던 연쇄 살인범을 소재로 만든 곡이었다. 나는 결국 문제의 앨범을 구입하 고 말았다.

소설 두어 편을 발표했던 이십대 시절, 나는 런던에서 음악 저널리스트 와 하이파이 장비 리뷰어로 활동했었다. 환상적인 스튜디오 사운드를 자 랑하는 《Let It Bleed》는 오래가지 않아 내가 아끼는 린 손덱 턴테이블에 단골로 오르는 레퍼토리가 되었다. 1994년, 일곱 번째 존 리버스 소설을 써야 할 시기가 왔을 때 나는 겁도 없이 앨범 타이틀을 제목으로 빌려 쓰 기에 이르렀다.

나는 에든버러의 겨울을 배경으로 한 이 소설을 숨 막히는 한여름에, 그것도 프랑스 남서부에 자리한 내 집에서 집필했다—하이파이 장비를 평 가하는 일은 그만둔 지 오래였지만 린 레코드 덱은 여전히 즐겨 사용하고 있었다―. 배경 묘사 때문인지 소설을 쓰는 내내 몸속에서 에어컨이 돌아가는 기분을 느꼈다. 에든버러에서는 일시적 한파가 찾아와도 중앙난방장치 없이는 버텨낼 수가 없다. 이 책에서 존 리버스 경위가 절박하게 피흘리게 해야 할 것은 바로 라디에이터다. 제목 자체가 그렇게 말장난이 될수도 있다.

1990년대, 나는 큰돈을 벌기 위해서는 내 재능을 텔레비전에 쏟아 부어야 한다고 생각한 적이 있었다. 그래서 「더 빌」이라는 인기 경찰 드라마의 대본을 써보려고 시도했었다. 제작진과의 미팅에서 나는 각 에피소드가 세 개 이상의 시나리오로 이루어진다는 사실을 알게 되었다. 또한 플롯이 경찰의 사생활이나 그들이 비번일 때를 파고들어서도 안 된다고 했다. 나는 그런 공식에 맞춰 대본을 쓸 자신이 없었다. 그즈음, 텔레비전이 거꾸로 리버스에게 조금씩 관심을 보이기 시작했다. 나는 BBC와 몇 차례 미팅을 가졌고, 대본도 몇 편 써보았다―소설을 각색한 것도 있고, 완전히 새로운 오리지널 스토리도 있었다―. 하지만 번번이 예기치 못한 문제가 발생했다. 리버스가 아닌 다른 아이디어들을 제작자에게 소개해보기도 했지만 헛수고였다. 『렛 잇 블리드』 시작 부분의 저돌적인 액션 장면은 그때썼던 시나리오에서 차용한 것이다. 그 장면을 할리우드 스타일로 만들어스크린에서 보고 싶다는 바람은 여전히 마음속에 남아 있다. 눈보라 치는한밤중의 자동차 추격전. 포스 로드 브리지. 정말 환상적이지 않은가.

『렛 잇 블리드』는 정치 소설이다. 지방 정치와 국가 정치가 플롯의 주소재로 쓰였다. 당시 내 곁에는 진짜 형사가 있었다. 이 시리즈의 팬이라는 그는 전작들에 담긴 절차상 오류들을 일일이 집어내주었다. 몇 편의 소설을 발표한 나는 에든버러에서 약간의 인기를 누리고 있었다. 덕분에 의회 관계자 같은 생면부지의 사람들에게 접근해 도움을 요청하기가 수월해졌다. 이 책의 집필을 위해 다시 에든버러로 돌아왔을 때 친구는 자기 집 소파를 기꺼이 내주었다. 나는 필요한 정보를 뽑아내기 위해 여러 정부 기관의 접수처 직원들을 만나 점심이나 술을 대접했다. 새 소설의 배경은 내 두 번째 소설 『숨바꼭질』에서 묘사된 에든버러와 같다. 두 작품 모두 에든버러의 표면적 변화, 신기술 출현에 따른 새로운 고용 기회, 그리고 그것을 수용하려는 시도를 소재로 삼고 있다. 물론 그 과정에서 도시의 정체성이 흔들리는 일은 없도록 각별히 신경을 썼다. 당시 스코틀랜드의 수도에서는 구조적 변화가 한창 진행 중이었다. 한 맥주 회사가 홀리루드 궁정 인근에 테마 파크를 짓겠다고 나섰지만 결국 그 부지에는 'Our Dynamic Earth(우리의 역동적인 지구)'라는 이름의 박물관과 스코틀랜드 국회의사당이 들어서게 되었다. 술을 기반으로 한 테마 파크라니! 나쁘지 않을 것 같았는데. 사실 어서 홀을 비롯한 도시의 몇몇 랜드마크들은 맥주 재벌들이 세워놓은 것들이었다. 20세기 후반에 접어든 우리가 스코틀랜드와 술의 끈끈한 관계를 기념하는 건 지극히 자연스러운 일이었다. 그래서 나는 이 책의 서두에 마틴 에이미스(영국의 소설가)의 명언을 적어두었다.

여자가 없는 인생은 펍이나 다름없다.

『렛 잇 블리드』는 액션이 넘쳐나지만 한편으로는 꽤 심오한 소설이다. 이 책에서 우리는 리버스의 생각을 속속들이 들여다볼 수 있다. 그가 왜 음악을 좋아하는지, 왜 그토록 술을 퍼마시는지, 그 답을 찾아볼 수 있다. 그의 어린 시절 기억이 하나둘씩 공개되면서 리버스의 캐릭터는 독자들에게 점점 더 입체적으로 와닿게 된다. 이 책은 내가 좋아하는 장면과 이미지들이 대거 등장한다. 예를 들면, 리버스가 드라이-스테인 다이커를 방문하는 장면이나 초대를 받아 퍼스셔에서의 사격 파티를 찾는 장면과 같은. 결말은 깔끔하게 맺어지지 않은 느낌이 든다. 나는 그것이 스토리를 마무리 짓는 가장 현실적인 방법이라고 판단했다. 하지만 미국 출판사들은 그 부분이 심하게 거슬렸던 모양이다. 그들은 내게 미국 판을 위해 한 챕터를 더 써줄 것을 요청했다. 나는 마지못해 그들의 부탁을 들어주었다. 하지만 추가된 챕터가 스토리를 더 깔끔하게 만들어주었다는 생각은 전혀 들지 않았다. 그래서 이번 판에서도 그 챕터는 빼버렸다. 이따금 옛 친구 -리버스의 딸 새미, 그의 전 애인 질, 메리 헨더슨 기자- 들이 시리즈에 컴백할 때가 있다. 리버스도 옛 아파트로 돌아가게 되었고, 세 들어 살던 학생들도 사라졌으니 이제야 비로소 아늑하고 편안한 느낌이 든다. 나는 언제라도 괜찮은 범죄 소설을 써낼 수 있다는 자신감에 사로잡혀 있었다. 어느 정도 노련해졌으니 리버스의 세상도 마음껏 개조할 수 있다고 믿었다. 하지만 막상 변화를 위한 새로운 도전에 직면해 보니 힘에 많이 부치는 걸 느낄 수 있었다.

그럼에도 불구하고 나는 결과물에 만족했다. 나는 리버스의 머릿속을 훤히 들여다볼 수 있게 되었다. 그리고 그도 만족해하는 것 같았다. 술과 담배와 음악을 원 없이 즐기게 되었으니.

그는 술을 마시고 들어온 날에는 어김없이 롤링 스톤스를 들었다. 여자, 인간관계, 그리고 동료들은 모두 왔다가 가버렸다. 하지만 스톤스는 늘 같은 자리를 지켜주었다. 그는 턴테이블에 레코드판을 걸어놓고 마지막 잔을 채웠다. 지칠 줄 모르는 키스 리차드의 기타 리프가 터져 나왔다.

난 가진 게 별로 없어. 리버스는 생각했다. 하지만 내겐 이게 있다고.

《렛 잇 블리드》 앨범에는 보스턴 교살자(1962년부터 1964년까지 보스톤에서 13명의 여자를 죽인 연쇄살인마)에 대한 곡도 수록되어 있다. 믹 재거가 현실 속 범죄를 소재로 곡을 쓴 것이다. 믹도 했는데 나라고 못할 것 없었다. 그렇게 이 소설은 탄생했다.

1부

다리들

1

겨울밤, 에든버러에서는 비명이 터져 나왔다.

앞차는 세 대의 다른 차들에게 쫓기고 있었다. 뒤쫓는 차들에는 경관들이 타고 있었다. 어둠에 묻힌 도시에는 진눈깨비가 수평으로 내리고 있었다. 두 번째 순찰차 조수석에는 존 리버스 경위가 이를 악문 채 앉아 있었다. 그의 한 손은 문손잡이, 또 다른 손은 좌석 가장자리를 움켜잡은 상태였다. 운전석의 프랭크 로더데일 경감은 30년쯤 젊어 보였다. 그는 파릇파릇한 젊은 시절로 돌아간 듯한 모습이었다. 위험천만한 고속 운전이 그를 청춘으로 되돌려놓은 듯했다. 그는 몸을 기울인 채 앞 유리 밖을 뚫어져라 응시하고 있었다.

"기필코 잡고 말 거야!" 그가 또다시 말했다. "무슨 일이 있어도 저 자식들을 내 손으로 잡고 말 거라고!"

리버스는 이가 악물려 있어 대꾸할 수 없었다. 로더데일 경감의 운전 실력을 믿지 못하는 건 아니었다. 뭐, 로더데일의 운전 실력을 믿지 못하는 것도 있었지만, 심상치 않은 날씨가 훨씬 더 신경 쓰였다. 그들이 반턴 인터체인지의 두 번째 로터리로 빠져나왔을 때 리버스는 차의 뒷바퀴가 미끄러운 노면에서 헛돌고 있다는 느낌을 분명히 받았다. 타이어는 이미 심하게 닳은 상태였다. 보나마나 재생 타이어였을 테고. 기온은 영하 20도

15

에 육박하고 있었다. 진눈깨비는 각별히 조심해야 했다. 은근히 위험하기 때문이다. 도시를 벗어난 그들은 더 이상 신호등과 교차로를 신경 쓸 필요가 없었다. 이런 한적한 곳에서의 자동차 추격전은 상대적으로 안전했다. 그럼에도 불구하고 리버스는 전혀 안심이 되지 않았다.

그들의 앞차에는 젊고 의욕적인 제복 경관 두 명이, 뒤차에는 경사와 경장이 각각 타고 있었다. 리버스가 사이드 미러로 헤드라이트를 확인했다. 조수석 창문 밖으로는 아무것도 보이지 않았다. 맙소사, 이렇게 어두울 수가 있나. 리버스는 생각했다. 난 어두컴컴한 곳에서 죽고 싶지 않아.

전날의 통화 내용.

"만 파운드를 내면 딸을 보내주지."

아버지는 혀로 입술을 핥았다. "만 파운드? 그건 적은 돈이 아닌데."

"당신에겐 푼돈이잖아."

"잠깐, 시간을 좀 줘." 아버지의 눈이 존 리버스가 수첩에 휘갈겨 적은 내용을 빠르게 훑었다. "시간이 부족해." 그가 전화를 걸어온 사람에게 말했다. 귀에 이어폰을 꽂은 리버스는 테이프 녹음기를 빤히 쳐다보고 있었다.

"자꾸 그렇게 나오면 그 애가 다칠 수도 있어."

"안 돼, 제발……."

"그럼 빨리 돈을 준비해."

"우리 애를 데려올 거지?"

"우린 사기꾼이 아니야, 미스터. 돈을 가져오면 그 자리에서 그 앨 돌려받을 수 있어."

"어디로 가면 되지?"

"구체적인 건 이따 밤에 알려주지. 다시 경고하지만 경찰에 알릴 생각 일랑 마. 알아들어? 조금이라도 낌새가 이상하면, 멀리서 사이렌 소리만 들려와도 당신은 코옵 장례식장에서 딸을 보게 될 거야."

"잡고 말겠어!" 로더데일이 소리쳤다.

리버스는 간신히 입을 열었다. "알겠습니다. 꼭 그렇게 될 겁니다. 그러니까 이젠 흥분을 좀 가라앉히시죠."

로더데일이 그를 돌아보며 씩 웃었다. "왜? 겁나나, 존?" 그가 핸들을 세차게 꺾어 앞에 가는 밴을 추월했다.

전화를 걸어온 남자는 노동자 계급의 청년이었다. "알아들어(understand)?"를 말할 때의 발음만 들어봐도 그걸 알 수 있었다. 또한 그는 '코옵'을 언급했고, 아이 아버지를 '미스터'라고 부르기까지 했다. 순진한 노동자 계급의 청년. 리버스는 살짝 불안해졌다.

"다리 건너에 파이프 경찰들이 진을 치고 있습니다." 그가 요란한 엔진 소음 너머로 소리쳤다. 로더데일이 기어를 3단에 걸었다.

"알아." 로더데일이 말했다.

"그런데 왜 이렇게 급하신 겁니까?"

"자넨 너무 물러 터졌어, 존. 저놈들은 우리 선에서 처리해야 한다고."

리버스는 상관의 말뜻을 알고 있었다. 만약 앞의 차가 포스 로드 브리지를 넘어간다면 그들은 파이프 경찰의 차지가 될 것이다. 파이프 경찰 지구대는 이미 다리 끝에 바리케이드를 쳐놓고 기다리는 중이었다. 자기들이 날름 가로채려고.

로더데일은 무전기로 앞차에 지시를 내리고 있었다. 그의 한 손 운전은 두 손으로 할 때보다 조금 더 불안했다. 리버스의 몸이 좌우로 심하게 흔들렸다. 로더데일이 다시 무전기를 내려놓았다.

"어떻게 생각하나?" 그가 말했다. "저놈들이 퀸스페리에서 밖으로 빠질 것 같아?"

"글쎄요." 리버스가 말했다.

"저 애송이 녀석들은 분명 방향을 틀어버릴 거야. 이 길로 계속 달리면 톨게이트에서 우리에게 덜미를 잡힐 거라는 걸 알 테니까."

어쩌면 그들은 끝까지 직진을 고집할지도 몰랐다. 공포와 아드레날린에 사로잡혀서. 그 두 가지가 섞이면 생존 메커니즘에 빨간불이 들어오기 마련이었다. 생각도, 탈선도 없이 오로지 직진. 오로지 도주.

"최소한 안전벨트 정도는 하시죠." 리버스가 말했다.

"그래." 로더데일이 말했다. 하지만 그는 행동으로 옮기지 않았다. 레이서가 안전벨트 매는 걸 보았는가.

마침내 진입로가 나타났지만 예상대로 앞차는 무시하고 지나쳐버렸다. 그들은 이제 다리로 들어설 일만 남아 있었다. 톨게이트가 가까워질수록 가로등 불빛은 점점 밝아져갔다. 리버스의 머릿속에 도망자들이 차를 멈추고 얌전히 통행료를 내는 엽기적인 이미지가 문득 떠올랐다. 유유히 창문을 내리고 동전을 찾아 주머니를 뒤적이는 모습……

"속도를 줄이고 있어."

도로가 넓어지면서 갑자기 6차선으로 바뀌었다. 그들 앞으로 톨게이트 부스들이 길게 늘어서 있었다. 그 뒤로는 다리가 기다리고 있었다. 강철 케이블이 차로를 붙들고 있는 현수교 중간 부분까지는 곡선 코스였다. 그래서 화창한 대낮에 차를 몰아 나갈 때도 다리 끝을 볼 수 없었다.

"속도가 확실히 줄었어."

어느새 네 차의 간격은 몇 미터로 좁혀져 있었다. 리버스는 처음으로 앞차의 뒷면을 제대로 볼 수 있었다. Y 번호판을 단 포드 코티나. 가로등 불빛 덕분에 운전석과 조수석 위로 솟아오른 두 개의 머리가 똑똑히 보였다. 남자 둘.

"그 앤 트렁크에 갇혀 있는 모양이군요." 리버스가 말했다.

"그럴지도 모르지." 로더데일이 말했다.

"만약 걔가 저 차에 타고 있지 않다면 적어도 저놈들이 해칠 일은 없겠네요."

로더데일이 고개를 끄덕였다. 하지만 그는 귀를 쫑긋 세운 채 혼선이 이어지는 무전기에만 집중하고 있을 뿐이었다. "저 자식들이 다리로 들어서면……" 그가 말했다. "다 끝나는 거야. 막다른 길이니까. 물론 파이프 놈들만 실수하지 않는다면 말이지."

"그럼 우린 여기서 기다리는 겁니까?" 리버스가 물었다. 그 말에 로더데일이 웃음을 터뜨렸다. "그럴 줄 알았습니다." 리버스가 말했다.

그때 갑자기 예기치 못한 상황이 펼쳐졌다. 용의자들의 차…… 빨간 미등. 아예 멈춰 서려는 건가? 아니, 후진하려는 거야, 그것도 전속력으로! 그들은 맨 앞의 순찰차를 들이받았다. 뒤로 밀린 순찰차가 로더데일의 차와 충돌했다.

"개자식들!"

앞차가 다시 움직이기 시작했다. 그들은 문 닫은 부스를 향해 빠르게 미끄러져나갔다. 차량 차단기의 기다란 바가 구부러지면서 빠져나갈 충분한 틈이 만들어졌다. 금속끼리 긁히는 소음과 함께 앞차는 유유히 다리로 들어섰다. 리버스는 자신의 눈을 의심했다.

"놈들이 엉뚱한 쪽 차도로 들어갔습니다!"

실수였는지 고의였는지 알 수는 없지만 그들은 분명 남행 차선에서 북쪽으로 달려 나가는 중이었다. 상향등을 켠 채로. 앞의 순찰차는 잠시 망설이다가 놈들을 추격하기 시작했다. 로더데일이 그들을 뒤쫓으려는 찰나, 리버스가 잽싸게 손을 뻗어 핸들을 움켜잡고 북행 차선 쪽으로 냅다 꺾었다.

"지금 뭐하는 거야?" 로더데일이 액셀을 힘껏 밟으며 소리쳤다.

늦은 밤이었고 차도는 썰렁했다. 그럼에도 불구하고 앞차 운전자는 어느 정도 위험을 감수해야만 했다.

"그들이 이쪽 차도만 봉쇄해뒀겠죠?" 리버스가 말했다. "저 미친놈들이 무사히 다리 끝에 도착한다면 더 이상 추격은 불가능해집니다."

로더데일은 대꾸가 없었다. 그는 중앙 분리대 너머로 두 대의 차를 지켜보는 중이었다. 그가 무전기를 향해 손을 뻗는 순간 차의 방향이 오른쪽으로 홱 꺾어졌다. 그리고 이내 왼쪽으로 돌아서면서 금속으로 된 사이드레일과 충돌하고 말았다. 리버스는 포스 만을 생각하고 싶지 않았다. 수십 미터 아래를 생각하고 싶지 않았다. 하지만 그것은 그의 의지대로 되는 게 아니었다. 그는 차도 양옆으로 두어 번 걸어서 다리를 건너본 적이 있었다. 그때도 쉴 새 없이 불어오는 강풍에 덜컥 겁이 났다. 그의 발가락이 찌릿찌릿했다. 고소공포증.

반대편 차선에서는 불가피한 일이 막 벌어지려는 참이었다. 빠르게 내리막을 달려오던 대형 트레일러트럭이 헤드라이트를 보고 반응했다. 마주달려오는 차 두 대를 용케 피한 용의자들은 트럭 옆의 바깥쪽 차선으로 파고들려는 모양이었다. 하지만 트럭 운전사는 패닉에 빠져 있었다. 한발 먼저 바깥쪽 차선을 점령해버린 그는 여전히 액셀을 힘껏 밟고 있었다. 금속을 들이받은 트럭이 붕 떠올랐다가 중앙 분리대에 내려앉았다. 앞으로 푹 꺾이면서 컨테이너와 분리된 트럭 캡이 북행 차선으로 파고들었다. 트럭이 순식간에 로더데일과 리버스가 탄 차 앞을 가로막아버린 것이다.

로더데일은 황급히 브레이크를 밟았지만 충돌을 피할 길은 없었다. 트럭 캡이 대각선으로 비스듬히 미끄러지면서 두 개 차선을 몽땅 잡아먹었다. 더 이상 도망칠 구멍이 보이지 않았다. 바짝 긴장한 리버스는 모든 게 사타구니로 쏠리는 묘한 기분을 느꼈다. 그가 본능적으로 다리를 접어 올리고 두 손으로 계기판을 움켜잡았다. 머리는 무릎 사이에 파묻었다.

쿵.

눈을 질끈 감은 리버스는 소리와 느낌만으로 상황을 파악하고 있었다. 무언가가 그의 광대뼈를 후려치고 사라졌다. 깨진 얼음 같은 유리 파편이 날아들었다. 금속이 충돌하고 뒤틀리는 섬뜩한 소음이 계속 이어졌다. 그는 뱃속의 울렁거림을 통해 차가 뒤로 밀리고 있음을 짐작했다. 다른 소리들도 속속 들려왔다. 아득한 소음들. 금속 그리고 유리.

가속도를 잃은 트럭 캡이 차에 달라붙은 채 멈춰 섰다. 리버스는 허리가 끊어질 것 같은 통증을 느꼈다. 목뼈가 손상된 건 아닐까? 마치 벽돌이나 석판에 찍힌 듯한 기분이었다. 그의 턱도 빠질 듯이 아팠다. 그의 시선이 운전석 쪽으로 돌아갔다. 혹시 로더데일이 알 수 없는 이유로 한 방 날린 게 아닐까? 하지만 그의 상관은 옆자리에 없었다.

앞 유리가 있어야 할 곳에 로더데일의 엉덩이가 걸쳐져 있었다. 그의 두 발은 핸들 밑에 낀 상태였다. 한쪽 구두는 벗겨진 채였고, 다리는 핸들 앞으로 늘어뜨려져 있었다. 그의 상체는 심하게 휘어진 후드 위에 엎어져 있었다.

"프랭크!" 리버스가 큰 소리로 불러보았다. "프랭크!" 로더데일을 차 안으로 잡아끄는 것은 현명한 일이 아니었다. 그의 몸에는 절대 손을 대면 안 되었다. 리버스는 문을 열어보려 했지만 문은 더 이상 문이 아니었다. 그래서 그는 안전벨트를 풀고 꼼지락거리며 앞 유리로 빠져나갔다. 그의 손에 닿은 금속 표면은 뜨거웠다. 그가 욕을 하며 잽싸게 손을 거두었다. 자세히 보니 엔진 블록이 있는 부분이었다.

뒤쫓아 온 차들이 속속 멈춰 섰다. 경사와 경장이 달려오고 있었다.

"프랭크." 리버스가 나지막이 불러보았다. 그의 시선이 로더데일의 얼굴을 훑었다. 피를 흘리고 있었지만 아직 살아 있었다. 그래, 살아 있는 게 분명해. 그는 움직이지 않았다. 숨을 쉬고 있는지조차 확인하기 힘들었다. 하지만 그에게서는 보이진 않지만 아직 몸에 남아 있는 에너지가 느껴졌다.

"괜찮으십니까?" 누군가가 물었다.

"경감님을 도와드려." 리버스가 지시했다. "구급차도 부르고. 가서 트럭 캡도 살펴봐. 운전자 상태가 어떤지."

그가 반대편 차로를 돌아보았다. 눈에 들어온 광경이 그를 바짝 얼어붙게 만들었다. 그는 자신의 눈을 의심했다. 그는 두 차로 사이의 금속 분리대를 넘어가서야 비로소 어떻게 된 일인지 깨달을 수 있었다.

용의자들의 차는 차로를 벗어난 상태였다. 완전히. 그들은 중앙 분리대를 넘어 보행자 전용 보도를 덮쳤다. 그리고 보도와 포스 만을 가르는 가드레일마저 뚫고 나갔다. 거센 바람이 진눈깨비를 리버스의 눈에 뿌려댔다. 그가 눈을 가늘게 뜨고 다시 그쪽을 쳐다보았다. 코티나는 아직도 벼랑 끝에 위태롭게 걸쳐져 있었다. 차의 앞부분은 가드레일을 벗어나 있었지만 뒷부분은 보도에 붙어 있었다. 그는 트렁크에 무엇이 들어 있을지 궁금했다.

"오, 맙소사." 리버스가 말했다. 그는 황급히 두꺼운 금속판을 기어오르기 시작했다.

"지금 뭐하시는 겁니까?" 누군가가 소리쳤다. "내려오세요!"

하지만 리버스는 계속 움직였다. 자칫하다가는 중앙 분리대 밑으로 추락할 수도 있는 상황이었다. 따끔거리는 손바닥에 차가운 금속이 닿으니 그나마 통증이 사그라졌다. 그는 트럭 뒤편을 지나쳐 달려 나갔다. 옆으로 쓰러진 컨테이너의 반은 차도에, 나머지 반은 중앙부 빈 공간에 각각 걸쳐져 있었다. 그는 눈으로 컨테이너 측면을 훑었다. 바이어스 화물 수송. 빌어먹을, 너무 춥잖아! 살인적인 바람은 멎을 줄 몰랐다. 그럼에도 불구하고 그는 땀을 비 오듯 쏟고 있었다. 가서 코트를 걸쳐야겠어. 그는 생각했다. 이러다 죽을지도 몰라.

차로는 급하게 멈춰 선 차들로 어수선했다. 차로와 보도 사이에는 충분한 공간이 마련되어 있었다. 코티나와 충돌한 가드레일은 흉측하게 찌그러져 있었다. 그 위로 기어 올라간 리버스가 보도로 뛰어내렸다.

십대 아이 둘이 비틀대며 차에서 내렸다.

그들은 좌석을 타고 넘어 뒷문으로 간신히 내린 것이었다. 앞문으로 빠져나왔다면 곧장 벼랑 아래로 떨어졌을 것이다. 그들은 겁에 질린 얼굴로 좌우를 살폈다. 북쪽에서 사이렌이 들려왔다. 파이프 경찰들이 빠르게 달려오고 있었다.

리버스가 두 손을 번쩍 들어올렸다. 그의 뒤에는 제복 경관 두 명이 서 있었다. 소년들은 리버스를 보고 있지 않았다. 그들의 시선은 오로지 제복 경관들에게만 집중되어 있었다. 단순한 아이들이었다. 제복을 보고 그것의 의미에만 신경을 쓰고 있었다. 그들이 다시 주위를 살폈다. 빠져나갈 구멍을 찾아보는 것이었다. 키 큰 금발 소년이 자기보다 몇 살 어려 보이는 친구의 손을 잡고 뒷걸음질 치기 시작했다.

"어리석은 생각은 마." 한 경관이 말했다. 하지만 그건 그저 말뿐이었다. 아무도 귀 기울이지 않는. 두 십대 소년은 가드레일에 찰싹 달라붙었다. 그들이 버려둔 차에서 3미터쯤 떨어진 곳이었다. 리버스는 앞으로 천천히 걸어 나갔다. 손가락으로 가리켜 그들이 아닌 차로 향하고 있음을 분명히 해두었다. 트렁크는 살짝 열려 있었다. 리버스는 조심스레 마저 열고 안을 들여다보았다.

트렁크 안은 텅 비어 있었다.

그가 트렁크를 닫자 위태롭게 걸쳐진 차가 앞뒤로 몇 번 흔들리다가 멈추었다. 그가 금발 소년을 돌아보았다.

"안 추워?" 리버스가 말했다. "차에 들어가서 얘기할까?"

바로 그때부터 세상이 슬로 모션에 빠져들었다. 금발 소년이 씩 웃으며 고개를 저었다. 그리고 친구를 감싸 안았다. 두 소년은 등지고 있던 가드레일에 몸을 기댔다. 금속판은 그들의 체중을 버텨내지 못했다. 보도에 던져진 싸구려 운동화가 미끄러지면서 그들의 다리가 위로 번쩍 들렸다. 그리고 그들은 칠흑 같은 어둠 속으로 추락했다.

자살인가? 리버스는 생각했다. 아니면 그냥 도망치려 했던 건가? 어느 쪽이든 그들은 살아남지 못했을 것이다. 아무리 물속으로 떨어지는 거라도 그런 높이에서 추락하면 콘크리트에 떨어지는 것과 다르지 않다. 그들은 어둠을 가르며 떨어지면서도 비명을 지르지 않았다. 아무런 소리도 내지 않았다. 물론 무서운 속도로 달려드는 수면도 보지 못했을 것이다.

그들은 물에 떨어지지 않았다. 추락하는 그들을 맞은 것은 로사이스 조선소를 막 떠나온 영국 해군 구축함의 금속 갑판이었다.

경찰서로 돌아온 형사들은 그나마 잠수부들을 매정하게 찬물 속으로 떠밀 필요가 없어졌다는 사실에 안도했다.

2

그들은 리버스를 왕립 병원으로 데려갔다.

그는 불편한 순찰차 뒷좌석에 앉아 이동했다. 프랭크 로더데일은 구급차에 실려 떠났다. 그의 상태가 얼마나 심각한지 알 길이 없었다. 소형 구축함의 승무원들은 로사이스 조선소의 연락을 받기도 전에 두 구의 시체를 찾아냈다. 누군가가 그들이 갑판에 떨어지는 소리를 들었기 때문이다. 구축함은 다시 기지로 돌아갔다. 옴폭 팬 갑판을 다시 펴려면 시간이 조금 걸릴 것이다.

"망치로 얻어맞은 기분이에요." 병원에 도착한 리버스가 간호사에게 말했다. 그녀는 얼마 전 화상을 입고 실려 온 리버스를 치료해준 간호사였다. 그녀는 진찰대에 누운 리버스에게 로션을 발라주고 붕대를 갈아준 뒤 미소를 흘리며 밖으로 나갔다. 작은 진찰실에 홀로 남겨진 리버스는 또 한 번 자신의 상태를 살펴보았다. 앞 유리를 뚫고 나간 로더데일의 주먹이 떨어졌던 그의 턱은 아직도 얼얼했다. 치아 신경까지 손상되었는지 깊은 통증이 느껴졌다. 그것 외에는 특별히 문제는 없는 것 같았다. 그저 가시지 않은 충격에 살짝 얼떨떨할 뿐이었다. 그가 두 손을 들어 앞뒤로 살펴보았다. 그래, 이제부턴 사고 때문에 손이 떨린다고 해야겠어. 사실은 다른 이유 때문이지만. 그의 손바닥에는 물집이 잡혀 있었다. 붕대를 감아주기 전

간호사는 어쩌다 화상을 입었는지 물어보았다.

"뜨거운 엔진에 손을 댔어요." 그는 설명했다.

"왠지 그랬을 것 같았어요."

리버스는 그 말을 듣고 자신의 손바닥을 내려다보았다. 엔진 일련번호의 일부가 살에 선명히 찍혀 있었다.

마침내 의사가 진찰실로 들어왔다. 그는 많이 바쁜 듯했다. 리버스도 아는 의사였다. 조지 클래서. 폴란드인이라던가? 부모가 폴란드에서 왔다지? 아무튼 야간 근무를 맡을 직위는 아닌 것 같은데.

"오늘 엄청 추웠다고 들었는데요." 클래서 박사가 말했다.

"지금 나랑 장난하자는 겁니까?"

"그냥 자연스럽게 대화를 시도하려는 것뿐입니다, 존. 몸은 좀 어떻습니까?"

"이빨이 아파요."

"다른 데는요?" 클래서 박사가 자신의 생업 도구들을 만지작거렸다. 펜라이트와 청진기, 클립보드와 써지지 않는 볼펜. 마침내 그가 준비를 마치고 진찰에 들어갔다. 리버스는 순한 양처럼 얌전히 누워 있었다. 그는 술 생각이 간절했다. 에이티-밥(스코틀랜드산 에일)의 탐스러운 거품. 몰트위스키의 부드러운 향.

"경감님 상태는 좀 어떻습니까?" 간호사가 돌아오자 리버스가 물었다.

"엑스레이를 찍고 계세요." 그녀가 말했다.

"당신들 나이가 몇인데 자동차 추격전을 벌입니까?" 클래서 박사가 투덜거렸다. "텔레비전을 너무 많이 보셨군."

리버스는 그를 빤히 올려다보았다. 그는 지금껏 의사를 유심히 살펴본 적이 없었다. 클래서는 사십대 초반으로, 회색 머리와 햇볕에 살짝 그을린 설늙은이 같은 얼굴을 가지고 있었다. 아래에서 올려다봐서 그런지 실제보다 키가 크고 꽤 기품 있어 보였다. 리버스가 그의 직위가 낮지 않을 거라고 짐작했던 이유다.

"애송이 견습 의사들만 밤근무를 하는 줄 알았는데요." 리버스가 말했다. 클래서는 펜라이트로 그의 눈을 비춰보는 중이었다.

클래서가 펜라이트를 내려놓고 리버스의 등을 꾹꾹 눌러대기 시작했다. 마치 푹신한 쿠션이라도 되는 듯이.

"여긴 통증이 없습니까?"

"없어요."

"여기는요?"

"그냥 평소 같은데요."

"흠…… 방금 그 질문에 답을 하자면, 존, 당신도 밤근무를 보던 중이었지 않습니까. 애송이 순경도 아니면서."

"한 방 맞았군요."

클래서 박사가 미소를 지었다.

"자," 리버스가 셔츠를 다시 걸치며 말했다. "상태가 어떻습니까?"

클래서가 제대로 써지는 펜을 찾아 들고 클립보드에 무언가를 휘갈겨 적기 시작했다. "내 생각엔 1년쯤 남은 것 같습니다. 길어야 2년이에요."

두 남자가 서로를 쳐다보았다. 리버스는 그것이 무엇을 의미하는지 알고 있었다.

"농담하는 게 아니에요, 존. 골초에 물고기처럼 술을 퍼마시고 운동은 전혀 하질 않으니…… 페이션스가 관리를 안 해주니 결국 이렇게 돼버렸잖아요. 탄수화물에 포화지방에……"

리버스는 더 이상 듣고 싶지 않았다. 그는 자신의 음주 습관이 문제라는 걸 알고 있었다. 절제하는 법을 익히고 나서는 더 심각해졌다. 남다른 자제력 덕분에 그에게 문제가 있다는 걸 눈치챈 사람은 많지 않았다. 말쑥한 옷차림, 진지한 순간마다 기민해지는 머리, 그리고 아주 가끔 점심시간을 기해 찾는 체육관. 그는 게을렀고 습관적으로 과식을 했다. 그뿐만 아니라 담배에도 다시 손을 대고야 말았다. 하지만 세상에 완벽한 사람이 어디 있겠는가?

"납득하기 힘든 진단이군요." 그가 셔츠 단추를 마저 채운 뒤 옷자락을 바지 허리춤으로 쑤셔 넣기 시작했다. 하지만 이내 생각을 바꾸어 다시 바지 밖으로 빼놓았다. 그게 훨씬 편했기 때문이다. 바지 단추마저 풀어버리면 몇 배 더 편해질 것 같았다. "등 몇 번 눌러댔더니 그런 진단이 나오던가요?"

클래서 박사가 다시 미소를 지었다. 그가 청진기를 천천히 접어나갔다. "아무리 애를 써도 의사는 속일 수 없습니다, 존."

리버스가 재킷을 걸쳤다. "그럼……" 그가 말했다. "이따 펍에서 봅시다."

"6시쯤 갈게요."

"알았어요."

병원을 나온 리버스가 깊은 숨을 한 번 들이쉬었다.

새벽 2시 30분. 여전히 춥고 어두웠다. 그는 로더데일의 상태를 직접 살피고 싶었지만 그건 날이 밝고 나서 해도 늦지 않았다. 그의 아파트는 메도우즈 너머에 자리하고 있었다. 하지만 그는 집까지 걸을 기분이 아니었다. 진눈깨비가 점점 함박눈으로 변해갔다. 칼바람은 좁은 뒷골목에서 맞닥뜨린 깡패처럼 그를 졸졸 따라다녔다.

그때 자동차 경적이 울렸다. 리버스의 시선이 선홍색 르노5 쪽으로 돌아갔다. 차 안에는 쇼반 클락 경장이 앉아 있었다. 그녀가 그를 향해 손짓했다. 그는 가벼운 발걸음으로 다가갔다.

"여긴 무슨 일이야?"

"소식 들었어요." 그녀가 말했다.

"그래서 온 거야?" 그가 조수석 문을 열었다.

"궁금했어요. 비번이었는데 경위님이 걱정돼서 서에 전화를 걸어봤죠. 사고가 있었다는 소식을 듣고 곧장 달려온 거예요."

"여기서 자네를 보니 이렇게 반가울 수가 없군."

"괜찮으세요?"

리버스가 턱을 만지작거렸다. "턱을 한 대 얻어맞았더니 이빨이 아파."

그녀가 차에 시동을 걸었다. 차 안은 아늑하고 따뜻했다. 리버스는 이내 꾸벅꾸벅 졸기 시작했다.

"일이 꽤 커졌더군요." 그녀가 말했다.

"어쩌다보니 그렇게 됐어." 정문을 빠져나온 그들은 톨크로스가 있는 왼쪽으로 방향을 틀었다.

"경감님은요?"

"나도 몰라. 엑스레이를 찍고 있다던데. 지금 어디로 가는 거지?"

"댁으로 모셔다 드리려고요."

"난 경찰서로 돌아가려고 했는데."

그녀가 고개를 저었다. "제가 연락해봤어요. 내일 아침에 나오시래요."

리버스의 몸에서 긴장이 풀렸다. 진통제의 효과가 나타나기 시작한 것이다. "부검은 언제지?"

"9시 30분." 그들은 로리스턴 플레이스에 들어서 있었다.

"아까 지름길이 나왔었는데." 리버스가 그녀에게 말했다.

"거긴 일방통행로였어요."

"알아. 하지만 이런 늦은 시간엔 아무도 다니지 않는다고." 그는 이내 자신이 무슨 말을 하고 있는지 깨달았다. "맙소사." 그가 눈을 비벼대며 속삭였다.

"정확히 어떻게 된 일이었나요?" 쇼반 클락이 물었다. "그러니까 제 말은, 단순한 사고였나요? 아니면 그들이 도망치려고 일부러 그렇게 일을 벌인 건가요?"

"둘 다 아니었어." 리버스가 나지막이 말했다. "내 생각엔 자살이었던 것 같아."

그녀가 그를 돌아보았다. "두 아이 다요?"

그가 어깨를 으쓱였다. 순간 그의 몸이 바르르 떨렸다.

톨크로스 신호등에 걸려버린 그들은 빨간불이 파란불로 바뀔 때까지 잠자코 기다렸다. 술꾼 두 명이 비틀거리며 집으로 향하고 있었다.

"끔찍한 밤이네요." 클락이 다시 차를 출발시키며 말했다. 리버스는 말없이 고개를 끄덕였다. "부검할 때 가보실 건가요?"

"응."

"저는 별론데."

"걔들 신원은 확인됐나?"

"글쎄요."

"깜빡했군. 자네가 비번이라는 거."

"네, 비번이죠."

"차는? 그건 조회해봤고?"

그녀가 그를 돌아보며 웃음을 터뜨렸다. 그의 귀에 부하 형사의 웃음소리는 기이하게 들렸다. 지나치게 데워진 차 안 공기 때문일 수도 있었고, 악몽 같은 밤을 보낸 후였기 때문인지도 몰랐다. 아무튼 갑자기 터진 그녀의 웃음은 그에게 묘한 기분을 안겨주었다. 다시 턱을 문지르던 그가 손가락 하나를 입 안에 쑤셔 넣었다. 다행히 통증이 느껴지는 치아는 흔들리지 않았다.

그의 머릿속에 발이 번쩍 들리면서 뒤로 넘어가는 두 소년의 모습이 떠올랐다. 그들은 아무 소리도 내지 않았다. 그것은 사고도, 도주 시도도 아니었다. 두 아이가 합의한 운명적인 결말이었다.

"추우세요?"

"아니." 그가 말했다. "안 추워."

그녀가 깜빡이를 켜고 멜빌 드라이브로 들어섰다. 그들 왼편으로는 새로 내린 눈으로 덮인 메도우즈가 펼쳐져 있었다. 오른편으로는 마치몬트와 리버스의 아파트가 자리하고 있었다.

"차에서 그 앨 찾지 못했어." 그가 덤덤하게 말했다.

"그럴 가능성도 염두에 두셨잖아요." 쇼반 클락이 말했다. "우린 그 애가 실종된 게 맞는지조차 아직 모르고 있어요."

"그래." 그가 말했다. "그건 자네 말이 맞아."

"어리석은 녀석들." 그녀가 부자연스러운 잉글랜드 악센트로 말했다.

리버스는 어둠 속에서 미소를 지었다.

마침내 그는 집에 도착했다.

그녀는 아파트 정문 앞에 그를 내려주었다. 그가 건성으로 커피 한잔하고 가라고 했지만 그녀는 정중히 사양했다. 쓰레기장 같은 집을 공개하지 않아도 된다는 사실에 리버스는 안도했다. 세 들어 살던 학생들은 10월에 나갔다. 이제 온전히 자신만의 공간이 되었음에도 그는 어색함을 떨쳐내지 못했다. 자신이 기억하는 모습과 너무 달라져 있었기 때문이다. 그가 쓰던 공구들도 온데간데없이 사라져버렸다. 그릇들도 마찬가지였고. 그는 페이션스의 집에서 상자 여러 개를 챙겨 아파트로 돌아왔다. 그 상자들 대부분은 아직 열리지도 않은 채 복도에 방치되어 있었다.

진이 빠진 그는 터덕터덕 계단을 올라가 현관문을 열었다. 그리고 한쪽에 쌓인 상자들을 지나 자신의 의자가 기다리는 거실로 들어갔다.

의자는 예전 모습 그대로 그의 몸을 감싸주었다. 잠시 앉아 있던 그가 다시 일어나 라디에이터를 확인했다. 열기가 거의 느껴지지 않았고, 거슬리는 소리가 났다. 밸브를 열기 위해서는 특수 열쇠가 필요했다. 나머지 라디에이터들의 상태도 다르지 않았다.

그는 커피를 끓이고 나서 카세트 덱에 테이프를 꽂았다. 그리고 침대에서 이불을 가져왔다. 다시 의자에 앉은 그가 옷을 벗고 이불로 몸을 감쌌다. 그는 손을 내려 맥켈란 뚜껑을 열었다. 그런 다음 위스키를 커피에 따랐다. 머그잔의 반을 단숨에 비운 그가 위스키를 추가로 따랐다.

밖에서 차 엔진 소리와 금속이 맞부딪치는 소리와 휘파람 같은 바람 소리가 뒤섞여 들려왔다. 그의 눈앞에 싸구려 운동화의 밑창이 아른거렸다. 금발 소년의 입술에 살짝 머금어졌던 미소도. 하지만 그 미소는 이내 어둠으로 변했다. 그리고 모든 이미지가 사라졌다.

그는 자신의 몸을 끌어안은 채 서서히 잠에 빠져들었다.

3

커트 박사는 카우게이트 시립 영안실에 없었다. 그를 대신해 게이츠 교수가 부검을 진행하고 있었다.

"그거 알아요?" 그가 말했다. "어느 높이에서 추락하든 상관없습니다. 생사를 가르는 건 마지막 1센티니까요."

부검실에는 존 리버스 경위를 비롯해 브라이언 홈스 경사, 또 다른 병리학자와 그의 조수가 자리를 지키고 있었다. 급사 사전 통지는 이미 지방 검찰관에게 제출된 상태였다. 교수는 사망한 두 남성, 윌리엄 데이비드 코일과 제임스 딕슨 테일러의 급사 보고서를 작성하고 있었다.

제임스 테일러. 리버스는 게이츠 교수의 설명을 들으며 소년의 처참한 시체를 내려다보았다. 그의 머릿속에 서로 부둥켜안은 두 소년의 모습이 떠올랐다. 친구가 있어 다행이라는 거였나?

영국 해군 구축함 '데스캔트'의 강철 갑판에 떨어진 두 소년은 마치 털로 덮인 잼을 보는 듯했다. 부검대 옆에 놓인 반짝이는 금속 버킷 안에는 정체를 알 수 없는 부위가 담겨 있었다. 다행히 친지를 불러 신원 확인을 시키는 일은 없을 것이다. 그 작업은 DNA 테스트만으로 충분히 처리할 수 있으니까.

"우린 이런 케이스를 플랫팩(납작하게 포장한 조립식 가구 부품)이라고 부릅니다." 게이츠 교수가 말했다. "로커비에서 많이 봤었죠. 땅에서 뜯어 내 동네 아이스링크로 실어 날랐습니다. 아주 유용한 장소더군요. 아이스링크 말입니다. 270구의 시체를 거뜬히 수용하고도 남았습니다."

브라이언 홈스는 참혹한 상태의 시체를 여러 번 본 적이 있었다. 하지만 그는 아직도 적응이 되지 않았다. 그는 연신 꼼지락대며 어깨를 들썩거렸다. 그의 시선은 태연하게 〈You're So Vain〉(미국 가수 칼리 사이먼의 노래)의 가사 몇 소절을 흥얼거리는 리버스에게 고정되어 있었다.

사망한 시간과 날짜와 장소를 확인하는 것은 어렵지 않았다. 사인도 마찬가지였고. 하지만 게이츠 교수는 정확한 단어 선택을 위해 고민하는 눈치였다.

"둔력鈍力에 의한 외상?" 리버스가 제안했다. 교수가 살짝 미소를 지어 보였다. 대부분 병리학자들이 그렇듯 알렉산더 게이츠 교수 역시 MD(의학박사), FRC Path(영국 왕립 대학교 병리학 학술원 회원), DMJ(당뇨병 협회), FRCPE(왕립 의사 협회), MRCPG(영국 왕립 일반의 협회), 이 약어들만큼이나 풍부한 유머 감각을 소유하고 있었다. 그는 전혀 병리학자 같아 보이지 않았다. 커트 박사와 달리 그는 키가 크지도 않았고, 시체 같은 잿빛 피부를 갖고 있지도 않았다. 그에게서는 권위적이면서도 회피적인 분위기가 풍겼다. 체격은 장의사보다 레슬링 선수에 가까웠다. 넓은 가슴, 굵은 목, 그리고 두툼한 손. 그는 손가락을 하나씩 꺾어 뚝뚝 소리를 내는 습관이 있었다.

그는 샌디라는 애칭으로 불리는 걸 좋아했다.

"사망 진단서 발급자는 저로 해주세요." 그가 급사 보고서와 씨름 중인 브라이언 홈스에게 말했다. "주소는 카우게이트 경찰 법의학과 사무실로 적어주시면 됩니다."

리버스를 비롯한 참석자들은 게이츠의 일거수일투족을 유심히 지켜보았다. 그는 두 구의 시신에서 DNA와 독극물과 알코올을 분류하기 위해 혈액을 뽑아냈다. 평소 같았으면 소변 샘플도 채취했겠지만 시신들의 상태로 보아 불가능할 것 같았다. 게이츠는 혈액 검사도 걱정이라고 했다. 그는 안구의 유리체액(눈알의 속을 채우고 있는 투명한 물질)과 위[*]의 내용물, 그리고 담즙과 간의 샘플도 꼼꼼히 챙겼다.

그는 그들이 지켜보는 가운데 시신들을 복원해나가기 시작했다. 물론 인식 가능한 완전한 인간의 모습을 기대할 수는 없었다. 그는 확보된 부위들을 최대한 인간답게 복원하는 것을 목표로 하고 있었다. 다행히 빠진 부위나 부착물은 없는 것 같았다.

"어릴 적엔 조각그림 맞추기 퍼즐을 좋아했는데 말이죠." 병리학자가 몸을 숙인 채 나지막이 말했다.

밖은 건조하고 추웠다. 리버스도 한때 조각그림 맞추기 퍼즐을 좋아했었다. 그는 요즘 아이들도 그런 걸 하며 노는지 궁금해졌다. 부검이 끝나자 그는 밖으로 나와 담배를 피웠다. 그의 좌우로 펍이 하나씩 자리하고 있었다. 하지만 두 곳 모두 문을 열지 않았다. 그가 아침식사 때 곁들였던 위스키는 이미 오래전에 증발된 상태였다.

브라이언 홈스가 판지로 된 초록색 파일을 서류가방에 쑤셔 넣으며 영안실을 나왔다. 그가 턱을 문지르고 있는 리버스를 발견하고 다가왔다.

"괜찮으세요?"

"치통이 좀 있어."

치통이라고 해야 하나? 아니면 잇몸통? 치아 몇 개가 아니라, 통통 부은 입 안 전체가 아팠다.

"태워드릴까요?"

"고맙지만 괜찮아, 브라이언. 내 차를 가져왔거든."

홈스가 고개를 끄덕이며 옷깃을 세웠다. 그의 턱은 새끼 양 털로 짠 파란 목도리 안에 파묻혀 있었다. "다리가 다시 열렸습니다." 그가 말했다. "남행 차선 하나만."

"코티나는 어떻게 됐지?"

"하우던홀로 끌고 갔습니다. 지문 채취 작업 중이에요. 그 애를 차에 신고 다녔을 가능성이 있으니까요."

리버스가 말없이 고개를 끄덕였다. 홈스도 침묵을 지켰다.

"나한테 뭐 할 얘기라도 있나, 브라이언?"

"아뇨, 없습니다. 전 그냥…… 경찰서에 먼저 가셨어야 하지 않습니까?"

"그래서?"

"왜 거기 안 계시고 여기 계신 겁니까?"

좋은 질문이었다. 리버스가 영안실 문을 돌아보며 또다시 현장을 떠올렸다. 트레일러트럭, 충격 대비 자세, 후드 위에 널브러진 로더데일, 그리고 갑자기 눈에 들어온 또 다른 차…… 마지막 포옹…… 추락.

그는 어정쩡하게 어깨를 으쓱인 후 자신의 차를 향해 걸음을 옮겨나갔다.

프랭크 로더데일 경감은 생명에 지장이 없는 상태라고 했다.

다행히.

나쁜 소식은 앨리스터 플라워 경위가 공석이 된 로더데일의 자리를 노리고 있다는 것이었다.

"장례식장 고기가 아직 식지도 않았는데……" '농부'라는 별명의 왓슨 총경이 말했다. 그가 이내 자신의 실수를 깨닫고 얼굴을 붉혔다. "그러니까 내 말은…… 내가 장례식이라고 표현한 건 말이지……" 그가 주먹 쥔 손에 대고 기침을 한 번 했다.

"플라워의 말에도 일리가 있습니다, 총경님." 리버스가 곤란해 하는 보스를 위해 잽싸게 나섰다. "단지 이 친구 눈치가 수고양이 같다는 게 문제죠. 아무튼 누군가는 그 빈자리를 메꿔야 하지 않겠습니까? 경감님이 언제 복귀할지도 모르고요."

"하긴." 농부가 보고서를 집어 들고 내용을 읽어 내려갔다. "양쪽 다리가 다 부러졌고, 늑골 골절, 손목 골절, 뇌진탕. 진단 내용으로만 반 페이지가 꽉 찼어."

리버스가 멍든 광대뼈를 문질렀다. 손목이 부러져서 그때 그랬던 건가?

"도무지 예측이 되질 않으니 원." 농부가 나지막이 이어나갔다. "솔직히 난 그 친구가 다시 걸을 수 있을지 모르겠어. 워낙 심각한 부상이라서 말이야. 아무튼 난 플라워와 자네가 임시 진급 문제로 티격태격하는 건 보고 싶지 않아. 적어도 당분간은."

"알겠습니다."

"알아들었다니 다행이군." 농부가 잠시 뜸을 들였다. "어젯밤 얘기 좀 해보게."

"보고서로 작성해 올리겠습니다."

"그건 나중에 보면 되고. 난 자네 입에서 나오는 진실을 듣고 싶네. 대체 프랭크 그 친구는 어쩌자고 그랬던 건가?"

"그게 무슨 말씀입니까?"

"왜 「해저드의 듀크 가족」(미국의 70년대 액션 코미디 시트콤)처럼 차를 몰고 다녔느냐는 말이야? 그런 무모한 일은 전문가들을 시켰어야지."

"저희는 그저 안전하게 추격만 했을 뿐입니다, 총경님."

"당연히 그랬겠지." 왓슨이 리버스의 얼굴을 유심히 살폈다. "덧붙일 내용은 없고?"

"없습니다, 총경님. 한 가지 분명한 건 그게 사고가 아니었다는 사실입니다. 놈들은 애초에 도망칠 생각이 없었습니다. 자기들끼리 합의한 동반 자살이었죠. 말은 없었지만 명백한 자살이었습니다."

"그들이 왜 그런 짓을 했지?"

"그건 저도 모르겠습니다, 총경님."

농부가 한숨을 내쉬며 등받이에 몸을 붙였다. "존, 이번 일에 대해 내 입장이 어떤지 알지?"

"무슨 말씀이신지……?"

"어제 일은 처음부터 끝까지 엉망진창이었어."

사실 그것은 어제 일을 최대한 부드럽게 순화해 표현한 것이었다.

그들은 권력 때문에, 영향력 때문에 그곳에 있었다. 간곡한 요청이 있었기 때문에. 이 모든 건 그렇게 시작되었다. 카메론 맥클라우드 케네디 시장이 로디언과 보더스 경찰청 차장에게 전화를 걸어 딸의 실종을 수사해 달라고 요청하면서부터.

불법 행위가 있었던 것으로 보이지는 않았다. 소녀는 유괴된 것도, 폭행을 당한 것도, 살해를 당한 것도 아니었다. 소녀는 어느 날 아침 집을 나섰고, 끝내 돌아오지 않았다. 아이가 떠나면서 남겨둔 쪽지가 있었다. 아버지에게 전하는 소녀의 메시지는 간단했다. 멍청이들아, 난 떠날 거야. 서명은 없었지만 소녀의 필적임은 분명했다.

의견 충돌이 있었나? 언쟁? 지나치게 감정이 실린 말들? 십대 소녀가 있는 집에서는 종종 볼 수 있는 일이었다. 게다가 시장의 딸, 커스티 케네디는 열일곱 살이었다. 가장 다루기 힘든 나이. 소녀는 나이에 비해 성숙했고, 교육도 잘 받은 편이었다. 충분히 스스로를 돌볼 수 있었고, 법적으로 따져도 언제든 가출이 가능한 나이였다. 그런 이유로 경찰이 특별히 취할 수 있는 조치가 없었다. 시장, J.P.(Justices of the Peace, 치안 판사), 사우스 가일 지방 의회 의원의 요청이 아니었다면 이렇게 호들갑을 떨지 않았을 것이다.

메시지는 신속하게 경찰청 차장에게 전달되었다. 커스티 케네디를 찾아보되 수사에 대해서는 함구하라는 당부.

물론 그것은 불가능한 일이었다. 거리로 나가 질문을 던지는 순간 소문은 삽시간에 퍼지게 되어 있다. 소문을 접한 사람들은 하나같이 최악의 사태를 떠올릴 것이고, 언론이 냄새를 맡고 달려드는 것 역시 시간 문제였다.

예상했던 대로 언론은 경찰에 제공된 딸의 사진을 용케 입수했고 시장은 경찰 내부에 적이 있는 것 같다며 격노했다. 정중한 부탁이 아닌 강압적인 요구였기 때문에 당연히 벌어질 수밖에 없었던 일이었다.

모든 TV와 신문이 앞다투어 커스티 케네디 실종사건을 보도했다. 그들이 공개한 사진은 최근 것이 아니었다. 최소한 이삼 년은 된 것 같았다. 열네 살과 열다섯 살은 하늘과 땅 차이인데. 열일곱 살은 말할 것도 없고. 한때 십대 소녀의 아버지였던 리버스는 그것을 누구보다도 잘 알고 있었다. 시장이 제공한 사진은 커스티를 찾는 데 아무런 도움도 주지 못할 게 뻔했다.

시장은 한껏 들떠 있는 언론을 진정시키기 위해 기자회견을 열었다. 그의 아내도 자리를 같이했다. 엄밀히 말하면 그의 두 번째 아내로, 커스티의 친모는 아니었다. 친모는 세상을 떠났다. 기자들은 시장의 아내에게 특별히 할 말이 있는지 물었다.

"우리가 간절히 기도하고 있다는 걸 그 애가 알아주었으면 좋겠어요. 그뿐이에요."

그로부터 얼마 지나지 않아 첫 번째 전화가 걸려왔다.

시장의 전화번호를 알아내는 건 식은 죽 먹기였다. 전화번호부만 들춰보면 되니까. 또한 에든버러의 수만 개 가정에 배포된 팸플릿에도 그의 전화번호가 실려 있었다.

전화를 걸어온 남자는 변성기가 막 지난 듯한 앳된 목소리를 가지고 있었다. 그는 자신의 이름을 밝히지 않았다. 그의 메시지는 간단명료했다. 커스티를 데리고 있으니 돈을 내놓으라는 것. 그는 소녀를 잠깐 바꿔주기까지 했다. 소녀는 비명에 가까운 목소리로 두어 마디만을 간신히 내뱉었을 뿐이다. 분명하게 전달된 단어는 '아빠'와 '나'뿐이었다.

시장은 그게 커스티의 목소리가 맞는지 잘 모르겠다고 했다. 하지만 한가하게 그런 의심이나 품고 있을 때가 아니었다. 그는 이번에도 경찰에 도움을 요청했다. 경찰은 유괴범에게 몸값을 전달할 준비에 들어갔다. 물론 그들은 진짜 돈을 챙겨 나가지 않을 것이다. 거래 장소는 형사들로 득실거릴 테고.

그들의 목표는 그 자리에서 범인들을 덮치는 게 아니었다. 그들은 일단

놈들을 미행하기로 했다. 경찰 헬리콥터와 마크 없는 순찰차 네 대를 동원해서. 모두들 손쉬운 작전이 될 거라 확신했다.

하지만 상황은 예기치 못한 방향으로 흘러갔다. 범인들은 많은 인파가 몰리는 퀸스페리 가 버스 정류장을 거래 장소로 선택했다. 빠르게 이동하는 차량들로 북적이는 곳이라 위장 순찰차들을 세워놓을 만한 공간이 없었다. 약삭빠른 놈들이었다. 픽업 시간에 맞춰 나타난 범인들은 코티나를 정류장 반대편에 세워놓았다. 한 놈이 차에서 내려 위험천만하게 길을 건너갔다. 그는 신문 뭉치로 가득 찬 가방을 집어 들고 다시 기다리는 차로 돌아갔다.

순찰차 세 대는 정반대 방향으로 세워져 있었다. 경찰들은 차를 돌리느라 진땀을 빼야 했다. 먼저 미행에 나선 네 번째 차가 무전으로 용의 차량의 위치를 알려주었다. 믿었던 헬리콥터는 기상 악화로 이미 철수한 상태였다. 결국 로더데일이 전면에 나서 범인들과 공포의 레이스를 펼칠 수밖에 없게 되었다.

리버스는 병원에 누워 있을 로더데일이 아찔한 추격전을 떠올리며 흐뭇해하고 있기를 바랐다. 그에게는 메스꺼움과 욱신거리는 얼굴을 안겨준 악몽이었을 뿐이지만.

형사들은 경감에게 줄 선물을 사기 위해 모금을 시작했다. 앨리스터 플라워 경위는 조금의 망설임도 없이 10파운드를 꺼내 모금함에 집어넣었다. 가슴을 한껏 부풀린 그의 얼굴에는 환한 미소가 떠올라 있었다. 하지만 리버스의 눈에는 모든 게 혐오스럽게만 비쳐질 뿐이었다.

모두가 리버스를 지켜보고 있었다. 다들 그가 플라워를 제치고 진급에 성공할 것인지 궁금해 하는 중이었다. 만약 플라워가 진급하게 되면 리버스는 과연 어떤 반응을 보일지. 소문은 모금함 속 돈보다 훨씬 빠르게 쌓여가고 있었다.

리버스 또한 이번 유괴 사건이 누군가의 장난일 수도 있다는 의심을 거두지 않았다. 그의 짐작이 맞는지는 머지않아 확인될 것이다. 경찰은 이미 범행에 쓰인 차의 주인을 찾아낸 상태였다. 두 친구에게 차를 빌려주었다는 소년은 그들이 함께 사는 집을 찾아가보았지만 텅 비어 있었다고 진술했다.

차 주인은 아래층 조사실에 붙잡혀 와 있었다. 경찰은 소년에게 조사에 적극 협조하면 무보험 운전 사실을 눈감아주겠노라고 약속했다. 소년은 윌리 코일과 딕시 테일러에 대해 자신이 알고 있는 모든 걸 술술 불었다. 리버스는 잠깐 내려가 인터뷰를 지켜보았다. 인터뷰는 마카리 경사와 얼더 경장이 맡아 진행하고 있었다.

"12시 15분. 리버스 경위님이 들어오셨습니다." 마카리가 테이프 녹음기에 대고 말했다. "자," 그가 맞은편에 앉아 있는 소년을 쳐다보았다. "그들이 뭘 해서 먹고살았지? 윌리와 딕시 말이야. 둘 다 실업 수당을 받아왔다는 건 알고 있어. 하지만 사이드로 뭔가 했을 것 같은데."

리버스는 벽에 몸을 기댄 채 서 있었다. 그가 차 주인을 쳐다보며 미소를 지었다. 아무 문제없을 테니 긴장하지 말라는 의미였다. 차 주인은 십대 후반이었고, 단정한 옷차림을 하고 있었다. 소년의 오른쪽 귀에는 고리 모양의 은 귀걸이가 붙어 있었고 다른 장신구는 보이지 않았다. 시계조차도.

"그럭저럭 먹고살았어요." 소년이 말했다. "낭비만 안 하면 실업 수당만으로 얼마든지 살 수 있어요."

"그래서, 그놈들이 낭비를 전혀 안 하고 살았단 말이야?" 마카리가 잠시 말을 멈추었다. "더건 씨가 고개를 끄덕였습니다." 그가 녹음기에 소년의 반응을 담았다. "그런데 왜 이런 짓을 벌였지?"

더건이 고개를 저었다. "저도 그게 궁금해요. 그들이 이런 엄청난 일을 저지를 거라곤 상상도 못했어요. 윌리는 지금껏 한 번도 차를 빌려달라고 부탁한 적이 없어요. 그런데 이번엔 어쩐 일인지 뭔가 실어 나를 게 있다면서 빌려달라고 하더군요."

"정확히 뭘 실어 나른다고 했지?"

"그건 알려주지 않았어요."

"그것도 모르고 차를 빌려줬다는 거야?"

"윌리는 그런 일을 벌일 친구가 아니었어요."

"그럼 딕시는?"

더건의 입가에 희미한 미소가 머금어졌다. "딕시는 윌리와 완전 딴판이었어요. 누군가 곁에서 챙겨줘야 하는 타입이었죠."

"왜? 머리가 모자라서?"

"아뇨. 너무 태평스러워서요. 걘…… 그 무엇에도 관심이 없었어요." 소년이 고개를 들었다. "뭐랄까…… 말로 표현하기가 쉽지 않네요."

"그래도 한번 해봐."

"학교 다닐 때부터 윌리와 딕시는 굉장히 친한 사이였어요. 같은 음악을 들었고, 같은 만화책을 읽었고, 같은 게임을 좋아했고. 누구보다도 서로를 잘 알았죠."

"집을 나온 후로는 줄곧 셋방에서 같이 살았고?"

리버스는 마카리의 스타일이 마음에 들었다. 형사들끼리는 그를 '토니'라고 불렀다. 『아워 윌리』라는 만화에 나오는 캐릭터의 이름을 따서. 그는 더건의 긴장을 풀어주었고, 소년이 알아서 정보를 쏟아내게끔 노련하게 유도하고 있었다. 호의적인 관계를 구축해놓아야 가능한 일이었다. 리버스의 눈에 얼더는 조금 거슬렸다. 그는 플라워 라인에 속한 형사였다.

"아마 그랬을 거예요." 더건이 말했다. "서로에게서 한시도 떨어져 있질 못했으니까. 학교에 책이 한 권 있었거든요. 등장인물이 달랑 두 명뿐인 소설인데요. 하나는 바보였고, 또 하나는 정반대였고."

"『생쥐와 인간』?" 리버스가 말했다.

"번스인 줄 알았는데요(미국 소설가 존 스타인벡의 소설 『생쥐와 인간』은 스코틀랜드 시인 로버트 번스의 시 〈생쥐에게〉의 한 소절에서 제목을 따온 것이다)." 얼더가 말했다.

리버스는 마카리에게 나가겠다는 신호를 보냈다.

"12시 30분. 리버스 경위님께서 조사실을 나가셨습니다. 자, 더건, 다시 그 차 얘기로 돌아가서……"

언제나 그렇듯 리버스는 이번에도 퇴장 타이밍을 잘못 잡았다. 앨리스터 플라워가 〈Dixie〉(미국의 싱어송라이터 D. D. 에멧이 작곡한 노래)를 휘파람으로 불며 다가오고 있었다.

"안에 한 놈이 들어가 있어." 리버스가 말했다. "두 친구를 잃었다는데. 그중 한 명의 이름이 딕시였대."

플라워가 휘파람을 멈추고 짧게 웃음을 터뜨렸다. "무의식적으로 흥얼댔던 건데."

"의식이 있어야 잠재의식도 있는 거라고." 리버스가 그를 지나쳐 걸으며 말했다. "그래서 자넨 자격이 없는 거고."

플라워는 그를 순순히 보내줄 마음이 없는 듯했다. 뒤따라온 그가 이중문 앞에서 리버스를 멈춰 세웠다. "내가 경감 자리에 오르면 많은 게 달라질 거야." 그가 으르렁거렸다.

"당연하지." 리버스가 말했다. "그때쯤 되면 암 치료제도 나와 있을 거고, 화성 탐사도 하고 있을걸."

그는 리버스의 말은 듣지도 않고 나가버렸다.

4

그는 차를 몰고 스텐하우스로 향했다. 그가 기억했던 것보다는 멀리 떨어지고 훨씬 좋은 곳이었다. 고르지 가를 벗어나자 도시의 소음이 사라졌다. 자그마한 앞뜰이 딸린 2층 세미(한쪽 벽면이 옆집과 붙어 있는 주택)들과 깨끗이 청소된 보도. 몇몇 집 문간은 마치 박박 문질러 닦기라도 한 듯이 번들거렸다. 그의 어머니도 일주일에 두어 번씩 동네 여자들과 함께 비눗물이나 표백제로 현관 앞 계단을 광이 나도록 닦곤 했었다. 집 앞이 지저분하면 집 안도 마찬가지일 거라는 인상을 주기 때문이라나.

리버스는 공동 주택으로 넘쳐나는 에든버러 중심부 풍경에 익숙해져 있었다. 그래서인지 작은 교외 주택지의 모습에 그는 살짝 놀랐다. 보도와 도로에는 소금이 뿌려져 있었다. 여름이라면 울타리 너머로 수다를 떨어대는 이웃들을 여럿 보았겠지만 겨울에는 다들 겨울잠을 자는지 썰렁했다.

에든버러의 겨울은 꽤 길었다. 10월 초에 시작되어 무려 4월까지 이어졌다. 그날그날 분위기가 제각각인 것도 이곳 겨울의 특징이었다. 어떤 날은 하루 종일 황혼이었다. 또 어떤 날은 도로에 깔린 눈에 강렬한 햇빛이 반사되어 눈을 제대로 뜨고 다닐 수가 없을 정도였다. 그런 날에는 모두가 눈을 가늘게 뜨고 다녔다. 먼 곳을 제대로 보기 위해서. 그리고 맹렬한 빛으로부터 눈을 보호하기 위해서.

다행히 오늘은 황혼이었다. 하늘은 고동색을 띠고 있었다. 또 한 번 폭설을 쏟아낼 모양이었다. 리버스가 주머니에 두 손을 찔러 넣었다. 그의 손끝에 작은 종이봉투가 만져졌다. 그는 고르지 가의 한 철물점에서 친절히 알려준 전문점에 들러 라디에이터 열쇠를 사오는 길이었다. 주위를 둘러보던 그가 목적지를 발견하고 현관으로 올라갔다.

"어서 오세요, 경위님." 노크 소리를 듣고 나온 쇼반 클락이 말했다. "몸은 좀 어떠세요?"

리버스는 말없이 안으로 들어갔다. 실내는 그가 기대했던 것만큼 따뜻하지 않았다. 거실에서는 브라이언 홈스가 빽빽이 꽂힌 CD를 훑고 있었다.

"뭐 찾아낸 거 있어?" 리버스가 물었다.

홈스가 일어났다. "케네디 사건 관련 기사가 실린 신문 몇 개를 찾았습니다. 그걸 보고 자기들 운명을 짐작했던 모양입니다. 커스티가 머물렀던 흔적은 없고요. 그런 부랑자 같은 놈들과 어울려 다닐 타입은 절대 아닌 것 같은데. 갠 길레스피 학생이고, 그 두 놈은 평범한 종합 중등학교에 다녔으니까요."

"아무래도 우리가 속고 있는 것 같은데요." 클락이 말했다.

리버스가 잠시 주위를 둘러보다가 클락을 쳐다보았다. "자네가 좋은 집안에서 자란 아가씨라고 생각해봐. 좋은 학교에 다니면서 아늑하고 호화로운 삶을 살고 있다고 말이야. 그런 상황에서 잠시, 또는 영원히 사라져버리고 싶다면 자네랑 같은 부류 사람들과 함께하겠나, 아니면 자네를 모르는 하층 사람들과 함께하겠나?"

"하층 사람들이라면 윌리와 딕시 같은 아이들을 말씀하시는 건가요?"

리버스가 어깨를 으쓱였다. "이건 그냥 내 짐작일 뿐이지만, 그 아이 역시 스코틀랜드의 모든 가출 청소년들처럼 런던으로 갔을 거야."

"안타깝네요." 홈스가 나지막이 말했다.

"다 둘러봤나?"

"아직 다 못 봤습니다, 경위님."

"그럼 계속해. 저기 전기 히터도 좀 틀고. 나도 도와줄 테니까."

브라이언 홈스가 전기 미터기(필요한 만큼만 동전을 넣고 불을 땔 수 있는 난방기)에 넣을 동전을 찾아 주머니를 뒤적거렸다. 그들은 다시 작업으로 돌아갔다.

집에는 침실이 두 개 있었다. 작은 방의 침대는 깔끔하게 정리되어 있었지만 큰 방은 아수라장이었다. 작은 방의 주인은 윌리 코일이었다. 침대 옆에 놓인 사회복지국 편지가 그 사실을 확인시켜주었다. 책꽂이에 꽂힌 책들 대부분은 새것이었다. 리버스는 어느 서점이 최근 많은 책을 도난당했을지 궁금했다. 그가 『트레인스포팅』이라는 책을 뽑아들었다. 책꽂이 뒤편에는 종이 몇 장이 숨겨져 있었다. 워드 프로세서로 작성된 문서들은 스테이플러로 묶여 있었다. 차트와 그래프들. 영업 보고서나 계획서인 듯했다.

홈스가 상관의 어깨 너머로 문서를 내려다보았다. "설마 윌리 그 친구가 사업가는 아니었겠죠?"

리버스가 어깨를 으쓱였다. 그리고 문서를 잘 접어 주머니에 집어넣었다.

"여기 좀 보세요!" 쇼반 클락이 그들을 불렀다. 두 사람이 달려갔을 때 그녀는 딕시 테일러의 침대 밑에서 무언가를 끄집어내고 있었다. 포장도 뜯지 않은 일회용 주사기 세 개, 짤막해진 양초, 그리고 밑바닥이 까맣게 그을린 디저트 스푼.

"스켁(헤로인을 뜻하는 속어)은 못 찾았어요." 몸을 일으킨 그녀가 머리를 쓸어내리며 말했다.

"다른 침대는 내가 가서 살펴볼게." 홈스가 말했다.

리버스는 미소를 지었다. "스켁?" 그가 말했다. "대체 요즘 무슨 책을 읽고 있는 거야?" 그의 표정은 이내 진지해졌다. "지원을 요청해. 우리만으로는 역부족이야."

"알겠습니다, 경위님."

방에 홀로 남겨진 리버스는 주사기들을 유심히 살펴보았다. 주사기 케이스는 먼지로 덮여 있었다. 스푼에는 작은 보풀들이 붙어 있었다. 딕시는 한동안 헤로인을 끊고 지내왔던 모양이었다. 리버스는 화장실로 들어가 메타돈(헤로인 중독 치료에 쓰이는 약물)이 있는지 찾아보았다. 하지만 그가 발견한 것이라고는 분말로 된 감기약과 파라세타몰(해열·진통제)과 구강 청결제뿐이었다. 병원이나 중독 치료소가 보낸 편지도 없었다.

그는 게이츠 교수에게 전화를 걸어 혈액 검사 결과를 물어보았다.

"아직 결과를 못 받았습니다. 무슨 문제라도 생겼습니까?"

"그 애들이 헤로인을 했을 가능성이 있습니다." 리버스가 말했다. "적어도 둘 중 하나는 그랬던 것 같습니다."

"시신을 다시 살펴보겠습니다. 저번엔 주사 자국을 찾아보지 않았거든요."

"약을 했다면 분명 자국이 남아 있겠죠?"

"그때 보셨다시피 시신들 상태가 썩 깨끗한 편은 아닙니다. 게다가 정맥 주사 사용자들은 아주 교묘히 흔적을 숨깁니다. 혀나 음경에 주사하는 방법으로……"

"한번 살펴봐주시기 바랍니다, 교수님." 리버스가 수화기를 내려놓았다. 그는 갑자기 신선한 공기가 마시고 싶어졌다. 밖으로 나온 그가 옆집으로 다가가 초인종을 눌렀다. 중년 여자가 문을 열고 나왔다. 리버스가 신분증을 꺼내 보여주려 하자 그녀가 입을 열었다.

"당신들이 누군지 알아요." 그녀가 말했다. "정말 안타까운 일이에요. 그 애들 말이에요. 자, 들어와요."

그녀의 이름은 트위디 부인이었고, 집 안은 따뜻했다. 리버스는 소파에 앉아 두 손을 살살 비볐다. 조금씩 손바닥에 감각이 돌아오는 것 같았다.

"그 아이들을 잘 아셨습니까, 트위디 부인?"

그녀는 그가 수첩과 펜을 꺼내는 걸 지켜보았다. "괜찮으시죠, 부인?"

"네, 괜찮아요. 시작하기 전에 차를 한잔 내왔으면 하는데, 어때요?"

오히려 리버스가 바라던 바였다.

그는 30분 가까이 그 집에 앉아 있었다. 실내가 어찌나 후끈하던지 졸음이 쏟아질 정도였다. 하지만 트위디 부인의 진술이 그의 잠을 확 깨놓았다.

"착한 애들이었어요, 둘 다. 언젠가 쇼핑을 부탁한 적이 있었는데 군말없이 해줬어요. 차라도 한잔 들고 가라고 했는데 사양하더군요."

"그 애들을 자주 보셨습니까?"

"집을 들락거리는 건 자주 봤죠."

"규칙적으로 시간에 맞춰 들락거리던가요? 주로 밤에 나돌아 다니거나 하진 않았습니까?"

"그건 모르겠어요. 난 잠자리에 일찍 드는 편이거든요. 가끔 음악을 크게 틀긴 했는데 그럴 때마다 나도 텔레비전 볼륨을 같이 높였어요. 늦은 시간에 파티를 열 때는 먼저 찾아와 양해를 구했고요."

리버스는 주머니에서 커스티의 사진을 꺼냈다. "혹시 이 아이를 본 적 있으십니까, 트위디 부인?"

"맙소사, 네, 봤어요!"

"정말입니까?"

"『데일리 레코드』에서 봤어요."

리버스는 풀이 죽었다. "이 동네에선 못 보신 거고요?"

"네, 여기선 본 적 없어요. 그 집주인은 종종 봤지만요."

리버스의 얼굴이 찌푸려졌다. "하지만 여긴 공영 주택이잖습니까."

트위디 부인이 고개를 끄덕였다. "맞아요."

리버스는 어떻게 된 일인지 알 것 같았다. "하지만 임차료 영수증엔 윌리와 딕시의 이름이 올라가 있지 않다는 말씀이군요."

"저번에 설명을 해주던데…… 뭐라더라, 전대……"

"전대차 말씀입니까?"

"네, 그거예요. 집주인은 따로 있더라고요."

"집주인 이름을 아십니까, 트위디 부인?"

"폴이에요. 성은 모르겠고요. 인상 좋은 청년이에요. 옷차림도 단정하고. 한 가지 거슬리는 건 그가 여기에……" 그녀가 자신의 귓불을 잡고 난감한 표정을 지었다. "어울리지도 않는 걸 붙이고 다니더라고요."

"폴 더건?" 리버스가 말했다.

그녀가 그 이름을 몇 번 웅얼거렸다. "음," 그녀가 말했다. "그 이름이 맞는 것 같은데요."

리버스는 차를 몰고 고르지 가로 들어섰다. 그의 머릿속에서는 노래 하나가 흐르고 있었다. 오래된 닐 영의 곡, 〈The Needle and the Damage Done〉이었다. 그가 교도소 앞에 차를 세우고 잠시 머릿속을 정리했다. 고르지 가에서 갈라져 나온 진입로는 정문 관리실까지 이어졌다. 높은 울타리 너머에는 튼튼해 보이는 건물이 세워져 있었다. 문은 거대했고, 한쪽에는 큼지막한 시계가 붙어 있었다. 5시도 채 되지 않았지만 날은 이미 저물어 있었다. 교도소 창문으로 환한 불빛이 새어나왔다. 원래 이름은 'HM 에든버러 교도소'였지만 모두가 '소튼 교도소'라고 불렀다. 본관은 꼭 빅토리아 시대의 노역장 같아 보였다.

그놈들은 결국 이곳으로 보내졌을 거야. 그는 생각했다. 아무리 유괴가 장난이었다 해도, 그들도 그걸 알고 있었겠지.

월리 코일. 둘 중 키가 컸던 금발 소년. 리버스는 다리 밑으로 몸을 던지기 직전 어떤 생각이 그의 뇌리를 스쳤을지 궁금했다. 딕시와 그는 교도소행이 확정된 상태였다. 교도소에서는 서로 다른 동에 수감되었을 것이다. 아예 서로 다른 교도소에 수감되었거나. 그렇다면 딕시에게는 보호자가 없어지는 셈이었다. 리버스는 『생쥐와 인간』에 나오는 캐릭터 '레니'를 떠올렸다. 딕시는 마약쟁이였다. 어쩌면 친구 월리의 도움이 늘 절실했는지도 모른다. 하지만 스코틀랜드 교도소에서는 마약을 쉽게 구할 수 있다. 물론 마약과 교환할 게 필요하겠지만. 다행히 딕시 나이의 소년들에게는 쓸 만한 무언가가 있었다.

월리가 여러 옵션을 꼼꼼히 따져보지 않았을까? 그래서 결국 친구를 끌어안고 자살하기로 결심했을 수도 있었다. 리버스는 월리 코일이 좋아지기 시작했다. 소년이 죽었다는 사실이 아쉬웠다.

두 아이는 싸늘히 식은 채 영안실에 누워 있다. 이제 남은 사람은 뻔뻔한 폴 더건뿐이다. 리버스는 조만간 폴 더건을 직접 만나볼 생각이었다. 하지만 지금은 또 다른 사람들을 만나볼 때였다. 오늘 약속만큼은 무슨 일이 있어도 반드시 지켜야 했다.

5

쇠살대 안으로 진짜 불꽃을 볼 수 있는 낡은 가스난로가 켜져 있었다. 실내는 담배와 파이프가 뿜어대는 자욱한 연기로 가득 차 있었다. TV는 켜져 있었지만 그 소리는 라이브 음악에 완전히 파묻힌 상태였다. 겨울 저녁이면 에든버러의 포크 뮤지션들은 약속이라도 한 듯 같은 시각, 같은 펍에 진을 쳤다. 그들은 구석에서 연주를 하고 있었다. 바이올린 셋, 아코디언, 보드란(아일랜드의 작은 북), 그리고 플루트. 플루트 연주자는 밴드의 유일한 여성 멤버였다. 두꺼운 니트 스웨터 차림의 남자들은 모두 턱수염을 길렀고 볼이 불그레했다. 그들 앞에는 바닥이 거의 드러난 맥주잔이 하나씩 놓여 있었다. 여자는 빼빼 말랐고 창백한 얼굴과 갈색 머리를 가지고 있었다. 그녀의 볼은 난로 불빛을 받아 환했다.

술꾼 몇몇이 일어나 춤을 추고 있었다. 그들은 팔짱을 낀 채 좁은 공간을 빙빙 맴돌았다. 추위를 이기기 위한 몸부림 같아 보이기도 했지만 그들은 분명 신나게 춤을 추고 있는 것이었다.

"300cc 두 잔, 그리고 위스키 두 잔." 그가 바텐더에게 주문했다.

"같이 오신 분들은요?"

"하하." 리버스가 말했다. 그는 조지 클래서와 도니 두게리 쪽으로 다가가 앉았다. 클래서는 '닥(Doc)'으로 불렸고, 두게리의 별명은 '솔티(Salty)'

였다. 리버스는 두 사람을 깊이 알지 못했다. 하지만 저녁 6시부터 7시 30분 사이에는 누구보다도 그들과 친하게 지냈다. 솔티 두게리가 입을 열고 요란한 소음 너머로 말했다.

"앞으로는 초고속 정보 통신망으로 어디든 갈 수 있을 겁니다. 컴퓨터로 쇼핑을 하고 텔레비전을 보고 게임을 하고 음악을 듣는 세상이 올 거라고요. 컴퓨터로 모든 걸 해결하는 세상. 원한다면 그걸로 백악관에 전화를 걸 수도 있고 세계 각지에서 이런저런 것들을 다운로드할 수도 있을 겁니다. 책상 앞에 앉아서도 어디든 갈 수 있게 되는 것이죠."

"컴퓨터를 타고 펍에도 올 수 있습니까, 솔티?" 바 끝에 앉은 술꾼이 큰 소리로 물었다.

솔티는 그를 무시하고 번쩍 든 엄지와 검지를 작게 벌렸다. "신용카드만 한 하드 디스크. PC 전체가 손바닥 안에 들어오는 거죠."

"그런 얘기는 경찰에게 하면 안 돼요, 솔티." 닥이 말했다. 그 말에 술꾼 몇 명이 웃음을 터뜨렸다. 그가 리버스를 돌아보았다.

"이빨은 좀 어떻습니까?"

"진통제 덕분에 견딜만 합니다." 리버스가 마지막 남은 위스키를 입에 마저 털어 넣었다.

"설마 술과 진통제를 섞어 먹진 않겠죠?"

"내가 그런 짓을 하겠습니까? 솔티, 계산 좀 해줘요."

그제야 솔티의 혼잣말이 뚝 멎었다. 그는 계산을 기다리는 바텐더에게 10파운드 지폐를 꺼내 건넸다. 그리고 그 돈이 계산대 속으로 흘러들어가는 걸 슬픈 눈으로 지켜보았다. 솔티가 그런 별명으로 불리는 이유는 튀김 음식 전문점의 소금과 소스 때문이었다. 솔티는 사우스 가일의 한 전자제

품 공장에서 일했다. 호황 끝물에 '실리콘 글렌(스코틀랜드의 수도 에든버러에서 공업 도시 글래스고에 이르는 일대의 속칭)'으로 들어온 그는 부디 공업 분야가 계속 잘 버텨주기를 바라고 있었다. 이전에 그가 다녔던 여섯 개의 공장은 전부 문을 닫았다. 그가 실직을 밥 먹듯 할 수밖에 없었던 이유다. 그는 아직도 쪼들려 살던 시절을 생생히 기억하고 있다. "그때 사회보장 연금을 신청할 수도 있었어요." 그는 자신의 돈이 사라진 곳을 빤히 응시했다. 요즘 그는 클라이드사이드와 가일 파크 웨스트의 조립 공장에 납품할 마이크로 칩을 만들고 있었다.

"같이 출래요?"

리버스가 앉은 채로 몸을 살짝 틀었다. 이가 다 빠져버린 여자가 실실 웃고 있었다. 이름이 모래그라고 했던가? 그녀는 타탄 무늬 신발 끈으로 무장한 남자의 아내였다.

"오늘은 됐어요." 그가 조심스레 대답했다. 남편의 반응을 예측할 수 없었기 때문이다. 같이 추면 남의 여자에게 추파를 던지는 것이 되고, 거절하면 그를 무시하는 것이 되었다. 리버스는 광이 나는 바 레일에 한쪽 발을 살며시 얹어놓고 술을 홀짝였다.

8시가 되자 닥과 솔티가 펍을 나섰다. 특징 없는 모자를 눌러쓴 노인이 리버스 곁으로 다가왔다. 틀니를 깜빡했는지 그의 볼은 옴폭 팬 상태였다. 그는 리버스에게 미국 역사에 대해 장황한 설명을 늘어놓았다.

"난 미국인이 좋아. 다른 나라 사람들보다는."

"어째서죠?"

"응?"

"왜 미국인만 좋아하시냐고요."

남자가 혀로 입술을 핥았다. 그는 리버스에게도, 펍 안의 그 무엇에도 집중하지 않고 있었다. 어쩌면 넋이 반쯤 나가 있는 상태인지도 몰랐다.

"왜냐하면……" 마침내 그가 말했다. "서부 영화 때문이야. 내가 서부 영화를 굉장히 좋아하거든. 호팔롱 캐시디, 존 웨인이 나오는 영화들…… 소싯적에 호팔롱 캐시디를 아주 좋아했었어."

"「영원할 수 있을까(Could It Be Forever)?」" 리버스가 말했다. "그것도 그 사람 영화였죠."

그는 남은 술을 마저 들이켜고는 집으로 돌아갔다.

전화벨이 울리고 있었다. 리버스는 응답할지를 놓고 10초 동안 고민에 빠졌다.

"여보세요."

"여보세요? 아빠?"

그가 의자에 털썩 주저앉았다. "안녕, 새미. 지금 어디야?" 새미는 대답이 없었다. "아직도 페이션스랑 같이 지내? 별일은 없고?"

"네."

"일은?"

"정말 궁금해서 물어보시는 거예요?"

"그냥 예의상 물어보는 거야." 아빠니까 물어보는 거라고 했어야지. 그는 생각했다. 아빠니까. 그렇게 말했어야 하는 건데. 그는 가끔 인생에도 되감기 기능이 있으면 좋겠다는 생각을 하곤 했다.

"그럼 구체적인 건 들려드리지 않을게요."

"페이션스는 어디 나간 모양이지?" 당연히 그렇겠지. 새미는 그녀가 집에 있을 때 연락하는 법이 없으니까.

"네. 누구랑…… 아니, 볼일이 있다면서 나갔어요."

리버스의 입가에 미소가 머금어졌다. "누구랑 같이 나갔다고 해도 돼."

"제가 이런 걸 잘 못해서."

"그건 네 탓이 아니야. 유전자 탓이지. 아빠랑 만날까?"

"오늘밤엔 안 돼요. 피곤해 죽을 것 같거든요. 페이션스가…… 조만간 한번 오시래요. 부녀가 서로에게 너무 무심하다면서요."

하긴. 리버스는 생각했다. 페이션스의 말을 들어서 손해 볼 건 없지. "아빠도 그러고 싶어. 언제가 좋을까?"

"페이션스랑 얘기해보고 알려드릴게요. 괜찮으시죠?"

"물론."

"저는 오늘 일찍 잘 거예요. 아빠는요?"

리버스가 자신의 의자를 내려다보았다. "난 이미 잠자리에 들었어. 잘 자라."

"아빠도요. 사랑해요."

"아빠도." 리버스가 부드럽게 말했다. 수화기를 내려놓은 후에.

리버스는 하이파이 시스템 앞으로 다가갔다. 그는 술을 마시고 들어온 날에는 어김없이 롤링 스톤스를 들었다. 여자, 인간관계, 그리고 동료들은 모두 왔다가 가버렸다. 하지만 스톤스는 늘 같은 자리를 지켜주었다. 그는 턴테이블에 레코드판을 걸어놓고 마지막 잔을 채웠다. 지칠 줄 모르는 키스 리차드의 기타 리프가 터져 나왔다. 난 가진 게 별로 없어. 리버스는 생각했다. 하지만 내겐 이게 있다고. 그는 병실에 누워 있을 로더데일을 떠올렸다. 밖에서 밤을 즐기고 있을 페이션스도. 채링 크로스 편지 상자 안에 갇혀 있을 커스티 케네디도. 또다시 싸구려 운동화와 마지막 포옹과 윌리 코일의 얼굴이 그의 뇌리를 스쳐갔다.

아무리 술을 마셔도 소년의 얼굴을 머릿속에서 지워낼 수가 없었다.

그는 윌리의 침실에서 발견한 문서를 기억해냈다. 그것은 주방 조리대에 놓여 있었다. 그가 문서를 가져와 훑어보기 시작했다. 라바룸(LABarum)이라는 컴퓨터 소프트웨어 회사의 사업계획서였다. 문서에는 라바룸이 '도덕적 규범이나 지침'을 의미한다는 내용이 적혀 있었다. 또한 상호 맨 앞의 대문자 세 개가 '로디언과 보더스(Lothian And Borders)'의 약자라는 설명도 들어 있었다. 사업계획서에는 미래 개발, 원가 계산, 견적 대차 대조표, 고용 범위 등이 포함되어 있었다. 건성으로 작성된 듯했고, 대부분 조건부 제안들이었다. 리버스는 전화번호부를 꺼내와 훑어보았지만 라바룸이라는 회사는 찾지 못했다.

누군가가 남겨놓은 흔적이 곳곳에 보였다. 밑줄이 그어진 구절들, 동그라미가 쳐진 단어들, 그래프 옆에 적어놓은 숫자들. 빨간 펜으로 삭제한 문장들과 수정된 표현들, 그리고 체크 표시가 된 부분들도 보였다. 리버스는 그것이 윌리 코일의 필적인지 궁금했다. 윌리 같은 아이에게 빨간 볼펜이 있었을까? 윌리 코일은 왜 이런 문서를 침실에 숨겨두었던 것일까? 리버스는 마지막 페이지로 넘어갔다. 한복판에 대각선으로 휘갈겨 적어놓은 단어가 눈에 확 들어왔다. 그 단어에는 밑줄이 진하게 그어져 있었다. DALGETY. 그는 첫 페이지부터 문서를 다시 훑어보았다. 하지만 달게티가 언급된 곳은 없었다. 사람인가? 장소인가? 아니면 회사? 그 단어는 파란 잉크로 적혀 있었다. 여기저기 수정을 가하고 여백에 메모를 해놓은 이의 필적과 매치가 되는지는 확인할 수 없었다.

리버스가 다시 잔을 채웠다. 이번이 정말로 마지막 잔이었다. 그는 턴테이블로 다가가 앨범을 뒤집었다. 그는 자신에게 짜증이 났다. 다 끝난 사건인데. 발악하던 사기꾼 둘이 다리에서 떨어져 죽었을 뿐인데. 정말 그것뿐인데. 진작 머릿속에서 지워버렸어야 하지만 그게 잘 되지 않았다.

"윌리, 이 빌어먹을 자식!" 그가 큰 소리로 말했다. 그는 잔을 쥔 채 의자에 앉아 사업계획서를 다시 집어 들었다. 오른쪽 상단에 연필로 흐릿하게 적어놓은 글자 두 개가 그의 눈에 들어왔다. CK. 그는 그것이 '확인(check)'의 약자인지 궁금했다.

"알 게 뭐야?" 그가 말했다. 그는 흘러나오는 음악에 집중해보려 애썼다. 어기적거리는 연주가 묘하게도 그의 가슴을 후벼대고 있었다.

"건배, 윌리." 리버스가 잔을 번쩍 들며 말했다.

6

꽁꽁 얼어붙은 채 잠에서 깬 그는 라디에이터 열쇠가 아직도 재킷 주머니에 담겨 있다는 걸 깨달았다. 파이프에서는 콸콸 소리가 났고 보일러는 으르렁댔지만 라디에이터는 열기가 거의 느껴지지 않았다.

그는 카페에서 커피와 베이컨 롤을 사들고 차에 올랐다. 도로는 된서리로 덮여 있었다. 당장이라도 눈을 뿌려댈 것 같은 하늘은 납빛을 띠고 있었다. 출발하기 전, 그는 무려 5분에 걸쳐 앞 유리에 낀 얼음을 벗겨냈다. 시야가 충분히 확보되지 않아 마치 탱크를 운전하는 듯한 기분이 들었다.

그의 책상에는 9시 30분까지 농부의 사무실로 오라는 메시지가 놓여 있었다. 커피가 더 필요해진 리버스는 구내식당으로 향했다. 한 여자가 테이블에 앉아 차가 담긴 비커(손잡이가 없는 길쭉한 컵)를 휘휘 저어대고 있었다.

"질?"

그녀가 고개를 들었다. 질 템플러였다. 리버스의 얼굴에 환한 미소가 머금어졌다. 올해 들어 처음 웃어보는 것 같았다. 그가 의자를 끌어와 그녀 옆에 앉았다.

"안녕, 존." 그녀의 시선은 다시 비커로 돌아갔다.

"파이프에 있는 줄 알았는데."

"맞아요."

"성범죄 전담반?"

"그래요."

그가 고개를 끄덕였다. 그녀의 목소리에서 싸늘함이 묻어나왔지만 그는 무시하려 애썼다. "좋아 보이네요." 그건 진심이었다. 그녀의 검은 머리는 페더 커트로 잘려 있었다. 초승달 모양의 긴 머리가 그녀의 양쪽 귀에서 볼까지 덮고 있었다. 그녀의 눈은 선명한 진녹색이었다. 그녀는 조금도 변하지 않았다. 질 템플러는 살며시 미소를 지을 뿐 대꾸하지 않았다.

소리 없이 다가온 브라이언 홈스가 리버스의 어깨에 손을 얹었다. "부검 결과가 들어왔습니다."

"그래?"

홈스가 커피와 도넛을 사러 들어갔다. 리버스는 그에게 잽싸게 따라붙었다. "그래, 뭐라던가?" 그가 물었다.

홈스가 도넛을 한 입 베어 물며 어깨를 으쓱였다. "별거 없었습니다." 그가 웅얼거리며 도넛을 삼켰다. "혈액에서 헤로인이나 다른 마약이 검출되지 않았답니다. 한 시체의 몸에 주사바늘 자국이 남아 있긴 한데요, 최근 것 같진 않다고 하네요."

"둘 중 어떤 놈인데?"

"키 작은 애요."

"딕시." 리버스가 커피를 들자 홈스가 계산을 했다. 그가 돌아섰을 때 질 템플러는 사라져버리고 난 후였다. 그녀가 입도 대지 않은 비커만이 테이블에 덩그러니 놓여 있었다.

"아까 그분, 누구죠?" 홈스가 잔돈을 받아 주머니에 넣으며 물었다.

"한때 알았던 사람."

"그렇게 말씀하시면 제가 어떻게 알겠습니까?"

리버스는 대꾸 없이 테이블을 골라 앉았다.

앨리스터 플라워 경위는 패션 화보 촬영을 위해 프린스 가로 향하는 사람 같았다.

"마네킹이 부족했나보군." 농부 왓슨의 사무실로 들어서며 리버스가 말했다.

플라워는 연청색 양복에 파란 셔츠, 그리고 지그재그 무늬의 흑백 넥타이 차림이었다. 광을 낸 갈색 로퍼 위로는 하얀 테니스 양말이 살짝 드러나 있었다. 그의 옆에 자리를 잡고 앉은 리버스는 조만간 자신도 짬을 내어 구두를 닦겠노라고 다짐했다. 그의 셔츠에는 베이컨 롤에서 흘러내린 기름이 묻어 있었다.

"아침 일찍부터 이렇게 회의를 소집한 이유는……" 농부 왓슨이 말했다. "자네들을 안심시키기 위해서야."

"굳이 이렇게 안 하셔도 플라워 경위는 늘 안심하고 있는 상태인데요, 총경님." 리버스가 말했다.

플라워는 태연하게 웃음을 터뜨렸다. 하지만 리버스는 그것이 연기에 지나지 않는다는 걸 알고 있었다.

"존." 농부가 말했다. "매번 그렇게 농담을 늘어놔야 직성이 풀리나?"

"남에게 웃음을 주는 건 좋은 일이죠." 하지만 농부는 웃지 않았다. 리버스는 그 침묵의 의미를 알고 있었다. 이런 식의 태도는 그의 진급에 전혀 도움이 되지 않았다.

앨리스터 플라워가 내심 바라고 있는 것.

"앨리." 농부가 다시 입을 열었다. 플라워의 허리가 곧게 펴졌다. 리버스가 본 적 없는 트릭이었다. "앨리, 한 잔 더 하겠나?"

플라워가 자신의 컵을 내려다보았다. 그리고 남은 커피를 단숨에 비웠다. "감사합니다, 총경님."

농부가 자리에서 일어나 플라워의 컵을 받아 들었다. 그리고 커피 머신 앞으로 다가갔다. 그가 두 형사를 등진 채 입을 열었다.

"프랭크 로더데일의 임시 대타를 뽑았어. 오늘 발표될 거야."

리버스는 불길한 기운에 휩싸였다.

"그녀 이름은……" 농부가 말했다. "질 템플러야."

플라워는 곧장 화장실로 향했다. 거울에 대고 주먹이라도 휘두르려는 모양이었다. 리버스는 CID(경찰청 범죄 수사과) 상황실로 돌아갔다. 안으로 들어서니 부검 보고서를 훑고 있는 질이 눈에 들어왔다.

"축하해요." 리버스가 말했다.

"고마워요." 그녀는 계속 보고서를 읽어 내려갔다. 그는 그녀가 고개를 들 때까지 묵묵히 기다렸다. "존?" 그녀가 나지막이 말했다.

"네, 보스?"

"내 사무실로 와요."

사무실 문에는 아직도 로더데일의 이름이 붙어 있었다. 새 명판이 걸리지는 않았지만 리버스는 달라진 부분을 몇몇 짚어낼 수 있었다.

"앉을 필요 없어요." 그녀가 말했다. 리버스가 주머니에서 담배를 꺼냈다. "왜 이래요? 당신도 룰을 알잖아요. 흡연 금지."

그가 담배를 입에 물었다. "불은 붙이지 않고 그냥 빨기만 할게요." 그가 말했다.

그녀가 문을 닫고 팔짱을 낀 채 로더데일의 책상에 몸을 기댔다.

"존, 상황이 좀 어색하게 됐다는 거 알아요." 리버스는 사무실 안을 찬찬히 둘러보았다. "에이트킨 박사랑 갈라섰다면서요?"

리버스가 입에서 담배를 뽑아들었다. "그게 어때서요?"

"실연의 아픔을 딛고 다시 도약해야 하잖아요. 하지만 난 그 발판이 되어줄 마음이 없어요. 혹시라도 이상한 생각을 품고 있었다면 희망을 버려요."

리버스가 미소를 지었다. "아까 구내식당에서 이 멘트를 연습하고 있었던 모양이군요."

"우리 과거는 그냥 묻어두자는 얘기예요. 오로지 일에만 집중하자는 얘기."

"알았어요." 그가 다시 담배를 물었다.

그녀가 책상을 돌아 들어가 의자에 앉았다. "포스 로드 브리지를 아수라장으로 만든 두 녀석에 대해 들려줘요."

"사기였어요. 갑자기 돈이 필요했던 모양이에요. 빚이 좀 있었거나. 그냥 무뢰한들이었습니다. 그 소녀랑 알던 사이 같진 않고요. 하우딘홀에서 차를 살펴보는 중입니다. 안에서 그 아이 지문은 발견되지 않았다네요."

"독극물 테스트 결과엔 왜 그리 관심을 보이는 거죠?"

"내가 그랬나요?"

"구내식당에서 누군가가 당신에게 보고했잖아요. 결과가 도착했다고."

리버스가 다시 미소를 지었다. "그들이 어떤 놈 밑에서 활동했는지 궁금했을 뿐이에요."

"이름은 알아냈나요?"

"폴 더건. 그 친구가 두 무법자에게 자신의 차를 빌려줬습니다. 그들은 그의 공영 주택을 전대해 살았었고요."

"그건 불법인데."

"맞아요. 그래서 그 친구를 다시 소환해 심문해보려고요."

그녀가 잠시 생각에 잠겼다가 고개를 끄덕였다. "수사 중인 또 다른 사건은 없고요?"

그가 어깨를 으쓱였다. "많진 않아요. 이맘때가 원래 좀 조용하잖아요."

"부디 이런 분위기가 쭉 이어졌으면 좋겠네요. 난 당신의 평판을 알고 있어요, 존. 당신을 알고 지냈을 때보다 더 나빠져 있더군요. 난 골치 아픈 문제는 질색이에요."

리버스가 창밖을 내다보았다. 눈이 내리고 있었다. "이런 날씨에 에든버러에선……" 그가 말했다. "별문제 발생하지 않을 테니 걱정 말아요. 날 믿으라니까요."

7

휴 매커널리는 '위 셔그(Wee Shug)'라는 별명으로 널리 알려진 사람이었다. 그는 휴라는 이름을 가진 사람들이 죄다 셔그라는 별명을 떠안게 된이유가 궁금했다. 세상에는 그가 모르는 것과 영원히 알지 못하게 될 것들로 넘쳐났다. 감옥에 다녀와서도 전혀 나아진 게 없었다. 물론 몇 가지 얻은 건 있었다. 전동 공구 사용하는 법, 소파 조립하는 법. 그는 자신이 교육을 제대로 받지 못해 무식하다는 걸 인정했다. 하지만 그의 감방 동료는아주 똑똑했고, 확고한 주관마저 갖고 있었다. 한마디로, 셔그와는 완전 딴판이었다. 그는 셔그에게 많은 걸 가르쳐주었다. 좋은 친구가 되어주기까지 했다. 늘 사람들로 득실거렸지만 친구가 없다면 세상에 교도소만큼 외로운 곳이 없었다.

하긴, 그가 똑똑했더라도 달라진 건 없었을 것이다. 전혀. 아주 조금도.

하지만 오늘 저녁, 그는 확실히 달라지기로 했다. 자신이 살기 위해서.

예보된 대로 칼바람이 부는 추운 밤이었다.

톰 길레스피 의원은 오늘 면담에 몇 안 되는 주민만이 얼굴을 비출 것으로 예상하고 있었다. 보나마나 늘 보는 얼굴들일 것이다. 파열된 수도관을 고쳐달라거나 겨울철 지원 수당을 인상해달라는 민원들. 그의 워렌더

구 주민들은 아주 자주적인 사람들이었다. 쉽게 주눅이 드는 타입이기도 했고. 어느 쪽에 더 가까운지는 보는 이의 관점이나 정치 성향에 따라 다르게 판단될 수 있었다. 그가 화려하게 차려입은 비서관에게 미소를 지어 보인 뒤 교실 벽에 걸린 그림들을 찬찬히 감상했다.

그는 매달 셋째 주 목요일, 학교에서 면담을 진행했다. 면담이 끝날 때마다 그는 민원에 대한 해결 방안을 휴대용 녹음기에 구술했고, 그 내용은 시청 담당자의 타자기를 통해 깔끔하게 정리되었다. 일반적인 정치 사안과 그의 소속 정당 관련 문제는 행정 보좌관이 떠맡게 되었다.

길레스피의 아내는 개인 비서가 불필요한 이유를 꾸준히 지적해왔다. 하지만 의원은 경쟁자들보다 앞서나가려면 그들보다 훨씬 바빠져야 한다고 항변했다. 단기적으로 보면 사치이지만 장기적으로 보면 큰 이득이라면서.

직장을 그만두었을 때도 그는 같은 논리를 펼쳤다. 당시 그는 아내 오드리에게 절반에 가까운 의원들이 다른 일을 겸하고 있고, 그 때문에 의회나 정책 업무에 모든 정력을 쏟아 붓지 못한다고 주장했었다. 또한 의회 일이 너무 바빠 다른 일은 꿈도 못 꾼다는 걸 주민들이 알아주도록 노력해야 한다고 덧붙였다. 위원회 미팅은 낮에 열렸고, 다른 일이 없는 그는 매번 어려움 없이 참석할 수 있었다.

장점은 또 있었다. 낮에 의회 업무를 해치웠으니 저녁과 주말에는 마음껏 놀 수 있다는 것. 그는 오드리의 손을 꼭 쥐며 돈이 더 필요한 것도 아니지 않느냐는 말로 쐐기를 박았다. 의원 기본수당은 4,700파운드였다.

그는 아내에게 지금이 지방 정부 입장에서 가장 중요한 시기라는 사실을 상기시켰다. 7주 후 총선을 치르고 나면 새로운 변화가 시작될 거라면서. 그는 이 도시가 에든버러 시의회라는 단일 지휘권을 누리게 되었을 때 그 중심에 서서 활약하고 싶다는 야망을 감추지 않았다.

오드리는 마지못해 한 가지 조건을 내걸었다. 개인 비서는 반드시 나이 든 여성이어야 한다는 것. 소박하고 매력 없는 여자. 헬레나 프로핏은 그 조건에 딱 맞아떨어지는 사람이었다.

그는 오드리와의 논쟁에서 완전한 승리를 거둬본 적이 단 한 번도 없었다. 그녀는 의견 충돌이 있을 때마다 흥분하면서 잔소리를 퍼부었고, 그것이 먹히지 않으면 집 안의 모든 문을 부술 듯이 닫아버리는 것으로 불만을 표출했다. 하지만 그는 개의치 않았다. 그는 그녀의 돈이 필요했으니까. 문제는 돈으로도 썰렁한 학교에 처박혀 목요일 밤 면담을 진행해야 하는 이 지옥 같은 상황을 면할 길이 없다는 사실이었다.

그의 비서는 뜨개질감을 가져온 모양이었다. 나중에 그녀가 한 시간 동안 뜬 양을 확인해보면 면담이 얼마나 한산했는지를 가늠할 수 있을 것 같았다. 그는 분주히 움직이는 바늘을 지켜보고 있다가 다시 작성 중이던 편지로 돌아갔다. 쉽게 쓸 수 있는 편지는 아니었다. 매달린 지 일주일이 넘었지만 아직도 끝이 보이지 않았다. 비서에게 받아쓰게 할 수 있는 내용이 아니라 더 골치 아팠다. 그는 주소와 날짜만을 적어놓았을 뿐 본격적인 내용으로는 들어가지 못하고 있었다.

학교는 조용했다. 복도에는 불이 환히 켜져 있었고 라디에이터는 싸늘히 식어 있었다. 경비원과 청소부 네 명은 어딘가에 틀어박혀 코빼기도 보이지 않았다. 면담이 끝나고 청소부들과 의원이 돌아가면 경비원은 학교 문을 잠가야 했다. 청소부들 중 한 명은 젊고 자그마한 여자였다. 그는 그녀도 자신의 구 주민인지 궁금했다. 그의 시선이 다시 벽에 걸린 시계로 돌아갔다. 20분만 더 참으면 귀가할 수 있었다.

그때 교실 문이 거칠게 닫히는 소리가 들렸다. 키 작은 남자가 안에 들어와 있었다. 남자는 얇은 항공 재킷과 해진 바지 차림이었다. 그의 두 손은 재킷 주머니에 깊숙이 파묻혀 있었다.

"당신이 의원이오?" 남자가 물었다.

길레스피 의원이 자리에서 일어나 미소를 지었다. 남자는 헬레나 프로핏을 돌아보았다. "당신은 뭐요?"

"제 비서입니다." 톰 길레스피가 설명했다. 헬레나 프로핏과 남자는 잠시 서로를 빤히 쳐다보았다. "무슨 일로 오셨습니까?"

"용건을 얘기하지." 남자가 말했다. 그가 재킷 지퍼를 내리고 총신을 짧게 자른 산탄총을 뽑아들었다.

"당신," 그가 프로핏에게 말했다. "당신은 꺼져." 그가 산탄총을 의원에게 겨누었다. "넌 꼼짝 말고."

헬레나 프로핏은 비명을 지르며 교실을 뛰쳐나갔다. 하마터면 청소부들과 충돌할 뻔했다. 양동이가 넘어가면서 나무 바닥에 구정물이 쏟아졌다.

"힘들게 닦아놨는데!"

"총, 그가 총을 가져왔어요!"

청소부들이 그녀를 쳐다보았다. 교실 안에서 타이어 폭발하는 소리가 터져 나왔다. 프로핏의 다리가 풀렸고 청소부들이 바짝 다가왔다.

"저게 무슨 소리죠?"

"방금 총이라고 했나요?"

그때 교실 문이 열리고 형체 하나가 모습을 드러냈다. 의원이었다. 그의 몰골은 교실·벽에 걸린 그림 같아 보였다. 하지만 그의 얼굴과 머리에 뿌려진 건 물감이 아니었다.

교실로 들어선 리버스는 벽에 걸린 그림들을 차례로 살펴보았다. 그것들 중 하나는 매우 훌륭한 작품이었다. 색이 조금 튀기는 했지만 형체들을 알아보는 데는 지장이 없었다. 파란 집, 노란 태양, 초록 들판 한복판의 갈색 말, 그리고 회색 얼룩이 찍힌 빨간 하늘……

오.

경찰은 문간에 의자 두 개를 놓아두는 것으로 사람들의 출입을 막고 있었다. 시체는 여전히 교탁 앞 바닥에 팔다리를 벌린 자세로 누워 있었다. 커트 박사가 시체를 살펴보는 중이었다.

"최악의 한 주를 보내고 계시군요." 그가 리버스에게 말했다.

시체의 상태는 끔찍했다. 머리의 상당 부분은 날아가버렸고, 얼굴에 남은 것이라고는 아래턱뿐이었다. 더블 배럴 산탄총을 입에 물고 방아쇠를 당겼으니 당연한 결과였다.

리버스는 교탁 뒤로 다가가 섰다. 교탁에는 줄이 쳐진 종이 뭉치가 놓여 있었고, 맨 위에는 다음과 같은 메시지가 적혀 있었다.

해밀턴 씨―주말 농장 할당.

그리고 주소와 전화번호. 종이 뭉치는 피로 물들어 있었다. 리버스는 첫 장을 뜯어보았다. 바로 다음 장에는 길레스피가 적어놓은 'Dear'라는 단어가 보였다.

"흠." 커트가 천천히 몸을 일으켰다. "당연한 얘기지만 사인은 바로 저겁니다." 그가 턱으로 시체 옆에 놓인 산탄총을 가리켰다. "저걸로 머리를 날려버린 거죠."

"그렇군요." 리버스가 말했다.

커트가 그를 돌아보았다. "사진 담당은 오고 있는 중입니까?"

"차에 시동이 안 걸린다더군요."

"도착하면 머리를 집중적으로 촬영하라고 주문해주세요. 참, 목격자가 있다고 하셨죠?"

"길레스피 의원."

"모르는 사람인데요."

"우리 구 의원입니다."

커트 박사가 얇은 라텍스 장갑을 꼈다. 시체를 꼼꼼히 살펴볼 차례였다. 그들은 신원 확인부터 해야 했다.

"여기도 아늑하긴 하지만……" 커트 박사가 말했다. "난로가 기다리는 집으로 빨리 돌아가고 싶습니다."

리버스는 시체의 바지 뒷주머니에서 봉투를 하나 찾아냈다. 공식 문건으로 보이는 그것은 반으로 접혀 있었다.

"H. 매커널리 씨." 그가 봉투에 적힌 이름을 확인했다. "주소가 톨크로스군요."

"여기서 5분도 안 걸리는 곳인데."

리버스는 봉투에서 편지를 조심스레 꺼내 내용을 훑어나갔다. "교도소에서 보낸 겁니다." 그가 커트 박사에게 말했다. "H. 매커널리 씨가 최근에 소튼 교도소에서 석방됐던 모양입니다."

톰 길레스피는 학교 화장실에서 대충 씻고 나왔다. 젖은 머리는 흉측하게 눌려 있었다. 그는 두 손으로 얼굴을 북북 문질러대다가 피 얼룩이 완전히 가셨는지 확인하기 위해 손바닥을 내려다보았다. 펑펑 울고 난 그의 눈은 빨갛게 충혈되어 있었다.

리버스와 길레스피는 교장실에서 마주 앉아 있었다. 사무실 문은 굳게 잠겨 있었지만 리버스는 교장을 불러 열게 했다. 청소부들은 교무실에 모여 앉아 차를 홀짝이고 있었고, 쇼반 클락은 넋이 나간 프로핏 씨를 진정시키고 있었다.

"정말 모르는 사람입니까, 길레스피 씨?"

"오늘 처음 봤습니다."

"확실한가요?"

"네."

리버스는 주머니에 손을 넣었다. "한 대 피워도 되겠습니까?" 그는 사무실에서 풍기는 은은한 담배 냄새를 통해 교장이 개의치 않을 거라는 걸 확신할 수 있었다.

길레스피가 고개를 끄덕였다. "기왕이면……" 그가 말했다. "저도 한 개비 주시겠습니까?" 길레스피가 담배에 불을 붙이고 길게 한 모금 빨았다. "3년 전에 힘들게 끊었는데."

리버스는 아무 말도 하지 않았다. 그는 의원을 유심히 뜯어보는 중이었다. 그는 지난 선거 때 우편함에 꽂혀 있던 전단지에서 의원의 사진을 본 적이 있었다. 길레스피는 사십대 중반이었다. 그의 빨간 테 안경은 책상에 놓여 있었다. 그는 머리숱이 적었고, 정수리 부분은 성긴 정도가 특히 심했다. 그나마 풍성한 옆머리는 심하게 곱슬했다. 검은 속눈썹은 무성했고, 턱은 가늘었다. 리버스의 눈에는 그다지 잘생겨 보이지 않았다. 그의 넷째 손가락에는 수수해 보이는 금반지가 끼워져 있었다.

"정계에 입문하신 지는 얼마나 되셨습니까, 길레스피 씨?"

"6년 됐습니다. 이제 곧 7년차가 됩니다."

"저도 의원님 지역구 주민입니다."

길레스피가 그를 유심히 쳐다보았다. "전에 저랑 만난 적이 있으신가요?"

리버스는 고개를 저었다. "그러니까 그 남자가 교실로 불쑥 들어와서는……?"

"네."

"일부러 의원님을 찾아왔던 겁니까?"

"들어와서는 내가 의원이 맞느냐고 묻더군요. 그리고 나서 헬레나가 누구인지 물었습니다."

"헬레나라면 프로핏 씨 말씀인가요?"

길레스피가 고개를 끄덕였다. "그는 그녀에게 나가라고 했습니다. 그리고…… 산탄총 총구를 입에 물었죠." 그가 몸을 바르르 떨었다. 담배 끝에서 재가 떨어졌다. "그때 상황은 영원히 잊지 못할 겁니다. 영원히."

"다른 얘긴 없었습니까?" 길레스피가 고개를 저었다. "아무 말도요?"

"아무 말도 없었습니다."

"그가 왜 그런 짓을 벌였을지 혹시 짚이는 게 있습니까?"

길레스피가 리버스를 쳐다보았다. "그건 경찰이 밝혀내야 하는 거 아닙니까? 제게 물어보실 게 아니라."

리버스는 그의 눈을 똑바로 쳐다보았다. 길레스피는 담배를 비벼 끌 곳을 찾아 두리번거리기 시작했다.

뭔가 감추고 있어. 리버스는 생각했다. 애써 쿨한 척하고 있지만 나를 속일 순 없어.

"마지막으로 한 가지만 더 여쭙겠습니다, 길레스피 씨. 면담하시는 건 어떻게 홍보하고 계십니까?"

"지방 의회에서 전단을 제작해 주민들에게 보냅니다. 지역구 내 병원 같은 곳들 게시판에도 붙여놓고요."

"그럼 이 면담에 대해 모르는 주민이 없겠군요."

"이런 걸 비밀로 하면 무슨 소용이 있겠습니까?"

"매커널리 씨의 주소는 톨크로스로 되어 있었습니다."

"누구요?"

"아까 자살한 남자 말입니다."

"톨크로스? 거긴 제 지역구가 아닌데요."

"네." 리버스가 자리에서 일어나며 말했다. "저도 알고 있습니다."

쇼반 클락 경장은 헬레나 프로핏의 인터뷰를 지켜보고 있었다. 프로핏 씨는 여전히 눈물을 쏟고 있었다. 그녀가 웅얼대는 말은 알아듣기가 쉽지 않았다. 그녀는 의원보다 나이가 많았다. 열 살쯤 차이가 나는 것 같았다. 그녀는 커다란 쇼핑백을 끌어안고 있었다. 마치 그것이 무슨 구명용품이라도 되는 듯이. 어쩌면 구명용품이 맞는지도 몰랐다. 그녀는 키가 작았고, 파마를 한 지 오래되어 보이는 금발을 가지고 있었다. 쇼핑백 밖으로는 뜨개바늘 두 개가 불쑥 튀어나와 있었다.

"그러고서는……" 그녀가 흐느끼며 말했다. "저더러 나가라고 했어요."

"분명히 그렇게 말했습니까?" 리버스가 물었다.

그녀가 흥분을 가라앉히고 훌쩍거렸다. "말이 거칠었어요. 나가라고 하지 않고 꺼지라고 했어요."

"다른 말은 없었고요?"

그녀가 고개를 저었다.

"그래서 교실을 나오셨고요?"

"저도 그 사람이랑 같이 있고 싶지 않았어요!"

"이해합니다. 그가 안에서 무슨 짓을 할 거라 생각하셨습니까?"

그녀가 스스로에게 던져보지 못했던 질문이었다. "글쎄요." 그녀가 말했다. "기억이 안 나네요. 톰을 인질로 잡아두거나 그를 쏴 죽일 거라고 생각하지 않았을까요?

"이유는요?"

그녀의 언성이 살짝 높아졌다. "그야 저도 모르죠. 그걸 누가 알겠어요?" 그녀는 또다시 격하게 흐느끼기 시작했다.

"두어 가지만 더 여쭙겠습니다, 프로핏 씨." 그녀는 더 이상 듣고 있지 않았다. 리버스가 쇼반 클락을 돌아보았다. 그녀는 어깨를 으쓱여 보였다. 클락은 내일 아침에 계속 이어가는 게 좋겠다고 제안했다. 하지만 리버스는 받아들이지 않았다. 시간이 흐를수록 기억은 점점 흐려질 뿐이라면서.

"딱 두 가지만 더 여쭙겠습니다." 그가 나지막이 말했다.

프로핏 씨가 훌쩍이며 코를 풀었다. 그녀는 눈가를 훔친 뒤 깊은 숨을 한 번 들이쉬고 나서 고개를 끄덕였다.

"감사합니다, 프로핏 씨. 교실을 나온 지 얼마 만에 총성을 들으셨습니까?"

"교실은 복도 끝에 있어요." 그녀가 말했다. "문을 밀고 나오면서 청소부와 부딪칠 뻔했었죠. 깜짝 놀라 휘청대고 있을 때 뒤에서…… 그때 총성이……"

"그럼 나오자마자 들으신 거였군요."

"몇 초 만에 들려왔어요."

"나오면서 두 사람이 어떤 대화를 나누는지는 못 들으셨고요?"

"총소리만 들었어요. 그게 다예요."

리버스가 콧날을 살살 문질렀다. "감사합니다, 프로핏 씨. 저희가 댁까지 모셔다드리겠습니다."

커트 박사는 현장 감식반 대원들을 남겨두고 교실을 나왔다. 뒤늦게 나타난 사진 담당은 필름을 갈아 끼우고 있었다.

"현장을 잘 보존해둬야 합니다." 리버스가 교장에게 말했다. "교실 문을 잠가놓을 순 없습니까?"

"제 책상에 열쇠가 있습니다. 당분간 휴교하는 게 좋을까요?"

"저라면 그렇게 하겠습니다. 내일도 저희가 계속 들락거릴 테니까요. 만에 하나 교실 문이 열리기라도 한다면……"

"거기까지만 하셔도 됩니다."

"나중에 사람을 써서 싹 치우셔야 하지 않겠습니까?"

"물론이죠."

리버스가 커트 박사를 돌아보았다. "시체를 영안실로 옮겨도 되겠습니까?"

커트 박사가 고개를 끄덕였다. "아침에 자세히 살펴보겠습니다. 저 사람 주소지에 사람을 보내보셨습니까?"

"제가 직접 가볼까 합니다. 말씀하신 대로 여기서 5분밖에 걸리지 않으니까요." 리버스가 쇼반 클락을 돌아보았다. "검찰에 사전통지서를 보내 줘."

커트가 돌아서서 교실 안을 들여다보았다. "출소한 지 얼마 안 됐다고 하셨죠? 그렇다면 우울증에 시달렸을 수도 있겠는데요."

"그래서 자살한 거라면 이해하겠는데 이번 경우는 좀 이상하지 않습니까? 사전에 치밀하게 계획을 해온 것도 그렇고 세팅도……"

"이 상황에 딱 맞는 미국식 표현이 있죠." 커트가 말했다.

"그게 뭡니까?" 리버스가 물었다.

"대놓고(In your face)." 커트 박사가 대답했다.

8

리버스는 톨크로스까지 걸어갔다.

아직도 그의 폐에는 불쾌한 맛이, 콧속에는 불쾌한 냄새가 남아 있었다. 그는 한파가 그것들을 깨끗이 제거해주기를 바랐다. 펍에 들어가 한잔 걸치면 싹 가실 것 같았지만 그는 꾹 참았다. 그는 오래전 경험했던 혹한을 떠올렸다. 거기에 비하면 이건 추운 것도 아니었다. 영하 30도. 시베리아 날씨. 아파트 밖 파이프들이 꽁꽁 얼어붙어 동네 전체가 폐수 냄새로 진동했었다. 그런 악취는 창문을 열어두는 것으로 어느 정도 해결할 수 있었다. 하지만 죽음의 냄새는 달랐다. 창문을 활짝 열어둔다고 해서, 밖에 나와 걷는다고 해서 떨쳐낼 수 있는 차원의 냄새가 아니었다.

그의 발밑에서 얼음이 바스락거렸다. 그는 넘어질 뻔한 위기를 몇 번 넘겼다. 이런 날 술을 마시면 안 되는 또 다른 이유였다. 지금은 또렷한 정신이 필요한 때였다. 그는 매커널리의 주소를 수첩에 적어놓았다. 그가 잘 아는 동네였다. 불타버린 크레이지 호스 살룬에서 두 블록 떨어진 곳. 정문 밖에는 인터컴이 붙어 있었다. 그는 라이터를 켜고 명단을 훑어보았다. '매커널리'는 밑에서 세 번째였다. 그의 발가락은 이미 감각을 잃어버린 상태였다. 그가 버튼을 눌렀다. 그는 유족을 만나 뭐라고 할지 연습해두었다. 이런 나쁜 소식을 전하는 건 경찰이 가장 꺼리는 임무였다. 게다가 이 소식은 단순히 나쁜 정도가 아니지 않은가. "남편분께서 머리를 잃으셨습니다." 무턱대고 이렇게 얘기할 수도 없고.

인터컴에서 잡음이 흘러나왔다.

"또 열쇠를 잃어버린 거야, 셔그? 술 먹다가 그런 거라면 안 열어줄 거야. 밖에서 얼어 죽든지 말든지!"

"매커널리 부인?"

"누구시죠?"

"저는 존 리버스 경위입니다. 잠깐 올라가도 되겠습니까?"

"맙소사. 그 사람이 또 무슨 짓을 저질렀나요?"

"잠깐 올라가겠습니다, 매커널리 부인."

"그러는 게 낫겠네요." 인터컴이 윙윙 소리를 내며 문을 열어주었다. 리버스는 문을 밀고 안으로 들어갔다.

매커널리의 집은 바로 위층에 자리하고 있었다. 내심 맨 위층이기를 바랐던 리버스는 실망했다. 그는 미망인에게 들려줄 멘트를 고민하며 천천히 올라갔다. 그녀는 현관에 나와 기다리고 있었다. 최근에 설치해놓은 듯한 짙은 색 나무 문에는 부채 모양의 유리창이 붙어 있었다. 놋쇠 노커 knocker와 우편함도 새것 같아 보였다.

"매커널리 부인이십니까?"

"네, 들어오세요." 그녀가 그를 이끌고 좁은 복도를 지나 거실로 들어갔다. 작은 아파트는 멋진 가구들과 카펫으로 꾸며져 있었다. 거실 바로 옆은 작은 주방이었다. 두 곳을 합쳐도 가로 6미터, 세로 4미터 정도 밖에 되지 않을 것 같았다. 부동산 중개인들이 '아늑'하고 '콤팩트'하다며 감탄할 만한 아파트였다. 실내는 전기 백열 히터가 최대한도로 켜져 있어 숨이 막

힐 지경이었다. 매커널리 부인은 텔레비전을 보고 있었던 모양이었다. 의자의 넓은 팔걸이에는 스위트하트 흑맥주 캔과 재떨이, 그리고 담뱃갑이 놓여 있었다.

그녀는 굉장히 까칠한 타입인 듯했다. 그렇게밖에는 표현할 수 없을 것 같았다. 재소자들의 아내는 대개 그랬다. 숱한 교도소 면회는 그들의 턱선을 각지게 만들고, 의심에 찬 그들의 눈을 찢어지게 만들어놓았다. 그녀의 머리는 금발로 염색한 상태였고, 손톱에는 화려한 매니큐어를 칠했으며, 눈에는 아이라이너와 마스카라가 진했다. 밤 외출이 예정되어 있는 것 같지는 않았지만.

"그 사람이 또 무슨 짓을 저질렀나요?" 그녀가 다시 물었다. "앉아서 말씀하세요."

"그냥 서 있겠습니다. 사실은 말입니다, 매커널리 부인……" 리버스가 뜸을 들였다. 그것이 정석이었다. 낮고 공손한 목소리로 소개말을 짧게 던져놓고 나서 잠시 망설이는 척하는 것. 미망인이나 홀아비, 어머니나 아버지, 아들이나 딸이 알아서 먼저 깨달아주기를 바라면서.

"그냥 말씀하세요." 그녀가 짜증 섞인 톤으로 말했다.

"이런 소식 전해드리게 돼서 유감입니다만……"

그녀의 눈이 텔레비전으로 돌아갔다. 요란한 할리우드 모험 영화가 방영되고 있었다.

"죄송하지만 볼륨을 조금 낮춰주실 수 있겠습니까?" 그가 조심스레 말했다.

그녀가 어깨를 으쓱이고 리모컨 버튼을 눌렀다. 화면에 '음소거' 표시가 떴다. 리버스는 그제야 TV의 크기가 상당하다는 걸 깨달았다. 그것은 거실 한쪽 구석을 꽉 채우고 있었다. 제발 내 입으로 얘기하게 만들지 말아줘요. 그는 생각했다. 그때 그녀의 눈이 반짝거렸다. 눈물인가? 그는 생각했다. 울음을 참고 있는 건가?

"눈치채신 모양이군요." 그가 나지막이 말했다.

"뭘 말이죠?" 그녀가 짜증 섞인 목소리로 물었다.

"매커널리 부인, 저희는 남편분께서 사망하신 것으로 보고 있습니다." 그녀가 리모컨을 휙 던지고는 자리에서 일어났다. "한 남성이 자살했습니다." 리버스는 계속 이어나갔다. "그분 주머니에서 남편분의 성함과 주소가 적힌 편지가 나왔습니다."

그녀가 그를 노려보았다. "그게 무슨 뜻이죠? 제 남편이 아닐 수도 있잖아요. 남편이 떨어뜨린 편지를 누군가가 주웠나보죠, 뭐."

"사망한 분은…… 검은 나일론 항공 재킷에 옅은 색 바지 차림이었습니다. 셔츠는 초록색이었고……"

그녀가 돌아서서 그에게 등을 보였다. "어디서요? 어디서 그랬죠?"

"워렌더 파크."

"그래요?" 그녀가 반항적인 톤으로 말했다. "위 셔그는 로디언 가로 갔어요. 늘 거기서 빈둥거린단 말이에요."

"남편분은 몇 시쯤 귀가하십니까?"

"펍이 문을 닫으면 들어오겠죠."

"매커널리 부인, 영안실에 오셔서 그분의 옷을 살펴봐주실 수 있겠습니까? 힘드시겠지만 부탁드립니다."

그녀는 팔짱을 낀 채 서서 몸을 앞뒤로 까딱거렸다. "아뇨, 그러고 싶지 않아요. 그래야 할 이유가 없잖아요. 그 사람이 위 셔그도 아닌데. 남편은 출소한 지 일주일밖에 안 됐어요. 그가 벌써 죽었을 리 없다고요." 그녀가 잠시 말을 멈추었다. "혹시 차에 치여 죽었나요?"

"자살했습니다."

"미쳤어요? 자살을 해? 내 집에서 썩 꺼져요! 빨리 나가라니까!"

"매커널리 부인, 저랑 잠시 얘기 좀……"

그녀가 주먹을 휘두르며 그를 복도로 쫓아냈다.

"그 사람을 괴롭히지 말아요. 알아듣겠어요? 우릴 가만 놔두란 말이에요. 이건 우릴 괴롭히는 것밖에 안 된다고요."

"그 심정 이해합니다, 매커널리 부인. 하지만 신원 확인이 돼야 오해가 풀리지 않겠습니까. 부인께서도 마음 놓으실 수 있을 거고요."

그 말에 맹렬히 날아들던 주먹이 뚝 멎었다. 그녀에게 맞은 리버스의 손바닥은 아직도 얼얼했다.

"미안해요." 그녀가 가쁜 숨을 몰아쉬며 말했다.

"자연스러운 반응입니다. 누구라도 그랬을 거예요. 당분간 부인 곁을 지켜주실 이웃이나 친구분은 안 계십니까?"

"옆집에 사는 메이지라는 이웃이 있어요."

"다행이네요. 그럼 부인께서 타고 오실 수 있게 차를 보내드리겠습니다. 메이지라는 그분도 동행 가능하시겠죠?"

"한번 물어볼게요." 그녀가 문을 열고 층계참 너머 이웃집으로 향했다. 그 집 현관문에는 '핀치'라는 이름이 붙어 있었다.

"죄송하지만 전화 좀 잠깐 쓰겠습니다." 리버스는 다시 그녀의 아파트로 들어갔다.

그는 잽싸게 실내를 둘러보았다. 침실 하나, 화장실 하나, 그리고 작은 골방. 나머지 공간들은 아까 보았다. 침실 역시 멋진 가구들로 꾸며져 있었다. 분홍색 주름 장식이 달린 커튼, 그리고 그것과 색을 매치시킨 침대보. 작은 화장대에는 수많은 향수병들이 놓여 있었다. 그는 복도로 나가 전화를 두 통 걸었다. 첫 번째 전화는 차를 호출하기 위함이었고, 두 번째 전화는 CID 형사 하나를 영안실로 보내라고 지시하기 위함이었다. 가서 신원 확인 작업을 도우라고.

현관문이 열리고 두 여자가 들어왔다. 그는 핀치 부인이 매커널리 부인과 비슷한 연배일 거라 생각했었다. 하지만 놀랍게도 그녀는 이십대 초반이었다. 다리가 늘씬한 젊은 여자는 짧고 타이트한 스커트 차림이었다. 그녀는 곱지 않은 눈빛으로 그를 쳐다보았다. 마치 그가 짓궂은 장난꾼이라도 되는 듯이. 그는 연민과 관심이 뒤섞인 미소를 지어 보였다. 하지만 그녀는 웃지 않았다. 리버스는 매커널리 부인을 거실로 이끌어나가는 그녀의 긴 다리를 몰래 훔쳐보는 것으로 만족했다.

"바카디를 한잔 하는 게 좋겠어요, 트레사." 메이지 핀치가 말했다. "그게 곤두선 신경을 진정시켜줄 거예요. 뭘 하든 바카디 앤 콕을 뱃속에 넣고 시작해야 돼요. 혹시 집에 바륨(신경 안정제)이 있나요? 없으면 우리 집에서 가져올게요. 화장실 캐비닛에 있는데."

"그가 죽었을 리 없어요, 메이지." 트레사 매커널리가 울부짖었다.

"그 사람 얘기는 하지 말아요." 메이지 핀치가 말했다.

이상한 조언이군. 돌아서서 나오며 리버스는 생각했다.

9

톨크로스에서 토르피첸 플레이스의 C 부서 본부까지는 도보로 얼마 걸리지 않았다. 문제는 리버스의 아파트가 정반대 방향에 자리하고 있다는 사실이었다. 그는 걷고 싶지 않았다. 부디 토르피첸에 택시로 부릴 만한 빈 차가 남아 있기를 바랄 뿐이었다.

접수처에는 두껍고 허름한 코트 차림의 키 큰 대머리 남자가 서 있었다. 그는 팔짱을 낀 채 자신의 발을 내려다보고 있었다. 데스크 뒤에는 아무도 없었다. 리버스는 버저를 눌렀다. 끈질기게 누르고 있어야 누군가가 달려온다는 걸 그는 알고 있었다.

"오래 기다렸어요?" 리버스가 물었다.

남자가 고개를 들고 미소를 지었다. "안녕하세요, 리버스 씨."

"안녕, 앤소니." 리버스는 그를 알고 있었다. 남자는 에든버러 노숙자였다. 프린스 가에서 20미터 간격으로 늘어서서 『빅 이슈』를 파는 무리 중 하나. 리버스는 늘 세인트 제임스 센터 앞을 거점으로 하는 앤소니로부터 잡지를 샀다. "제보를 하려고 왔어요?"

앤소니가 이 빠진 자리를 드러내며 씩 웃었다. "밖이 너무 추워서요. 내근 경사에겐 레이놀즈 경장을 기다리고 있다고 했어요. 레이놀즈 씨는 지금 달리 가의 홉스카치 바에서 한잔 걸치고 있는데."

"술판이 벌어졌으면 늦게 돌아올 텐데."

"누가 그 사실을 깨달을 때까지껀 여기서 몸을 녹일 수 있잖아요."

제복 경관 하나가 달려와 데스크를 돌아 들어갔다. 리버스가 신분증을 들어 보이자 경관이 문을 열어주었다.

"안내가 필요하십니까, 경위님?"

"안내는 필요 없어. 누가 근무 중이지?"

"야간 근무자가 몇 명 있습니다."

리버스는 계단을 올라갔다. 작고 오래된 토르피첸 경찰서는 소박한 돌벽으로 둘러져 있었다. 실내에는 암울한 분위기가 살짝 감돌았지만 리버스는 바로 그 점이 마음에 들었다. 인체공학적으로 지어졌다는 그의 본거지, 세인트 레너즈 경찰서보다는 훨씬 정이 갔다. 그는 CID 상황실을 들여다보았다. 그가 만나러 온 남자가 길고 낡은 나무 테이블에 앉아 석간신문을 훑고 있었다.

"데이비드슨 씨." 리버스가 말했다.

데이비드슨이 고개를 들고 끙 앓는 소리를 냈다.

"부탁이 하나 있어요." 리버스가 상황실로 들어서며 말했다.

"나한테 부탁? 거 놀랍군요."

"워렌더 소식은 들었겠죠?"

"산탄총으로 자살한 남자 얘기 말이죠?" 벌써 여기까지 소문이 퍼졌나? 데이비드슨이 읽던 신문을 접었다.

"그 일을 벌인 사람은 톨크로스에 사는 휴 매커널리였습니다."

"나도 아는 사람입니다. 위 셔그, 그 자식…… 소튼에서 나온 지 며칠이나 됐다고."

"심리적으로 문제가 있었는지도 모르죠."

"나가서 한잔 할까요?"

"난 커피로 할게요."

데이비드슨이 코트 안으로 손을 집어넣었다. "난 '한잔'이라고 했는데요."

"홉스카치에 가서 마시자는 것만 아니면 상관없어요. 레이놀즈가 지금 거기서 퍼마시는 중이라던데."

데이비드슨이 타탄 무늬 목도리를 비비 꼬아댔다. "좋습니다. 홉스카치 말고 다른 데서. 당신이 사는 거니까 어디로 갈지 결정해요."

리버스는 헤이마켓 역 근처의 큰 술집을 선택했다. 일반 술집은 언제나 술꾼들로 북적거렸지만 살롱은 조용했다. 그들은 각각 더블을 주문했다.

"라거로 하기엔 날이 너무 추워요." 데이비드슨이 말했다. "건배."

"건배." 리버스가 위스키를 한 모금 넘겼다. 술은 순식간에 그의 몸을 데워주었다. 황홀함이 느껴질 정도였다. "자," 그가 말했다. "위 셔그에 대해 들려줘요."

"그 친구는 삼류 사기꾼이었습니다. 한때 주거침입을 전문으로 삼았었죠."

"한때?"

"나중엔 장물 관리나 불법 위조, 뭐 그런 걸 주로 했고요."

"교도소엔 얼마나 있었습니까?"

"가장 최근에 들어갔을 때 말입니까? 그가 출소했다는 소식을 들었을 때 머릿속으로 계산을 해봤습니다. 이번엔 좀 일찍 나왔더군요. 4년 조금

안 돼서 출소했으니."

"단순히 장물 수수 혐의로만 잡혀 들어갔던 거라면……"

데이비드슨이 고개를 저었다. "아, 오해를 한 모양이군요. 아까 제대로 설명했어야 하는데. 그는 그런 죄로 기소된 게 아니었습니다."

"그럼 뭣 때문이었죠?"

"미성년자 강간."

"네?"

데이비드슨이 고개를 끄덕였다. "우리가 제대로 수사해 덜미를 잡긴 했지만 찝찝한 구석이 좀 있었습니다."

"설명해봐요." 리버스가 손짓해 위스키 두 잔을 추가로 주문했다.

"그 애는 열다섯 살이었습니다. 하지만 다들 같은 얘길 했어요. 나이는 열다섯이지만 사실상 서른다섯 살이나 다름없었다고. 수줍음 많은 어린애가 아니었다는 말입니다. 인터뷰 녹취록을 읽어보면 이게 무슨 뜻인지 이해가 될 겁니다. 아무튼 그 앤 그에게 강간당했다는 주장을 굽히지 않았습니다. 갠 미성년자였고, 검찰은 그를 기소할 수밖에 없었죠. 난 위 셔그가 사라져주는 것만으로도 만족했습니다."

"그때도 그가 톨크로스에 살았었나요?"

"거기가 그 친구 터전이었으니까요."

두 번째 잔이 도착하자 리버스가 계산했다. "그가 폭력적인 타입이었습니까?"

"그런 것 같진 않았어요. 자극하면 발끈하는 모습을 보이긴 했습니다만, 뭐 세상에 안 그런 사람이 어디 있겠습니까. 비록 강간은 했지만 신체적인 부상은 조금도 입히지 않았습니다."

"확증 증거는요?"

"정황 증거가 많았죠. 이웃들이 성난 목소리와 비명을 들었답니다. 그 아이가 펑펑 우는 소리도 들었다고 하고요. 워 셔그는 그 애랑 성관계를 가졌다고 시인했습니다. 그게 불법이라는 것도 알고 있었다더군요. 그냥 딱 몇 달 그러다 말았다고 주장했습니다. 아이는 서로 합의한 성관계가 아니었다고 했고요."

"만약 그게 합의된 성관계였다면 말입니다."

"네."

"그럼 그가 억울하게 4년을 썩다 나왔다고 봐야 하지 않겠습니까?"

데이비드슨이 어깨를 으쓱였다. "자살 동기를 찾고 있는 겁니까?"

리버스는 잠시 골똘한 생각에 잠겼다. "거기에 초점을 맞춰야 하니까요."

"하긴, 자살을 했다면 분명 납득할 만한 이유가 있었겠죠."

리버스는 위스키를 한 모금 넘겼다. "총은요? 그가 과거에도 총기 관련해서 문제를 일으킨 적이 있었습니까?"

"아뇨. 하지만 그가 총을 구하는 데 도움을 준 사람이 분명 있었을 겁니다."

"총신을 짧게 잘라냈더군요."

"그럴 수밖에 없었겠죠. 원래 길이였다면 어떻게 총구를 입에 물고 방아쇠를 당길 수 있었겠습니까. 짧아야 가능한 일이죠."

"그래도 그것 때문에 불필요하게 지저분해지지 않습니까."

"지저분하면 좀 어떻습니까? 원하는 대로 죽었으면 된 거지. 만에 하나, 총알이 빗나가기라도 했다면 어쩔 뻔했습니까. 총신을 짧게 잘랐기 때문에 그런 실수가 없었던 겁니다."

"하긴." 리버스가 말했다.

화제를 돌리려는 순간 새로운 질문이 그의 뇌리를 스쳤다.

"매커널리가 강간했다는 그 아이, 이름이 뭐죠?"

데이비드슨이 잠시 기억을 더듬었다. "메리 어쩌고 하는 이름이었는
데…… 메리 핀레이. 아니……" 그가 눈을 질끈 감았다. "메리 핀치."

리버스가 그를 빤히 쳐다보았다. "메이지 핀치?"

데이비드슨이 다시 기억을 더듬었다. "맞아요. 메이지."

"매커널리 옆집에 살고 있던데요."

"그때도 그랬어요. 오래전부터 매커널리 부부와 알고 지내온 사이였
죠."

"맙소사." 리버스가 나지막이 말했다. "난 그것도 모르고 그녀를 영안
실로 보냈어요. 트레사 매커널리랑 같이 그녀 남편의 신원을 확인해달라
고 부탁했죠."

"뭐라고요?"

"부탁 한 가지만 할게요. 차량 기사를 빌려줘요."

"뭐 그럴 필요 있나요? 내가 직접 태워다주면 되는데."

하지만 그들은 너무 늦게 영안실에 도착하고 말았다. 두 여자는 이미
신원 확인을 마치고 돌아간 뒤였다. 리버스는 카우게이트에 올라서서 갈
망하는 눈빛으로 그래스마켓 쪽을 바라보았다. 머천트 바를 포함한 그곳
펍들은 아직 영업 중일 것이다. 하지만 그는 차에 올라 데이비드슨에게 집
으로 데려다줄 것을 부탁했다. 갑자기 피로가 몰려들었기 때문이다. 그는
빨리 집에 가서 쉬고 싶은 마음뿐이었다.

10

"그가…… 뭐라고요?" 리버스가 말했다.

세인트 레너즈에 출근한 그는 대학병원 병리과의 커트 박사와 통화를 하고 있었다. 학교는 커트와 그의 동료들을 심하다 싶을 만큼 부려먹고 있었다. 커트는 경찰 요청이 있을 때마다 부검을 실시했고, 그 틈틈이 의학부에서 강의를 했다. 그뿐 아니라, 법대생들을 상대로 한 교차 강의도 그의 몫이었다.

하지만 커트는 동료들에게 없는 강점을 가지고 있었다. 잠이 없다는 것. 어느 시간에 연락하든 그는 항상 또렷한 정신으로 응답했다. 오전 8시에 사무실로 전화를 걸어도 무리 없이 그와 통화를 할 수 있었다.

8시 15분. 리버스는 일찍 문을 연 플레전스에 있는 델리에서 사온 디카페인 블랙커피를 홀짝이고 있었다.

"이른 시간이라 귀가 잘 안 들리나요, 존?" 커트 박사가 말했다. "다시 얘기하죠. 그는 시한부 선고를 받은 상태였어요."

"시한부라뇨?"

"췌장과 대장에 엄청나게 큰 종양이 있었습니다. 아주 고통스러웠을 거예요. 검사 결과를 봐야 알겠지만 분명 독한 진통제가 다량 검출될 겁니다."

"그럼 그가 약에 취해 그런 짓을 저질렀다는 겁니까?"

"아무래도 극심한 통증이 있었을 테니까."

리버스의 얼굴이 찌푸려졌다. "납득이 안 되는군요."

"자발적 안락사에 대해 들어봤겠죠?"

"네. 하지만 총신 자른 산탄총을 그 도구로 썼다는 건 좀 이상하지 않습니까?"

"그 부분은 내 전문이 아니라 모르겠습니다. 나는 결과를 통보하는 사람일 뿐, 그 원인은 경찰이 밝혀내야죠."

리버스는 전화를 끊고 경감을 만나러 갔다.

질 템플러는 로더데일의 사무실을 자기 입맛대로 꾸며놓았다. 조카들 사진 몇 개, 그리고 유카(용설란과의 여러해살이풀) 화분. 진급을 축하한다는 내용의 카드도 두어 개 보였다.

"어젯밤에 자살 사건 현장에 갔었다면서요?" 그녀가 앉으라고 손짓하며 말했다.

그가 심란해하는 표정으로 고개를 끄덕였다. "뭔가 좀 이상해요."

"뭐가요?"

그는 지금껏 밝혀진 모든 내용을 그녀에게 들려주었다. 질 템플러는 두 손으로 턱을 받친 채 그의 설명을 귀담아 들었다. 그녀에게서 익숙한 향수 냄새가 풍겼다.

"흠," 설명이 끝나자 그녀가 말했다. "의문점이 많군요. 하지만 우리가 신경 쓸 문제는 아니잖아요."

그가 어깨를 으쓱였다. "글쎄요. 하루 이틀 더 지켜보면 답이 나올 겁니다."

"다리에서 뛰어내린 애들 말이에요." 그녀가 말했다. "그것도 자살이었잖아요. 지방 의회와의 또 다른 연결고리로 볼 수 있을까요?"

"그냥 우연의 일치일 수도 있겠죠."

"보나마나 그럴 거예요. 며칠 더 지켜보죠. 무슨 답이 나오는지. 틈틈이 내게 보고하는 거 잊지 말아요. 최소한 하루에 두 번은 해야 돼요."

리버스가 일어났다. "알았어요." 그가 말했다. "경감다운 주문이네요."

"존." 그녀가 경고의 톤으로 말했다. "내가 했던 말 명심해요."

"네, 경감님. 더 하실 말씀 있으신가요?"

질 템플러가 고개를 저었다. 그녀는 이미 서류 작업으로 돌아간 후였다.

리버스는 그녀의 사무실을 나왔다. 마침 쇼반 클락이 다가오고 있었다.

"폴 더건은 어떻게 됐지?"

"이따 오후에 온다고 했어요."

"잘됐군." 리버스가 말했다. "그때 나도 필요한가?"

그녀가 고개를 저었다. "브라이언과 제가 지킬과 하이드의 습성을 마스터해뒀어요."

"둘 중 누가 하이드지?"

그녀는 그 질문을 무시했다. "경위님은 오늘 뭐 하세요?"

좋은 질문이었다. 리버스는 불쑥 떠오른 답을 들려주었다. "유령들을 쫓아볼까 해." 그가 자신의 책상으로 향하며 말했다.

그는 트레사 매커널리에게 전화를 걸었다. 그녀는 시체의 옷을 보고 얼굴이 가려진 남자가 자신의 남편임을 확인할 수 있었다고 했다. 이제 남은 것은 장례 절차뿐이었다.

"자꾸 귀찮게 해드려 죄송합니다." 리버스가 말했다.

"또 무슨 일이죠?"

"마음은 좀 추스르셨는지 궁금해서요."

"나랑 장난해요?" 리버스는 그런 헛소리에 그녀가 속아줄 거라고 믿었던 자신을 질책했다.

"남편분께서 병에 걸렸다는 걸 알고 계셨죠, 매커널리 부인?"

"그 사람에게 들었어요."

"그게 얼마나 심각한 병인지도 알려주던가요?"

"자세한 설명은 없었어요."

"어떤 병이라고 하던가요?"

"한두 가지가 아니었어요. 고혈압, 신장 결석, 위궤양, 심장 잡음, 폐기종…… 위 셔그는 건강염려증 환자였어요."

"하지만 편찮으셨던 건 사실입니다. 진통제에 절어 살았을 정도로 말이죠."

"의사들이 어떤지 알잖아요. 가짜 약으로 플라시보 효과만 기대하고는 나 몰라라. 나도 보고 들은 게 많다고요." 그녀가 잠시 머뭇거렸다. "그런데 죽은 사람의 건강에 대해 묻는 이유가 뭐죠?"

"남편분께서 시한부 선고를 받은 상태였다는 사실이 밝혀졌습니다. 말기 환자셨어요, 매커널리 부인."

"왠지 그런 것 같더라니." 그녀가 한층 누그러진 목소리로 말했다. "이번에 출소했을 땐 많이 달라 보였어요. 말수도 줄어들었고. 암이었나요?"

"네."

"쉴 새 없이 담배를 말아 피우더니만. 우리 어머니도 그렇게 돌아가셨다고 귀에 못이 박히도록 얘기했는데 도무지 듣지를 않더라고요." 그녀가 잠시 말을 멈추고 담배를 몇 모금 빨았다. "그래서 자살한 거였나요?"

"부인께선 어떻게 생각하십니까?"

"그 이유밖에 더 있겠어요? 딱한 사람 같으니."

리버스가 헛기침을 한 번 했다. "매커널리 부인, 남편분이 어디서 총을 구했는지 아십니까?"

"아뇨."

"정말 모르십니까?"

"그걸 어디서 구했는지가 왜 중요한 거죠? 그걸로 남에게 피해를 준 것도 아닌데."

리버스는 길레스피 의원과 프로핏 씨를 떠올렸다. 위 셔그 매커널리는 분명 많은 이들에게 피해를 주었다. 메이지 핀치를 시작으로.

"장례식은 다음 주 화요일이에요. 꼭 오세요."

"네, 매커널리 부인. 꼭 참석하겠습니다."

해가 저물어가면서 건물들에 현혹적인 빛을 뿌렸다. 에든버러의 건축물들은 겨울에 특히 더 볼만했다. 빛이 선명하고 차가울 때. 겨울의 건물들을 보고 있노라면 마치 북쪽의 먼 어딘가에 와 있는 듯한 기분이 들었다. 오직 무모하고 미욱한 사람들만을 위한 장소에.

리버스는 사무실을 벗어나게 되어 기뻤다. 거리는 그의 재능이 최대치로 빛을 발하는 곳이었다. 그에게 있어 사무실은 피 튀기는 싸움터나 다름없었다. 보나마나 플라워는 이미 질 템플러에 대한 음모를 꾸미고 있을 게 뻔했다. 동지들을 모아놓고 그녀가 빈틈을 보일 때까지 기다리려는 속셈일 것이다. 하지만 그녀는 터프했다. 그녀가 리버스를 손쉽게 요리하는 것만 봐도 그걸 알 수 있었다. 그녀는 리버스를 지근거리에서 직접 관리하고 싶어 했다. 그의 좋지 않은 평판도 크게 한몫했다. 그녀는 그의 실패가 자신에게 영향을 주지는 않을까 늘 걱정했다. 한때 두 사람이 연인이었던 건 사실이었다. 하지만 그건 오래전의 일이었다. 지금은 단지 함께 일하는 동료일 뿐이다. 게다가 이제 그녀는 그의 상관이기까지 했다. 비록 대행이기는 하지만. 여성이 경감 자리에 오르는 건 흔히 볼 수 있는 일이 아니다. 그는 그녀의 건투를 빌었다.

리버스는 차를 몰고 병원을 지나쳐 달려 나갔다. 병실에 누워 있을 로더데일을 생각하니 죄책감이 느껴졌다. 그는 곧장 톨크로스로 향했다. 트레사 매커닐리를 만나려는 게 아니었다.

이번에는 그녀의 이웃을 만나기 위해서였다.

그는 '핀치'라고 적힌 버저를 누르고 기다렸다. 이빨이 다시 아파오고 있었다. 입을 벌리고 숨을 들이쉰 것이 문제였다. 차디찬 공기가 신경으로 파고든 것이다. 그는 치과를 찾지 않아도 되기를 바라며 다시 버저를 눌렀다.

인터컴에서 목소리가 흘러나왔다.

"누구세요?" 목소리에서는 어떠한 감정도 묻어나지 않았다.

"핀치 양? 리버스 경위입니다. 어젯밤에 만났었죠?"

"그런데요?"

"잠시 올라가도 되겠습니까?"

둔탁한 소리와 함께 문이 열렸다. 리버스는 문을 밀고 안으로 들어갔다. 계단을 따라 위층으로 올라간 그는 발끝으로 살금살금 걸어 트레사 매커닐리의 문을 지나쳤다. 메이지 핀치의 집 문은 살짝 열려 있었다. 그는 안으로 들어가 문을 닫았다.

"핀치 양?"

목욕 가운 차림의 그녀가 머리를 빗으며 화장실에서 나왔다. 그녀에게서 비누 향기가 풍겼다. 그는 그녀의 체온이 전해져오는 걸 느꼈다.

"목욕을 하고 있었어요." 그녀가 말했다.

"불쑥 찾아와 죄송합니다."

그는 그녀를 따라 거실로 들어갔다. 거실 풍경은 그가 예상한 것과 큰 차이가 있었다. 주철 프레임과 바퀴와 측면 가드가 갖춰진 병원 침대가 거실 공간의 절반 가까이를 차지하고 있었다. 그 옆에는 적갈색 변기 겸용 의자가 놓여 있었다. 벽난로 위 선반은 스무 개도 넘는 약병과 온갖 상자들로 가득 채워진 상태였다.

메이지 핀치는 소파에 수북이 쌓인 잡지들을 부랴부랴 치우고 있었다. 그녀는 리버스에게 앉으라고 손짓했다. 그리고 자신은 변기 겸용 의자에 앉아 두 다리를 밑으로 밀어 넣었다.

"무슨 일로 오셨죠, 경위님?"

그녀의 야윈 얼굴은 심하게 각이 져 있었다. 눈은 살짝 튀어나와 있었지만 묘하게도 머릿속에 '격정적'이라는 표현이 가장 먼저 떠올랐다. 그는 소파에 앉아 잠시 몸을 뒤척였다.

"핀치 양……"

"트레사 일로 오신 거겠죠?"

"뭐, 그렇다고 볼 수 있죠." 그가 다시 침대를 돌아보았다.

"엄마가 쓰시는 거예요." 그녀가 설명했다. "바깥출입을 전혀 못하시거든요. 제가 곁에서 돌봐드려야 해요." 리버스는 보이지 않는 여자의 어머니를 찾아 주위를 슥 둘러보았다. 메이지 핀치가 웃음을 터뜨렸다. "지금 병원에 계세요."

"저런."

"몇 달에 한 번씩 입원하셔야 해요. 덕분에 저도 며칠 푹 쉴 수 있고요. 바로 지금이……" 그녀가 두 팔을 넓게 벌렸다. "제 겨울 휴가인 셈이죠."

그녀의 목욕가운의 앞이 살짝 벌어졌다. 그녀는 그 사실을 모르는 듯했고, 리버스는 잽싸게 시선을 돌렸다. 남자들은 전부 바보 같은 놈들이야. 그는 생각했다.

"뭐 한잔 하시겠어요?" 그녀가 물었다. "너무 이른가요?"

"한 사람에게 이른 시간은 또 다른 사람에겐 늦은 시간이죠."

그녀는 주방으로 들어갔다. 리버스는 벽난로 위 선반 앞으로 다가가 처방약들을 살펴보았다. 그리고 파라세타몰을 찾아 두 알을 꺼냈다.

"어젯밤에 무리하신 모양이네요." 그녀가 맥주 두 병을 들고 나타났다.

"치통이 있어서요." 그는 설명했다. 그리고 방금 냉동실에서 꺼내온 듯한 술병을 받아 들었다.

"산 미구엘이에요." 그녀가 말했다. "스페인산 라거죠. 제가 어쩌고 사는지 알려드릴까요?" 그녀가 다리를 벌리고 앉아 팔꿈치를 무릎에 얹어놓았다. "히터를 최고로 세게 틀어놓고 눈을 감아요. 그리고 스페인에 와 있다고 상상하죠. 최고급 호텔 풀장 가에 누워 있다고." 그녀가 시범을 보이듯 눈을 감고 보이지 않는 지중해 태양을 향해 고개를 비스듬히 기울였다.

리버스는 맥주와 함께 약을 삼켰다. "어머님 때문에 걱정이 많겠습니다." 그가 말했다.

그녀가 인상을 쓰며 눈을 떴다. 몽상에서 깨어난 게 억울한 모양이었다. "다들 저더러 성인聖人이라고 하더군요." 그녀가 나이 많은 노파의 목소리를 흉내 내며 말했다. "'세상엔 너 같은 사람이 많지 않아.' 그건 틀린 말이 아니에요. 세상엔 나처럼 바보 같은 사람이 많지 않죠. 왜, 이런 말이 있죠? 인생이 소리 없이 흘러간다는 말. 제 경우를 보면 딱 맞는 말이에요. 침대와 창문 사이에 놓인 변기 의자에 앉아 창밖을 하염없이 내다보고 있노라면 나도 모르게 엄마의 숨소리가 빨리 멎기를 바라게 되더라고요." 그녀가 그를 흘끔 돌아보았다. "제 말에 충격받으셨나요?"

그가 고개를 저었다. 그의 어머니도 오랫동안 몸져 누워 있었다. 그는 그녀의 심정을 십분 이해할 수 있었다. 하지만 그가 그녀를 찾아온 이유는 이런 얘기를 나누기 위함이 아니었다.

"하루 종일 창가에 앉아 있었다면……" 그가 말했다. "매커널리 씨가 들락거리는 것도 봤겠군요."

"네, 봤어요."

"그를 별로 좋아하지 않죠?"

"네, 싫어해요." 그녀가 갑자기 벌떡 일어났다.

"매커널리 부인은 괜찮고요?"

그녀가 주방으로 향하려다가 걸음을 멈추고 그를 홱 돌아보았다. "저는 성인이 아니에요. 성인은 바로 그녀라고요! 형사님은 몰라요. 그녀가 얼마나 고통받아 왔는지."

"이해할 수 있게 설명해줘요."

그녀는 그의 말을 듣지 않았다. "그런 짐승만도 못한 놈이랑 같이 사느라." 그녀가 그를 쳐다보았다. "그가 제게 무슨 짓을 했는지 아세요?" 리버스는 고개를 끄덕였다. 그녀가 흠칫 놀라며 주춤 물러났다. "아신다고요?"

101

그녀가 나지막이 물었다. "그래서 절 찾아오신 거예요?"

"내가 찾아온 이유는 궁금했기 때문입니다, 핀치 양. 당신은 아직도 옆집에 살고 있지 않습니까. 그의 아내와도 친하고요."

"단지 그 사람 때문에 엄마와 제가 여길 떠났어야 했나요?"

"그게 자연스러운 반응 아닌가요?"

"그녀는 보호시설에 들어가고 싶어 했어요. 하지만 시설이 그랜턴에 있어서 포기하고 말았죠. 우린 톨크로스를 영영 떠날 수 없거든요."

"지난주엔 상황이 좀 어색했겠군요."

"저는 그를 피해 다녔어요. 그도 저를 피해 다녔고요." 그녀는 다시 창가로 다가갔다. 그녀의 시선이 창밖의 거리 풍경을 훑기 시작했다. 그녀의 등은 벽에 기대어져 있었다. 지나는 사람들에게 자신의 모습을 드러내지 않으려는 듯이. "그는 그런 최후를 맞아 마땅한 사람이었어요."

리버스가 인상을 찌푸렸다. "그가 자살한 거 말인가요?"

그녀가 그를 쳐다보며 눈을 깜빡였다. "네, 바로 그거." 그녀가 미소를 흘리며 술병을 입술로 가져갔다.

11

리버스는 하우던홀 과학 수사 연구실의 탄도 분석 시설이 별로 마음에 들지 않았다. 수많은 총들이 사방에 널린 환경은 그를 영 불편하게 만들었다. 보고서를 훑고 난 그는 고개를 들고 그것을 작성한 하얀 가운 차림의 과학자를 쳐다보았다. 리버스가 하우던홀을 좋아하지 않는 또 다른 이유는 이곳 과학자들이 전부 열아홉 살 애송이들로 보이기 때문이었다. 세련된 새 건물로 들어온 지 일 년이 지났지만 그들은 아직도 만족에 젖어 사는 듯해 보였다. 새 시설은 경찰 소유 건물들을 팔아 챙긴 돈으로 지은 것이었다. 리버스는 이 시설을 짓기 위해 경찰이 과연 몇 채나 팔아치워야 했을지 알고 싶지 않았다.

"아직 별거 없군요." 그가 말했다.

데이브라는 하얀 가운 차림의 남자가 웃음을 터뜨렸다. "CID 형사들은 정말 못 말리겠어요." 그가 주머니에 두 손을 찔러 넣으며 말했다. "알고 싶은 게 왜 그리들 많은 건지 원. 누가 쐈는지, 총을 어디서 구했는지."

"누가 쐈는지는 알고 있어요. 하지만 그다음 문제는 아직 풀지 못했습니다. 그가 그 총을 어디서 구했는지."

"난 탄도 분석 전문가입니다. 정보 요원이 아니라고요. 아무튼 그건 흔해 빠진 종류의 산탄총이었습니다. 식별자는 알아볼 수 없게 줄로 긁어냈더군요. 애는 써봤는데 그걸 확인할 길은 없었습니다. 탄약도 평범한 종류 였고요."

"총열은요?"

"총열이 어째서요?"

"그건 언제 줄칼로 긁어놓은 겁니까?"

데이브가 고개를 끄덕였다. "줄이 닿았던 부분은 아직도 번들거리고 있어요. 아마 두어 달 전쯤이었을 겁니다."

"기록은 살펴봤습니까?"

"물론이죠." 데이브가 리버스를 컴퓨터 쪽으로 이끌었다. 그가 키보드를 두드리며 말했다. "발급된 산탄총 소지 허가증은 7만 개가 넘습니다."

리버스가 눈을 깜빡였다. "7만 개라고요?"

"다른 종류의 소형 화기들을 전부 합쳐도 3만 개가 넘지 않는데 말이죠. 이상하게도 산탄총의 수가 압도적으로 많다는 사실을 걱정하는 사람은 아무도 없더군요." 그가 다시 키보드를 두드렸다. "보이죠? 시골에 특히 산탄총 소지자들이 많습니다. 노던, 그램피언, 덤프리스, 그리고 갤러웨이 같은 곳들. 고르지 출신 술꾼들이 아니라 해당 지역에서 나름 잘 알려진 농장주와 지주들이 주로 그런 총을 구매한 것으로 나와 있습니다."

"도난당한 케이스는요?"

"컴퓨터로 살펴봤는데 에든버러에서 최근 총기 절도 사건이 발생한 적은 없었습니다."

"혹시 모르니까 내가 직접 살펴봐도 될까요?"

"물론이죠." 리버스가 자리에 앉자 데이브가 다시 키보드를 두드렸다. 최근에 발생한 도난 사건 목록은 길지 않았다. 거의 모든 사건이 국경의 남쪽에서 발생한 것으로 나와 있었다. "프린트할까요?"

"네." 그 목록을 프린트한다고 달라질 건 없겠지만.

"왜 여기에 목숨을 거는 겁니까?" 데이브가 물었다. "단순 자살 사건이었는데요."

"자살도 명백한 범죄입니다."

"사후에 기소하지 않는 유일한 범죄죠. 혹시 내게 숨기는 게 있습니까?"

"없어요." 리버스가 나지막이 말했다. "하지만 누군가가 내게 숨기는 게 있을지도 몰라요." 그가 프린트된 목록을 잘 접어 주머니에 집어넣었다. "궁금한 게 하나 더 있습니다."

"그게 뭡니까?"

"총에 남겨진 지문. 자살한 사람의 지문이었습니까?"

데이브는 흥미로워하는 표정을 지었다. "그의 지문만이 검출됐습니다. 지금 무슨 생각을 하고 있는 겁니까, 경위?"

하지만 존 리버스는 아직 그 질문에 대답할 준비가 되어 있지 않았다.

"와주셔서 감사합니다, 의원님."

리버스는 조사실 밖에서 적절한 때를 기다렸다. 톰 길레스피가 서서히 긴장하기 시작할 때를. 조사실은 사람을 그렇게 만들었다. 아무리 치밀하게 계획을 세워두었어도 이곳에서는 누구든 긴장하기 마련이었다. 자신이 어떤 답변을 내놓을지 알고 있어도 조사실에만 들어서면 불안해진다. 특별할 것 없는 방일 뿐인데도. 범죄 예방 포스터가 붙은 벽, 테이블, 의자 세 개, 콘센트 네 개, 그리고 인근 펍에서 몰래 가져온 주석 재떨이. 벽은 크림색 무광 페인트로 칠해져 있었다. 법 집행 기관들이 선호하는 누런색. 천장에는 기다란 형광등이 붙어 있었다. 형광등은 연신 윙윙거렸다. 사람의 잠재의식을 자극하는 전기 소리. 리버스는 그 소리가 사람들을 불안하게 만드는 건 아닌지 궁금했다. 그는 그것보다 단순한 진실이 있으리라 생각했다. 조사실이 경찰서 안에 자리하고 있다는 사실. 그리고 경찰의 심문을 받아야 하는 운명.

누구나 숨기는 게 있으니까.

"별말씀을요." 길레스피가 다리를 꼬며 말했다. 그는 최대한 여유로운 척하려 애쓰는 듯했다. "그 사람이 전과자였다면서요?"

"미성년자를 강간한 혐의로 기소돼서 4년쯤 살다 나왔습니다."

"고작 4년이라니, 너무 약하군요."

"그렇죠?" 두 사람 사이에 잠시 침묵이 흘렀다. 길레스피가 다시 입을 열었다. "제 친구도 자살했습니다. 대학 다닐 때였는데…… 아주 오래전 일이죠. 시험도 망치고, 여자친구와도 헤어져서……" 그가 잠시 머뭇거렸다. "사실 여자친구를 제게 빼앗겼거든요."

"담배 한 대 피워도 되겠습니까?" 리버스가 물었다.

"경찰서에선 흡연이 금지된 걸로 아는데."

"거슬리신다면 피우지 않겠습니다." 그가 담배를 입에 물고 한 개비를 길레스피에게 권했다. 의원이 고개를 저었다.

"죄송하지만 불은 붙이지 말아주십시오."

"알겠습니다." 리버스가 담배와 라이터를 주머니에 집어넣었다. 흠. 그는 생각했다. 흥미로운데. 오늘 시험에 대비해 열심히 공부해온 모양이군. 지극히 개인적인 이야기를 풀어놓질 않나. 딱히 자신에게 득이 될 것도 없는 얘기를. 게다가 내 앞에서 권위를 과시하기까지 하고. 추가 질문 몇 개만 받으면 되는 자리에서.

"그분은 어떻게 하셨습니까?" 리버스가 물었다.

"누구 말씀입니까?"

"친구분 말입니다."

"기숙사 복도에서 뛰어내렸습니다. 5층에서요. 목숨이 붙어 있어서 병원으로 긴급 후송했었죠. 뼈도 많이 부러지고 내출혈도 심했답니다. 하지만 다들 정신이 없어서 그 친구가 투신하기 직전에 약을 과다 복용한 사실을 알아채지 못했습니다."

"그렇군요." 리버스가 말했다. "둘 다 흔한 자살 방법이죠. 안 그렇습니까? 뛰어내리거나 잠에 빠지거나. 하지만 매커널리 씨는……"

"경위님도 그날 밤 포스 로드 브리지에 계셨죠? 두 아이가 뛰어내렸을 때 말입니다. 신문에서 경위님 성함을 본 기억이 납니다."

"여긴 매커널리에 대해 얘기하는 자리입니다, 의원님."

"요즘엔 자살할 때 총들을 많이 쓰는 것 같더군요. 안 그렇습니까?"

"총을 소유한 사람들은 그렇겠죠. 하지만 매커널리는 총을 소유하지 않았습니다. 보나마나 쏴본 적도 없었을 겁니다."

길레스피가 꼬았던 다리를 풀고 반대쪽으로 다시 꼬았다. "그래도 그 사람의 배경을 생각하면 총을 구하는 것쯤은 식은 죽 먹기였을 것 같은데요."

"하긴." 리버스가 말했다. "하지만……"

"하지만?"

"왜 군이 그렇게까지 했을까요? 그러니까 제 말은, 아무리 총으로 머리를 날려버리겠다는 결심을 굳혔어도 왜 군이 톨크로스를 두고 워렌더까지 왔던 걸까요? 그것도 눈보라를 헤치고. 그것도 그런 커다란 총을 재킷 안에 품고서. 그는 왜 학교를 선택했던 걸까요? 한 달에 딱 하루를 제외하고는 문이 꽁꽁 잠겨 있는 곳인데." 리버스가 자리에서 일어났다. 그리고 테이블 끝에 몸을 기댄 채 서서 팔짱을 꼈다. "왜 교실로 들어와 톰 길레스피 의원이 와 있는지 확인했던 걸까요? 대체 왜? 왜 군이 의원님 앞에서 자살하려고 했을까요? 아무 목격자도 없는 상황에서. 아무리 생각해도 이치에 닿지 않습니다."

"정신이 온전치 않았겠죠. 마약에 취해 있었거나."

"부검 결과를 봤습니다. 과학 수사대가 첨단 기술을 동원해서……"

"하우던홀 말씀입니까?" 리버스가 고개를 끄덕였다. "네, 저도 압니다. 개관식 때 참석했었죠."

"아무튼 매커널리는 술을 몇 잔 했을 뿐 마약은 하지 않은 것으로 확인됐습니다. 그 흔한 진통제조차도 복용하지 않았다더군요."

"그래서 지금 하고 싶은 말씀이 뭡니까, 경위님?"

리버스가 돌아서서 두 손을 테이블에 얹었다. 그리고 길레스피 앞으로 몸을 살짝 기울였다. 길레스피는 불편해하는 기색이 역력했다.

"의원님, 위 셔그 매커널리는 시한부 선고를 받은 상태였습니다. 살날이 얼마 남지 않은 상태였단 말입니다. 몸속이 썩어 문드러져서 진통제 없이는 잠시도 버틸 수 없었을 겁니다. 그런 약들은 사람의 뇌를 곤죽으로 만들어버리죠. 위 셔그는 그걸 원치 않았던 겁니다. 멀쩡한 정신으로 방아쇠를 당기고 싶어 했던 거죠." 리버스가 허리를 곧게 폈다. "이해가 안 되지 않습니까?" 그가 다시 담배를 꺼내 입에 물었다.

"그게 저랑 무슨 상관입니까?"

"솔직히 저도 잘 모르겠습니다. 한 가지 분명한 건 이번 사건이 의원님과 분명 관련이 있다는 사실입니다. 자, 과연 그 연결고리가 무엇일까요?"

길레스피의 윗입술에 땀방울이 맺혀 있었다. 그가 안경을 벗어 쥐고 두 손가락으로 콧날을 꾹 눌렀다. 리버스는 한쪽 벽 앞으로 다가가 담배에 불을 붙였다. 이번에는 의원이 문제 삼을 것 같지 않았기 때문이다.

"경위님." 길레스피가 나지막이 말했다. "저랑 매커널리 사이엔 어떠한 연결고리도 존재하지 않습니다. 저는 그를 만나본 적도, 그에 대해 들어본 적도 없습니다. 그는 제 지역구에 살지도 않았고요." 그가 어깨를 으쓱였다. "몇 년간 교도소에서 썩어야 했던 것에 대한 불만의 표현이 아니었을까요?"

리버스가 테이블 쪽으로 천천히 돌아왔다. 그는 다시 길레스피 맞은편에 앉았다. "그게 전부인가요?" 그가 말했다. "다른 가능성은 없고요?"

"그걸 내가 어떻게 압니까? 난 그저…… 제게도 한 개비 주시겠습니까?"

리버스가 그의 담배에 불을 붙여주었다.

길레스피는 담배 끝을 물끄러미 내려다보다가 리버스 쪽으로 시선을 돌렸다. "지금 뭘 하고 계신 겁니까?"

"말씀드린 대로입니다, 의원님. 급사 보고서를 작성했는데 꼼꼼히 읽어 보니 모순되는 부분이 좀 있어서 말이죠."

"그가 왜 그랬는지 모른다는 말씀입니까?"

"바로 그겁니다."

"죄송하지만 저는 도와드릴 수 없습니다." 길레스피가 자리에서 일어났다. 조사실을 뜨려는 것이었다.

"도와주실 수 없는 겁니까, 아니면 도와주시지 않겠다는 겁니까?"

길레스피가 리버스를 쏘아보다가 다시 자리에 앉았다. "그게 무슨 뜻입니까?"

"저는 의원님께서 뭔가를 숨기고 계시다고 믿고 있습니다."

"숨기다뇨?"

"뭘 숨기고 계신지는 제가 파헤쳐봐야겠죠. 제 보고서가 완성되기 전에."

"모든 형사들이 경위님 같은가요?"

"아닙니다. 아마 저희 중 몇몇과는 영원히 맞닥뜨리고 싶지 않으실 걸요."

"사실 저는 여러 형사들을 만나봤습니다. 제 동료…… 지방 의회는 아니고 주 의회 소속이긴 합니다만 저랑 당이 같은 동료가 하나 있는데 로디언과 보더스 합동 경찰위원회 회장으로 활동 중입니다." 길레스피가 담배를 길게 한 모금 빨았다가 가느다란 연기를 천천히 뿜어냈다. "저랑은 아주 친한 사이죠."

"아무래도 친구가 많으면 도움이 되죠." 리버스가 말했다.

길레스피가 다시 일어났다. "이봐요." 그가 말했다. 무슨 말을 하려는지 그는 잠시 뜸을 들였다. "제가 약속한 게 있습니다." 그가 한숨을 내쉬며 또다시 자리에 앉았다. "이게 관련이 있을 수도, 그렇지 않을 수도 있지만 말입니다, 경위님." 리버스는 짧아진 담배를 재떨이에 비벼 껐다. "헬레나. 헬레나 프로핏."

"의원님의 비서 말씀입니까?"

"그녀가 그러더군요. 그를 알았었다고."

"매커널리를요?"

길레스피가 고개를 끄덕였다. "매커널리가 교실에 쳐들어와 그녀를 발견했을 때…… 순간적이었지만 그의 눈이 번뜩이는 걸 봤습니다. 나중에 그녀에게 물어봤더니 아주 오래전에 그를 알았었다고 하더군요. 자세한 설명은 없었습니다."

12

"입은 왜 그러세요?"

"네?"

"손가락으로 계속 쑤셔대고 계시잖아요."

"아무 문제없어요." 하지만 리버스는 문제가 있다는 걸 알고 있었다. 그저 통증만이라도 빨리 가셔주기를 바랄 뿐. 그의 잇몸과 윗입술 안쪽에서 압력이 느껴졌다. 그리고 그 둔하고 불쾌한 느낌은 코의 양옆으로까지 퍼져 있었다. 마치 얼굴 전체가 퉁퉁 부어올라 있는 것 같았다. 사실은 코 밑만 살짝 벌게져 있을 뿐이었지만. 그것은 술 때문일 수도 있고, 고약한 날씨 때문일 수도 있었다.

"이게 누구 아이디어였죠?" 그가 두 팔로 자신의 어깨를 감싸며 말했다. 그들은 살을 에는 듯는 칼바람을 맞으며 포토벨로 해변을 걷고 있었다.

"제 아이디어였어요." 메리 헨더슨이 말했다.

리버스는 따뜻한 차 한 잔과 푹신한 소파를 기대하고 그녀의 아파트를 찾아갔었다. 하지만 그녀는 '산책'이라는 완곡한 표현을 쓰며 기어이 그를 밖으로 끌고 나왔다.

"이런 날씨에 산책을 즐길 수 있는 건 황소밖에 없어요." 리버스가 투덜거렸다. 거센 바람 소리 때문에 메리의 말이 잘 들리지 않았다. 그가 대꾸를 위해 입을 열 때마다 찬바람이 그의 성치 않은 입 안으로 스며들어왔다. 메리가 벽 앞으로 달려가 그것에 등을 기댄 채 쪼그려 앉았다. 그녀의 볼은 모래 분사기에 맞기라도 한 듯 붉게 달아올라 있었다.

리버스도 그녀 옆에 웅크려 앉았다. 그나마 바람막이 벽이라도 있어서 다행이었다. 그는 프리랜서 저널리스트로 전향한 메리에게 관심이 조금 생긴 상태였다. 그가 우려했던 것과 달리 그녀는 그 바닥에서 꽤 잘나가고 있었다.

"자," 그가 말했다. "대체 뭘 알아냈다는 거죠?"

그녀가 미소를 지었다. "잊으셨어요? 원래 지방 정부 취재가 제 전문이었잖아요. 주 의회와 지방 의회. 신문사에 취직해서 처음 맡았던 일인데 별로 힘들지 않았어요." 그녀가 몸을 앞으로 기울이고 손가락으로 모래 바닥에 동그라미를 그려나갔다. "어디서부터 시작할까요?"

"배경부터 시작하죠."

"지방 의회 말씀이세요? 주 의회 말고?"

"네."

"지방 의회에서 가장 흥미로운 부분은 거기서 집행하는 엄청난 예산이에요. 주요 도시 네 곳만이 그 혜택을 누리고 있죠."

"기자 입장에서 보면 그렇다는 얘기죠?"

"다른 입장에서 말씀드릴 순 없잖아요." 그녀가 눈을 가린 머리카락 몇 가닥을 쓸어 넘겼다. "지방 의회 의원은 생각처럼 매력적인 자리가 아니에요. 근무 시간도 길고, 무엇보다 일이 따분하거든요. 낮에 다른 일을 한다는 건 상상할 수도 없고 저녁 시간도 자유롭지 못해요. 대부분 미팅이 저녁에 열리니까요. 면담도 토요일을 피하려면 주중 저녁에 진행할 수밖에 없고요."

"알았어요. 출마는 하지 않을게요. 나중에 돈이 궁하게 되면 생각이 바뀔 수도 있겠지만."

메리가 고개를 저었다. "고된 업무에 비해 보수는 짠 편이에요. 물론 모든 경비가 지급되고, 위원회에서 의장을 맡으면 보너스도 받을 수 있지만요. 아무튼 의원들은 대충 네 개 그룹으로 나눌 수 있어요. 은퇴자, 실업자, 자영업자, 그리고 부유한 배우자를 둔 사람."

"하긴, 앞의 두 경우는 시간이 남아돌고, 뒤의 두 경우는 언제든 시간을 낼 수 있을 테니."

그녀가 고개를 끄덕였다. "역동적인 의회는 거의 없어요. 그나마 에든버러는 좀 나은 편이죠."

"그럼 에든버러 얘길 해줘요." 리버스가 인치키스 섬 쪽을 바라보았다.

"에든버러엔 62개의 구區가 있어요. 노동당이 거의 장악한 상태고요."

"별로 놀랍지 않네요."

"하지만 의석수로 따지면 노동당과 토리당이 비슷해요. 겨우 일곱 석 차이니까. 자유민주당이 몇 석 차지했고, SNP(스코틀랜드 국민당)는 달랑 두 석이에요. 의회가 하는 일은 뭐…… 직접 미팅을 참관해보면 한숨만 나올 거예요."

"그렇게 따분해요?"

"따분한(ennui) 것으로 치면 의원들이 챔피언 먹을걸요."

"아, 그렇게 발음하는 거였군요." 그의 얼굴에 미소가 머금어졌다. 요즘 들어 그녀가 미소 짓는 모습을 보기가 힘들었다. 아마도 그녀가 리버스를 크레이지 호스 살룬의 다락으로 안내했던 날 이후부터 그랬던 것 같다. 끔찍한 범죄 현장으로. 리버스는 바다를 바라보았다. 수평선 끝까지 하얀 파도로 완전히 뒤덮여 있는 것 같았다.

"별의별 위원회와 분과 위원회들이 다 있어요." 그녀의 설명이 이어졌다. "지방 의회는 매달 한 차례씩 미팅을 갖죠. 하지만 정작 그들이 하는 일은 주민들에게 거처를 제공하는 것뿐이에요. 글래스고 지방 의회는 영국에서 가장 큰 임대주죠. 주택 수가 무려 17만 채에 달한다고 하니, 뭐. 지방 자치 체제 개편 이후 지방 의회엔 주택 포트폴리오만 주어진다는 소문도 있어요."

"무슨 소린지 모르겠군요."

"토리당은 주택 공급 문제를 주 의회에 맡기고 싶어 하지 않아요." 그의 멍한 표정을 확인한 그녀가 한숨을 내쉬었다. "이것도 따분한 정치 얘기예요."

"의원들도 죄다 따분한 사람들인가요?"

"그건 거의 필연적이라 할 수 있어요. 어쩌면 그게 '자격'일 수도 있고요." 그녀가 그를 쳐다보았다. "자, 이제 톰 길레스피 의원 얘기를 해볼까요? 그는 산업계획위원회에서 의장을 맡고 있어요. 경제와 부동산 개발 부분을 챙기고 있죠. 의회엔 관련 부서가 따로 마련돼 있어요. 경제 개발과 주택. 위원회는 그 부서가 제대로 굴러가는지, 괜히 이상한 짓을 벌이지는 않는지 꼼꼼히 체크하죠."

"이상한 짓? 보수 작업 같은 거 말이에요?"

"아뇨. 토지 거래와 건축 계약은 수백만 파운드가 왔다 갔다 하는 사업이에요. 건물을 보수하는 것도 수십만 파운드가 들고요. 만약 제가 경위님께 이 도시의 모든 의회 건물들의 창문을 청소할 수 있게 해드린다면 어떻게겠어요?"

"당장 가서 샤모아(염소, 양 등의 가죽으로 만든 부드러운 가죽)를 끊어와야죠. 걸레를 만들어야 하니까."

"아무튼 길레스피는 아주 야심만만한 사람이에요. 그 자리에 오르면 다들 그렇게 되는 모양이더라고요. 기억하세요? 20년 전, 도시 자치 운영 위원단이 지방 의회로 바뀌기 바로 전까지만 해도 말컴 리프킨드, 조지 폴크스, 그리고 로빈 쿡이 의원으로 활동했었잖아요. 1996년 4월에 지방 의회가 사라지면 선거를 통해 그림자 당국이 만들어질 거예요."

"부정 거래나 부패한 의원들에 대한 소식은 없나요?"

"전혀요. 톰 길레스피는 근면하고 성실한 의원이에요. 평판도 좋고요. 스캔들이나 악성 루머에 시달린 적도 없었어요. 술과 도박을 전혀 안 하고, 아내 몰래 비서와 바람을 피우지도……"

"그건 어떻게 알죠?"

그녀가 어깨를 으쓱였다. "그런 건 힘들이지 않고도 알아낼 수 있는 정보예요." 그녀가 그의 손등을 톡톡 두드렸다. "제가 모르는 뭔가를 알고 계신 것 같군요."

리버스가 몸을 일으켰다. "과연 그런 날이 오기는 할까요? 그건 그렇고, 그는 어느 쪽입니까? 자영업자? 실업자?"

"돈 많은 배우자를 둔 케이스예요. 부인이 사업을 하고 있어요."

리버스가 주위를 둘러보았다. "근처에 영업하는 카페가 있나요?"

"펀 파크 쪽으로 한번 가보죠." 그녀가 손에서 모래를 털어냈다. "이거…… 저한테 특종이 떨어지는 일인가요?"

리버스는 그녀가 모래에 그려놓은 동그라미를 구둣발로 짓이겨 지웠다.

"맞나요?" 그녀가 다시 물었다.

"요즘도 그 컨트리 음악 밴드에서 노래 불러요?"

"왜 화제를 돌리고 그러세요? 제 질문에 먼저 대답하셔야죠."

"무슨 질문?"

"특종 말이에요."

"아직은 몰라요." 해변을 벗어난 그들이 산책로로 들어섰다. "미안한데, 두 가지만 더 알아봐줄 수 있어요?"

"뭔데요?"

"회사 이름이요. 라바룸." 그가 철자를 불러주었다. "다른 정보는 없어요. 그리고 또 하나. 달게티."

"그것도 회사예요?"

"모르겠어요. 알아보니 달게티라는 회사가 있긴 하던데. 회사가 아니라면 장소나 누군가의 성姓일 수도 있겠죠."

"제가 뭘 알아보면 되는 거죠?"

그가 어깨를 으쓱였다. "라바룸에 대해 뭔가를 알아내면 달게티에 대해서도 알게 될지 몰라요."

"한번 알아볼게요. 아, 깜빡할 뻔했는데, 이따 따님을 만나기로 했어요." 리버스가 걸음을 멈추었다. "그걸 깜빡할 뻔했다고요?"

"사실 경위님께는 비밀로 해두려고 했어요. 매커널리 자살 사건에 대해 몇 가지 물어보려고요." 리버스는 다시 걸음을 옮겨나가기 시작했다. 메리는 총총 걸어 그를 따라잡았다. "경위님께서도 한 말씀 해주시죠. 물론 '온 더 레코드'로."

"노 코멘트, 헨더슨 양." 리버스가 으르렁대며 말했다.

왠지 헬레나 프로핏은 조사실 분위기를 달가워하지 않을 것 같았다. 그래서 리버스는 그녀의 직장에서 면담을 진행하기로 약속을 잡았다. 그녀는 길레스피의 비서로 활동하는 틈틈이 파트타임으로 사무 보조 아르바이트를 하고 있었다. 하지만 그녀의 사무실 동료가 전화를 걸어와 프로핏 씨가 편두통을 호소하며 조퇴했음을 알려주었다. 그는 그녀의 집에 전화를 걸어보았지만 응답이 없었다. 다행히 서두를 일은 아니었다. 그는 HM 에든버러 교도소 소장과 미팅 약속을 잡았다. 소장의 비서에게는 최근 출소한 재소자의 자살과 관련된 문제라고 설명해주었다. 비서는 화요일 오후로 약속을 잡아주었다.

"그보다 일찍은 안 되나요?" 그가 말했다.

"네, 불가능해요." 그녀가 말했다.

그날 밤, 평소처럼 딕과 솔티에게 붙잡혀 한잔 걸치고 나온 리버스는 포스 로드 브리지로 향했다. 그는 먼발치에 차를 세워놓고 걸어서 다리로 접근했다. 다행히 휘몰아치는 강풍은 없었다. 산들바람조차도 느껴지지 않았다. 달은 보이지 않았고, 기온은 아슬아슬하게 영상권을 맴돌았다. 다시 개방된 다리는 임시 수리가 끝난 상태였다. 조사 결과 구조적 문제는 없는 것으로 확인되었다. 만약 차가 들이받아 다리를 지탱하는 굵은 금속 케이블이 끊어졌으면 대대적인 수리가 불가피했을 것이다.

펍과 차에서 데워온 그의 몸은 어느새 덜덜 떨리고 있었다. 그는 두 아이가 뛰어내린 지점에 서 있었다. 주위에는 아직도 금속 바리케이드들이 모래주머니로 고정된 채 세워져 있었다. 위험 구역을 표시해둔 노란 금속 램프들도 보였다. 끊어진 난간에는 작은 화환이 걸려 있었다. 누군가가 바리케이드를 넘어가 걸어두고 간 모양이었다. 화환 위에는 돌덩이가 얹어져 있었다. 바람에 날아가지 않도록 조치해놓은 것이었다. 그가 거대한 버팀대를 올려다보았다. 그 끝에서는 빨간 불이 깜빡이고 있었다. 항공기들을 위한 경고등이었다. 풀이 죽은 그에게 이유 모를 외로움이 찾아들었다. 다리 밑으로는 빌라도(예수에게 십자가 형벌을 내린 재판관)만큼이나 매정한 포스 강이 흐르고 있었다. 물, 보트 선체, 그리고 플라스틱 케이스에서 나온 강철 총알들. 사람을 죽일 수 있는 흥미로운 것들이었다. 실제로 죽음을 '선택하는' 사람이 있다는 사실 또한 흥미로웠다.

"나라면 절대 못하겠는데!" 리버스가 큰 소리로 말했다. "난 죽었다 깨어나도 자살은 못한다고!"

물론 그 옵션을 떠올려본 적은 있었다. 한밤중에는 별의별 잡념이 다 찾아든다. 갑자기 목이 메었다. 술 때문일 거야. 그는 생각했다. 술이 나를 감상적으로 만드는 거라고. 술 때문이야.

13

가끔 아무것도 모르는 사람들이 에든버러의 드롭-인 센터(drop-in center, 임시 보호소)를 드롭-아웃 센터(drop-out center)라고 부를 때가 있었다. 리버스는 그런 곳들이 경찰을 반기지 않는다는 걸 누구보다도 잘 알고 있었다. 그래서 그는 출발하기 전에 전화로 미리 통보를 해놓았다.

그는 웨이벌리 역 뒤편에서 센터를 운영하는 사람을 알고 있었다. 언젠가 리버스는 넬슨 가에서 콜드 터키(마약 중독자의 갑작스런 약물 중단에 의한 신체적 불쾌감)에 빠진 헤로인 중독자를 발견해 센터로 데려다준 적이 있었다. 다른 경관이었다면 그 가엾은 사람을 경찰서로 데려가 들들 볶아댔겠지만 리버스는 그가 가고 싶어 하는 곳으로 친절히 이끌었다. 웨이벌리의 드롭-인 센터로. 그는 심각한 금단 증세에 시달리는 중이었다.

"그 친구, 좀 어때요?" 리버스가 센터 매니저이자 얼굴마담인 프레이저 레이치에게 물었다.

레이치는 퀴퀴한 냄새가 풍기는 사무실에 앉아 수북이 쌓인 서류와 씨름하는 중이었다. 그의 책상 뒤편 선반은 파일, 서류함, 잡지, 그리고 책들의 무게에 짓눌려 활 모양으로 휘어져 있었다. 프레이저 레이치가 희끗희끗한 턱수염을 살살 긁었다.

"많이 나아졌다고 들었어요. 목수 일을 배워서 취직이 됐다죠, 아마? 가

꿈 시스템이 이렇게 제 기능을 해줄 때도 있네요."

"그가 굉장히 예외적인 케이스인지도 모르고요."

"정말 못 말리는 비관주의자군요." 레이치가 일어나 바닥에 놓인 쟁반 앞에 쭈그리고 앉았다. 그는 전기 주전자에 물이 있는지 확인하고 스위치를 켰다. "척 보니 알겠네요. 윌리 코일과 딕시 테일러 문제로 온 거 맞죠?"

"역시 예리하군요."

레이치가 미소를 지었다. "딕시가 마약쟁이였다는 거 알고 있죠?" 리버스가 고개를 끄덕였다. "윌리가 곁에서 챙겨준 덕분에 두 달 정도 끊을 수 있었습니다."

"침대 밑에서 장비가 나왔습니다."

레이치가 어깨를 으쓱이며 머그잔에 커피 가루를 부었다. "어린 게 유혹을 떨쳐내기가 힘들었겠죠. 헤로인 해본 적 없죠?"

"없어요."

"나도 마찬가집니다. 하지만 중독자들 얘기를 들어보니 아무리 애를 써도 그 유혹에서 벗어날 수가 없다더군요. 그저 하루하루 마음을 다잡고 버텨나가는 수밖에는 없답니다."

리버스는 프레이저 레이치가 한때 알코올 중독으로 고생했다는 걸 알고 있었다. 중독이라는 것에 한 번 걸리면 영원히 벗어날 수 없다. 확실히 끊었다고 해도 중독에 이르게 한 원인은 계속 가까운 곳에 남아 호시탐탐 컴백할 기회를 노리기 때문이다.

"이런 조크를 들었어요." 레이치가 말했다. 주전자에서 물이 끓기 시작했다. "뭐, 조크라고 하기엔 좀 그렇지만. 아무튼 이런 겁니다. 딕시는 어떤 종류의 배 위에 떨어졌어야 했을까요?"

"모르겠는데요."

"삼판(중국의 해안이나 강에서 사용되는 작은 돛단배). 왜냐하면 둘 다 정크(junk, 사각형 돛을 달고 바닥이 평평한 중국 배. 마약을 뜻하기도 함)니까. 썰렁하죠?" 그가 물과 우유를 머그잔에 따르고 휘휘 저은 뒤 리버스에게 건넸다. "미안해요. 콜롬비안 정품을 사다 마실 형편이 못 돼서요."

"그것도 조크인가요?"

레이치가 자리로 돌아가 앉았다. "난 딕시를 잘 알았습니다." 그가 말했다. "윌리는 두어 번 만나봤을 뿐이고요."

"윌리는 마약을 안 했습니까?"

"마리화나 정도는 피우지 않았을까요? 엑스터시를 했거나."

"비교적 깨끗한 편이었나 보군요. 그들이 무슨 짓을 했는지 듣고서 놀랐습니까?"

"놀랐냐고요? 글쎄요. 커피 맛이 어떻습니까?"

"형편없는데요."

"그러거나 말거나 20펜스입니다." 레이치가 책상에 놓인 상자를 가리켰다. 리버스는 1파운드 동전을 찾아 상자에 떨어뜨렸다.

"거스름돈은 필요 없습니다."

"1파운드나 넣다니, 열성 후원자가 맞군요." 레이치가 두 다리를 올려 책상 모서리에 걸쳤다. 그는 솔기가 뜯어진 모카신을 신고 있었다. 바짓단도 해져 있었다. 그는 항상 자신을 '늙은 히피'라고 불렀다.

"센터 사정은 좀 어떻습니까?" 리버스가 물었다.

"가까스로 버텨나가는 중입니다."

"지방 의회가 지원해주지 않나요?"

"쥐꼬리만 한 돈이 나옵니다." 레이치가 얼굴을 찌푸렸다. "그건 왜 묻는 거죠?"

"지방 의회가 물갈이되면요?"

"부디 지원이 끊기지 않기를 빌어야죠."

리버스가 깊은 생각에 잠긴 표정으로 고개를 끄덕였다. "아까 윌리와 딕시 소식을 듣고 놀라진 않았느냐고 물었는데요."

레이치가 살짝 뜸을 들였다. "아뇨." 그가 말했다. "놀라진 않았어요. 그들답지 않게 어리석긴 했지만."

"윌리는 그런 무모한 짓을 벌일 만한 친구가 아니었습니까?"

"그런 짓을 벌이고도 무사할 거라는 생각은 못했을 겁니다. 하지만 딕시는 윌리랑 또 달랐어요. 가끔 그 애가 정도를 넘어서면 윌리가 곁에서 통제해줬죠."

"그러니까 「비열한 거리」에 나오는 케이틀과 드 니로 같았다는 말이군요."

"그런 셈이죠. 딕시가 사고를 치면 윌리가 나서서 수습했으니까. 윌리가 나무랐으니 먹혔지 다른 사람이었다면 딕시는 거들떠보지도 않았을 겁니다. 이건 다 제삼자를 통해 들은 내용입니다. 아까 얘기했듯이 난 윌리를 몇 번 못 봤어요." 그가 잠시 말을 멈추었다. "당신도 거기 있었죠?"

"네." 리버스가 나지막이 대답했다. 그가 의자에 앉은 채 꼼지락거렸다. "그때 그들은…… 윌리가 딕시를 끌어안고 난간 너머로 몸을 날렸죠. 굳이 딕시까지 끌고서. 딕시는 아무런 저항이 없었어요. 그 애들은 뛰어내린 게 아니었습니다. 유유히 뒷걸음질 쳐 사라져버린 거였죠."

"맙소사." 레이치가 책상에서 발을 내렸다.

"걔들이 왜 그랬을 것 같습니까?"

레이치가 자리에서 일어나 책상을 돌아 나왔다. "당신도 그 답을 알 텐데요. 보나마나 감옥에 가고 싶지 않았기 때문이겠죠."

"하긴." 리버스가 말했다. 감옥 대신 죽음을 택한 아이들. 자유 대신 죽음을 택한 남자. 리버스는 욱신거리는 입 안에 손가락을 넣어보았다. 언제부터인가 그는 통증을 즐기게 되었다.

레이치가 그의 어깨에 손을 얹었다. "카운슬러는 만나봤습니까?"

"네?"

"경찰 카운슬러 말입니다."

"내가 왜 카운슬러를 만나야 하죠?"

레이치가 리버스의 어깨를 살짝 움켜쥐었다가 손을 뗐다. "한번 고민해봐요." 그가 말했다. 그리고 다시 자리로 돌아가 앉았다. 두 사람은 잠시 침묵을 지켰다.

"혹시 폴 더건이라는 친구를 만나본 적이 있습니까?" 리버스가 침묵을 깨고 물었다.

"귀에 익은 이름이네요. 얼굴은 기억나지 않지만. 센터의 누군가가 언급했던 것 같아요."

"그가 윌리와 딕시에게 차를 빌려줬습니다. 그들의 집주인이기도 했고요."

"오, 맞아. 그 친구 집에 세 들어 사는 애들 두어 명이 가끔 센터를 찾아옵니다."

"그들이 어디 사는지 압니까?"

"애비 힐. 아마 그 근처일 겁니다."

"달게티는요? 들어본 적 있습니까?" 레이치는 잠시 기억을 더듬고 나서 고개를 저었다. 리버스는 주머니에서 커스티 케네디의 사진을 꺼냈다. "이 아이를 센터에서 본 적 있나요?" 그가 물었다.

"시장의 딸이잖아요. 이 아이가 실종된 직후에 제복 경관 둘이 찾아와 같은 질문을 했어요."

"오래된 사진입니다. 아마 지금은 확 달라졌을 거예요."

"그럼 최근 사진을 가져와야죠. 설마 그 애 부모가 이거밖에 없다고 하진 않았겠죠?"

리버스는 프레이저 레이치의 말을 곱씹으며 그의 사무실을 나왔다. 타당한 지적이었다. 하지만 리버스 자신도 딸의 최근 사진을 갖고 있지 않았다. 아이가 열두 살 이후에 찍은 사진은 손에 꼽을 정도였다. 그는 짧고 어두운 복도에 서 있었다. 벽의 절반은 게시판들로, 나머지 절반은 온갖 낙서로 각각 뒤덮여 있었다. 리버스는 게시물들을 찬찬히 훑어보았다. 최근에 붙여놓은 듯한 카드가 보였다. 그 모서리는 접혀 있지 않은 상태였다. 볼펜으로 휘갈겨 써놓은 주변 게시물들과 달리 그 카드는 깔끔하게 프린트된 것이었다. 모든 면에서 다른 것들보다 월등히 나았다.

싼 방 세놓습니다.

게시물에는 전화번호와 이름이 적혀 있었다. 이름은 폴. 리버스는 게시판에서 카드를 뜯어내 커스티 케네디의 사진과 함께 주머니에 찔러 넣었다.

그의 시선이 문이 열린 두 개의 방 쪽으로 돌아갔다. 그중 한 방에는 12인치짜리 흑백 TV와 플라스틱 의자 두어 개가 놓여 있었다. 한 아이가 실내 안테나를 머리 위로 번쩍 들고 TV 화면을 뚫어지게 응시하고 있었다. 또 다른 아이는 의자에 앉아 자고 있었다. 또 다른 방에서는 십대로 보이는 소년 두 명과 소녀 한 명이 깨진 공 하나와 고무가 벗겨진 라켓 두 개, 그리고 페이퍼백 책 한 권으로 탁구를 치고 있었다. 네트가 있어야 할 자리에는 담뱃갑들이 뒤집힌 채 줄지어 놓여 있었다. 얌전하게 탁구를 치는 그들에게서는 의욕과 희망이 조금도 엿보이지 않았다.

리버스가 센터 앞 계단을 내려오자 소년 두 명이 다가와 돈과 담배를 구걸했다. 그는 담배 두 개비를 꺼내 그들에게 건넨 뒤 불을 붙여주었다.

"딕시 일은 참 안됐어. 안 그래?" 그가 말했다.

"꺼져, 노땅아." 그들이 말했다. 그리고 안으로 잽싸게 사라졌다.

자신의 아파트로 돌아온 리버스는 중앙난방식 히터 밑에 빈 커피 깡통을 받쳐놓고 물을 뺐다. 세 들어 살던 학생들이 찬장 가득 남겨놓고 간 빈 깡통들이 이토록 유용하게 쓰일 줄은 미처 몰랐다. 그는 그들이 커피 깡통을 차곡차곡 모아온 이유가 궁금해졌다.

그는 히터를 다시 채우고 보일러 앞 압력계 수치를 확인했다. 히터를 다시 켜자 파이프에서 꽐꽐 소리가 요란하게 들렸다. 잠시 후, 보일러가 덜덜거리기 시작했고, 가스버너가 확 살아났다.

그는 거실로 나가 라디에이터에 손을 얹어보았다. 서서히 따뜻해졌지만 뜨겁게 달구어지지는 않았다. 온도 조절 장치를 최대치로 높였음에도, 밸브에서 물이 새어나오고 있었다. 그는 열쇠를 걸고 힘껏 돌려보았지만 소용이 없었다. 하는 수 없이 그는 행주를 가져와 물이 새는 부분을 돌돌 감았다. 행주의 끝은 빈 커피 깡통에 걸쳐 물이 안에 고이도록 했다. 물 떨어지는 소리가 들리지 않도록.

그래, 여긴 원래 내 집이었지! 이건 리버스가 터득한 노하우였다.

그는 불을 끄고 의자에 앉아 창밖을 내다보았다. 아덴 가를 물끄러미 내려다보는 그의 머릿속에 메이지 핀치가 떠올랐다. 그는 그녀의 어머니와 자신의 어머니를 생각했다. 주차된 차들의 지붕과 후드에는 서리가 내려앉아 있었다. 한 무리의 학생들이 낄낄대며 셋방으로 향하고 있었다. 위스키를 한 잔 따라온 리버스는 학생들에게 그들이 얼마나 운이 좋은지 말해주고 싶었다. 그를 제외한 모든 이들이 마찬가지였다. 노숙을 하는 사람, 담배를 구걸하는 사람, 남보다 앞서나가기 위해 모의를 하는 사람. 몸을 뒤척이며 자고 있을 앨리스터 플라워도, 미동도 없이 얌전히 누워 자고 있을 질 템플러도, 가려운 깁스 안을 긁지 못해 몸부림치고 있을 프랭크 로더데일도, TV 앞에 두 발을 올려놓고 있을 트레사 매커널리도, 그리고 커스티 케네디…… 어디 있는지는 모르겠지만. 다들 운이 좋았다.

빌어먹을 에든버러는 행운의 도시였다.

2부

조각들

14

화요일, 리버스는 그답지 않게 일찍 출근했다.

하지만 놀랍게도 그보다 먼저 출근한 사람이 있었다. 질 템플러. 리버스는 살짝 열린 사무실 문 안을 들여다보았다. 그녀는 수북이 쌓인 서류들과 씨름 중이었다. 리버스가 노크를 하고 문을 조금 더 열어보았다.

"일찍 나왔군요." 그녀가 눈을 비비며 말했다.

"당신은요? 설마 여기서 밤을 샌 건 아니겠죠?"

"기분으로는 그런 것 같아요. 커피향이 좋은데요."

"가서 한 잔 사올까요?"

"아뇨. 그냥 마시던 거 반만 따라줘요." 그녀가 깨끗한 머그잔을 그에게 건넸다. 그는 그녀가 시키는 대로 했다. 그는 쓰레기통 앞에 우뚝 서서 그녀의 책상을 내려다보았다. 그녀는 한창 수사가 진행 중인 사건들을 숙지하고 있었다. 프랭크 로더데일이 남겨놓은 사건들.

"정신없죠?" 그가 말했다.

"좀 도와줄래요?"

"내가 뭘 하면 되겠습니까, 보스?"

"맥브레인 사건과 페티포드 사건의 내용을 정리해서 가져와요. 오늘 오전에 좀 훑어봐야겠어요."

"내 타자 실력을 몰라서 그래요?"

"그냥 시키는 대로 해요."

"둘 중 하나만 하면 안 될까요? 장례식에 가봐야 해서."

"둘 다 해서 점심시간 전까지 가져와요, 경위."

리버스가 열린 문을 돌아보았다. 아직도 두 사람뿐이었다. "저기……"
그가 나지막이 말했다. "솔직히 기분이 좀 불쾌해요."

그녀가 서류에서 눈을 떼고 그를 올려다보았다. "뭐라고요?"

"당신이 날 대하는 태도 말이에요. 정말 마음에 안 들어요. 그냥 저러다
말겠지 생각했는데 이젠 모르겠어요. 모두에게 당신의 능력을 증명해 보
이고 싶은 마음은 이해하지만 그래도 이건 좀……"

"함부로 말하지 말아요, 경위."

리버스가 그녀를 빤히 응시했다. 그녀는 다시 앞에 놓인 서류로 시선을
내렸다. "커피 잘 마셨어요." 그녀가 나지막이 말했다. "점심시간 전에 사
건 노트 가져오는 거 잊지 말아요."

하는 수 없이 그는 자신의 책상으로 돌아가 과제에 매달렸다. 사건 노
트를 타자로 쳐 작성하는 건 쉬운 일이 아니었다. 적절한 단어 선택. 군더
더기 없는 내용. 경찰관이 가장 싫어하는 건 공들여 작성한 보고서를 지방
검찰관이 작고 사소한 흠을 이유로 되돌려 보낼 때였다. '이런 상태로는
진행이 불가능합니다'라는 모욕적인 메모와 함께.

형사 법원과 긴밀하게 연락을 취해야 하는 보고 담당 입장에서는 짜증
이 날 수밖에 없었다. 리버스는 맥브레인과 페티포드 사건의 보고 담당이
었다. 검찰이 기소를 진행할 수 있도록 보고서를 성심껏 작성해 제출하는
것이 바로 그가 할 일이었다. 그가 본연의 임무에 충실하도록 챙기는 것은

질 템플러가 해야 할 일이었고, 그럼에도 불구하고 리버스는 그녀의 태도가 영 거슬렸다. 그녀가 프랭크 로더데일의 대타로 낙점되었다는 소식은 많은 이들을 당황시켰다. 로더데일은 널리 존경받는 상관이 아니었지만 적어도 그는 남자였다. 그들과 한패였고, 질 템플러는 파이프 출신에 여자이기까지 했다. 또한 그녀는 골프도 치지 않았다.

여성 경관들은 반기는 분위기였다. 반감을 드러내는 건 남성 경관들뿐이었다. 쇼반 클락은 여성 상관을 두게 되었다는 사실에 만족한 듯했다. 어쩌면 그녀는 질 템플러에게서 자신의 미래를 엿보았는지도 몰랐다. 하지만 질은 신중을 기해야 할 필요가 있었다. 언제 덫에 걸릴지 모르니. 누구를 신뢰해야 할지 현명히 판단해야 했다. 리버스는 그녀가 자신을 필요 이상으로 갈구는 이유를 대충 짐작할 수 있었다. 나약한 모습을 보이는 순간 그녀는 끝장이니까.

아무튼 아직까지는 일방통행로를 달리는 기분이었다.

그는 완성된 보고서를 들고 그녀의 사무실로 향했다. 그녀는 농부 왓슨과 회의 중이었다. 그는 그녀 책상에 보고서를 놓아두고 파란색 넥타이를 검은색으로 바꿔 매기 위해 화장실로 들어갔다. 리버스가 거울을 들여다보고 있을 때 브라이언 홈스가 들어왔다.

"파티에 가시나 보죠?"

"그렇다고도 볼 수 있겠지, 브라이언. 어떤 면으로 보면 그게 맞아."

작은 주방에는 술이 충분히 마련되어 있었다. 하지만 분명한 건 축하 행사가 아니라 초상집에서의 밤샘이라는 사실이었다.

리버스가 도착했을 때 트레사 매커널리의 아파트는 중년의 커플들과 그들이 데려온 자식들로 북적거리고 있었다. 아이들은 하나같이 불만 가득한 표정을 짓고 있었다. 준비된 의자들은 노인 몇몇이 차지한 상태였다. 거실 중앙에는 온몸을 검은 옷으로 휘감은 미망인이 앉아 있었다. 그녀는 손톱에 새빨간 매니큐어를 칠했고 커튼은 이웃집들과 마찬가지로 쳐놓은 상태였다. 결속의 표현인 듯했다. 스코틀랜드인들은 장례식을 매우 중요한 행사로 여겼다.

리버스는 수군대는 사람들을 헤치고 안으로 들어가 한 손을 내밀었다.

"매커널리 부인." 그가 말했다.

그녀가 기운 없는 손으로 악수에 응했다. "와줘서 고마워요."

그는 그녀가 누군가에게 자신을 소개하기 전에 뒤로 물러났다. '이 형사님이 학교에 가서 머리의 절반이 날아간 위 셔그를 보고 오셨어요.' 이런 소개는 별로 달갑지 않았다. 일반적으로 장례식에 참석한 남자들은 주방으로 우르르 몰려가 위스키를 퍼마시기 마련이다. 하지만 매커널리의 아파트에는 자그마한 간이 주방만이 갖춰져 있을 뿐이었고, 그마저도 거실과 붙어 있어 편히 마실 수 없었다. 그럼에도 불구하고 남자들은 혼잡 시간대에 갇혀버린 버스들처럼 주방으로 꾸역꾸역 밀고 들어왔다. 그들은 깨끗한 잔을 나눠 갖고 위스키를 차례로 따라 마셨다. 여자들에게는 달콤쌉싸름한 셰리주, 어린 문상객들에게는 청량음료가 각각 주어졌다.

리버스는 술잔을 들고 옆에 있는 땅딸막한 남자와 건배했다. 남자는 칠십대쯤 되어보였고 암회색 양복을 걸치고 있었다. 초췌한 얼굴의 그는 입술을 연신 움직였다. 그가 들릴락 말락 한 목소리로 말했다.

"건배."

"건배." 그들은 한동안 싸구려 위스키를 나눠마셨다. 술을 음미하는 것은 잡담을 나누는 것보다 훨씬 나았다. 장례식에서 엄청난 양의 위스키가 소모되는 이유이기도 했다.

"10분 안에 영구차가 도착할 거요." 노인이 리버스에게 귀띔해주었다.

"그렇군요." 물론 관 뚜껑을 닫은 채 옮겨질 것이다. 트레사 매커널리조차도 남편의 참혹한 시신을 보지 못한 상태였다.

"저기 목사가 왔군."

비록 두꺼운 안경을 걸치고 있었지만 노인의 눈은 꽤 좋은 편이었다. 리버스는 방을 가로질러 트레사 매커널리 쪽으로 다가가는 목사를 지켜보았다. 그는 검은 옷차림이었고, 목에는 빳빳이 세운 흰색 칼라가 둘러져 있었다. 문상객들이 양옆으로 비켜서서 그에게 길을 내주었다. 목사들은 쉽게 친구를 사귀지 못했다. 그런 점은 경찰과 다르지 않았다. 사람들은 그들 앞에서 말실수를 할까봐 늘 긴장했다. 하지만 목사들에게는 특별한 재주가 있다. 누구도 알아들을 수 없는 모깃소리로 대화를 능숙하게 이끌어나가는 것.

노인이 다음 위스키 병을 비틀어 땄다. 이번에는 다른 브랜드였다. "몇 년 못 와봤는데 집을 잘 꾸며놨군. 안 그렇소?"

리버스가 고개를 끄덕였다. 대형 TV는 문상객들을 받기 위해 어딘가로 치워진 상태였다. 왠지 침실에 갖다놓았을 것 같았다. 그는 문상객들 중 남자만 골라 찬찬히 훑어보았다. 눈에 익은 전과자가 와 있을지 모른다는 생각 때문이었다. 위 서그에게 산탄총을 구해다주었을 사람.

"그래." 노인이 계속 이어나갔다. "오늘 보니 확 달라진 걸 알겠어. 카펫도 새로 깔고, 벽지도 마찬가지고. 꽤 봐줄만 한데."

거기다 새 TV까지. 리버스는 생각했다. 새 현관문, 전혀 낡아 보이지 않는 침실의 반고정 세간들. 돈. 대체 그 많은 돈이 어디서 났을까?

"복도에 깔린 카펫도 새것 같던데." 노인이 말했다. 그의 목소리가 한층 낮아졌다. "그녀가 위 셔그를 위해 일부러 준비한 것 같지 않소? 오랜만에 돌아온 남편을 환영하는 의미로. 갓 출소한 사람에게 이보다 더 좋은 선물이 어디 있겠소."

리버스는 노인을 유심히 쳐다보았다. "선생님께서도 다녀오신 적이 있습니까?"

"아주 오래전에 다녀왔지. 50년대에. 그때 소튼은 지금과 완전히 달랐다오. 그때가 지금보다 못했다는 얘긴 아니고." 그들의 술잔이 다시 채워졌다. 노인은 뚜껑을 닫고 나서 옆 사람에게 술병을 넘겼다. 리버스는 문상객들 중 전과자가 몇 명이나 될지 궁금했다. 그때 누군가가 그의 시야에 불쑥 들어왔다. 입으로 향하던 술잔이 뚝 멎었다.

자그마한 체구의 여자는 검은색 드레스 차림이었고, 머리에는 필박스 햇(챙이 없는 고전적인 둥근 여성용 모자로써 아무런 장식을 달지 않는 것이 특징)을 쓰고 있었다. 그녀의 눈은 모자에 붙은 짧은 베일에 가려져 있었다. 키가 큰 젊은 여자가 그녀를 뒤따르고 있었다. 여자는 수수한 남색 정장 차림이었다. 목이 깊게 파인 스타일이었고, 허리 부분은 타이트했다. 메이지 핀치는 블라우스를 받쳐 입지 않았다. 놀랍게도 그녀의 재킷 안은 맨살뿐이었다.

하지만 리버스는 앞서나가는 여자에게 더 관심이 있었다. 헬레나 프로핏. 리버스가 식기 건조대 쪽을 돌아보았다. 얼굴이 불그레한 남자가 재킷을 벗고 사람들에게 술을 나눠주는 중이었다. 그는 선홍색 멜빵을 차고 있었다.

"셰리주 두 잔." 리버스가 남자에게 나지막이 말했다. 잠시 후, 주문한 술이 나오자 그는 위스키 잔을 테이블에 내려놓고 셰리주를 챙겨 거실로 나갔다.

헬레나 프로핏은 트레사 매커널리와 자그마한 목소리로 대화를 나누고 있었다. 리버스가 다가가 메이지 핀치의 어깨를 톡톡 두드렸다. 그녀가 돌아보자 그가 술잔을 내밀었다.

"고마워요." 그녀가 냄새로 내용물을 확인하고 나서 한 잔을 헬레나 프로핏에게 건넸다.

"프로핏 씨와 아는 사이인 줄 몰랐습니다." 리버스가 말했다.

그녀가 미소를 지으며 셰리주를 한 모금 넘겼다. 그녀의 얼굴이 찌푸려졌다.

"너무 달아요?"

"다른 건 없나요?"

"위스키, 다크 럼, 청량음료. 어쩌면 보드카도 있을지 몰라요."

"차라리 보드카가 낫겠는데." 그녀가 사람들로 북적대는 주방을 바라보았다. 그녀는 생각이 바뀌었는지 손에 쥔 셰리주를 단숨에 들이켰다.

"궁금해요." 리버스가 나지막이 말했다. "헬레나 프로핏과는 어떻게 아는 사이입니까?"

"문상객들 중에 그녀를 모르는 사람은 없을걸요." 그녀가 다시 미소를 지었다. 그리고 미망인을 돌아보았다. "트레사, 담배 한 대 피워도 돼요?" 그녀의 손에는 이미 담뱃갑이 쥐어져 있었다.

"편하게 피워요, 메이지." 그녀가 잠시 머뭇거렸다. "위 셔그가 있었어도 그러라고 했을 거예요. 못 말리는 골초였으니까."

그 말이 끝나기가 무섭게 주변의 문상객들이 일제히 주머니와 핸드백으로 손을 찔러 넣었다. 사람들은 담뱃갑을 열고 서로에게 권했다. 리버스가 건네받은 담배를 입에 물자 그녀가 불을 붙여주었다.

"라이터가 멋진데요." 그가 말했다.

"선물로 받은 거예요." 그녀가 검은색과 금색의 가느다란 라이터를 물끄러미 내려다보다가 자기 주머니에 집어넣었다.

"그러니까……" 리버스가 말했다. "프로핏 씨도 같은 아파트에 살았던 겁니까?"

"이 집 바로 아래층에 살았었죠."

거실은 빽빽이 들어찬 문상객들로 발 디딜 틈이 없었다. 막 도착해 애도를 표하는 사람도 있고, 작별인사를 하고 돌아서는 사람들도 있었다. 리버스와 메이지는 미망인과 프로핏 씨로부터 떨어져 나왔다. 그들은 벽난로 앞에 자리를 잡았다. 리버스가 선반에서 누군가가 놓고 간 카드를 집어들었다.

소튼에서 셔그와 함께 지냈던 모든 친구들은 그를 잊지 않을 겁니다.

"감동적이네요." 메이지 핀치가 말했다.

"감동적이라기보단 섬뜩한데요."

"어째서죠, 경위님?" 그는 그녀가 필요 이상의 큰 소리로 '경위님'이라는 호칭을 굳이 붙였다는 사실에 주목했다. 가까이 있던 문상객 몇 명이 그를 돌아보았다. 리버스는 금세 소문이 퍼지게 되리라는 걸 짐작할 수 있었다.

"그가 왜 자살했는지 모르잖습니까." 그가 말했다. "소튼과 관련이 있을 수도 있고요."

"트레사에게 들었는데, 그가 암에 걸렸었다면서요?"

"그게 자살의 이유였을 수도 있고요." 그가 그녀의 눈을 똑바로 쳐다보았다. "물론 다른 이유도 따져봐야겠지만."

그녀가 자연스럽게 고개를 돌렸다. "다른 이유라면?"

"죄책감, 수치심, 당혹감."

그녀가 쓸쓸하게 미소를 지었다. "셔그 매커널리의 사전에 그런 단어는 없어요."

"자기 연민?"

"그랬는지도 모르죠."

필박스 햇이 현관 쪽으로 이동하고 있었다. "잠시만요." 그가 말했다.

리버스는 현관문 앞에서 헬레나 프로핏를 따라잡을 수 있었다.

"프로핏 씨," 그녀가 그를 돌아보았다. "잠시 저랑 얘기 좀 하시죠."

그는 그녀를 매커널리 부부의 침실로 이끌었다.

"꼭 지금 해야 하나요?" 그녀가 주위를 둘러보며 물었다. 그녀의 얼굴에는 못마땅한 표정이 역력했다.

리버스가 고개를 저었다. 그의 짐작대로 TV는 침실에 보관되어 있었다. "왜 저를 피하십니까?" 그가 말했다.

그녀가 한숨을 내쉬었다. "톰이 경위님께 다 털어놓았다고 하던데요."

"그날 밤 불쑥 나타난 매커널리 씨를 알아보셨죠?"

"당연히 알아봤죠."

"그도 당신을 알아보던가요?"

그녀가 고개를 끄덕였다. "그랬어요."

"당신이 의원님과 가까운 사이라는 걸 그도 알고 있었습니까?"

그녀가 베일 너머로 그를 응시했다. "그게 무슨 뜻이죠? 가까운 사이? 저는 그의 비서예요. 그뿐이라고요."

"저도 그런 뜻으로 말씀드린 겁니다."

"그걸 그가 어떻게 알았겠어요? 알 리가 없었겠죠." 그녀는 그제야 질문의 의미를 알아차린 듯했다. "그가 자살한 건 저랑 아무 상관이 없다고요!"

"그래도 확인은 하고 넘어가야 해서요. 왜 저번엔 아무 말씀 안 하셨습니까?"

"그땐……" 그녀가 침대 모서리에 걸터앉았다. 그리고 두 손을 무릎에 가지런히 얹어놓는가 싶더니 다시 벌떡 일어났다. 리버스는 침대보가 출렁이는 것을 지켜보았다. 물침대였다. 당황한 헬레나 프로핏이 모자를 고쳐 쓰고 베일을 살짝 잡아 내렸다. 마치 그 뒤에 숨으려는 듯이.

"메이지 핀치와 상관있습니까?" 리버스가 물었다.

그녀는 잠시 생각에 잠겼다가 침통한 표정으로 고개를 끄덕였다. 갑자기 그녀의 눈에서 눈물이 터져 나왔다. 리버스는 그녀의 어깨에 살며시 손을 얹었고, 그녀는 토라진 듯 몸을 홱 틀었다. 한 문상객이 문을 열고 안을 들여다보았다. 그녀가 흐느끼는 소리를 듣고 온 것이었다.

"곧 괜찮아지실 겁니다." 그가 문을 닫으며 말했다. 헬레나 프로핏이 소매에서 손수건을 꺼내 코를 풀었다. 리버스가 건넨 손수건으로는 젖은 눈가를 훔쳐냈다. 그녀가 돌려준 하얀 면 손수건에는 아이섀도가 묻어 있었다. 또다시 문이 열렸다. 빨간 멜빵의 남자가 문간에 서 있었다.

"무슨 일입니까?"

"아무 일도 아닙니다." 리버스가 말했다.

남자가 그를 노려보았다. "우린 당신이 누군지 알고 있습니다. 이만 돌아가시는 게 어떻겠습니까?"

"그렇게 못하겠다면요? 그럼 어쩔 겁니까?"

땀에 젖은 얼굴이 험상궂게 일그러졌다. "당신네들은 하나같이 똑같군요."

"그건 당신네들도 마찬가지 아닌가요?" 리버스가 힘껏 밀어 문을 닫았다. 그는 다시 헬레나 프로핏을 돌아보았다.

"대체 뭘 숨기고 있는 겁니까?" 그가 말했다. "결국엔 다 드러나게 될 텐데. 당신도 알잖아요."

"난 4년 전에 이 아파트를 나왔어요." 그녀가 말했다. "그 후로는 딱 두 번 찾아왔었죠. 좀 더 자주 와봤어야 했는데. 메이지의 어머니가 날 그렇게 보고 싶어 하셨대요."

4년 전.

"매커널리가 메이지를 강간한 후에 말입니까?" 그가 말했다.

그녀가 심호흡을 몇 번 해 흥분을 가라앉혔다. "우린 아무 잘못도 하지 않았어요. 그냥 비명을 들었을 뿐이었다고요. 잘못이 있다면 그걸 듣고도 경찰에 신고하지 않았다는 것뿐이죠. 메이지는 트레사의 아파트로 도망쳐 들어왔어요. 트레사는 곧바로 경찰에 신고했고요. 그녀는 자기 남편이 이웃집 소녀를 강간했다고 경찰에 알렸어요. 우리는 비명을 듣고도 모른 척했는데." 그녀가 다시 코를 풀었다. "이 빌어먹을 도시가 원래 그런 곳 아닌가요?"

리버스는 아까 자신이 썼던 말을 떠올렸다. 죄책감, 수치심, 당혹감.

"자신이 부끄러웠던 겁니까?" 그가 물었다.

"당연하죠. 너무 창피해서 더 이상 이곳에 살 수가 없었어요."

그가 고개를 끄덕였다. "언젠가는 매커널리가 돌아올 줄 알면서도 메이지가 이곳을 떠나지 않았다는 사실에 놀랐나요?"

그녀가 고개를 저었다. "메이지의 어머니는 여길 떠날 분이 아니셨어요. 메이지와 트레사가 각별한 사이이기도 했고요. 특히……"

리버스는 출소하자마자 뜻밖의 상황에 맞닥뜨렸을 매커널리의 입장이 어땠을지 상상해보았다. 자신이 없는 동안 트레사와 옆집의 젊은 여자가 그토록 가까워졌으니 얼마나 당혹스러웠겠는가.

"그날 밤 무슨 일이 있었는지 들려줘요."

"네?" 그녀가 손수건을 접어 소매 안으로 쑤셔 넣었다.

"사건이 발생했을 때 말입니다."

"그건 알아서 뭐하게요?" 그녀의 볼은 끓어오르는 분노로 벌게져 있었다. "그건 당신이 참견할 문제가 아니에요. 이미 오래전에 잊힌 일이기도 하고."

"잊혔다고요, 프로핏 씨?" 리버스가 고개를 저었다. "그렇지 않습니다. 전혀 그렇지 않아요."

그는 돌아서서 밖으로 나가버렸다.

리버스는 거실을 슥 둘러보았다. 자욱한 담배연기가 겨울 안개처럼 떠다니고 있었다. 가느다란 다리를 꼰 채 미망인의 큼지막한 안락의자 팔걸이에 걸터앉아 있는 메이지가 그의 눈에 들어왔다. 그녀는 트레사 매커널리의 손을 토닥이고 있었다. 트레사는 고개를 숙이고 메이지의 속삭임에 귀를 기울이는 중이었다. 미망인의 얼굴에는 희미한 미소가 머금어져 있었다. 트레사 매커널리에게서는 더 이상 괄괄하고 천박한 태도를 찾아볼 수 없었다. 왠지 장례식 때문은 아닌 것 같았다.

"차가 왔어요." 창가에서 누군가가 말했다. 영구차가 도착했다는 뜻이었다. 목사가 위스키 잔을 손에 쥔 채 일어났다. 그의 볼은 붉게 상기되어 있었다. 리버스는 열린 문으로 슬그머니 빠져나와 아파트 계단을 내려갔다. 빨간 멜빵을 찬 남자가 난간 너머로 얼굴을 내밀었다.

"나중에 봅시다. 아무도 없는 조용한 곳에서!"

그의 협박이 계단통 안을 쩌렁쩌렁 울려댔다. 리버스는 못 들은 척 계속 걸음을 옮겨나갔다. 아파트를 나온 그가 차를 몰고 사라지자 영구차가 기다렸다는 듯 연석 앞 빈자리로 파고들어왔다.

15

셔그 매커널리의 자살에 관심을 보인 사람은 리버스뿐만이 아니었다. 그는 신문에 자신의 이름이 언급되어 있진 않은지 꼼꼼히 살펴보았다. 다행히 기사 어디서도 그의 이름은 보이지 않았다. 메리 헨더슨은 바이라인(필자명을 적는 줄)에 오른 세 명 중 하나였다. 기사의 어디부터 어디까지가 그녀가 작성한 부분인지 알 길이 없었다. 그녀는 리버스의 딸 새미를 인터뷰했었다. 새미의 이름은 보이지 않았지만 그녀가 소속된 팀은 언급되어 있었다. 일명 'SWEEP'으로 불리는 스코틀랜드 전과자 복지국(Scottish Welfare for Ex-Prisoners). 경찰은 그곳을 'Sooty'('그을음'을 뜻하며 'sweep'은 '청소'를 뜻함)라고 불렀다.

기사에 언급된 다른 관리 기관들과 마찬가지로 SWEEP 역시 휴 매커널리가 출소한 지 일주일 만에 자살했다는 사실이 이 나라 교정 시스템에 큰 결함이 있다는 걸 증명한다고 인정했다. 리버스는 그것이 새미의 의견일 거라 확신했다. 경찰, 교도관, 그리고 사회복지과는 들이치는 비판 여론에 몸살을 앓고 있었다. 교도소장은 기자들에게 HM 에든버러 교도소가 사회 복귀를 앞둔 재소자들을 적절히 관리해왔다고 주장했다. 'SWEEP 측 대변인'은 전과자들이 풀려난 납치 피해자들만큼이나 심각한 심리적 문제를 안고 살아간다고 강조했다. 리버스는 그 대변인이라는 사람도 새미가 아니었을지 궁금했다. 언젠가 그의 딸도 그 성명과 비슷한 말을 들려준 적이 있었다.

두 달 전, 그는 딸로부터 깜짝 편지를 받았다. 그녀는 에든버러에서 일하게 되었다며 귀향을 예고했다. 그는 딸에게 전화를 걸어 '귀향'이 무슨 뜻인지 물었고, 그녀는 집이 아닌, 에든버러로 돌아가는 것뿐이라고 설명했다.

"걱정 마세요." 새미가 말했다. "아빠가 저를 재워주실 거라 기대하진 않았어요."

새미가 얘기한 직장이 바로 SWEEP이었다. 그녀는 런던에서도 재소자와 전과자들의 복지 향상을 위해 일했었다. 언젠가 수감된 친구를 면회하러 교도소를 찾았다가 재소자들의 상태를 직접 보고 온 뒤부터였다. 당시그녀는 재소자들을 가장 힘들게 하는 것이 다름 아닌 '고독'이라고 했었다.

"그 수감된 친구 말이다." 리버스가 어리석게 말했다. "걘 무슨 죄로 거기 들어간 거지?"

그 직후 부녀 간의 대화는 무척 부자연스러워졌다.

새미는 괜찮다고 했지만 리버스는 굳이 웨이벌리 역으로 딸을 마중 나갔다. 새미는 군대 스타일 잡낭과 빨간 배낭을 챙겨 플랫폼으로 내려왔다. 리버스는 성큼 다가가 딸을 맞아주고 싶었다. 딸의 어깨를 감싸 안는 것도 좋지만 그는 딸이 먼저 자신의 어깨를 감싸 안아주기를 바랐다. 문제는 새미가 아빠의 마중을 원치 않았다는 사실이었다. 그래서 그는 미동도 없이 서서 딸이 자신을 발견해주기를 기다렸다.

새미는 만족스러운 표정으로 중앙 홀을 둘러보다가 배낭과 잡낭을 챙겨 들었다. 삐삐 마른 그녀는 몸에 착 달라붙는 검은색 레깅스에 닥터 마틴, 헐렁한 회색 티셔츠와 검은색 조끼 차림이었다. 긴 머리는 밝은 색 끈을 이용해 뒤로 묶었고, 양쪽 귀에는 귀걸이가 몇 개씩 붙어 있었으며 코에도 단추형 보석이 붙어 있었다. 스무 살의 새미는 당당한 걸음으로 플랫폼을 빠져나갔다. 리버스는 멀리 떨어진 채 딸을 뒤따랐다. 기차역 밖에서는 화창한 겨울날이 그녀를 기다리고 있었다. 그는 딸이 추위에 주눅 들타입이 아니라는 걸 알고 있었다.

새미는 페이션스의 아파트에서 리버스와 함께 저녁을 먹었다. 그는 혹시 모르니 채식 메뉴로 준비하면 어떻겠냐고 페이션스에게 제안했었다.

"십대나 이십대 여자 손님을 받을 땐 알아서 채식으로 준비한다고요."
그녀는 말했었다.

"역시 당신 센스는 알아줘야겠어요."

그 후로 새미와 페이션스는 급속도로 가까워졌고, 페이션스와 리버스의 관계는 점점 소원해져갔다. 결국 리버스는 세 들어 살던 학생들을 쫓아내고 자신의 아파트로 들어가 살게 되었다.

이틀 후, 그가 지니고 다녔던 페이션스의 아파트 열쇠는 새미에게로 넘어갔다. 새미는 손님 침실에서 지내기로 했다. 두 여자 모두 임시 조처일 뿐이라고 입을 모았다. 재미있을 것 같아 당분간 함께 지내기로 했다면서.

새미는 아직도 그 집에 머물고 있다.

그날 저녁, 로코토 레예노(로코토 고추 안에 다진 고기, 채소, 치즈 등의 속 재료를 채워 구운 페루 아레키파 지역의 전통 음식)로 배를 채우고 나서 리버스와 새미는 교도소와 전과자, 옳고 그름, 그리고 사회와 개인에 대해 열띤 논쟁을 벌였다. 새미는 '시스템'이라는 단어를 반복해 사용했다. 그럴 때마다 리버스는 '재소자'라는 단어로 응수했다. 그는 딸이 끈질기게 주장하는 몇 가지 의견에는 동의했다. 하지만 그러면서도 호시탐탐 반격할 기회를 노렸다. 그것은 그의 버릇이기도 했다. 테이블 너머에서는 페이션스가 맥 빠진 미소를 짓고 있었다. 언젠가 그녀가 지적한 적이 있었다. 그에게 상대를 화나게 만드는 탁월한 재주가 있다고.

"왜 그런지 알아요?" 그녀는 말했었다. "왜냐하면 당신은 합의보다 갈등을 즐기기 때문이에요."

"그런 게 아니에요." 그는 말했었다. "난 그저 선의의 비판자 노릇을 할 뿐이라고요."

그는 거슬리는 미소를 무시하고 계속해서 딸과 언쟁을 이어나갔다.

리버스가 신문을 반으로 접어 쓰레기통에 떨어뜨렸다. 질 템플러가 사무실로 들어왔다. 15분이나 늦은 그녀는 끝내 사과하지 않았다.

"왜 얘기 안 했죠?" 그녀가 말했다. "당신 딸이 SWEEP에서 일한다는 거 말이에요."

"별로 중요한 문제가 아니니까요."

"그래도 내겐 얘기했어야죠."

그는 그녀가 무슨 말을 하고 있는지 대번에 알아차릴 수 있었다. "당신이 인터뷰를 하기 전에 말이죠?"

"어떤 여기자가 인터뷰가 끝나자마자 무섭게 돌변해서는 '휘하에 두신 형사의 가까운 친척이 SWEEP 소속 직원이라는 사실에 대해 어떻게 생각하시나요?'라고 묻는데, 그때 내가 얼마나 당황했는지 알아요?"

메리 헨더슨. 리버스는 생각했다. 답이 궁금해서 물은 건 아니었을 거야. 경감을 당황시켜 비집고 들어갈 빈틈을 찾아보려 했겠지.

"그래서 뭐라고 했죠?"

"노 코멘트. 그러고 나서는 왓슨 총경님을 찾아가 그게 누구냐고 여쭤봤어요." 그녀가 잠시 말을 멈추었다. "당연히 당신이겠지."

"나더러 그걸 불러달라고요((It Had to be You(당연히 당신이겠지))는 미국 가수 해리 코닉 주니어의 대표곡)?"

그녀가 손으로 책상을 탁 내리쳤다. "내 사무실에서 썩 꺼져요!"

리버스는 도망치듯 사무실을 뛰쳐나왔다.

리버스는 오후 늦게 소튼의 교도소장과 만나기로 되어 있었다.

정문을 지키는 교도관이 교도소장과 통화한 뒤 그를 들여보내주었다. 또 다른 교도관이 나와 그를 교도소장 사무실로 안내했다. 컴퓨터가 갖춰진 대기실 책상 뒤에는 비서가 앉아 있었다. 통화 중인 그녀가 턱으로 의자를 가리키며 앉을 것을 권했다.

"얘기했잖아요." 그녀가 수화기에 대고 말했다. "컨트롤, 시프트, 별표, 그렇게 하면 지워질 거라면서요. 하지만 아무런 반응이 없다고요." 그녀는 볼과 어깨 사이에 수화기를 끼워놓고 두 손으로 키보드를 두드렸다. "아뇨. 그렇게 했는데도 안 돼요. 잠깐만요. 아, 이제 되네요. 고마워요." 그녀가 수화기를 내려놓고 씩씩거리며 고개를 저었다. "가끔 도움이 되기보단 문제를 더 키울 때가 있어요." 그녀가 리버스에게 말했다. "소장님은 곧 돌아오실 거예요."

"고맙습니다." 리버스가 말했다. "난 타자기를 다루는 것도 힘들던데 말이죠."

"30분 동안 설명을 듣고 있었더니 머리에서 쥐가 나네요."

그때 대기실 문이 벌컥 열리고 교도소장이 들어왔다. 리버스는 일어나 그와 악수를 나누었다. 교도소장은 그를 자신의 사무실로 이끌었다.

"앉으십시오, 경위님."

"이렇게 시간 내주셔서 감사합니다."

교도소장은 한 손을 살랑 내저었다. "교도소 밖에서 벌어진 일로 이렇게까지 귀찮아질 줄 몰랐습니다. 기자들이 떼로 몰려와 법석을 떨어대던데. 매커널리가 자살한 것 때문에 밖에선 꽤나 시끄러운 것 같더군요. 뉴스거리가 궁해서 걱정들 했을 텐데 이 소식이 얼마나 반가웠겠습니까." 그가 등받이에 몸을 붙이고 두 손을 배 위에 얹어놓았다. "그런데 이젠……" 그가 말했다. "경찰까지 이렇게 찾아주시고."

교도소장은 용모가 준수한 오십대 후반의 남자였다. 그가 금속 테 안경 너머로 리버스를 응시했다. 그는 뚱뚱한 게 아니라 덩치가 큰 것이었다. 숱 많은 은발 머리에 건강해 보이는 모습이었다. 그가 걸친 양복은 비싸 보였고, 셔츠는 방금 세탁기에서 꺼내 입은 것 같았다. 심플한 파란색 실크 넥타이에서는 윤기가 흘렀다. 그는 스스로를 인재 관리자라 여겼다. 스코틀랜드 형벌 제도의 개혁을 부르짖는 국민들의 대변인. 그는 버킷을 변기 대신 사용하고, 여러 명이 좁은 감방을 함께 쓰는 일은 더 이상 없어야 한다고 목소리를 높여왔다. 복도는 더 밝아져야 하며, 설비는 더 잘 갖춰져야 한다고. 또한 직업 교육과 상담 프로그램을 지금보다 훨씬 더 강화해야 한다고도 했고, 시각 장애를 가진 방송대학 학생들을 위해 소튼이 준비한 점자책들의 상태가 형편없다는 점도 지적했다.

여느 교도소와 마찬가지로 소튼 역시 마약과 에이즈를 비롯한 여러 가지 문제로 골머리를 썩고 있었다. 그나마 다행스러운 건 교도소에 상근 의

료진이 있다는 사실이었다.

리버스는 각종 행사와 언론에서 교도소장을 보았을 뿐 직접 대면하는 것은 이번이 처음이었다. 그의 이름은 짐 플렛이었고 '빅 짐'이라는 별명으로 불렸다.

"네, 소장님." 리버스가 말했다. "휴 매커널리에 대해 몇 마디 나누려고 왔습니다."

"짐작하고 있었습니다." 플렛이 책상에 놓인 마닐라 폴더를 톡톡 두드렸다.

HMP 에든버러, C동, 재소자 번호 1117, 휴 매커널리.

짐 플렛이 파일을 열었다. "기록을 꼼꼼히 읽어봤습니다. 교도관과 매커널리의 동료 재소자들도 일일이 만나봤고요." 그가 리버스를 쳐다보며 씩 웃었다. "이 정도면 경위님을 당당히 맞을 준비가 완벽히 돼 있다고 봐도 되지 않겠습니까? 참, 뭐 한잔 하시겠습니까?"

"저는 괜찮습니다. 오래 걸리진 않을 겁니다. 매커널리는 왜 일찍 석방됐습니까?"

"따지고 보면 그렇게 일찍 풀려난 건 아니었습니다. 수감 생활에 성실히 임해온 것도 참작됐을 거고요. 게다가 건강도 나빴으니까요."

"그에게 병이 있었다는 사실을 알고 계셨습니까?"

"수술이 불가능한 암이었죠. 사실 저희는 그를 TFF 호스텔로 보내려고 했었습니다."

"그게 뭐하는 곳이죠?"

"자유에 대비한 훈련(Training For Freedom). 무감독 직업 연수 시설입니다. 하지만 매커널리는 C 카테고리에 속한 재소자였습니다. 오직 D 카테고리 재소자들만이 TFF 자격을 누릴 수 있습니다. 아무튼 그의 가석방은 이미 예정된 상태였습니다."

"그는 왜 C 카테고리로 분류되었습니까?"

플렛이 어깨를 으쓱였다. "교도관과 심한 언쟁을 벌였거든요."

"수감 생활에 성실히 임해왔다고 하지 않으셨나요?"

"그건 꽤 오래전의 일이었습니다. 그는 죽어가는 중이었지 않습니까, 경위님. 일찍 석방됐어도 교도소에서 다시 볼 친구가 아니었습니다."

"이곳에 있었을 때 그가 자살 충동에 사로잡히진 않았습니까?"

"그렇게 느낀 적은 없었습니다. 저희는 그가 밖에 나가 일을 벌였다는 사실에 크게 안도하고 있습니다. 덕분에 그는 경찰의 문제가 되었으니까요. 저희 문제가 아니라."

"폭력은 없었습니까? 다른 재소자들로부터 협박이나 폭행을 당하진 않았었나요?"

"그게 무슨 말씀입니까?"

"그는 유죄 판결을 받은 강간범이었습니다. 그가 건드린 피해자는 사건 당시 미성년자였고요. 저도 남들과 마찬가지로 들은 얘기가 있습니다. 성범죄자가 들어오면 다른 재소자들이 집단으로 구타하고 따돌린다면서요? 누구라도 그런 수모를 당하면 죽고 싶지 않겠습니까?"

"수모?" 플렛이 쓴웃음을 지었다. "제가 부임한 후로는 그런 사건이 단 한 차례도 발생하지 않았습니다. 만약 그런 일이 벌어졌다면 적절한 조치를 취했겠죠."

"과연 피해자들이 정식으로 소장을 제출할 수 있었을까요?"

"이곳이 어떻게 돌아가는지 잘 알고 계신 것 같군요. 저보다도 경위님이 이 자리에 앉아 계시는 게 **낫겠습니다**."

"그건 사양하겠습니다."

"그가 산탄총으로 그런 짓을 벌인 건 저희랑 아무런 상관이 없습니다."

리버스는 잠시 머리를 굴렸다. "그를 잘 아셨습니까?"

"아뇨. 몰랐습니다. 그가 이곳에서 보낸 시간은 고작 11개월에 불과했어요."

"이곳으로 오기 전엔 어디에 수감돼 있었습니까?"

"글레노칠."

"거기선 별문제 없었습니까?"

"파일엔 아무 언급이 없었습니다. 경위님이 무슨 생각을 하고 계신지 압니다. 이 문제를 어떤 방향으로 몰고 가려 하시는지 안다고요. 하지만 그는 이곳에서 겪은 일 때문에 자살한 게 아닙니다. 그의 소식을 전해들은 감방 동료가 큰 충격에 빠졌을 정도였다니까요. 매커널리는 이미 두 차례나 복역한 적이 있습니다. 이곳 생활에 적응하는 데 아무 문제가 없었어요."

리버스는 윌리와 딕시를 떠올렸다. 그들이 교도소로 보내졌다면 무슨 일이 벌어졌을지.

"보나마나……" 플렛이 계속 이어나갔다. "자신의 절망적인 몸 상태 때문에 그런 일을 벌였을 겁니다."

"그가 이전에 두 차례 복역했던 건 미성년자 강간죄 때문은 아니었습니다."

플렛이 리버스를 빤히 응시하다가 손목시계를 들여다보았다. 그만 돌아가달라는 무언의 메시지였다.

"마지막으로 **두어 가지**만 더 여쭙겠습니다, 소장님. 그가 교도소에 돈을 얼마나 **남겨뒀습니까?**"

플렛이 파일을 훑어보았다. "8파운드 60펜스."

"그것뿐이었나요?"

"다른 전과자들과 똑같은 수당을 받았습니다. 그런데 그건 왜 물으십니까?"

"그의 아파트에 가보니 이것저것 꽤 잘 갖춰놨더군요. 그 돈이 다 어디서 났는지 궁금했습니다."

"그건 그 친구 아내에게 물어봐야 할 문제죠. 다른 질문 없으십니까?"

"밖에서 그를 관리한 사람은 누굽니까?"

"감독관 말씀입니까?" 플렛이 다시 파일을 훑었다. "사회복지과의 제니퍼 벤입니다." 리버스는 그 이름을 수첩에 받아 적었다. "더 이상 질문이 없으시면……" 교도소장이 자리에서 일어났다. 책상을 돌아 나온 그가 미소를 흘리며 리버스를 쳐다보았다. 리버스는 순간 그가 무언가를 감추고 있음을 알아차렸다. 인터뷰 내내 초조해했던 그는 대화가 무난히 끝나자 크게 안도하는 모습이었다. 미소까지 지으며 확 달라진 태도를 보이고 있었다.

리버스는 그가 두려워한 질문이 과연 무엇이었을지 생각해보았다. 리버스와 비서의 사무실로 나온 빅 짐이 악수를 청했다. 마지막 악수를 나누면서도 리버스는 계속해서 머리를 굴렸다. 내가 너무 쉽게 풀어준 것 같아. 그는 생각했다. 그는 머릿속으로 방금 전 인터뷰를 되짚으며 자신의 차로 향했다.

"아무리 생각해도 모르겠어." 그가 시동 걸린 차에 앉아 웅얼거렸다. 그는 끝까지 그 답을 파헤쳐보기로 이를 갈며 다짐했다.

그날 저녁, 그는 에든버러에서 전과자들을 받아주는 드롭-인 센터 두 곳 중 한 곳을 찾아가보았다. 분위기는 프레이저 레이치가 운영하는 곳과 별로 다르지 않았다. 차이가 있다면 흑백 TV 대신 컬러 TV가 갖춰져 있다는 정도였다.

아쉽게도 그의 방문은 별 소득 없이 끝났다. 관리자는 휴 매커널리가 찾아온 적이 없었다고 했다. 리버스는 그의 미적지근한 반응이 마음에 들지 않았다. 그래서 대충 둘러보고 서둘러 그곳을 뜨기로 했다.

큰 방의 한쪽 구석에서 커다란 캔버스 가방을 어깨에 멘 여자가 그의 눈에 들어왔다. 그녀는 웅크려 앉아 의자에 늘어져 있는 남자와 대화를 나누는 중이었다. 하지만 남자는 대화에 관심이 없다는 듯 그녀와 눈도 맞추지 않고 있었다. 마침내 여자는 포기하고 일어나 수첩에 무언가를 적었다. 그녀가 수첩을 닫고 캔버스 가방에 집어넣자 남자가 몸을 앞으로 기울이고 그녀에게 무언가를 속삭였다. 묵묵히 듣고 있던 그녀의 볼이 벌겋게 달아올랐다. 그녀는 홱 돌아서서 밖으로 나갈 채비를 했다.

리버스는 잽싸게 움직여 그녀에게로 다가갔다. 화들짝 놀란 그녀가 뒤로 주춤 물러났다.

"혹시 제니퍼 벤 씨 맞습니까?"

"맞는데요."

"오늘밤엔 운이 좋았네요." 리버스가 그녀 너머 의자에 앉은 남자를 내려다보았다. 그는 리버스에게 얼굴을 보이지 않으려 손으로 이마를 문지르고 있었다. "안녕, 피트."

남자가 리버스를 올려다보았다. "안녕하세요, 리버스 씨."

"출소한 지는 얼마나 됐죠?"

"3주 하고 이틀 됐어요."

"그런데 또 들어가고 싶어 안달이 난 겁니까? 빨리 이 아가씨에게 지갑 돌려줘요."

사회복지사가 깜짝 놀라며 데님 재킷 주머니에서 두툼한 검은색 가죽 지갑을 꺼내는 피트를 지켜보았다. 그녀가 지갑을 낚아채 들고 황급히 내용물을 살펴보았다.

"이 친구를 고발하겠습니까?" 리버스가 물었다. 그녀는 고개를 저었다. "알겠습니다. 그럼 어디 가서 나랑 얘기나 좀 합시다."

그들은 정문을 빠져나왔다. 제니퍼 벤은 냉정을 되찾은 상태였다.

"어디로 가려고요?"

"이곳과 달리 날 반겨줄 곳으로요. 길 건너에 펍이 하나 있습니다."

"난 펍을 좋아하지 않아요."

"그럼 내 차는 어떻습니까?"

그녀가 그를 돌아보았다. "신분증을 봐도 될까요?"

"아까 그 친구랑 얘기하는 거 못 들었어요? 굳이 신분증을 봐야 안심하겠습니까?" 그녀는 단호했다. 하는 수 없이 그는 신분증을 꺼내 건넸다. 그녀는 한동안 그것을 꼼꼼히 살펴보았다.

"됐어요." 그녀가 신분증을 돌려주며 말했다. "그럼 여기서 얘기해요."

"여기서요?" 그들은 보도에 서 있었다. 그녀가 모직 목도리를 목에 감고 양가죽으로 된 벙어리장갑을 꼈다. 이십대 후반쯤 되어보이는 그녀는 곱슬곱슬한 금발머리에 커다란 안경을 쓰고 있었다. "여긴 너무 춥지 않나요?" 리버스가 투덜거렸다.

"추우니까 빨리 끝내야죠."

그는 한숨을 내쉬었다. "당신이 셔그 매커널리를 관리했던 사회복지사 죠?"

"그런데요."

"난 그의 자살 사건을 수사하고 있습니다."

그녀가 고개를 저었다. "미안하지만 도움이 못 될 것 같네요. 그는 한 번도 약속을 지킨 적이 없었거든요. 난 그를 끝내 만나보지 못했어요."

"그래서 그렇게 보고했나요?"

그녀가 고개를 끄덕였다. "하지만 특단의 조치가 내려질 거라 기대하진 않았어요. 말기 암 환자를 무슨 수로 징계할 수 있겠어요?"

그녀가 돌아서서 자신의 차를 향해 걸어 나갔다. 리버스는 그녀의 질문이 자신의 것보다 훨씬 낫다는 걸 인정할 수밖에 없었다.

16

다음날 아침, 그는 왓슨 총경의 사무실로 불려갔다.

질 템플러가 먼저 도착해 있었다. 팔짱을 낀 그녀는 서류 캐비닛을 등진 채 서 있었다. 책상 옆 바닥에는 '파노테크'라고 적힌 커다란 판지 상자 세 개가 놓여 있었다.

"새 컴퓨터야." 농부가 설명했다. "앉게, 존." 농부는 나쁜 소식을 품고 있는 사람 같았다. 리버스에게 너무나 익숙한 표정과 목소리 톤.

"그냥 서 있겠습니다, 총경님."

"요즘 뭔가 벌여놓은 일이 있나, 존?"

"없습니다, 총경님."

"정말?"

"정말 없습니다. 그런데 그건 왜 물으시는 겁니까?"

왓슨이 질 템플러를 흘끔 돌아보았다. "어제 저녁에 앨런 거너가 전화를 걸어왔어." 거너. 경찰청 차장. "그가 집으로 연락하는 일은 아주 드물거든."

"나쁜 소식입니까?" 리버스는 마음을 바꾸고 의자에 앉았다.

"HMIC(Her Majesty's Inspectorate of Constabulary, 영국 경찰청 경찰 감찰관실)가 우리를 조사할 것 같아."

"우리를요?"

"B 부서."

"우리가 맞군요."

"이건 아주 심각한 문제야."

경찰국으로부터 독립한 감찰관실은 스코틀랜드 국무장관 직속 부서였다. 감찰관실은 경찰 규범을 조사하고 필요한 부분의 개선을 권고하는 일을 했다. 매년 여덟 개에 달하는 지역 경찰국을 감찰했고, 그중 네 곳은 특히 꼼꼼하게 살펴보았다. 그들은 증가하는 범죄율과 감소하는 범죄 검거율을 유심히 살펴보았고, 시민들의 불만 사항도 허투루 흘려버리지 않았다. 그 부분에 대해서는 걱정할 게 없었다. 범죄율 증가는 어제 오늘 일이 아니었고, 범죄 검거율은 미미하게나마 상승하는 중이었다. 하지만 감찰관실은 자신들의 존재를 드러내는 것만으로도 경찰국의 분위기를 심각하게 망쳐놓을 수 있었다. 끊임없이 던져질 질문들, 거슬리는 사전 조사, 그리고 그것을 이을 꼼꼼한 정식 조사. 감찰관실은 가끔 조용히 묻어두어야 할 문제를 파헤쳐 시끄럽게 만들곤 했다.

"그놈들을 알지, 존?" 농부가 말했다. "마음만 먹으면 못 찾을 게 없는 놈들이야. 알다시피 우리도 구린 구석이 좀 있잖아."

"매일 지저분한 놈들을 상대해야 하니 어쩔 수 없잖습니까. 뭐가 문제죠? 운이 좋으면 그냥 넘어갈 수도 있잖아요."

"아." 왓슨이 검지를 쭉 펴 보이며 말했다. "난 그냥 그들이 우리를 조사할 것 같다고만 했을 뿐이야."

"무슨 말씀인지 모르겠습니다."

농부가 의자에 앉은 채 힘겹게 자세를 바꾸었다. 그의 몸은 작지 않았고, 의자는 크지 않았다. "솔직히 나도 이해가 안 되네. 차장이 말을 많이 아꼈어. 하지만 대충 짐작이 가긴 해. 경찰에 부담이 되는 수사가 진행 중이라는 걸 아니까 알아서 손을 떼라는 거겠지. 그렇게만 해주면 우리 대신 다른 부서를 집중 감찰 대상으로 낙점하겠다고."

"정말 그렇게 얘기하던가요?" 질 템플러가 물었다.

농부가 어깨를 으쓱였다. "난 그렇게 해석했네. 그랑 통화를 하고 나서 머리를 좀 굴려봤어. 대체 누가 그 사람들을 피곤하게 만들고 있지? 그렇게 스스로에게 물어보니 문득 떠오르는 얼굴이 있더군. 코카인 같은 형사."

"요즘엔 코카인 하는 사람을 찾아보기 힘듭니다, 총경님." 왓슨은 멍한 얼굴로 눈만 깜빡였다. "좋습니다." 리버스가 다시 일어서며 말했다. "어제 제가 빅 짐 플렛을 만나고 왔습니다. 총경님께서 거너의 전화를 받으시기 두 시간쯤 전에 말이죠."

"거긴 왜 간 거죠?" 질 템플러가 물었다. 그녀는 자신에게 먼저 보고되지 않았다는 사실에 분개하고 있었다.

"매커널리."

"자살?" 농부가 인상을 찌푸리자 리버스가 고개를 끄덕였다.

"뭔가 있는 게 분명합니다, 총경님. 그게 뭔지는 아직 모르겠지만요. 그는 왜 굳이 의원이 있는 워렌더 학교를 찾아가 목숨을 끊었을까요? 의원은 그를 모른다던데. 그뿐 아니라, 미망인에게 갑자기 큰돈이 생겼다는 사실도 수상합니다. 저는 그저 그 두 가지 질문에 대한 답을 찾으려 했을 뿐입니다."

"흠." 농부가 말했다. "두 번째 전화는 그걸로 설명이 되는구만. 사실 어젯밤 집으로 데릭 맨토니의 전화도 걸려왔었네."

"저는 모르는 사람인데요."

"맨토니 의원은 로디언과 보더스 합동 경찰위원회 회장이야."

리버스는 그제야 깨달았다. 길레스피가 친구에게 리버스에 대한 불평을 늘어놓은 것이다.

"그가 자네 얘길 하더군, 존."

"좋은 분이시군요."

"자네가 길레스피 의원을 불쾌하게 만들었다며? 그가 이 사건의 피해자라는 사실 잊었나? 의심이 아니라 보상을 받아야 할 사람이라고." 농부는 데릭 맨토니가 했던 말을 그대로 옮기고 있는 것 같았다.

"리버스 경위." 질 템플러가 말했다. "그게 자살이 아니었다고 믿을 만한 증거가 나왔나요?"

"아뇨." 리버스가 말했다. "아마 자살이 맞을 겁니다."

"그럼 문제될 게 없겠네요."

리버스가 그녀를 돌아보았다. "문제될 게 없다뇨?" 그가 버럭 화를 냈다. "모두가 이 사건을 덮으려고 혈안이 돼 있는데!" 그녀가 고개를 홱 돌렸다.

"존." 농부가 경고의 톤으로 말했다. "흥분하지 말게. 자네가 이번 사건에 얼마나 공을 들여왔는지 잘 알아. 그래서 말인데…… 무리하지 말고 잠시 쉬는 게 어떻겠나? 어차피 사건도 별로 없으니."

리버스가 농부를 빤히 쳐다보았다. "이번만큼은 제 편에 서주셔야 하는 거 아닙니까, 총경님?"

"당분간 좀 쉬라고 했네. 내 말 들어."

"누가 그렇게 두려우십니까? 경찰청 차장? 맨토니? 감찰관실?"

농부는 못 들은 척했다. "일주일, 아니, 열흘 푹 쉬도록 해. 머리도 좀 식히고."

리버스가 두 손으로 책상을 탁 내리쳤다. 농부의 가족사진이 픽 쓰러지며 판지 상자 위로 떨어졌다. 질 템플러가 몸을 숙여 그것을 집어 들었다.

"제 뒤를 지켜주셔야죠." 리버스가 다시 말했다. 그는 질에게 아무런 희망이 없다는 걸 알고 있었다. 그래서 그는 농부만을 매섭게 노려보았다. 농부는 애써 그의 시선을 피하는 중이었다.

"이건 명령이네, 경위."

리버스는 바닥에 놓인 상자를 힘껏 걷어찬 후 밖으로 나와버렸다.

이 상황을 농부의 탓으로만 돌리면 안 된다는 걸 리버스도 알고 있었다. 그는 그저 자신에게 불똥이 튀는 걸 원치 않을 뿐이었다. 질도 마찬가지였고. 이제 리버스는 아무 데도 매이지 않은 자유로운 몸이 되었다. 더이상 남의 사정을 고려할 이유가 없어진 것이다. 그는 책상을 정리했다. 책상 위에 널린 모든 건 서랍과 쓰레기통에 각각 나누어 담았다. 그는 누구와도 말을 섞지 않은 채 세인트 레너즈를 빠져나왔다.

두 가지 문제가 있었다. 둘 다 중요한 문제였다. 그는 옥스퍼드 바 안쪽 룸에 앉아 칼레도니안 80 맥주와 더블 몰트위스키를 홀짝이며 머리를 굴려대는 중이었다.

첫 번째 문제는 경찰 루틴이 빠진 일상이 그 본질을 잃었다는 사실이었다. 아침에 눈을 떠야 할 이유가 사라져버린 것이다. 그는 갑자기 늘어난 자유 시간이 영 거슬렸다. 앞으로 일요일마다 꼬박꼬박 쉬어줘야 한다는 사실 또한 그를 답답하게 만들었다. 그는 일하기 위해 사는 사람이었다. 어떻게 보면 살기 위해 일을 하는 것일 수도 있었다. 빌어먹을 신교도식 노동관 때문에. 일이 빠진 일상은 틀에서 꺼낸 젤리처럼 무기력할 뿐이었다. 일을 해야 그 핑계로 술도 마실 수 있는 것이고.

이제 위 셔그 매커널리의 시커먼 그늘 속으로 파고들어야 하는 그를 말려줄 사람이 없었다. 어쩌면 지금보다 훨씬 더 술에 절어 살게 될지도 몰랐다. 아예 아침 7시부터 밤 10시까지 옥스퍼드 바에 틀어박혀 지내는 건 어떨까? 브라이디(고기를 넣은 작은 파이)를 시켜 먹으며 마권 판매소 가십도 듣고. 상상만으로도 짜릿했다.

그리고 두 번째 문제. 그것은 첫 번째 문제와도 어느 정도 관련이 있었다.

주체할 수 없을 만큼 많은 자유 시간이 주어졌으니 그동안 벌려왔던 치과에 한번 다녀와야 하는 거 아닌가?

당장 그가 할 수 있는 건 일뿐이었다. 그가 '휴가'를 얻었다는 소문이 돌기 전에 서둘러 처리해야 할 문제가 있었다. 그래서 그는 토르피첸 플레이스의 C 부서 본부를 다시 찾아갔다. 다행히 이번에도 데이비드슨 경위가 근무 중이었다.

"냄새가 진동하네요." 데이비드슨이 그를 CID 사무실로 안내하며 말했다.

"냄새?"

"술 냄새 말입니다. 왜 날 고문하는 겁니까? 퇴근까지 두 시간도 넘게 남았는데."

CID 사무실에는 그들뿐이었다. "매커널리의 사건 노트가 필요합니다.

강간 사건 수사 때 작성된 것 말이죠."

"그건 왜요?"

리버스가 어깨를 으쓱였다. "그냥 좀 보고 싶어서요."

데이비드슨이 책상 서랍을 열고 열쇠꾸러미를 꺼내 들었다. "존, 이렇게까지 깊이 파고들 사건은 아니잖습니까." 그가 서서 드나들 수 있는 벽장으로 다가가 문을 열었다. "사본이 아직 있을라나 모르겠네요. 진작에 기록 보관소로 보내졌을 겁니다."

각 선반마다 수사 기록이 빽빽이 채워져 있었다. 파일의 등 부분에는 담당 수사관의 이름이 두꺼운 펠트 마커로 적혀 있었다. 등 부분은 위로, 밑부분은 밖으로 각각 향한 채였다. 밑부분에는 피의자의 이름이 적혀 있었다. 매커널리의 이름은 보이지 않았다.

그들은 건물의 또 다른 쪽으로 이동했다. 데이비드슨이 또 다른 열쇠꾸러미를 찾아 창고 문을 열었다. 안에는 이중문으로 된 서류 캐비닛이 열 개 남짓 세워져 있었다. 데이비드슨이 잠시 둘러보다가 캐비닛 하나를 가리켰다.

"아마 저 안에 보관돼 있을 겁니다." 그가 그 캐비닛을 열었다. 문이 열리자 안에서 퀴퀴한 종이 냄새가 확 풍겨 나왔다. 아까 벽장이 뿜어낸 것보다 몇 배 더 지독했다. 데이비드슨이 손가락으로 파일들의 등 부분을 천천히 훑어나갔다. 매커널리. 그가 A4 문서로 가득 찬 두꺼운 파일을 뽑아 리버스에게 건넸다. 파일은 금속 클립으로 헐겁게 묶여 있었다. 파란 커버의 가장자리는 색이 살짝 바랜 상태였다. 파일의 등 부분에는 데이비드슨의 이름이 적혀 있었다. 리버스는 커버에 적힌 제목을 읽어보았다.

휴 매커널리(생년월일: 1944. 01. 12) 사건.

두툼한 파일의 내용물 대부분은 목격자 진술서였다.

"즐겁게 읽어요." 데이비드슨이 캐비닛에 자물쇠를 채우며 말했다.

리버스는 집으로 향하는 길에 가게에 들러 커피 한 병과 롤빵, 베이컨, 그리고 엑스포트 담배 두 보루를 샀다. 밤샘 작업에 꼭 필요한 것들이었다.

아파트는 그럭저럭 따뜻한 편이었다. 그는 라디에이터 밑에 받쳐놓은 병을 새것으로 바꾸었다. 그런 다음 하이파이 시스템을 켰다. 아스피린 세 알을 맥주와 함께 넘긴 후에는 화장실 거울에 비친 자신의 얼굴을 빤히 들여다보았다. 코 주변의 피부는 벌게져 있었다. 그는 이빨 하나를 손가락으로 살살 흔들어보았다. 마취가 된 것처럼 통증이 거의 느껴지지 않았다. 하지만 그 주변 치아들은 여전히 욱신거렸다. 손바닥의 물집은 많이 가라 앉은 상태였다. 얇은 반창고 밑에는 엔진의 일련번호가 아직도 선명히 남아 있었다.

최고의 몸 상태군. 그는 생각했다. 이보다 더 완벽할 수는 없을 거야.

그는 맥주를 들고 거실로 나왔다. 그리고 의자에 앉아 사건 기록 일지를 훑어 내려가기 시작했다.

증거 목록을 시작으로 목격자 명단, 각종 진술서, 그리고 테이프 녹취록까지 꼼꼼히 살펴보았다. 수사관 휴가 기록은 그냥 지나쳤다. 목격자들은 이웃들, 피해자, 피의자의 아내, 바텐더 두 명, 그리고 검시관으로 구성되어 있었다. 흥미롭게도 피해자와 피의자로부터 샘플을 채취해 분석한 사람은 다름 아닌 커트 박사였다. 메이지 핀치는 병원에서 검사를 받았다. 그녀는 관찰을 위해 병실에서 하룻밤을 보내야 했다. 당시 그녀의 어머니도 같은 병원에 입원해 있었다. 그것도 바로 위층 병실에.

휴 매커널리는 토르피첸의 병원으로 끌려가 검사를 받았다. "난 콘돔을 썼다고. 대체 왜들 이러는 거야?" 검사가 진행되는 내내 그는 고래고래 외쳐댔다.

물론 그 주장에 그의 편으로 돌아선 사람은 아무도 없었다.

피해자 진술은 이랬다. 메이지는 아파트에 혼자 있었다. 그녀의 어머니는 간단한 수술을 위해 병원에 입원한 상태였다. 당시 메이지는 바깥출입을 못하는 어머니를 풀타임으로 돌보던 중이었다-누구도 그녀에게 하루종일 집에 틀어박혀 간병해야 하는 처지가 어떤지, 어머니가 병원에 실려 갔을 때 기분이 어땠는지 묻지 않았다. 리버스는 그녀를 만났던 때를 떠올렸다. 독한 라거, '휴가 분위기'-. 메이지는 매커널리 씨를 오랫동안 알고 지내왔다. 그녀는 그를 단순한 이웃을 넘어서 가족의 친구로 여겼다고 했다.

매커널리는 그녀에게 어머니의 안부를 묻기 위해 왔다고 말했다. 그에게서는 술 냄새가 풍겼지만 그녀는 별 생각 없이 안으로 들였다. 그녀는 차를 권했고, 그는 술은 없느냐고 물었다. 그녀는 어머니 옷장에 위스키가 한 병 있다면서 가져오겠다고 했다. 그 술병은 그녀의 아버지가 세상을 떠난 뒤 한결같이 그곳을 지켜왔다. 메이지는 방으로 향했고 매커널리는 그녀를 따라 들어갔다. 그는 그녀를 침대로 밀친 뒤 한 손으로 그녀의 뒤통수를 짓눌렀다.

범행 후 그는 알아들을 수 없는 말을 웅얼거렸다. 그것은 사과였을 수도 있고, 아니었을 수도 있었다. 그는 문도 제대로 닫지 않고 나가버렸다. 그녀는 그가 쿵쾅대며 계단을 내려가는 소리를 들었다. 그녀는 곧장 매커널리 부인을 찾아가 응답이 있을 때까지 현관문을 두드렸다. 자초지종을 듣고 난 매커널리 부인은 그녀를 대신해 경찰에 신고했다.

매커널리는 아파트를 나와 자신이 즐겨 찾는 로디언 가 펍으로 향했다. 그가 그곳에서 술을 마셨다는 건 바텐더 두 명이 확인해주었다. 펍을 나와서는 피시 앤 칩스를 샀고, 그것을 먹으며 아파트로 돌아갔다. 순찰차에 앉아 기다리던 경관 두 명은 그가 나타나기가 무섭게 달려 나가 그를 체포했다. 그는 토르피첸 플레이스 경찰국으로 끌려가 심문을 받았고, 강간 혐의로 기소되었다.

매커널리의 버전은 이랬다. 그는 메이지 핀치의 아파트를 찾아가 어머니의 안부를 물었다. 하지만 그의 속셈은 메이지와 섹스를 하려는 것이었다. 그들은 과거에 한 번 섹스를 한 적이 있었다. 그녀의 어머니가 다른 방에서 잠들어 있을 때. 그때와 마찬가지로 메이지는 그를 리드했다. 매커널리는 그녀가 집에 틀어박혀 사느라 따분해한다는 걸 알고 있었다. 그는 젊지도 않았고, 몸이 좋지도 않았다. 하지만 메이지는 그런 그와 섹스를 하고 싶어 했다. '나 혼자만 좋아서 한 게 아니다.' 메이지는 그 이유를 설명해주지 않았고, 매커널리도 굳이 알고 싶지 않았다. '원하는 걸 얻었으면 그만 아닌가.'

그들은 거실에서 잠시 대화를 나누었다. 메이지는 어머니의 침실을 살펴보러 들어갔다. 그 방에는 더블베드가 있었고, 메이지의 침실에는 싱글베드가 있었다-매커널리는 메이지의 침실을 꽤 상세히 묘사했다. 하지만 그렇다고 의심을 거둘 수는 없었다. 바로 전달에도 고장 난 전등을 고쳐주러 들어갔었다니-.

문제의 밤, 그들은 자연스럽게 어머니의 침실로 들어갔다. 두 사람이 그곳에서 개들이 교미하는 자세로 섹스를 했다는 것이 매커널리의 주장이었다. 왜 굳이 그 자세로 했느냐는 질문에 매커널리는 메이지에게 자신의 늙고 추한 얼굴을 보이고 싶지 않았기 때문이라고 대답했다—리버스는 자신이 매커널리를 심문하지 않아 다행이라고 생각했다. 그 자리에 있었다면 분명 그에게 주먹을 날렸을 테니까—. 매커널리는 섹스를 마친 직후 그녀의 아파트를 나왔다고 했다. 그가 더 머무는 걸 메이지가 원치 않았기 때문이라면서. 그는 메이지가 콘돔을 제공했다고 주장했다. "난 주머니에 콘돔을 넣고 다닐 수가 없어요. 트레사에게 걸리면 큰일이니까."

정말 물건이었다. 휴 매커널리라는 놈.

강간 혐의로 기소하는 건 쉬운 일이 아니었다. 스코틀랜드 법은 확증적인 사실을 요구했다. 피의자와 피해자 간의 말싸움은 기소하는 데 아무런 도움이 되지 않았다. 강간 사건을 수사할 때 확증 증거를 확보하는 건 불가능에 가까웠다. 강간범들이 초대받지 않은 청중에게 발목을 잡히는 일이 드물기 때문이었다. 하지만 이번 사건은 달랐다. 그녀의 비명을 똑똑히 들은 이웃들이 있었기 때문이다. 데이비드슨은 그녀를 두고 '완벽한 증인'이라고 불렀다. 그녀는 증인석에 올라 진술했다. 모든 강간 피해자들이 그러는 건 아니었다. 아무래도 심리적 트라우마가 있을 테니. 아무튼 그녀의 진술은 그에게 치명타를 입혔다.

비명에 대해 묻자 매커널리는 그녀가 '비명 전문가'라고 했다. 오르가즘을 느낄 때마다 그렇게 비명을 질러댄다나. 데이비드슨은 보고서 여백에 자신의 의견을 적어놓았다. 나중에 지우려고 했던 모양이었다. '세상에 어떤 애가 너 같은 늙다리와 몸을 부딪치면서 황홀하다고 비명을 지르겠냐?' 매커널리는 이내 진술을 번복했다. 그건 비명도, 울음소리도 아니었다고 했다. 그것은 울음소리를 들었다는 증인들을 확보해놓은 검찰 입장에서는 희소식이 아닐 수 없었다.

어찌 보면 별거 아닌 사실이 배심원단으로 하여금 결심을 굳히게 만든 결정적인 요인이 되어버린 것이다. 그의 주장과 그녀의 주장은 팽팽히 맞섰지만 그녀에게는 비명을 들은 증인들이 있었다. 헬레나 프로핏 같은 증인들.

프로핏은 경찰서에서는 진술했지만 법정에서는 증언하지 않았다. 보나마나 그것은 검사의 결정이었을 것이다. 프로핏을 만나 인터뷰한 검사는 소심하고 초조해하는 그녀가 법정에서 제구실을 할 것 같지 않다고 판단한 모양이었다. 결국 배심원단에게 가장 잘 먹힐 것 같은 이웃들이 대신 증인석에 서게 되었다.

리버스는 맥주캔이 비었음을 확인하고 냉장고로 향했다. 그 안에는 캔하나가 남아 있었다. 유통기간은 이미 두 달을 넘긴 상태였다. 차가운 캔을 뜯어 맛을 보니 괜찮은 것 같았다. 그는 캔을 입의 한쪽에 갖다 붙이고 조심스레 맥주를 마셨다. 부상 입은 쪽은 너무 뜨겁거나 너무 차가운 게 들어가면 여전히 욱신거렸다. 그는 캔을 내려놓고 베이컨을 몇 줄 구웠다. 롤빵은 두 개를 꺼내 반으로 갈라놓았다. 그는 식탁에 앉아 베이컨 롤로 배를 채웠다.

보통 사건은 아니야. 그는 생각했다. 소튼 교도소장에 경찰청 차장까지 나섰다면. 어쩌면 감찰단까지 끼어들지도 몰라. 왜 다들 나를 불편해하는 걸까? 대체 내가 뭘 어쨌다고. 그는 궁금해 미칠 것 같았다. 보나마나 매커널리 때문일 것이다. 매커널리가 소튼에서 무슨 짓을 벌였는지는 알 수 없지만.

그는 다시 거실로 나가 파일에서 매커널리의 전과 기록을 꺼냈다. 죄다 사소한 것들이군. 그는 맥주를 한 모금 넘기며 생각했다. 매커널리는 운이 좋은 편이었다. 구류 판결을 받아도 시원치 않을 범죄를 저지르고도 대부분 벌금형만 받아온 걸 보면. 언젠가 한번은 교도소에서 일 년을 보냈고, 또 한번은 18개월을 보낸 적도 있었다. 둘 다 주거침입죄로 붙잡혀 들어간 것이었다. 하지만 그 두 경우를 제외하고는 벌금과 훈방 조치가 전부였다.

리버스는 입 안에 맥주를 머금고 있다는 사실도 잊은 채 등받이에 몸을 붙였다. 그는 골똘한 생각에 잠겨 있었다. 위 셔그가 그토록 운이 좋았던 이유. 판사가 되풀이해서 그토록 관대한 처분을 내려준 이유. 풀어야 할 의문이 적지 않았다.

누군가의 입김이 작용한 게 아닐까?

판사에게 영향력을 행사할 수 있는 인물이라면?

경찰.

하지만 경찰이 대체 왜 그런 짓을 했을까?

리버스는 입에 머금고 있던 맥주를 목으로 넘겼다. "그가 끄나풀이었어! 위 셔그 매커널리가 누군가의 빌어먹을 앞잡이였다고!"

다음날 아침, 그는 출근할 생각에 들뜬 채 눈을 떴다. 하지만 여전히 휴가 상태임을 금세 깨닫고는 풀이 죽었다. 그를 환영해주는 곳은 어디에도 없었다. 하필이면 동료 형사들에게 슬쩍 물어봐야 할 것이 많은 이때.

그는 거의 뜬눈으로 밤을 보냈다. 침실 천장에 뿌려진 노란 가로등 불빛을 물끄러미 올려다보면서. 현기증 날 정도로 머리를 굴려대면서. 매커널리가 거리에서 누군가의 눈과 귀 역할을 해왔을 가능성은 매우 높았다.

열심히 일하는 형사들에게는 정보원이 많은 법이다. 끄나풀, 밀고자, 앞잡이, 정보원. 호칭과 직무 설명은 제각각이지만 따지고 보면 다 똑같은 놈들이다.

아무튼 이치에 닿는 시나리오였다. 너그러운 형량에 대한 의문도 쉽게 풀렸다. 어떤 이유에서인지 매커널리는 정도를 넘어섰다. 또한 강간 사건을 놓고 한없이 관대함을 보이는 판사는 세상에 없었다. 4년 동안 거리를 누비지 못한 그는 결국 정보원으로서 유용성을 잃고 말았다. 그가 빠졌음에도 거리는 숱한 경쟁자들로 득실거렸다. 급변하는 세상에서 4년은 무척 긴 세월이었다.

시계의 파란 숫자들이 새벽 3시를 알려주었을 때 침대에 누워 뒤척이던 리버스의 머릿속에 또 다른 생각이 불쑥 떠올랐다. 이 모든 것이 매커널리와 깊숙이 관련되어 있을 가능성. 의원은 말할 것도 없었고, 리버스가 공들여 풀어온 방정식에서 의원은 한동안 빠져 있었다. 그는 한쪽의 분수에만 매달려 왔다. 그 반대쪽에서 여유를 부려온 의원에게는 관심을 완전히 끊은 채로. 매커널리와 달리 의원은 아직 살아 있다. 죽은 자의 흔적을 쫓는 건 더 이상 의미가 없었다. 이제는 산 자에게 집중할 때였다.

산 자를 괴롭혀댈 차례.

17

톰 길레스피 의원은 퇴창이 돋보이는 커다란 집에 살고 있었다. 리버스의 아파트에서 도보로 5분 거리에 위치한 2층짜리 연립주택이었다. 길레스피의 집은 아래층이었다. 집 앞에는 잘 관리된 잔디가 깔려 있었다. 낮은 돌담 위에는 광이 나는 검은색 철책이 얹혀 있었고, 그 끝은 화살촉 모양이었다. 리버스는 정문을 열고 현관으로 올라갔다. 그의 발밑에서 겨울마다 도로에 뿌려지는 황토색 소금이 으스러졌다. 햇빛이 미치지 않는 부분에만 눈이 쌓여 있을 뿐 얼음은 전부 녹은 상태였다. 이제 도로와 길에 마구잡이로 뿌려진 소금은 얼음만큼이나 위험천만했다.

리버스가 초인종을 누르자 퇴창 안에서 누군가가 움직이는 게 보였다. 초인종은 줄을 잡아 내리는 구식이었다. 현관문 안에서 딸랑거리는 소리가 흘러나왔다. 안쪽 복도 문이 열리고 현관문의 자물쇠가 풀렸다. 굳건해 보이는 현관문을 열고 의원이 걸어 나왔다.

"안녕하십니까, 길레스피 씨. 잠시 얘기를 나눌 수 있을까요?"

"지금 한창 바쁠 때라서 말이죠, 경위님."

집 안에서 무언가가 윙윙대고 있었다. 여자의 재채기 소리도 들렸다. 길레스피의 팔은 문간에 걸쳐져 있었다. 리버스의 진입을 막으려는 노력이었다. 코스타 델 솔 해안의 날씨 같진 않았는데 의원은 땀을 쏟고 있었다.

"그렇습니까?" 리버스가 말했다. "아주 잠깐이면 되는데요."

"헬레나 프로핏은 만나봤습니까?"

"네, 만나봤습니다. 그건 그렇고, 저 때문에 경찰청 사람들을 동원했더군요."

길레스피는 당당한 모습이었다. "경찰에 아는 사람이 있다고 경고하지 않았습니까?"

안에서 깽깽 우는 소리가 흘러나왔다. 마치 페키니즈가 얻어맞고 있는 소리 같았다. 잠시 후, 격노한 여자의 목소리가 들렸다.

"톰! 톰!"

길레스피는 못 들은 척했다.

"안에서 부르는 것 같은데요." 리버스가 말했다.

"지금은 내가 너무 정신이 없어요. 그래서……"

"톰, 제발 좀!"

길레스피가 으르렁거리며 홱 돌아섰다. 그가 집 안으로 들어가자 리버스는 스르르 닫히려는 문을 밀고 복도로 들어섰다.

"또 걸렸잖아!" 여자가 말했다. "왜 당신이 못하는 거야?"

길레스피가 최대한 낮춘 목소리로 말했다. "무슨 일이 있어도 절대 들여보내면 안 돼! 빨리 나가봐!"

여자가 휘청대며 거실을 나왔다. 뒤에서 떠밀려 나온 모양이었다. 그녀는 리버스와 충돌했고, 파일 몇 개가 타일 깔린 바닥에 우수수 떨어졌다.

"빌어먹을." 그녀가 말했다. 리버스는 그녀 뒤로 문이 닫히기 전에 안을 흘끔 들여다보았다. 퇴창이 나 있는 사무실 같았다. 컴퓨터가 놓인 책상, 온갖 문서가 널려 있는 서랍장들. 무엇이 윙윙거리고 있는지는 확인할 수 없었다. 하지만 길레스피 의원이 정체불명의 기계를 손으로 탕탕 내리치는 소리는 분명하게 들을 수 있었다.

그는 떨어진 파일 줍는 것을 도와주었다. "색이 마음에 드네요." 그가 말했다.

"네?" 그녀가 흘러내린 머리카락 몇 가닥을 귀 뒤로 쓸어 넘겼다. 그녀는 키가 컸고, 골격이 우람했으며, 이목구비가 또렷했다. 한쪽으로 가르마를 탄 그녀의 숱 많은 갈색 머리는 어깨까지 내려왔다. 번뜩이는 눈에서는 생기가 느껴졌다. 그녀는 잔뜩 지친 모습이었지만 옷차림은 아주 우아했다. 진주색 실크 블라우스에 긴 타탄 무늬 스커트.

"파일들 말이에요." 리버스가 설명했다. "난 늘 파란색이나 회색이나 초록색만 사서 쓰는데. 이 파일들은…… 아주 화려하군요."

그녀는 황당하다는 표정으로 그를 쳐다보았다. 그저 파일에 불과할 뿐인데.

"조지 가에 있는 문구점에서 샀어요." 그녀가 말했다.

리버스는 고개를 끄덕였다. 사실 그는 속으로 파일 커버에 적힌 글자들을 외우는 중이었다. SDA/SE. 쉽게 외울 수 없는 조합이었다.

"뭔가가 말을 안 듣는 모양이죠?" 리버스가 말했다.

어릴 적 집에서 매너 교육을 잘 받았을 그녀가 자연스럽고 다정한 톤으로 던져진 질문에 대답하지 않을 수 있겠는가.

"파쇄기예요." 그녀가 말했다.

리버스는 고개를 끄덕이며 자신이 쓰는 파쇄기 역시 늘 말썽이라고 말했다. "길레스피 부인이신가요?"

"네."

"의원님을 돕고 계신 모양이군요."

그녀는 터져 나오려는 웃음을 참았다. "강제로 징집된 거죠."

"길레스피 의원님껜 비서가 있잖습니까."

순간 그녀의 얼굴에서 미소가 사라졌다. 그녀가 둘러댈 거짓말을 황급히 떠올리고 있을 때 문이 열리고 길레스피가 모습을 드러냈다. 리버스는 그 틈을 타 열린 문틈을 다시 들여다보았다. 바닥에는 가늘게 절단된 종이들로 가득 찬 판지 상자 여러 개가 놓여 있었다. 파쇄된 문서들.

길레스피가 아내를 사무실 안으로 가볍게 떠밀고는 문을 닫았다. "당신을 집 안으로 초대한 기억이 없는데요, 경위."

"맨토니 의원과 다시 얘기를 해보는 게 어떻겠습니까?"

길레스피가 손수건을 뽑아들었다. "기왕 들어온 거, 주방에서 얘기합시다." 그가 손수건으로 이마를 훔쳤다. "목이 말라서 커피 한잔 해야겠어요."

그는 리버스를 이끌고 긴 복도를 걸어 나갔다. 거실과 식당을 지나 왼쪽으로 꺾으니 입구가 막힌 계단이 나타났다. 그들은 계단 뒤편의 짧고 어두운 복도를 지나 주방으로 들어갔다. 주방 안의 모든 것이 소나무로 처리되어 있었다. 가구들은 물론이고, 바닥을 제외한 모든 표면이 소나무로 뒤덮여 있었다. 사포질과 니스 칠로 광을 낸 바닥 널은 불빛을 받아 번들거렸다. 뒤편에는 온실이 자리하고 있었고, 뒤뜰은 다 자란 장미 덤불과 월계수 울타리, 그리고 벽돌로 만든 작은 파티오로 꾸며져 있었다.

길레스피가 주전자를 불에 올렸다.

"당신에겐 권하지 않을 겁니다. 어차피 바빠서 커피 마실 시간도 없을 테니."

"오늘은 한가합니다, 길레스피 씨. 하지만 오래 머물 생각도 없습니다." 리버스가 말했다. "아무튼 생각해줘서 고맙습니다."

길레스피가 찬장을 열고 줄지어 놓인 머그잔과 유리잔들을 찬찬히 훑어보았다. 반사된 불빛 때문인지 그의 눈이 살짝 가늘어졌다.

"대체 원하는 게 뭡니까?" 길레스피가 머그잔을 향해 손을 뻗으며 물었다.

"개똥." 리버스가 말했다.

길레스피가 잠시 더듬거리던 머그잔을 집어 들었다. "지금 뭐라고 했습니까?"

"개똥이라고 했습니다, 의원님. 인도, 잔디…… 사방에 개똥이 널려 있습니다. 이거 문제 아닙니까?"

"공식 자격으로 온 게 아닙니까?"

"공식 자격으로 왔다고 얘기한 적 없는데요. 난 그저 당신 지역구 주민의 한 사람으로서 선출된 대표에게 불만의 뜻을 표시하러 왔을 뿐입니다."

길레스피가 카페티에르(금속 필터를 써서 갈아 놓은 커피를 걸러 마시는데 쓰는 유리로 된 기구)를 열고 봉지에 담긴 굵게 빻은 커피를 부었다. 그는 조금씩 흥분을 가라앉히는 중이었다.

"리버스 씨." 그가 말했다. "그런 불만은 여름에 해야 하는 거 아닙니까? 개똥이 가장 말랑거리고 냄새가 지독할 때 말입니다. 한겨울에 이런 건의를 받다니, 황당하군요."

"난 말 없는 다수를 대표해서 온 겁니다."

길레스피가 애써 미소를 지어 보였다. "정말로 원하는 게 뭡니까? 날 괴롭히려고 온 겁니까?"

리버스는 이 상황을 무척 즐기는 중이었다. 그로부터 원하는 걸 대충 얻은 셈이었다. 이런 재미도 누리지 못한다면 휴가가 무슨 소용인가?

"정말 이 일로 온 거라니까요." 그가 대답했다.

길레스피가 끓는 물을 빻은 커피 위에 천천히 부었다. "솔직히 좀 놀랐습니다."

"왜죠?"

"샛길에 널려 있는 개똥은 사실 경찰이 처리해야 하는 문제입니다. 그 정도는 알고 있을 줄 알았는데요. 경찰이 개 주인을 찾아내 기소해야죠."

"의회는 손 놓고 있고요?"

"천만에요. 경찰국엔 개 관리부가 있습니다. 주인들이 책임감 있게 행동하도록 교육하죠. 또한 관리인들은 기소가 진행될 때도 큰 도움을 줍니다. 그 관리부가 바로 EHD(Environmental Health Department) 소속이죠."

"환경위생과?"

"맞습니다. 원한다면 연락처를 알려줄게요. 지역구 대표로서 이 정도 봉사는 할 수 있습니다."

리버스가 미소를 지으며 고개를 저었다. 그가 주머니에 두 손을 찔러 넣고 의원 앞으로 천천히 다가가 속삭였다.

"얼마나 두렵습니까?"

"네?"

"오줌을 지릴 것 같아 보여서요."

의원이 다시 땀을 흘리기 시작했다. 그가 대꾸를 위해 입을 열었다가 이내 포기했다. 그는 말없이 카페티에르의 내용물을 휘휘 저었다.

"사방에 개똥이 널려 있어요." 리버스가 계속 이어나갔다. "걸어 다닐 때 조심하는 게 좋을 겁니다. 방심했다가 그 위에 풀썩 주저앉아버릴 수도 있으니까. 안 그렇습니까, 의원님?"

"제발 좀 나가줘요."

리버스가 돌아섰다. 길레스피가 손을 뻗어 그를 붙잡았다. "경위, 당신은 지금 큰 실수를 하고 있는 겁니다." 그것은 협박이 아니었다. 그저 덤덤하게 전하는 메시지일 뿐이었다.

"숨기고 있는 게 있으면 털어놔 봐요."

잠시 아랫입술을 깨물고 생각에 빠져 있던 길레스피가 고개를 저었다. 리버스는 그를 빤히 쳐다보며 그의 마음이 바뀌기를 기다렸다. 하지만 길레스피는 단단히 겁을 집어먹은 상태였다. 그의 눈과 윤기 나는 얼굴에서 공포를 똑똑히 엿볼 수 있었다.

그는 겁에 질려 있는 게 분명했다.

"내가 밖으로 안내하죠." 길레스피가 리버스를 이끌고 현관으로 향했다. 그의 한 손에는 카페티에르가, 또 다른 손에는 머그잔 두 개가 각각 쥐어져 있었다. 사무실 문 뒤에서 길레스피 부인이 기계와 씨름하는 소리가 흘러나왔다. 홧김에 파쇄기를 발로 걷어차고 있는 모양이었다.

"단단히 화가 나신 모양이군요. 아내분 말입니다." 리버스가 말했다. 길레스피에게 남은 손이 없다는 걸 확인한 그가 대신 사무실 문을 열어주었다.

"그 사람 갔어요?" 길레스피 부인이 으르렁거리며 말했다.

"지금 가려고요, 길레스피 부인." 리버스가 문틈으로 고개를 밀어 넣고 말했다. "만나서 반가웠습니다."

그녀의 얼굴이 벌겋게 달아올랐다. 분노가 당혹감으로 바뀌는 순간이었다. "미안해요." 그녀가 말했다.

"사과하실 거 없습니다."

리버스는 한창 바쁜 그들을 남겨두고 밖으로 나왔다.

18

리버스는 오후 내내 고민한 끝에 자신이 옳은 일을 하고 있다는 결론에 이르렀다.

솔직히 그런 판단을 내리기까지 걸린 시간은 10분에 불과했다. 나머지 시간은 용기가 필요하다는 핑계로 술을 퍼마시는 데 썼다.

하지만 그는 단순히 술만 마신 게 아니었다. 그는 사냥을 하고 있었다. 리코 브릭스의 소식을 기다리며 눈과 귀를 활짝 열어둔 채로.

리코는 동부 해안 최고이면서 또한 최악의 침입 강도였다. 손놀림이 서툰 것은 아니었다. 그는 어느 집이든 손쉽게 들락거릴 수 있었다. 입주자들이 잠들어 있든 TV 앞에 웅크리고 앉아 있든 신나게 파티를 벌이고 있든. 리코의 문제는 너무 튀는 스타일이라 장물아비들이 꺼려한다는 사실이었다. 리코는 열렬한 하츠(스코틀랜드 에든버러를 연고로 하는 프로 축구 클럽) 팬이었다. 1977년부터 80년까지 단 한 경기도 빼놓지 않고 직접 관전을 다녔을 정도다. 물론 피터헤드에서 잠깐 복역했을 때를 빼고. 하츠가 하이버니언을 완파한 어느 날 밤, 술에 거나하게 취한 리코는 리스 워크의 한 문신 시술소에 들어가 서비스를 받았다.

다음날 아침, 화장실 거울을 들여다본 리코는 깜짝 놀랐다. 볼에 하츠 로고 문신이 선명하게 새겨져 있었기 때문이다. 고동색 하트, 그리고 그

속에 파묻힌 십자가. 그날 이후 그는 자신이 한때 그토록 사랑했던 팀을 혐오하게 되었다. 그런 그가 이제는 고르지 가 남자들을 대표하는 인물이 되었다는 사실이 아이러니하다.

경찰 입장에서 그 독특한 문신은 지문이나 다름없었다. 그 사실을 깨달은 리코는 외출할 때마다 발라클라바(머리, 목, 얼굴을 거의 다 덮는 방한모)로 얼굴을 가리고 다녔다. 그 때문에 쿠푸 피라미드만큼이나 큰 코는 더 두드러져 보이게 되었다. 그러니 사람들의 눈에 띄지 않을 재간이 없었다.

리버스는 리코 브릭스에게 은퇴를 권했고, 반쯤 설득하는 데 성공했다. 요즘 리코는 자신의 기술을 견습생들에게 전수하는 일에 집중하고 있었다. 그는 리버스에게 자물쇠 따는 방법 등을 몰래 가르쳐주기도 했다. 덕분에 리버스는 열쇠를 잃어버려도 전혀 당황하지 않게 되었다.

리버스는 니콜슨 가의 한 술집에서 리코를 찾아냈다. 옆 건물의 눈 뜬 장님에게 '이발을 당한' 슬픈 얼굴의 남자들이 약속이라도 한 듯 모여 한 잔씩 걸치고 가는 곳이었다. 리코는 쥐가 파먹은 머리를 한 남자들과 나름 잘 어울렸다.

"안녕, 리코." 리버스가 그의 옆 나무 의자에 앉으며 말했다. "잘 지냈나?"

리코는 타블로이드 신문의 크로스워드 퍼즐을 푸는 중이었다. 그가 마권 판매소에서 슬쩍해온 짤막한 펜으로 신문을 톡톡 두드렸다.

"여덟 글자." 리코가 걸걸한 목소리로 말했다. "M 어쩌고 R 어쩌고 O. 힌트는 무인도." 그가 리버스를 돌아보았다.

"고립(Marooned)."

"고마워요. 날 도와줬으니 기념으로 한잔 사요. 난 더블." 리코가 킬킬 웃었다. "이런 사기는 처음 당해보죠, 리버스 씨?"

"〈Double Barrel〉(자메이카 출신 듀오 데이브 앤 앤셀 콜린스가 1970년에 발표한 히트곡)이 1위 먹었을 때 이후로 처음이야." 리버스가 술을 주문하는 동안 리코는 볼을 싹싹 문질러댔다. 그렇게 문지르면 문신이 지워질 거라 믿는 모양이었다.

"리버스 씨, 또 내가 필요해진 겁니까?"

리버스가 말없이 고개를 끄덕였다. 주위 술꾼들의 이목을 끌지 않으려면 최대한 말을 아껴야 했다.

"나중에 얘기해줄게."

그들은 침묵 속에서 각자의 술을 마셨다. 술집은 조용했다. 바의 한쪽 끝에서 손님 하나가 바텐더를 쳐다보며 고개를 끄덕였다. 빈 잔을 다시 채워달라는 신호였다. 바텐더도 알았다며 고개를 끄덕였다. 무언의 주문이군. 리버스는 생각했다. 수도사들처럼. 나름 자연스러운 이미지였다. 술집에 들어온 삭발한 수도사들.

그들은 펍을 나와 플레전스 쪽으로 걸어 나갔다. 오른편에는 세인트 레너즈가 자리하고 있었다. 그들은 카우게이트와 캐논게이트가 있는 왼쪽으로 돌았다. 한동안 잡담을 나누며 걸음을 옮겨나가던 두 사람은 그들이 자주 찾는 하이 가의 은신처로 들어갔다.

6시. 어두운 하늘에는 초승달만이 덩그러니 걸려 있었다. 마치 누군가가 엄지손톱으로 꾹 찍어놓은 것 같았다. 리버스와 리코는 주차된 리버스의 차 안에 나란히 앉아 있었다. 시동은 걸려 있었고, 차 안은 히터에서 뿜어져 나온 열기로 후끈거렸다. 길 건너로 길레스피의 집이 보였다. 리버스는 리코에게 집 안 배치를 상세히 알려주었다. 리버스는 사실 많이 긴장하고 있었다. 만약 리코가 붙잡히기라도 하면, 그리고 경찰에 모든 걸 불기만 하면, 리버스는 빅 짐 플렛의 고객이 될 수도 있었다. 리코는 몇 가지 궁금한 점을 물었고, 리버스는 최대한 성실히 답해주었다.

"온실을 통해 들어가면 될 겁니다." 리코가 말했다. "경보장치가 없는 건 확실하죠?"

"그렇다니까." 리버스가 말했다.

고개 숙인 사람들이 가로로 부는 칼바람을 헤치고 종종걸음 쳐 이동하고 있었다. 전형적인 에든버러 스타일이었다. 리버스는 불안했지만 다른 방법이 없었다. 그는 리코에게 던질 질문을 하나 떠올렸다.

"혹시 최근에 소튼에서 출소한 사람을 알고 있나?"

"난 흉악범들과는 어울리지 않습니다, 경위님."

"물론 그렇겠지. 자넨 이제 착하게 살고 있잖아. 나도 알아." 리버스의 목소리는 나지막하면서도 끈질겼다. "만약 그런 사람을 알고 있다면 소개해줘. 만나보고 싶으니까. 뭐 심각한 문제 때문은 아니야. 그냥 소튼에 대해 궁금한 게 몇 가지 있어서 말이지."

"보상이 몇 푼 있으면 좋겠는데."

"돈 대신 술을 사지. 자네랑 그 친구에게."

"한번 알아볼게요."

"부탁해." 리버스가 말했다. 그가 길레스피의 집을 바라보았다. "언제 들어갈 거야?"

"새벽 2시쯤 들어가면 될 겁니다. 여기 오래 머무는 건 위험해요. 불필요한 주목을 받을 수도 있으니까."

리코의 말이 옳았다. 마치몬트에서는 툭하면 주차 문제로 실랑이가 벌어졌다. 방문자는 말할 것도 없고 주민들을 위한 주차 공간도 턱없이 부족했다. 리버스는 기어를 1단에 걸었다.

"가서 뭣 좀 먹자고." 그가 말했다.

"헤이, 잠깐만요." 리코가 집을 가리켰다. 현관문이 열리고 길레스피 부인이 불쑥 나타났다. 그녀는 검은 쓰레기 봉지 두 개를 들고 있었다. 그녀 뒤에 선 남편도 같은 봉지를 두 개 들고 있었다. 그들이 정문을 열고 나와 봉지들을 보도에 내놓았다. 순간 리버스의 뇌리를 스치는 아이디어가 하나 있었다. 그가 거리를 좌우로 살폈다. 몇몇 집에서 내다버린 쓰레기 봉지들이 보였다.

"쓰레기 수거일인가 보죠?" 리코가 말했다.

"리코, 생각해보니 자네 도움은 필요 없을 것 같아."

리코는 트렁크에 쓰레기 봉지 싣는 것을 도와주었다.

리버스는 아파트에 홀로 앉아 있었다. 그는 리코에게 돈을 조금 쥐여주었고 집으로 향하는 길에 다운타운에 내려주었다. 한 쓰레기 봉지에는 빈 깡통과 작은 봉지와 상자들만 가득 담겨 있었다. 리버스는 그것을 아파트 정문 밖에 내다버렸다. 나머지 세 봉지는 리버스의 거실 한복판에 덩그러니 놓여 있었다. 그는 첫 번째 봉지를 열고 내용물을 바닥에 쏟아냈다. 하얀 종이 뭉치가 우수수 떨어졌다. 리버스는 2밀리미터 너비의 A4 용지 가닥들을 집어 들었다. 분쇄된 문서는 얼마든지 복원할 수 있다. 인내심만 있다면. 그것도 초인적인 인내심. 자외선 분석이나 워터마크 매치나 일괄 분류 등 방법도 여럿 있었다. 그가 가진 것이 두 눈뿐이라는 게 문제였지만. 무작정 하우던홀로 쳐들어가 과제를 던져주고 올 수는 없는 일이었다. 곤란한 질문 공세에 시달리게 될 것이 뻔했으니까. 그는 바닥에 주저앉아 종이 가닥 몇 개를 만지작거렸다.

그렇게 4분간 종이 가닥들과 씨름하던 그는 막막함을 느끼고 포기해버렸다.

그는 담배를 피우며 종이 가닥들을 물끄러미 내려다보았다. 왠지 그것들에는 그가 알고자 하는 모든 정보가 담겨 있을 것만 같았다. 그는 담배를 마저 피우고 나서 술을 한 잔 따라 왔다. 그리고 다시 퍼즐 맞추기에 도전했다. 부아가 치밀기까지는 시간이 조금 걸렸다. 그는 주방에서 식탁을 질질 끌고 나왔다. 침실에서는 앵글포이즈 램프를 가져왔다. 파쇄기가 말을 듣지 않았다면 제대로 잘려 나오지 않은 문서들이 분명 있을 것이다.

두 가닥이 절묘하게 붙어 있는 것은 생각처럼 많지 않았다.

그는 나지막이 욕을 해대며 아파트 안을 빙빙 맴돌다가 라디에이터 밑에 새 커피 깡통을 받쳐놓았다. 그런 다음 코트를 걸치고 담배와 위스키를 사러 집을 나섰다. 그가 도착했을 때 모퉁이 가게는 이미 문을 닫은 후였다. 그의 손목시계는 11시 15분을 가리키고 있었다. 벌써 시간이 이렇게 흘렀다는 걸 믿을 수 없었다.

그는 가까운 펍으로 발길을 돌렸다. 담배 연기 자욱한 실내는 요란하게 떠드는 술꾼들로 발 디딜 틈이 없었다. 바텐더는 담배 자판기에 넣을 동전은 내주었지만 마지막 주문이 끝났다는 이유로 술은 팔지 않았다. 그녀는 늦게까지 영업하는 튀김 음식 전문점에 가보라고 했다. 하지만 차 없이는 갈 수 없는 먼 곳이라 단념할 수밖에 없었다. 그는 총총 걸어 아파트로 돌아갔다. 집에 들어와 뒤져보니 4분의 1정도 남은 바카디가 눈에 들어왔다.

여자 손님이 놀러왔을 때 침실로 유인하는 데 쓰려고 남겨놓은 술이었다. 바카디를 스트레이트로 마시는 건 무언가를 섞어 마시는 것만큼이나 내키지 않았다.

그래서 내가 알코올 중독자가 될 수 없는 거야. 그는 생각했다.

그는 바카디의 뚜껑을 열고 살짝 냄새를 맡아보았다. 아무래도 참는 게 나을 것 같았다. 새벽 4시쯤에 아주 절박해지면 그때 마시는 걸로…… 그는 냉장고를 기억해냈다. 그가 냉동실 문을 열고 내벽에 달라붙은 얼음을 부숴나가기 시작했다. 안에는 제빙 그릇 두 개, 피시 핑거(생선살을 막대 모양으로 잘라 튀김옷을 입혀 튀긴 것) 하나, 그리고…… 작은 병이 하나 들어 있었다. 폴란드 보드카였다. 우치에 다녀온 이웃이 일주일간 고양이를 봐준 대가로 선물한 것이었다.

리버스는 잔을 찾아 술을 따르고 감사한 마음으로 들이켰다. 무려 84도에 이르는 보드카는 그가 지금껏 마셔본 그 어떤 술보다도 부드럽게 넘어갔다. 그는 잔과 술병을 챙겨 들고 거실로 나갔다. 하이파이 시스템에는 롤링 스톤스의 《Exile On Main Street》이 걸렸다. 그것 역시 그 어떤 앨범보다도 귀에 착착 감겼다.

그는 다시 작업으로 돌아갔다. 한참 뒤, 그는 첫 번째 봉지를 포기하고 다음 봉지로 넘어갔다. 첫 번째 봉지는 다시 채워 한쪽에 치워놓았고, 두 번째 봉지의 내용물은 바닥에 쏟아놓았다.

그때 초인종이 울렸다.

자정이 막 지난 시각이었다.

가끔 아파트 정문이 걸리지 않은 채 방치될 때가 있다. 마음만 먹으면 누구라도 제 집처럼 들락거릴 수 있다는 뜻이다.

그래도 그렇지, 이 늦은 시각에? 그것도 목요일 밤에?

리버스는 아수라장이 된 거실을 둘러보다가 발소리를 죽이고 현관으로 나갔다. 초인종이 또다시 울렸다. 밖에서는 두 명 이상이 소곤대고 있었다. 잠시 후, 우편함 안으로 손가락이 불쑥 들어왔다. 리버스는 잽싸게 피해 한쪽 벽에 등을 갖다 붙였다.

"집 안에 불을 켜놓고 외출하시는 모양이죠, 뭐."

"어쩌면 술에 취해 곯아떨어져 있는지도 몰라."

리버스는 소리 없이 걸쇠를 풀고 문을 벌컥 열어젖혔다. 우편함 안을 살피던 쇼반 클락이 몸을 일으켰다. 리버스의 시선이 브라이언 홈스 쪽으로 돌아갔다.

"술에 취해 곯아떨어져 있을 거라고, 브라이언? 날 고작 그 정도 인간으로 본 거야?"

홈스가 어깨를 으쓱였다. "저는 휴가 때 그러고 지내거든요."

리버스가 팔짱을 낀 채 문간을 막아섰다. "대체 여기서 뭣들 하는 거야? 여론조사를 하는 건가? 아니면 그냥 지나다가 들른 거야?"

"저흰 근무를 하고 있었습니다." 브라이언 홈스가 설명했다. "출출해져서 뭣 좀 사먹으려고 나왔죠. 이런저런 얘길 나누다가 경위님이 문득 떠올랐습니다."

"갑자기 내 생각이 났다고?"

"그냥 궁금했어요." 쇼반 클락이 말했다. "요즘 어떻게 지내시는지."

리버스가 미소를 지었다. "자네들만큼이나 나도 그게 궁금했어." 그가 옆으로 살짝 물러났다. "들어들 와. 자네들이 일등으로 도착했어. 파티 스낵도 아직 못 꺼내놨는데." 브라이언 홈스 뒤 층계참에는 갈색 쇼핑백이 놓여 있었다.

"그건 저희가 가져왔습니다." 홈스가 쇼핑백을 집어 들자 안에서 캔과 병들이 달가닥거렸다.

"자넨 언제라도 환영이야, 브라이언." 리버스가 그들을 안으로 이끌며 말했다.

그들은 거실에 앉아 바닥에 수북이 쌓인 종이 가닥들을 내려다보았다. 쇼반 클락이 커피를 한 모금 넘겼다.

"이걸 훔쳐 오신 거예요?"

리버스는 고개를 저었다. "청소부들을 대신해 공공서비스를 제공했을 뿐이야."

홈스가 쇼반을 돌아보았다. "저희가 도와드리겠다고 한 건 맞습니다."

"네. 하지만 직접 와서 보니······" 그녀가 두 팔을 넓게 펼쳐 보였다. "이 많은 걸 무슨 수로 다 맞추죠? 힘겹게 퍼즐을 풀어야 간신히 증거 하나를 확보할 수 있다니."

리버스가 한 손을 들어 그녀를 진정시켰다. "이건 내 문제야. 자네들 문제가 아니라. 그냥 돌아가도 전혀 서운하지 않다고. 아니, 오히려 그래줬으면 좋겠어."

"저희도 그러고 싶습니다." 홈스가 말했다.

리버스가 그를 돌아보았다. "정말?"

쇼반 클락이 설명했다. "농부가 아까 오후에 경고했어요. 경위님에게 접근하지 말라고. 휴가 중이지만 경위님의 참견은 멈추지 않을 거라더군요." 그녀가 고개를 들었다. "제가 드리는 말씀이 아니라 그가 한 말이에요."

"저희에겐 새 임무가 내려졌습니다." 브라이언 홈스가 덧붙였다. "내근. 본격적인 전산화 작업이 시작되기 전에 파일 정리를 새로 하랍니다."

"일부러 자네들을 정신없게 만들려고?"

"네."

"날 찾아가지 못하도록?"

두 사람이 고개를 끄덕였다.

"그런데 여긴 왜 온 거지?" 리버스가 자리에서 일어났다. "나 때문에 곤란해지면 어쩌려고!"

"저는 먼지 쌓인 서류나 뒤적이려고 CID에 들어온 게 아니에요." 쇼반 클락이 매섭게 쏘아붙였다. 하지만 그녀는 이내 뻘쭘해졌다. 눈앞에 갈가리 찢긴 서류들이 수북이 쌓여 있다는 사실을 깨달았기 때문이다. 그녀의 입에서 웃음이 터졌다.

나머지 두 사람도 그녀를 따라 웃고 말았다.

그들은 세 번째 봉지에서 나름 성과를 거두었다.

"이것 좀 보세요." 쇼반 클락이 말했다. "하얀 종이만 있는 게 아니에요."

리버스가 문제의 종이 가닥을 살펴보았다. "파일이야." 그가 말했다. "폴더째로 파쇄기에 넣은 거라고!"

"보통 파쇄기가 아닌 모양이군요." 브라이언 홈스가 말했다.

"그렇지, 브라이언?"

폴더들은 돌파구였다. 종이의 문제는 그 수가 너무 많다는 것이었다. 두꺼운 카드지가 섞인 것도 아니고, 그렇다고 색이 각기 다른 것도 아니었다. 파일에는 프린트 된 하얀 라벨이 하나씩 붙어 있었다. 리버스가 찾던 것이었다. 수정을 위해 붙인 라벨들.

무엇을 찾아야 하는지 명확해졌지만 적지 않은 시간과 노력이 필요하다는 건 변하지 않았다. 리버스의 눈이 점점 따끔거렸다. 그는 눈을 비벼보았지만 그럴 때마다 시야만 점점 더 흐려질 뿐이었다.

"뭐 갖다 줄까?" 그는 틈날 때마다 물었다. 그들은 이번에도 고개를 저었다. 결국 리버스는 혼자서만 캔을 뜯어 마셨다. 아이언-브루를 단숨에 비우고 나서야 그는 거기에 알코올이 함유되어 있지 않다는 사실을 깨달았다.

소란을 피우던 학생들이 죄다 집으로 돌아갔는지 거리는 정적에 휩싸여 있었다. 2시 30분이 되자 중앙난방 장치가 꺼졌다. 리버스는 가스난로를 끌어와 켰다. 그들은 각자 맡은 색의 폴더를 작업하고 있었다.

"길레스피 부인이 폴더를 떨어뜨렸을 때 그중 하나를 흘끔 봤어." 리버스가 말했다. "SDA/SE, 이렇게 적혀 있더라고. 스코틀랜드 개발청(Scottish Development Agency)과 스코틀랜드 경제개발공사(Scottish Enterprise)를 의미하는 게 아닐까? 개발청이 문을 닫았을 때 경제개발공사가 인수했거든. 길레스피 의원은 산업계획위원회에서 의장을 맡고 있고."

"그럼……" 홈스가 말했다. "개발청 파일은 의심할 필요가 없겠군요."

"그가 개발청 파일을 갖고 있는 게 이상한 일은 아니지. 하지만 왜 그걸 서둘러 파기하려고 했을까?"

홈스는 잠시 머리를 굴려보았다.

"뭔가 찾은 것 같아요." 쇼반 클락이 말했다. 그녀는 노란색 파일을 대충 맞춰놓은 상태였다. 라벨에서는 한두 가닥이 빠져 있었다. "A C, 이렇게 적혀 있네요." 그녀가 말했다. "그리고 이름. 할데인(Haldayne)."

리버스는 전화번호부를 가져왔다. 에든버러에는 A C 할데인이라는 사람이 없었다.

"철자법이 좀 이상한데요." 브라이언 홈스가 말했다. "할데인에 'ay'를 쓰는 사람은 본 적이 없어요."

"철자를 잘못 쓴 건가?" 쇼반 클락이 말했다. "의원의 지역구들 중 하나가 아닐까요?"

리버스는 어깨를 으쓱였다. 30분 뒤, 홈스가 빨간 파일을 완성했다.

"가일 파크 웨스트(Gyle Park West)." 그가 라벨을 읽었다.

리버스는 그 말을 귀담아듣고 있지 않았다. 그 또한 초록색 파일을 완성했기 때문이다. 마지막 컬러 파일.

"멘성(Mensung)." 그가 고개를 들며 말했다. "멘성이 무슨 뜻이지?"

쇼반 클락은 하품을 하며 눈을 비볐다. 그리고 눈을 몇 번 깜빡인 뒤 거실을 둘러보았다.

"저기……" 그녀가 말했다. "사방에 종이가 널려 있어서 정말 다행인 것 같아요. 그렇지 않았다면 쓰레기장 같아 보였을 거예요."

금요일 아침 6시, 리버스의 전화기가 요란하게 울어댔다.

그는 덮고 있던 이불과 함께 의자에서 미끄러져 내려왔다. 전화기는 수북이 쌓인 종이 가닥들 속 어딘가에 숨어 있었다.

"누군지 몰라도……" 그가 말했다. "뭣 때문에 전화를 했든지 간에…… 내 손에 죽었어."

"쇼반 클락입니다, 경위님. A C 할데인에 대해 생각을 좀 해봤어요."

"나도." 리버스가 거짓으로 둘러댔다.

"철자법이 좀 이상하죠. 하지만 미국에선 여기랑 다른 철자를 쓸 때가 있지 않나요?"

"고작 그걸 알아냈다고 날 깨운 건가?"

"A와 C를 붙여보면 어떨까요?"

"붙여보면?"

"맙소사, 아직도 모르시겠어요?"

"이제 겨우 새벽 6시라고, 클락."

"AC는 미국 영사관(American Consulate)을 의미할 수도 있지 않겠어요? 할데인은 누군가의 성일 수도 있고. AC는 영사."

리버스가 일어나 앉아 눈을 떴다. "그럴 듯한데."

"영사관에 전화를 걸어봤는데 자동 응답기가 받더라고요. 여러 가지 옵션을 주는데 대부분 비자 신청에 관련된 것들이었어요. 아무튼 간신히 영사 사무실까지 연결이 됐는데요. 거기서도 자동 응답기가 받았습니다. 언제 문을 여는지 알려주더군요."

"이따 다시 걸어봐."

"알겠습니다, 경위님. 단잠을 깨워서 죄송합니다."

"괜찮아. 참, 쇼반…… 도와줘서 고마워."

"별말씀을요."

"그럼 뭐 한 가지 더 부탁해도 될까?" 그는 그녀의 미소 짓는 소리가 들리는 것 같았다.

"뭔데요?"

"그 파쇄기 말이야. 길레스피가 그걸 얼마나 오래 소유했는지 알고 싶은데."

"저더러 체크해보라고요?"

"그래."

"알겠습니다. 안녕히 주무세요, 경위님."

"자네도, 클락."

리버스는 수화기를 내려놓았다. 잠은 완전히 달아나버린 것 같았다. 하지만 30초 후, 그는 거실 카펫에 쓰러져 다시 잠에 빠져들었다.

19

일요일, 리버스는 차나 한잔 하자는 제안을 받고 옥스퍼드 테라스로 달려갔다.

지난 48시간 동안 조각난 A4 문서들과 씨름했던 그는 모처럼 쉴 틈이 생겼다는 사실에 기뻤다. 큰 진전은 없었지만 부어오른 잇몸의 통증을 잠시나마 잊게 해준 고마운 작업이었다. 토요일 오후, 그는 더 이상 참지 못하고 치과에 연락해보았다. 예상했던 대로 예약은 쉽게 잡히지 않았다. 날씨가 이렇다고 골프를 포기할 에든버러 치과 의사들이 아니었다. 리버스가 고른 의사 역시 보나마나 골프장 클럽하우스에서 진을 홀짝이며 18홀을 다 돌 것인지 9홀만 돌고 갈 것인지를 놓고 고민했을 게 분명했다.

일요일 오후, 단정하면서도 캐주얼하게 차려입은 리버스는 차에 올라 시동을 걸었다. 하지만 차는 반응이 없었다. 접속부가 풀린 모양이었다. 그는 후드를 열고 안을 들여다보았다. 하지만 그는 정비공이 아니었다. 주위를 둘러보았지만 점프 스타트(차의 배터리가 다 됐을 때 다른 차의 배터리에 연결시켜 시동을 거는 것)를 해줄 사람은 보이지 않았다. 결국 그는 집으로 들어가 택시를 불렀다. 그의 손과 바지에는 기름때가 묻어 있었다.

택시 기사가 도시를 가로질러 나가는 동안 그는 못마땅한 표정을 얼굴에서 지우지 않았다.

초인종을 누르니 새미가 달려 나왔다. 그녀는 검은색의 두꺼운 타이츠에 자선 바자회에서 사온 듯한 짧은 드레스 차림이었다. 드레스 안에는 하얀 티셔츠를 받쳐 입었다.

"정확히 시간 맞춰 오셨네요." 그녀가 말했다. "이렇게 일찍 오실 줄 몰랐어요."

"페이션스가 그렇게 얘기하라고 했니?"

그는 딸을 따라 안으로 들어갔다. 복도를 지나자 거실이 나왔다. 고양이 럭키가 리버스를 흘끔 올려다보았다. 녀석은 그를 알아보았는지 잽싸게 온실로 달아났다. 리버스는 고양이 문(집의 문 아랫부분에 고양이가 드나들 수 있게 만들어 놓은 작은 구멍)이 달가닥거리는 소리를 들을 수 있었다. 고양이가 빠지니 2대 1 상황이 되어버렸다. 리버스는 녀석에게 고마운 마음이 들었다.

리버스는 아버지가 딸에게 반드시 잔소리를 쏟아내야 한다는 걸 알고 있었다. 아직도 딸에게 애정을 가지고 있다는 증거니까. 하지만 그는 자신의 잔소리가 진짜 잔소리처럼 들릴까봐 걱정이었다. 그래서 입을 꾹 닫고 있었다. 페이션스가 행주로 젖은 손을 말리며 주방을 나왔다.

"존."

"안녕, 페이션스." 그들은 서로의 어깨에 손을 얹은 채 볼에 살짝 입을 맞추었다. 친구들이 하듯이.

"2분만 더 기다려요." 그녀는 리버스와 눈도 마주치지 않은 채 주방으로 향했다. "온실에 가 있어요."

이번에도 새미가 리버스를 안내했다. 하얀 식탁보가 씌워진 테이블 위에는 접시 몇 개가 세팅되어 있었다. 페이션스는 겨울을 맞아 자신이 아끼는 화분들을 집 안으로 옮겨놓은 상태였다. 창턱에는 일요일자 신문이 놓여 있었다. 리버스는 정원으로 통하는 문에서 가장 가까운 자리를 선택했다. 그곳에서는 온실 창문을 통해 주방 창문을 살필 수 있었다. 싱크대 앞에 선 페이션스는 무표정한 얼굴이었다. 그녀는 고개를 들지 않았다.

"여기서 지내는 거 괜찮아?" 리버스가 딸에게 물었다.

새미가 고개를 끄덕였다. "아주 좋아요. 페이션스도 잘 챙겨주고요."

"일은 어때?"

"재밌어요. 쉽진 않지만."

"정확히 하는 일이 뭐지?"

"SWEEP은 작은 곳이에요. 모두가 하나로 똘똘 뭉쳐 일을 하고 있어요. 저는 고객들의 소통 능력을 높여주는 데 주력하고 있고요."

리버스가 고개를 끄덕였다. "힘없는 노인들을 상대로 강도짓을 벌일 때 더 정중하라고 가르치는 거야?"

새미가 리버스에게 살짝 눈을 흘겼다. 그가 두 손을 번쩍 들어 보였다. "그냥 농담으로 한 얘기야." 그가 말했다.

"아빠부터 소통 능력을 좀 키우셔야겠는데요."

"늘 저렇게 직설적이야." 페이션스가 찻주전자를 들고 나오며 말했다.

"도와드릴까요?" 새미가 물었다.

"넌 그냥 앉아 있어. 금방 올게."

다시 주방으로 들어간 그녀는 꽤 오랫동안 시간을 끌었다. 테이블에서는 어색한 침묵이 흘렀다. 리버스는 뒤뜰에서 자신을 응시하고 있는 럭키를 빤히 지켜보았다. 한참 뒤, 페이션스가 케이크와 비스킷을 들고 나타났다. 그의 입이 애원하기 시작했다. 제발 뜨거운 건 마시지 말아줘요. 케이크랑 비스킷도 먹지 말고. 단 것도 안 되고 딱딱한 것도 안 돼요.

"제가 따라드릴게요." 새미가 말했다. 문 쪽에서 달가닥 소리가 들렸다. 음식을 보고 럭키가 돌아온 것이다.

"케이크 먹을래요, 존?" 페이션스가 접시를 내밀며 말했다. 그는 마데이라 케이크(영국에서 오래 전해 내려온 파운드케이크)의 가장자리를 조금 떼어내 맛을 보았다. 페이션스가 수상쩍다는 눈빛으로 그를 쳐다보았다. 그는 마데이라 케이크보다 생강 스펀지케이크를 좋아했다. 그래서 그녀는 일부러 두 가지를 다 준비한 것이었다.

"새미." 페이션스가 말했다. "생강 케이크를 좀 먹어봐."

"너무 달아서 별로예요." 새미가 말했다. "저는 그냥 비스킷만 먹을게요."

"그래."

"네가 속한 그 팀 말이다……" 리버스가 입을 열었다.

"SWEEP이에요." 새미가 말했다.

"그래, SWEEP. 누가 자금을 대주고 있지?"

"저희는 정식 자선 기관이에요. 기부도 받고 기금 모금 행사도 열죠. 하지만 자금의 상당 부분은 스코틀랜드 오피스(스코틀랜드 정부 내 부서로, 국무장관이 지휘하는 기관)에서 내려주는 지원금이에요." 그녀가 페이션스를 돌아보았다. "저희 팀에 지원금을 기가 막히게 잘 따오는 직원이 있거든요. 어떤 보조금을 어떻게 신청해야 하는지도 잘 알고……"

페이션스가 흥미롭다는 표정을 지어보였다. "그 사람, 괜찮아?"

새미가 얼굴을 붉혔다. "아주 괜찮은 사람이에요."

"그가 스코틀랜드 오피스를 상대로 일을 한다고?" 리버스가 물었다.

"네." 새미는 대화가 어디로 향하려는지 궁금한 모양이었다. 새미는 경찰을 불신하는 사람들과 함께 일하고 있었다. 그래서인지 새미의 동료들은 그녀 앞에서 말을 아꼈다. 새미는 처음부터 솔직하게 모든 걸 털어놓았다. 이력서에도 아버지가 에든버러 CID 소속 형사라는 사실을 분명하게 적었다. 그럼에도 불구하고 몇몇 동료들은 여전히 새미를 전적으로 신뢰하지 않았다.

새미는 언론이 문제라는 걸 알고 있었다. 언론은 새미 아버지의 정체를 알고 나서 그녀를 인터뷰하기 위해 혈안이 되었다. 그들은 새미의 케이스를 '이슈의 개인화'라고 칭했다. SWEEP에는 언론의 주목을 받는 그녀를 시기하는 사람들이 있었다.

새미는 그들을 탓하지 않았다. 당연한 반응이었으니까.

"케이크 더 먹을래요, 존?"

고양이 문이 다시 달가닥거렸다. 럭키가 또다시 밖으로 나가버린 것이었다.

"아뇨, 됐어요, 페이션스." 리버스가 말했다.

"저는 마데이라를 먹어보고 싶네요." 새미가 말했다. 생강 케이크는 아무도 건드리지 않았다.

"왜 차도 안 마시는 거죠, 존?"

"식을 때까지 기다리는 거예요." 그는 원래 입이 델 정도로 뜨거운 차를 좋아한다.

"왜 갑자기 SWEEP에 관심을 보이시는 거죠?" 새미가 아빠에게 물었다.

"관심 없어. 스코틀랜드 오피스엔 조금 관심이 있지만."

새미는 의심의 눈초리로 아빠를 쳐다보다가 본격적으로 SWEEP을 변호하기 시작했다. 한참 동안 설명을 이어나가는 그녀의 얼굴은 벌겋게 상기되어 있었다. 리버스는 딸의 그런 굳은 신념이 부러웠다.

그가 참지 못하고 굳이 반대 입장을 표명하자 곧바로 뜨거운 언쟁이 시작되었다. 그는 페이션스를 토론에 끌어들이려 애썼다. 하지만 그녀는 측은한 표정으로 고개만 저어댈 뿐이었다. 새미가 부루퉁한 모습을 보이자 마침내 페이션스가 나서서 상황을 정리했다.

"새미, 너희 아빠는 아주 고리타분한 사람이야. 갱생보다 응징을 우선시하는 타입. 안 그래요, 존?"

리버스는 말없이 어깨를 으쓱였다. 그는 미지근해진 차를 몇 모금 마시고 멍한 얼굴로 버터가 발라진 생강 케이크를 씹었다.

"게다가 지독한 칼뱅파이기까지 해." 페이션스가 계속 이어나갔다. "처벌이 범죄에 적합한지 엄청 따진다고."

"칼뱅주의는 그런 게 아니에요." 리버스가 말했다. "그 둘은 환상의 복식조예요. 길버트와 설리번처럼(영국 오페라 작사가 길버트와 작곡가 설리번)." 그가 앉은 채로 몸을 앞으로 기울였다. "문제는 가끔 처벌이 범죄에 적합하지 않을 때가 있다는 사실이에요. 범죄가 없는데도 처벌이 내려지기도 하죠. 범죄만 있고 처벌은 없는 경우야 숱하게 많고." 그가 잠시 말을 멈추었다. "아무튼 부당함은 늘 우리 곁에 도사리고 있어요." 그가 새미를 돌아보았다. 그는 SWEEP이 윌리 코일과 딕시 테일러를 위해 과연 무엇을 할 수 있었을지 궁금해졌다. 보나마나 그들이 교도소에 들어간 후로 신경을 딱 끊어버리지 않았을까?

그들은 다른 화젯거리를 힘겹게 끄집어냈다. 새미는 말없이 아빠를 빤히 응시했다. 창밖으로 보이는 하늘은 어느새 푸른빛이 감도는 진한 회색에서 늦은 오후의 검은색으로 바뀌어 있었다. 페이션스와 새미가 테이블을 치우는 동안 리버스는 창밖으로 럭키를 내다보았다. 그가 갑자기 벌떡 일어나 문 쪽으로 다가갔다. 그리고 고양이 문을 단단히 잠가놓았다. 그것을 지켜보던 고양이가 그를 향해 힘차게 한 번 울었다. 항의의 표현을 똑똑히 확인한 리버스가 환히 웃으며 손을 살랑여 보였다.

그들은 거실로 자리를 옮겼다. 페이션스는 그가 짐을 옮기면서 빼놓았던 물건들을 챙겨 가져왔다. 날이 두 번째로 잘 드는 면도기, 손수건 몇 장, 구두끈 한 쌍, 《Electric Ladyland》 테이프(지미헨드릭스 익스피리언스의 1968년 발매 앨범). 그는 그것들을 재킷 주머니에 쑤셔 넣었다.

"고마워요." 그가 말했다.

"고맙긴요, 뭐."

새미는 그를 현관까지 배웅해주었다. 그리고 잘 가라며 손을 흔들어주었다.

그날 저녁, 아파트로 돌아온 리버스는 헨드릭스 테이프를 틀어놓고 의자에 앉아 앞에 놓인 종이를 훑어보았다. 그것에는 단어 몇 개가 적혀 있었다.

SDA/SE (스코틀랜드 정부 기관?)

A C 할데인 (미국 영사관?)

멘성 (?? – 전화번호부에 없음)

가일 파크 웨스트 (공업 단지)

그는 그날 아침, 차를 몰고 가일 파크 웨스트에 다녀왔다. 인상적인 파노테크 전자회사 사옥 옆에 자리한, 저층의 공장과 상업용 건물들로 이루어진 단지였다. 입구에는 델토나를 비롯해 단지에 둥지를 튼 여러 회사들이 소개되어 있었다. 그는 솔티 두게리가 델토나에 다닌다는 사실을 기억해냈다. 델토나는 파노테크에 마이크로칩을 공급하는 하청 업체이고 파노테크는 여러 곳으로부터 공급받은 부품으로 컴퓨터를 조립해 판매하는 회사다.

왠지 그곳에서는 길레스피 의원과 위 셔그 매커널리 사이의 연결고리를 찾을 수 있을 것 같지 않았다. 수상쩍은 부분도 찾아볼 수 없었고. 의원은 산업계획위원회에 속해 있었다. 그가 개발청과 경제개발공사와 가일 파크 웨스트 파일을 갖고 있었다는 걸 특별히 수상하게 여길 필요는 없었다. 하지만 그는 대체 왜 패닉에 빠져 그 파일들을 없애려 했던 걸까? 리버스는 그 미스터리를 풀고 싶었다.

도시에서 가장 생소한 지역인 가일을 빠져나오면서 그는 또 다른 사실을 깨달았다. 가일은 80년대에 호황을 누렸다. 새 집과 새 사업체들이 우후죽순으로 생겨났고, 심지어는 철도역까지 생겼다. 그 전까지는 인근 공항에만 의존해야 했었다. 80년대에는 빠른 소통을 위해 공항이 각광받았다. 당시 가일은 뚜렷한 정체성을 가진, 그리고 현금 흐름이 원활했던 곳이었다. 하지만 가일이 잘나갔던 결정적인 이유는 따로 있었다.

지역구 의원이 바로 시장인 카메론 맥클라우드 케네디였기 때문이다.

갑자기 울린 전화벨 소리에 그가 정신을 차렸다. 그가 잽싸게 수화기를 집어 들었다. "여보세요."

"저예요." 메리 헨더슨이었다.

"날 잊어버린 줄 알았는데." 리버스가 말했다.

"말씀하신 라바룸을 알아봤어요." 리버스가 펜과 종이를 끌어왔다. "존재하지 않는 회사더군요."

"뭐라고요?"

"적어도 아직은요. 알아보니 파노테크의 프로젝트더라고요. 그 회사 아세요?"

"컴퓨터 회사 말이에요?"

"네, 맞아요. 라바룸은 그들이 오랫동안 기획해온 프로젝트였어요. 아시다시피 실리콘 글렌(스코틀랜드의 수도 에든버러에서 공업 도시 글래스고에 이르는 일대의 속칭), 특히 스코틀랜드 전자 산업의 가장 큰 문제가 제조사들이잖아요. 그냥 하청 업체들이 보내오는 부품을 끼워 맞추기만 할 뿐이니까."

"전부 다 그런 건 아니잖아요. 델토나도 있고."

"델토나만 있다는 게 문제죠. 지금 스코틀랜드에 절실히 필요한 건 소프트웨어 회사예요. 마이크로소프트 같은. 소프트웨어를 연구하고, 개발하고, 생산하는 회사 말이에요."

"라바룸?"

"네. 하지만 정보원을 통해 알아보니 아직 가동은 안 되고 있다고 하네요. 자금 문제가 좀 있어서. 기술은 확보됐지만 스코틀랜드에 남으려면 만만치 않은 비용이 든답니다." 그녀가 잠시 말을 멈추었다. "제 정보원이 그 회사를 어떻게 알게 되셨는지 궁금해 하던데요."

"그 회사 사업계획서를 봤어요."

"정말요? 어디서요? 파노테크에서?"

"아뇨." 어떻게 답을 해야 하지? 스텐하우스의 임대 주택에서 봤다고? 십대 소년의 페이퍼백 책들 틈에서 찾아냈다고?

"그럼 어디서 보셨는데요? 혹시 시청에서?"

리버스가 입을 열었다. "그건 왜……?" 그는 잠시 머리를 굴려보았다. 가일 파크 웨스트에 컴퓨터 소프트웨어 회사를 차리기 위한 사업계획서. 그가 종이에 적힌 내용을 다시 훑었다. 지역 의원은 그 문제를 의논하고 싶어 했을 것이다. 톰 길레스피의 위원회도 그것에 대해 알고 있었을 것이고. 만약 그들이 가일 파크 웨스트에 둥지를 틀려고 했다면, 만약 그 계획이 지방 의회와 어떻게든 연관이 있었다면 시장이 모를 리가 없었다. 카메론 맥클라우드 케네디.

리버스는 바닥에서 사업계획서를 집어 들고 맨 앞 페이지에 적힌 이니셜을 내려다보았다. 메리는 달게티에 대해서도 알려진 것이 없다고 말했다. 하지만 리버스는 더 이상 그녀의 설명을 듣고 있지 않았다.

"CK." 그가 나지막이 말했다. 카메론 케네디(Cameron Kennedy). "맙소사, 메리, 그 두 아이는 커스티 케네디와 아는 사이였어요!"

20

월요일 아침, 리버스는 조지 4세 브리지 위에 자리한 국립 도서관을 찾았다. 그는 보안 검색대를 지나 인상적인 계단을 올라갔다. 메인 데스크에서 무엇을 찾는지 설명하자 사서가 하루 동안 쓸 수 있는 도서관 카드를 내주었다. 그는 빈 컴퓨터 앞으로 다가가 앉았다. 그리고 온라인 시스템 사용 방법을 유심히 읽어 내려갔다.

그는 원하는 것을 쉽게 찾아낼 수 있었다. 스코틀랜드 개발청 관련 자료는 별로 없었다. 스코틀랜드 경제개발공사 관련 자료는 더 적었고, 개발청은 문을 닫기 전까지 스코틀랜드 오피스의 관리를 받아왔을 것이다. 그는 컴퓨터로 '스코틀랜드 오피스'를 검색해보았다. 예상했던 대로 무수히 많은 자료가 쏟아져 나왔다. 복지, 도로 확장 계획, 어업 보조금, 체벌 관련 법안들…… 하지만 개발청이나 경제개발공사와 관련된 내용은 없었다.

그는 길 건너 중앙 도서관에서도 검색을 해보았다. 하지만 결과는 다르지 않았다. 에든버러 룸(오래된 에든버러 지역 문학 작품들과 지도 등이 보관된 섹션)은 그를 아래층에 자리한 스코틀랜드 도서관으로 안내해주었다. 스코틀랜드 도서관의 마이크로피시(책의 각 페이지를 축소 촬영한 시트 필름) 또한 길 건너 최첨단 시설만큼이나 도움이 안 되었다. 리버스는 데스크에 앉아 신문에서 오려낸 기사들을 분류하고 있는 사서에게 다가갔다.

"도와드릴까요?" 그녀가 속삭이듯 말했다.

"스코틀랜드 개발청 관련 자료를 찾고 있습니다."

"마이크로피시는 살펴보셨나요?"

"네."

"여긴 그게 전부예요." 그녀가 잠시 머리를 굴렸다. "아예 스코틀랜드 오피스를 찾아가보시는 건 어떤가요?"

그래. 바로 그거야. 그는 하이 가로 나와 노스 브리지를 건너갔다. 그리고 세인트 제임스 센터가 있는 쪽으로 내려갔다. 오늘은 앤소니가 보이지 않았다. 리버스는 스코틀랜드 오피스가 처박혀 있는 '뉴 세인트 앤드류스 하우스'라는 콘크리트 건물로 들어갔다. 그가 원하는 것을 설명하자 경비가 프런트데스크로 그를 안내했다. 프런트의 여직원은 무척 상냥했다. 그녀가 도서관에 연락해 문의해보았지만 그들도 도움을 주지 못했다. 리버스는 그 어디에도 개발청 관련 자료가 없다는 사실이 황당할 따름이었다.

"그런 데 관심을 보이는 사람이 없다는군요." 그녀가 수화기를 내려놓으며 말했다.

"저는 관심 있는데요."

"HMSO 서점에 한번 가보세요."

"로디언 가에 있는 거 말인가요?"

"네." 그녀가 그의 표정을 살폈다. "여기 전단이 좀 있긴 한데 원하시면 가지고 가셔도 돼요."

리버스는 빈손으로 나오고 싶지 않아 전단 몇 개를 골라 들었다. 그중에는 HM 경찰대를 소개하는 전단도 있었다. 리버스는 그것에 뇌물 수수와 관련된 내용도 언급되어 있을지 궁금했다.

"고맙습니다." 그가 여직원에게 말했다. 그리고 로비 한쪽에 붙은 게시판으로 다가갔다. 뉴 세인트 앤드류스 하우스가 조만간 리스로 이전하게 된다는 안내문이 보였다. 수백만 파운드가 드는 일이었다. 리버스는 자신이 낸 세금이 그런 일에 허비되고 있다는 사실에 씁쓸해졌다. 그가 밖으로 나왔을 때 하늘에서는 진눈깨비가 내리고 있었다.

그는 그 핑계를 대고 카페 로얄로 들어갔다. 벌써 11시 15분이나 되었지만 놀랍게도 그는 그곳의 두 번째 손님이었다. 그는 이곳처럼 한산한 술집을 좋아했다. 그런 곳들은 술꾼들로 북적댈수록 분위기가 나빠졌다. 많이 걸은 탓에 그의 발이 얼얼했다. 그는 조지 4세 브리지까지만 걸을 생각으로 차를 집에 두고 나왔다.

그는 진눈깨비가 멎은 것을 확인하고 술집을 나와 프린스 가의 쇼핑객들을 피하기 위해 조지 가를 따라 걸어 나갔다. 그리고 곧장 로디언 가 쪽으로 방향을 틀었다. 로디언 가는 바람이 특히 거센 지역이었다. 자연의 경이로움을 체험할 수 있는 곳. 그곳에서는 몸을 45도 각도로 기울인 채 바람에 맞서 걸어야 했다. 그렇게 역풍을 헤치며 걷다보면 단 몇 분 만에 진이 빠져버리곤 한다. 리버스는 고개를 푹 숙인 채 내딛는 발에 잔뜩 힘을 주었다. 마치 의족을 하고 있기라도 한 듯이.

컨벤션 센터는 이미 완공된 상태였다. 도시 곳곳에서 새로 지은 건물들이 속속 위용을 드러내는 중이었다. 페스티벌 극장, 컨벤션 센터, 법원 부속 건물, 국립 도서관 부속 건물, 그리고 스코틀랜드 오피스 본부. 그는 문간에 멈춰 서서 숨을 헐떡거렸다. 주변의 건축 프로그램의 스케일은 굉장했다. 새 도로들 하며, 새 개발지들 하며…… 포스 강에 또 다른 다리가 놓일 거라는 소문도 돌고 있었다. 대체 무슨 돈으로 그런다는 거지? 그는 골똘한 생각에 잠긴 채 HMSO 서점으로 들어갔다. 그가 30초에 걸친 설명을 마치자 계산대 직원이 고개를 저었다.

"내 설명 아직 안 끝났어요." 리버스가 신경질을 내며 말했다.

남자는 설명을 마저 듣고 나서 입을 열었다. "아예 스코틀랜드 경제개발공사를 찾아가보시죠." 그가 전화번호부에서 주소를 찾아주었다. 본부는 글래스고에 있었지만 다행히 에든버러에도 지사를 두고 있었다. LEEL(Lothian and Edinburgh Enterprise Limited, 로디언과 에든버러 유한 공사)의 사무실은 헤이마켓 테라스에 자리하고 있었다. 걸어서 갈 수 있는 가까운 곳이었다.

그가 LEEL 사무실이 자리한 세련된 새 건물로 들어서니 무척 따분해 보이는 접수 담당자 두 명이 맞아주었다. 정문에는 경비가 없었다. 그는 직원들에게 기본적인 배경 정보를 얻으러 왔다고 설명했다.

"애거서가 자료를 챙겨 내려올 거예요." 한 직원이 프로답게 미소를 지으며 말했다. "잠깐 앉아계시겠어요?"

그는 의자에 앉아 테이블에 놓인 홍보물을 훑어보았다. 그의 종아리가 끊어질 듯 아팠다. 이게 진정한 운동이지. 그는 생각했다. 매일 이러고 사는 사람들도 있을 텐데.

엘리베이터 문이 열리고 젊은 여자가 내렸다. 그에게 다가온 여자가 로봇 같은 미소를 지으며 두꺼운 폴더를 건넸다. 폴더는 광이 나는 문서들로 가득 채워져 있었다.

"이게 전부예요." 그녀가 말했다.

"고마워요, 애거서. 이거면 충분해요."

그는 인근의 토르피첸에 들러 커피를 마셨다. 데이비드슨은 보이지 않왔지만 로버트 번스 경장은 자리를 지키고 있었다. 리버스는 그와 잠시 수다를 떨었다. 모처럼 경찰서에 발을 들여놓은 그는 기분이 좋아지는 걸 느꼈다.

"미안하지만 집까지 태워다줘, 롭." 그가 말했다. "몸이 좋지 않아서 말이야."

아파트로 돌아온 리버스는 폴더 속 문서들을 차례로 꺼내 훑었다. 가일파크 웨스트나 멘성에 대한 언급은 어디서도 찾아볼 수 없었다. 그가 지금껏 알아낸 모든 것은 길레스피 의원과 아무런 상관이 없었다. 하지만 한 가지 분명한 것은 커스티 케네디가 윌리와 딕시를 어느 정도 알고 있었다는 사실이다. 그게 아니라면 시장 소유의 문서가 어떻게 윌리의 침실에서 발견될 수 있었겠는가. 그가 아직 밝혀내지 못한 것은 그 문서가 왜 그곳에서 나왔는가, 였다. 그는 커스티가 부모님의 집에서 그것을 훔쳤을 거라 추측했다. 하지만 그 애는 대체 왜 그런 짓을 한 걸까? 그게 자신에게 무슨 의미가 있다고. 게다가 윌리는 왜 그것을 숨겨놓았던 걸까?

그때 전화벨이 울렸다. 쇼반 클락이었다. "어디 다녀오셨어요?" 그녀가 물었다.

"그냥 좀 걷다 들어왔어."

"걷다 들어오셨다고요?"

"세인트 레너즈 상황은 어때?"

"총경님이 아직도 브라이언과 저를 감시하고 계세요. 일도 계속 내려주시고."

"그럼 아무것도 못했겠네."

"사실 흥미로운 소식이 있어서 알려드리려고 전화했어요. 길레스피 의원의 문서 파쇄기는 구입한 게 아니라 빌린 거예요. 스톡브리지에 사무용품을 빌려주는 회사가 있거든요. 참, 조만간 복귀하시면 깜짝 놀랄 일이 있을 거예요."

"뭔데?"

"새 PC가 도착했어요."

"잘됐군. 그렇지 않아도 순찰 인력(Police Constable)이 부족했는데."

"맙소사." 그녀가 비꼬는 톤으로 말했다. "단 한마디도 그냥 흘려버리지 않으시는군요. 아무튼 복귀하시면 쓰실 수 있게 설치해놨어요."

"길레스피가 언제 파쇄기를 빌렸지?"

"수요일. 점원에게 며칠 동안 파쇄기를 찾아왔다고 했대요. 하지만 너무 비싸서 사기엔 부담스러웠다나요."

"엄청난 구두쇠인 모양이군. 덕분에 이렇게 덜미를 잡게 됐지만."

"계속 들려드릴까요? 마침내 영사관과 연락이 닿았어요. 할데인을 바꿔달라고 했죠." 그녀가 잠시 뜸을 들였다. "비서는 할데인 씨가 사무실에 없다고 했어요. 하지만 그의 이름이 리처드라는 건 알려주더군요. 성의 철자를 불러달라고 했더니 가운데 'y'가 들어간다는 걸 강조했어요."

"자넨 역시 대단해."

"이게 다가 아니에요."

리버스는 더 이상 욱신거리는 종아리와 지친 발에 신경을 쓰지 않았다. "계속해봐."

"리처드 할데인 씨에 대해 조사를 좀 해봤어요. 혹시 외교관들과 엮여본 적 있으신가요?"

"아니."

"저는 있어요. 제복 시절 주차 위반 딱지를 몇 번 뗐었죠. 보스는 외교관 차에 딱지를 붙여봤자 소용없다고 했어요. 그들은 절대 벌금은 납부하지 않을 거라면서 말이죠. 경찰이 기소할 수도 없고."

"그래서 컴퓨터로 그 친구를 조사해봤어?"

"1985년부터 미납된 주차 위반 딱지가 열여덟 장 있더군요. 매년 두 번 미만으로 걸렸다는 얘긴데 이 정도면 외교관 치고 준법정신이 투철하다고 봐야 하는 거 아닌가요?"

"그래도 적다고는 볼 수 없지. 경찰이 한번 찾아가 주의를 줄 필요가 있겠는데."

"혹시 모르니 조심하셔야 할 거예요."

"그건 자네도 마찬가지야, 클락. 아무튼 수고 많았어."

그가 전화를 끊고 손가락으로 수화기를 톡톡 두드렸다. 시작이 나쁘지 않았다. 그가 다시 수화기를 집어 들고 새미의 사무실로 전화를 걸었다. 새미는 자리에 없었다. 응답한 여자의 목소리가 심상치 않았다.

"새미의 아빠입니다." 리버스가 말했다. "무슨 일 있습니까?"

"충격을 좀 받은 것 같아요. 직원 하나가 그녀를 집으로 데려갔어요."

"무슨 일로 충격을 받았습니까?"

"그녀의 집주인 때문에요." 여자가 코를 훌쩍거렸다.

"집주인이 뭘 어쨌는데요?"

"집주인 상태가 말이 아니에요. 그래서 새미도 언짢아하는 거고요."

리버스는 더 이상 차분한 척하지 않았다. "대체 무슨 일인데 그래요?"

"난 고양이를 좋아해요." 여자가 말했다.

"네?"

"고양이 말이에요. 그녀 집주인이 키우는 고양이. 어젯밤 어느 집 개가 물어뜯어놓았대요."

리버스는 용기를 내어 페이션스의 아파트로 전화를 걸어보았다. 다행히 새미가 응답했다.

"무슨 일이 있었는지 들었어." 그가 말했다. "페이션스는 좀 어때?"

"나갔어요. 그녀는…… 너무 끔찍한 일이었어요."

리버스는 마른침을 한 번 삼켰다. "어떻게 된 일이지?"

"럭키가 정원에 나가 있을 때 어떤 개가 울타리를 뛰어 넘어온 모양이에요. 럭키는 고양이 문으로 들어오려고 했는데 문이 걸려 있었지 뭐예요." 그녀의 목소리가 가늘게 떨렸다. "그래서 그렇게 됐어요."

"오, 맙소사." 리버스가 말했다.

"문제는 페이션스가 저를 탓하고 있다는 사실이에요."

"설마 그럴 리가……"

"제가 그 문을 걸어두었을 거래요. 제가 집에 돌아온 후로 그녀는 좀처럼 입을 열지 않았어요."

"자물쇠가 알아서 걸렸는지도 모르잖아."

"글쎄요. 아무튼 제가 걸어놓은 건 맹세코 아니에요."

"새미, 아빠가 전화한 이유는……"

"네?"

리버스는 앞에 놓인 수첩을 내려다보았다. "SWEEP과 소통해온 스코틀랜드 오피스 내 담당자가 누구지? 이름을 가르쳐줄 수 있어?"

그는 시장과 오후에 만나기로 약속을 잡았다.

리버스는 면담을 요청하는 구체적인 이유를 설명하지 않았다. 그냥 비서에게 수사와 관련된 일이라고만 했다. 그는 '공식적인 경찰 업무'라는 표현을 쓰지 않으려 애썼다. 비서는 그의 집 전화번호를 받아 적고 나서 곧장 그에게 전화를 걸었다. 그녀는 시장이 4시에 딱 5분간 시간을 내줄 거라고 알려주었다.

"5분이면 충분합니다." 리버스는 말했다.

시청 정문으로 들어선 그가 바닥을 흘끔 내려다보았다. 그 밑으로는 메리 킹스 클로즈가 자리하고 있었다. 에든버러의 지하 거리. 그들은 그 위에 새로운 거리를 만들었다. 그것이 바로 에든버러 방식이었다. 파묻고 잊어버리기.

시장이 사무실에서 나와 그를 맞았다. 그는 지쳐 보였다. 창백한 얼굴에는 깊은 주름이 패어 있었고, 각진 턱은 밑으로 살짝 늘어져 있었다. 검은 머리 곳곳에는 흰머리가 돋아나 있었고, 두꺼운 눈썹은 굉장히 진했다. 전체적으로 이목구비가 뚜렷한 얼굴이었다.

"경위님." 그들은 악수를 나누었다. 시장이 비서를 돌아보았다. "잠깐 산책을 다녀올게요." 그가 말했다. "10분 안엔 돌아올 거예요." 그가 다시 리버스를 돌아보았다. "오후에 잠깐씩 바람을 쐬고 오는 습관이 있습니다. 나가서 얘기하시죠."

리버스는 좋다고 했다.

거리의 누구도 카메론 케네디를 알아보지 못했다. 그가 하이 가를 건너가 턱으로 세인트 자일스 대성당 쪽을 가리켰다. 리버스는 그를 따라 크고 오래된 성당 안으로 들어갔다. 성당 안은 거의 텅 빈 상태였다. 한쪽 구석에서는 관광객 세 명이 모여 여행 안내서를 훑고 있었다. 리버스와 시장은 중앙 통로로 걸어 들어갔다.

"무슨 일로 저를 보자고 하셨습니까, 경위님?"

"시장님, 저는 따님 문제로 왔습니다."

순간 시장의 얼굴에 화색이 돌았다. "그 앨 찾았습니까?"

"아뇨. 하지만 따님이 최근까지 어디 있었는지는 밝혀냈습니다. 그 두 사기꾼을 기억하시죠?"

"기억하다마다요. 경위님도 현장에서 사고를 당하셨죠?"

리버스가 고개를 끄덕였다. "어쩌면 그건 사기가 아니었는지도 모릅니다."

"그게 무슨 뜻입니까?"

"시장님과 통화했던 그 소녀……"

"걘 커스티가 아닌 것 같았습니다."

"따님이 맞을 수도 있고요. 따님이 두 소년을 알고 지냈다는 증거가 나왔습니다."

시장이 그를 쳐다보았다. "증거?"

"침실에서 뭔가를 찾았습니다." 리버스가 사업계획서를 꺼내 시장에게 건넸다. "이 계획서, 시장님 것이 맞죠?"

시장이 잠시 서류를 꼼꼼히 살펴보았다. "이걸 어디서 찾으셨다고요?"

"두 놈 중 하나의 침실에 숨겨져 있었습니다. 이걸 언제, 어디서 잃어버렸는지 아십니까?"

"아뇨. 저는…… 꽤 오래전 일입니다. 분명 집으로 챙겨갔다고 생각했었는데……"

"커스티가 이걸 훔쳐 가출한 게 아니었을까요?"

시장이 천천히 고개를 끄덕였다.

"대체 왜 그랬을까요? 이 서류가 왜 따님에게 중요했을까요?"

"글쎄요. 저도 모르겠습니다."

"시장님께선 그 이유를 아실 것 같았습니다. 마지막 페이지를 한번 보시죠."

마지막 페이지를 훑던 시장이 흠칫 놀랐다.

"시장님께서 쓰신 겁니까?"

"아뇨." 이름을 확인한 그의 눈이 휘둥그레졌다.

"커스티의 글씨인가요?"

"모르겠습니다."

"이게 무슨 뜻인지 아십니까?"

시장이 천천히 고개를 저으며 사업계획서를 접었다. "경위님, 저는…… 커스티 문제로 제가 너무 법석을 떨어댄 것 같습니다. 보나마나 무사히 잘 있을 텐데."

"그게 무슨 말씀이시죠?"

"경찰이 최선을 다해 그 앨 찾고 있다는 거 압니다. 감사한 일이지만 이제 수사를 접을 때가 된 것 같습니다."

리버스의 눈이 가늘어졌다. "왜 하필 지금입니까?" 그가 사업계획서를 돌려받으려 하자 시장이 그것을 자신의 주머니에 쑤셔 넣었다.

"꼭 무슨 이유가 있어야 합니까?"

"그 사업계획서 때문입니까?"

"읽어보셨습니까?"

"네, 시장님."

"이건 그저 한때 구상했던 사업에 대한 최초 보고서일 뿐입니다."

"가일 파크 웨스트에서 사업을 벌이려고 하셨나요?" 시장이 고개를 끄덕였다. "파노테크의 새로운 자회사?"

"많은 걸 알고 계시네요, 경위님."

리버스가 어깨를 으쓱였다. "저는 커스티가 왜 그걸 훔쳤는지 궁금할 뿐입니다. 왜 그걸 지금껏 숨겨왔는지. 대체 그게 자신에게 어떤 의미가 있길래."

케네디가 미소를 지어 보였다. "이건 아무 의미도 없습니다, 경위님. 단순히 예상 수치만 기록해뒀을 뿐이니까요. 그냥 추정만 해본 겁니다. 실제로 이렇게 진행될지는 아무도 모르는 일이죠."

"어째서 말입니까?"

"당연히 일자리 때문이죠."

"라바룸은 어느 위원회에 제출됐습니까?"

시장이 신도석에 앉았다. 리버스는 그 바로 앞자리에 앉았다. "이게 제 딸과 무슨 상관입니까?"

리버스가 어깨를 으쓱였다. "그냥 궁금해서 여쭤본 겁니다."

"곧 이 문제로 의논할 기회가 있을 겁니다."

"길레스피 의원의 산업계획위원회에 제출하셨습니까?"

"처음에는 그랬죠. 다시 말씀드리지만 이 일은 커스티와 아무 상관이 없습니다. 그 애가 집에 있는 내 사무실에서 이걸 훔쳐갔을 수는 있습니다. 그 부분은 인정할게요. 하지만 그건 어디까지나 반항의 표현에 불과한 거였습니다. 원하면 언제든지 자기 손에 넣을 수 있다는 걸 보여주려고 했던 거겠죠."

"따님이 원래 반항을 많이 했습니까?"

"십대 아이들이 다 그렇죠."

"십대 아이들이 전부 마약을 하는 건 아니죠."

리버스는 시장의 안색이 창백해져가는 걸 지켜보았다. "지금 뭐라고 하셨습니까?"

"그래서 따님의 최근 사진이 없었던 거죠. 마약쟁이들은 사진이 잘 받지 않으니까."

시장이 자리에서 벌떡 일어났다. "당신 미쳤습니까?" 관광객들이 안내서에서 눈을 떼고 그들을 돌아보았다.

"제가 잘못 짚었다고 말씀해보시죠." 리버스가 나지막이 말했다. 시장이 대꾸하려고 입을 열었다가 이내 닫아버렸다. "틀렸다고 하시면 제가 드린 말씀을 취소하겠습니다."

어스름 속에서 카메론 케네디의 눈이 번뜩였다. 그가 주위를 찬찬히 둘러보았다. 벽에 걸린 낡은 깃발들, 그리고 제단과 창문과 천장. 그의 시선이 다시 리버스에게로 돌아왔다. 그가 고개를 저으며 돌아섰다.

리버스는 그가 떠난 후로도 오랫동안 자리에 남아 있었다. 두 손을 무릎에 가지런히 모은 채로. 기분이 썩 유쾌하지는 않았다. 늘 그렇듯이.

21

스코틀랜드 오피스의 SWEEP 담당 직원은 로리 매컬리스터라는 사람이었다. 그는 다음날 점심을 같이 먹자는 리버스의 제안에 흔쾌히 응했다. 그들이 만나기로 한 곳은 리스 워크 끝에 자리한 이탈리안 레스토랑이었다.

12시 30분, 리버스가 도착했을 때 매컬리스터는 이미 자리에 앉아 있었다. 그는 고급 금속 볼펜으로 『스코츠맨』 크로스워드 퍼즐을 거의 다 풀어놓은 상태였다. 그가 일어나 악수를 청했다. 그의 앞에는 광천수가 놓여 있었다.

"직장인다운 걸로 하시죠." 매컬리스터가 말했다. 웨이터가 커다란 메뉴를 리버스에게 건넸다. 리버스는 매컬리스터의 제안에 따르기로 했다.

로리 매컬리스터는 삼십대 후반으로, 단정한 머리 스타일에 여드름 난 통통한 얼굴을 가지고 있었다. 그가 눈을 가늘게 뜨고 리버스를 쳐다보았다. 자존심이 허락하지 않아 안경 쓰는 것을 포기한 사람 같았다. 그의 짙은 색 모직 양복은 크림색 셔츠, 그리고 목에 꽉 조여진 회색 넥타이와 잘 어울렸다.

누가 공무원 아니랄까봐. 리버스는 생각했다. 매컬리스터는 교양 있는 에든버러 말씨를 썼다. 간드러진 콧소리. 그는 음절의 끝을 최대한 길게 끄는 습관이 있는 듯했다.

"경위님." 그가 신문을 테이블 밑에 던져놓으며 말했다. "전화를 받고 구미가 확 당겼습니다. 경위님께서 정확히 원하시는 게 뭔가요?"

"스코틀랜드 오피스에 대해 듣고 싶습니다, 매컬리스터 씨. 또한 개발청과 경제개발공사에 대해서도 알고 싶습니다."

"자." 매컬리스터가 막대 비스킷 봉지를 뜯으며 말했다. "제가 머리를 굴리는 동안 주문부터 하시죠." 그가 나지막하고 단호한 목소리로 웨이터를 불렀다. 리버스는 그런 타입을 잘 알고 있었다. 의견이 일치할 때만 목소리가 높아지는 타입. 화가 났을 때는 속삭임에 가까운 소리를 내는 타입.

"토마토 수프가 괜찮습니다." 그가 리버스에게 말했다. "송아지 고기도 먹을 만하지만 여긴 뽀요(스페인의 닭고기 요리)가 특히 맛있습니다. 그리고 와인은……" 리버스가 매컬리스터의 제안에 전부 동의하기로 했다. "하우스 와인으로 하시죠. 화이트와 레드, 둘 다." 공무원이 와인 리스트를 접었다. 그리고 먼발치에 앉아 있는 두 손님을 향해 손을 흔들었다. 그들의 양복은 마치 제복처럼 느껴졌다. 레스토랑은 빠르게 늘어가는 손님들로 북적이기 시작했다. 손님들의 절반 가까이가 뉴 세인트 앤드류스 하우스에서 온 난민들 같았다.

"그러니까……" 매컬리스터가 두 손을 비벼대며 말했다. "스코틀랜드 오피스에 대해 알고 싶다고 하셨죠? 그럼 밑에서부터 시작할까요, 아니면 위에서부터 시작할까요? 저를 만나셨으니 완전 밑바닥은 이미 보신 거나 다름없고." 그가 농담이라는 듯 리버스에게 미소를 지어 보였다. 새미는 매컬리스터가 만만치 않은 야심가라고 귀띔해주었다. 거기다 똑똑하고 헌신적이기까지 하다고.

아주 협조적인 사람이라고도 했다.

"그럼……" 그가 계속 이어나갔다. "맨 위에서부터 시작하죠. 경위님이 보시기에 따라 스코틀랜드 국무장관이 스코틀랜드 오피스의 우두머리일 수도 있습니다. 실제로 일반 대중은 그렇게들 알고 있죠. 하지만 정치인들은 나타났다 사라지길 반복하지 않습니까. 스코틀랜드 오피스는 꿋꿋이 제자리를 지키지만요."

"그러니까 진짜 책임자는 최고참 공무원이라는 얘긴가요?"

"바로 그겁니다. 퍼머넌트 언더-세크리터리(Permanent Under-Secretary, 사무차관). 그냥 퍼머넌트 세크리터리(Permanent Secretary)라고도 불립니다."

"어차피 같은 건데 왜 직함이 두 개나 되죠?"

매컬리스터가 웃음을 터뜨렸다. 꼭 여물 먹는 돼지 소리 같았다. "그런 건 묻지 마시고 그냥 받아들이세요." 롤빵이 가득 담긴 바구니가 도착했다. 그가 빵 하나를 집어 들고 세 조각으로 뜯어놓았다. "스코틀랜드 오피스는 국방과 외교와 복지를 제외한 모든 정부 기능에 대한 책임이 있습니다. 화이트홀에도 작은 사무실이 있긴 하지만 직원들 대부분은 이곳 소속입니다. 세인트 앤드류스 하우스나 뉴 세인트 앤드류스 하우스."

"세인트 앤드류스 하우스라면……?"

"리젠트 가에 있습니다. 그 왜, 독일 의회처럼 생긴 건물."

"아, 그 발전소."

매컬리스터는 그 건물이 발전소를 연상시킨다는 리버스의 말에 동의했다. "국무장관과 그의 고문들이 업무를 보는 곳입니다. 나머지 직원들은 뉴 세인트 앤드류스 하우스의 브루탈리즘(거대한 콘크리트나 철제 블록

등을 사용하여 추하게 여겨지기도 한 50~60년대의 건축 양식)에 갇혀 이러고 있는데 말이죠. 빅토리아 키(리스에 있는 스코틀랜드 정부 청사 이름)의 건물이 완공될 때까지는 참아야지 별 수 있겠습니까." 묽어 보이는 토마토 수프 두 그릇이 도착했다. "국무장관의 수행단은 법무장관과 법무차관 같은 각료들로 구성되어 있습니다."

"그렇군요."

"국무성 장관, 그리고 다른 세 놈도 거기 포함돼 있고요."

"세 놈?"

매컬리스터가 냅킨으로 입가를 훔쳤다. "제가 그들을 그렇게 불렀다는 건 비밀입니다. 아시겠죠? 그러니까 저는 정무차관(Parliamentary Under-Secretary)들을 말씀드린 겁니다."

"아까 한 명뿐이라고 하지 않았습니까?"

매컬리스터가 고개를 저었다. "팔러먼트(Parliament)와 퍼머넌트(Permanent)를 혼동하시면 안 됩니다. 퍼머넌트 언더-세크리터리는 공무원입니다. 말 그대로……"

"상임(Permanent)?"

매컬리스터가 고개를 끄덕였다. 그가 수프를 몇 번 떠먹고 롤빵을 입에 넣었다. 곧이어 와인이 도착했다. 그는 화이트 와인을 한 잔 따라 들이켰다. 리버스는 레드 와인을 선택했다.

"자." 매컬리스터가 말했다. "이제 부서들로 넘어가볼까요?" 그가 손가락을 펴고 하나씩 세어나갔다. "SOID, SOED, SOEnD, SOHHD, SOAFD, 그리고 한없이 평범하게 들리는…… 센트럴 서비스."

리버스가 미소를 지어 보였다. "매컬리스터 씨, 일부러 날 정신없게 만

들려고 하는 겁니까?"

매컬리스터가 흠칫 놀랐다. "천만에요. 저는 단지……"

"내가 원하는 건 개발청과 경제개발공사에 대한 개요입니다."

"그것도 다 말씀드리려고 했어요. 걱정 마세요." 웨이터가 그릇을 치우려고 다가왔다. "오늘 수프엔 후추가 좀 많이 들어갔더군요." 매컬리스터가 그에게 말했다. 항의의 톤은 아니었고, 그저 사실을 덤덤히 들려주는 것이었다.

공무원은 계속해서 장황한 설명을 이어나갔다. 한참 듣고 있던 리버스는 그제야 자신이 원하는 주제가 나왔음을 깨달았다.

"그는 LEC가 나타나기 전까지 SOHHD에 몸담고 있었습니다. SDA와 HIDB는 SE와 HIE가 돼버렸고, RDG와 RSA 책임자였던 그 가엾은 사람은 결국……"

"계속해봐요. 운이 좋으면 다시 우리말로 돌아올지도 모르니까."

매컬리스터가 또다시 피식 웃었다. "일반인에게 이런 걸 설명해본 적이 없어서요. 주로 이런 코드를 이해하는 사람들과만 소통을 하거든요."

"난 코드를 모르니 알아듣게 설명해줘요."

매컬리스터가 깊은 숨을 한 번 들이쉬었다. "개발청은……" 그가 계속 설명을 이어나갔다. "윌슨이 1975년에 세운 겁니다. 당시 고조됐던 민족주의 물결을 잠재우기 위해 만들어졌다고 주장하는 사람들도 있습니다. 예산은 2억 파운드 정도였어요. 당시엔 엄청난 액수였죠. 그들은 기존의 세 개 부서를 인수했는데 그중 하나가 SIEC였습니다. 스코틀랜드 산업단지공사(Scottish Industrial Estates Corporation). 이곳은 2천5백만 평방미터에 달하는 공장 부지를 소유하고 있었습니다."

"꽤 넓은 것처럼 들리는군요."

"엄청난 면적이죠. 그냥 놀리기엔 아까운 땅이었습니다. 그래서 개발청이 발 벗고 나섰죠. 한때 그곳에서 5천 개 가까운 프로젝트가 동시에 진행된 적도 있었습니다. 아시다시피 개발청은 스코틀랜드 전역에 세력을 미치진 않았습니다. HIDB(Highlands and Islands Development Board), 즉하일랜드 개발이사회도 있었죠. HIDB는 개발청보다 훨씬 오래됐습니다."

파스타 전채 요리가 도착했다. 매컬리스터는 자신의 그릇에 파르메산 치즈를 잔뜩 뿌리고 나서 의욕적으로 포크를 집어 들었다. "그러다가 누군가가 개발청을 없애버리는 기발한 아이디어를 떠올리게 됐죠." 그가 고개를 저었다. "옛말에 이런 게 있죠. 고장난 게 아니라면 고치지 마라. 개발청은 상태가 꽤 괜찮았습니다. 여러 단체와 위원회가 꼼꼼히 조사했고, 아무 문제없다는 결론을 내렸습니다. 글래스고 가든 페스티벌과 관련해 일이 좀 있었고, 퀸론이라는 건설업자와의 거래에서 마찰이 살짝 빚어지기는 했지만. 아무튼 그럼에도 불구하고 스코틀랜드 경제개발공사의 청사진은 진작 나와 있었답니다. 1991년 4월 1일, 스코틀랜드 개발청은 스코틀랜드 경제개발공사가, 하일랜드 개발이사회는 HIE(Highlands and Islands Enterprise), 즉 하일랜드 개발공사가 됐습니다. 새 기관들은 스코틀랜드 교육국을 거의 대체하다시피 했고, 개발청의 핵심적인 역할도 그쪽으로 위임됐습니다."

"왜 그렇게 된 거죠?" 리버스는 와인을 입에 대지 않고 있었다. 맨 정신으로 듣고 싶었기 때문이다.

"LEC라고 불리는 현지 기업(Local Enterprise Company)들의 네트워크로 지휘권이 이양됐거든요."

"'로디언과 에든버러 유한 공사'처럼 말이죠?"

"네. LEEL도 그렇게 된 케이스죠."

"스코틀랜드 오피스가 관리하는 곳은 없습니까?"

"오, 있죠. 경제개발공사가 SOID의 후원을 받고 있습니다."

"스코틀랜드 오피스 산업국(Scottish Office Industry Department)?" 매컬리스터가 조용히 박수를 쳤다. "그럼 이제……" 리버스가 말했다. "자금 얘기로 넘어가볼까요?"

"오, 자금 얘기라면 하루 종일 할 수도 있어요. 제 전문 분야거든요."

"경제개발공사의 일 년 예산이 얼마나 됩니까?"

매컬리스터가 입 안에 바람을 넣어 볼을 부풀렸다. "4억5천만 파운드 정도 됩니다."

리버스는 얼마 남지 않은 파스타를 마저 비웠다. "엄청나군요."

"아무래도 여기저기 나눠 써야 하니까요. 민간사업, 환경, 청소년 및 성인 직업교육. 물론 관리비도 빠뜨릴 순 없겠죠."

"가치가 꽤 될 것 같은데요."

매컬리스터가 웃음을 터뜨렸다. "꼭 공무원처럼 말씀하시는군요."

"그냥 좀 아이러니해서요. 매컬리스터 씨, 왜 나를 만나준 겁니까?"

뜻밖의 질문에 매컬리스터가 당혹스러워했다. 그는 잠시 골똘한 생각에 잠겼다. "저는 지금껏 형사를 만나본 적이 없습니다." 그가 말했다. "그래서 호기심이 생겼죠. 저희가 하는 일에 관심을 보이는 사람이라면 누구든 상관없이 기쁘게 맞을 수 있습니다. 이 나라 유권자 중 고작 30퍼센트 정도만 스코틀랜드 오피스의 존재를 알고 있거든요. 세 명 중 한 명꼴로!" 그가 등받이에 몸을 붙이고 두 팔을 넓게 펼쳐 보였다. "무려 수백만 파운드의 예산을 주물러대는 곳인데!"

"말해봐요." 리버스가 나지막이 말했다. "혹시 그곳에서 부적절한 일은 없었습니까?"

"경제개발공사 말씀인가요?"

리버스가 고개를 끄덕였다.

"아뇨. 그런 건 없었습니다."

"개발청은요?"

한 웨이터가 그들의 빈 그릇을 챙겨가자 또 다른 웨이터가 메인 코스와 채소를 가져왔다. 매컬리스터가 또다시 의욕을 보였다. 그는 입 안 음식을 삼키고 나서 리버스의 질문에 답했다.

"만약 그런 일이 있었다면 진작 죽어 묻혔을 겁니다. 개발청이 경제개발공사로 바뀌고 나서 회계 절차에도 변화가 있었습니다. 셋업도 새로 했고, 새 장부도 들여왔죠. 과거를 깨끗이 지워버린 겁니다."

"만약 부적절하게 처리된 뭔가가 발견되면 어떻게 되는 겁니까?"

매컬리스터가 포크로 바닥을 쓰는 시늉을 해 보였다. "들키지 않게 숨겨야죠."

리버스는 잠시 머리를 굴려보았다. 과거를 깨끗이 지우고, 들키지 않게 숨긴다…… 지방 의회는 사라지기 직전이었다. 개발청이 그랬던 것처럼.

"매컬리스터 씨, 당신은 내가 왜 개발청과 경제개발공사에 대해 꼬치꼬치 캐묻는지 전혀 궁금해 하지 않는 것 같습니다."

매컬리스터가 잠시 뜸을 들였다. "경위님이 알아서 들려주실 거라고 생각했습니다. 어차피 제가 참견할 일도 아니고요. 저는 그런 걸 궁금해 하는 타입이 아닙니다. 이 바닥에선 이런 게 장점으로 꼽히죠."

한참 후 리버스가 물었다. "이사회는 누가 선임하는 겁니까?"

"스코틀랜드 경제개발공사와 하일랜드 개발공사는 국무장관이 선임합니다." 매컬리스터가 남은 와인을 자신의 잔에 마저 따랐다. "물론 그 혼자서 하는 건 아닙니다. 사무차관과 의논도 해야 하고요. 그걸 조언하고 실행하는 게 사무차관이 하는 일이거든요." 매컬리스터가 손목시계를 흘끔들여다보고 나서 웨이터를 불렀다. "경위님은 어떠신지 모르겠지만……" 그가 리버스에게 말했다. "저는 푸딩까진 못 먹을 것 같습니다." 그가 불룩 튀어나온 자신의 배를 톡톡 두드렸다. 웨이터가 다가오자 매컬리스터가 에스프레소를 주문했다.

"지금 그걸 수사하고 계신 겁니까? 개발청에서 벌어진 부적절한 거래?"

리버스가 미소를 지었다. "호기심 따윈 없는 줄 알았는데요. 혹시 멘성이라는 단어를 들어본 적 있습니까?"

매컬리스터가 플라스틱 이쑤시개를 분주히 놀려대며 그 단어를 몇 번 웅얼거렸다. 그걸 지켜보는 리버스의 입 안이 욱신거렸다. "들어본 것 같은데요. 하지만 정확히 뭔지는 모르겠습니다. 제가 한번 알아봐드릴까요?"

"그래준다면야 고맙죠. 참, 개발청이나 경제개발공사가 미국 영사관과 어떤 관계로 엮여 있진 않습니까?"

이번에도 매컬리스터는 흠칫 놀라는 모습이었다. "엮여 있긴 합니다." 커피가 도착하자 그가 대답했다. "저희는 미국 기업들을 이곳에 유치하려고 꽤 공을 들이는 중입니다. 영사관과 긴밀한 관계를 유지해야 하는 입장인 거죠. 필수적이라고도 볼 수 있습니다. 80년대엔 지금보다 더 그랬을 거고요."

"어째서죠?"

"마이크로 전자공학이 붐이었으니까요. 실리콘 글렌. 스코틀랜드도 많은 기업을 유치하는 데 성공했습니다. 제가 LiS(Locate in Scotland)를 언급했었나요? 외국 기업들을 이곳에 유치하기 위해 개발청과 스코틀랜드 오피스가 함께 움직인 거였죠. 주로 미국 기업들이 응해주었고, 80년대 초반부터 중반까지 꽤 성공을 거두었습니다. 영리한 설득과 경제적 변수보다 자연스러운 유대가 더 크게 작용했다는 얘기가 있었습니다."

"그게 무슨 뜻입니까?"

"적지 않은 미국 기업 간부들이 스코틀랜드인이거든요. 이곳에서 태어났거나 스코틀랜드에 뿌리를 갖고 있는 사람들이죠. LiS는 그런 사람들을 표적으로 삼고 움직였습니다. 그들로 하여금 이곳에 공장을 짓게 하고, 한발 더 나아가 세력권 내 다른 스코틀랜드인들을 설득하게 만들었죠. IBM을 보십시오. LiS의 공은 아니었지만, 뭐 아무튼, IBM이 스코틀랜드에 뿌리를 내린 지 40년이 넘었습니다. 아직도 그리넉에서 공장을 돌리고 있어요. 그곳 공장의 규모가 어느 정도인지 아십니까? 무려 2.5킬로미터나 됩니다. 대체 그들은 뭘 보고 그리넉을 선택했을까요? 궁금하시죠? 경제적 조건이나 숙련된 노동 인력 때문이 아니었습니다. 감상벽 때문이었죠. 당시 IBM 회장은 스코틀랜드의 서해안 풍경에 흠뻑 반해 있었습니다. 단지 그뿐이었습니다." 매컬리스터가 어깨를 으쓱이며 커피에 입김을 불었다.

"요즘도 그런가요? 아직도 인맥을 이용해 기업들을 유치하고 있습니까?"

"오, 물론이죠."

"그리고 뇌물도?"

"그거야 뭐."

물어보나마나지. 리버스는 생각했다. 척 보면 안다고. 2시 30분, 텅 빈 레스토랑에는 그들뿐이었다.

"그러니까 제 말씀은······" 매컬리스터가 말했다. "누군가에겐 뇌물일지 몰라도 또 다른 사람에겐 '금융 혜택'일 수도 있지 않겠습니까? 페르가우 댐을 한번 보십시오. 룰을 어기지 않고 살짝 변용만 시켰잖아요. 지역선별 보조금은 그때도 그랬고, 지금도 자유재량에 따라 집행되고 있습니다. 신청인과 최종 결정권자가 동창인 경우는 어떻겠습니까? 이런 게 다 세상 돌아가는 이치 아니겠습니까, 경위님?" 그가 컵에 커피가 얼마나 남았는지 확인한 뒤 아마레토 비스킷의 포장을 뜯었다.

계산은 리버스가 했다. 두 사람이 나오기가 무섭게 웨이터가 문을 걸어 잠갔다. 볼의 혈관이 터졌는지 매컬리스터의 얼굴은 벌겋게 상기되어 있었다. 볼일을 마친 리버스는 서둘러 자리를 뜨고 싶었다. 리버스는 매컬리스터 같은 타입을 좋아하지 않았다. 무언가를 은폐하려고 일부러 말을 길게 이어가는 타입. 그는 진실을 위장하기 위해 자백을 이용했다. 조사실에도 매컬리스터보다 똑똑한 형사가 있었다. 문제는 그 수가 많지 않다는 사실이지만.

두 남자가 악수를 나누었다.

"귀한 시간 내줘서 고마워요." 리버스가 말했다.

"별말씀을요, 경위님. 덕분에 잘 먹었습니다. 뭐 누가 알겠습니까? 나중에 제가 경위님의 도움을 필요로 하게 될지." 매컬리스터가 살짝 윙크를 해 보였다.

"그렇죠. 누가 알겠습니까?" 리버스가 말했다.

세상 돌아가는 이치. 그건 공무원의 말이 옳았다. 리버스는 돌아서서 매컬리스터와 정반대 방향으로 나아가기 시작했다.

22

"내가 알아낸 건⋯⋯" 리버스는 순순히 인정했다. "사실 아무것도 없어. 그렇게 설명을 듣고 왔는데도 매커널리가 왜 자살했는지, 의원이 왜 겁을 집어먹었는지, 뭐 하나 속 시원히 풀린 게 없다고. 그뿐 아니라, 시장은 계획서에 적힌 '달게티'라는 단어를 보고 나서 더 이상 자기 딸을 찾지 말라고 했어."

그는 세인트 레너즈의 브라이언 홈스와 통화 중이었다. 라디에이터 상태는 갈수록 악화되었다. 그의 욱신거리는 입 안도 마찬가지였고, 그가 등지고 선 거실에는 종이로 가득 찬 쓰레기 봉지들이 아무렇게나 내팽개쳐져 있었다. 그 안에는 모든 답이 담겨 있었지만 그 혼자서 파헤치기에는 역부족이었다.

"그래서요?" 홈스가 말했다.

"반응이 뭐 그래?"

"제가 이 상황에서 뭐라고 말씀드려야 합니까?"

리버스가 손가락으로 코 주변 피부를 살살 잡아당겼다. 문제의 치아에서 통증이 느껴졌다. "내가 전화한 이유는⋯⋯" 그가 말했다. "더건 문제가 어떻게 처리되고 있는지 알아보기 위해서야."

홈스가 앞에 놓인 문서를 만지작거렸다. "그 부분에 대해서는 도와드릴 수 있을 것 같습니다. 폴 더건은 에든버러의 래크먼(악독하기로 소문난 폴란드 출신의 임대주)이라고 할 수 있겠어요. 오랫동안 의회를 상대로 사기를 쳐왔죠. 아직까지도 부모에게 얹혀살고 있습니다. 그들에게 돈 한 푼 내지 않고 말입니다. 그런데도 뻔뻔하게 의회 소유 아파트를 네 채나 받아 챙겼더군요. 계속 파헤쳐보면 몇 채 더 나올 수도 있지 않을까요? 아무튼 그는 세를 주기가 쉽지 않은 아파트를 할당받았을 때도 별로 개의치 않았습니다. 그게 바로 그 친구만의 비결인 셈이죠."

"수법이 뭐야?"

"가명을 많이 만들어 썼습니다. 또한 주택 공급 담당 부서에서 인터뷰가 있을 때마다 애 딸린 여자들을 데려갔다더군요. 여자들은 그의 친구들이었고, 아이들은 그랑 아무 상관이 없었답니다."

"그러니까 인터뷰가 진행되는 동안에만 그 애들 아버지 행세를 했다는 거군."

"그런 수법으로 우선순위에 이름을 올려놓을 수 있었던 거죠. 아파트를 할당받으면 그는 즉시 세를 놓았습니다. 그가 소유한 아파트들 중에는 세입자가 나타난 것 자체가 기적일 만큼 상태가 형편없는 곳도 있었는데요. 소튼의 아파트는 나머지 것들에 비하면 궁전이나 다름없었습니다."

리버스는 바지 뒷주머니에서 웨이벌리 드롭-인 센터에서 뜯어온 카드를 꺼냈다. 싼 방 세놓습니다. 폴.

"어떻게 윌리와 딕시는 더건의 아파트들 중 가장 넓고 괜찮은 것을 골라 쓸 수 있었을까?"

"그랜턴 아파트를 살펴보고 왔는데요. 거실, 주방, 그리고 화장실에까지 침낭들이 펼쳐져 있었습니다."

리버스는 카드에 적힌 전화번호를 유심히 쳐다보았다. "아무래도 그 다정한 슬럼의 집주인을 만나봐야겠군. 농부가 여전히 자네들을 괴롭히고 있나?"

"계속해서 경위님이 무슨 꿍꿍이인지 아느냐고 물으십니다."

"그럴 때마다 뭐라고 대답하는데?"

"저는 그냥 입을 꼭 다물어버립니다. 경위님, 정말로 별일 없으신 거죠?"

"브라이언, 모든 일에는 처음이 있는 법이야."

리버스는 전화를 끊고 카드에 적힌 번호를 다이얼 했다.

"여보세요?" 여자 목소리였다. 앳된 목소리는 아니었고, 꽤 정중했다.

"저…… 거기 폴 있습니까?"

"잠시만 기다리세요. 바꿔드릴게요."

"고맙습니다."

그녀가 수화기를 전화기 옆에 내려놓고 아들을 부르러 갔다. 보나마나 그는 침대에 앉아 돈을 세느라 정신이 없을 것이다. 마침내 수화기가 들리고 남자 목소리가 흘러나왔다.

"여보세요?"

"폴?"

"누구시죠?"

"난 존이라고 해요. 드롭-인 센터 게시판에서 당신 광고를 봤습니다."

"어떤 광고인데요? 여기저기 대여섯 개씩 붙여뒀는데."

"웨이벌리 뒤편에 있는 센터 말이에요."

"오, 그러셨어요?"

"난 방이 필요해요."

"정부 보조금을 받고 계십니까?"

"내가 집세를 못 낼까봐 걱정되는 모양인데, 난 현금으로 낼 겁니다."

"아뇨, 그게 아니라, 제가 지금 좀 곤란한 상황에 처해 있어서 말이죠. 여기저기서 압력을 좀 받고 있습니다."

"그렇군요."

"그래서 지금 당장은 거래가 힘들 것 같습니다." 그가 잠시 말을 멈추었다. "방금 현금이라고 하셨나요? 임차료 영수증이 필요하십니까?"

"현금. 영수증은 필요 없습니다."

"그럼 이렇게 하시죠. 일단 만나서 얘기하는 게 어떻겠습니까?"

리버스의 얼굴에 미소가 머금어졌다. 하지만 그는 사무적인 톤을 유지했다. "주소가 어떻게 됩니까?"

"주소는 필요 없습니다. 리스 경찰서가 어디 있는지 아시나요?"

리버스의 얼굴에서 미소가 싹 가셨다. 벌써 들킨 건가? 하지만 더건은 그의 침묵을 잘못 해석했다.

"부담되시나요? 화려한 과거를 가지고 계신 모양이군요."

"좀 그렇습니다."

"그냥 밖에서 만나는 건데요, 뭐. 만나 뵙고 그 근처 아파트로 모실 겁니다. 쇼어에 있어요. 참고로 말씀드리면 요즘 그 동네가 뜨고 있습니다."

"몇 시에 만날까요?"

"5시 정각."

"시간 맞춰 갈게요." 리버스가 말했다.

그는 곧장 브라이언 홈스에게 전화를 걸었다. "'래크먼'이 쇼어 쪽에도 아파트를 갖고 있나?"

"리스에요? 아뇨." 홈스가 말했다. "리스에서 가장 가까운 건 그랜턴에 있습니다. 그런데 왜요?"

"자네가 빠뜨린 곳이 있었어."

4시 55분, 그는 경찰서 건너편 버려진 건물 앞 계단에 서 있었다. 리스에서는 도시정비사업이 한창이었다. 대충 단장된 부지에는 세련된 카페와 레스토랑들이 줄줄이 들어서 있었다. 새로 문을 연 사업장들은 왠지 일시적인 분위기를 풍겼고, 죄다 새 경영진의 관리하에 놓여 있는 느낌을 주었다. 리스를 새 단장하는 프로젝트는 쇼어에서부터 시작되었다. 하지만 이곳은 변한 게 거의 없었다. 개조된 창고들과 고급 술집 두어 곳이 전부였다. 그래도 신선한 동력이 주어진 덕분에 빅토리아 부두에서는 스코틀랜드 오피스의 새 본부가 지어질 수 있었다. 퀸스 부두의 선원 숙박소도 이미 고급 호텔로 탈바꿈한 상태였다.

하지만 리스는 여전히 독특한 매력을 간직하고 있었다. 에든버러에서 대낮에 매춘부를 볼 수 있는 유일한 곳이기도 했고, 이런 추위에도 그녀들은 미니스커트와 노출이 심한 재킷 차림으로 거리를 서성거렸다. 리버스도 버나드 가를 지날 때 퇴근길 남자들을 기다리는 매춘부 몇 명을 보았었다.

그가 문간에 서서 15분쯤 기다렸을 때 폴 더건이 모습을 드러냈다. 청년은 발목까지 오는 검은 모직 코트 차림이었고, 깃은 바짝 세워져 있었다. 그는 하얀 운동화를 신었는데, 방금 사서 신은 것인지 지나는 차들의 헤드라이트 불빛을 받을 때마다 야광인 것처럼 반짝거렸다.

리버스는 길을 건너갔지만 더건은 그에게 시선을 주지 않았다. 그는 망을 보듯 연신 두리번거렸다.

"날 기다리는 건가?" 리버스가 다가가 물었다.

더건은 대번에 리버스를 알아보았다. "맙소사, 원하는 게 뭡니까?"

"아까 나랑 통화했었지? 우린 네가 쇼어에까지 아파트를 갖고 있다는 걸 몰랐어."

"무슨 소린지 모르겠는데요."

"자, 폴, 가서 얘기나 좀 하자고."

"저 안에서요?"

리버스가 경찰서를 흘끔 돌아보았다. "아니." 그가 말했다. "저기 말고. 이건 우리 둘만의 비밀 회동이거든."

리버스가 더건의 코트 소매를 붙잡고 걸음을 옮겨나가기 시작했다.

"지금 어디 가는 거죠?" 더건이 물었다.

"그냥 걸을 거야. 몇 가지 물어볼 게 있는데, 우선, 우린 네 소유의 아파트 다섯 채 중 네 채에 대해 알고 있어. 그중 소튼 아파트가 최고라는 것도 알고 있고. 그런데 왜 겨우 두 명에게만 세를 놨지?"

더건의 걸음이 뚝 멎었다. "이거 함정수사죠? 몸에 도청장치를 차고 있죠?"

리버스가 웃음을 터뜨렸다. "너 같은 잔챙이 때문에? 웃기지 마. 넌 의회가 떠안을 문제지 내 문제가 아니라고."

리버스가 다시 걸음을 옮겨나갔다. 더건이 잽싸게 그를 따라잡았다. "원하는 게 뭡니까?"

"난 윌리와 딕시에 대해 알고 싶은 게 많아. 저번에 네가 그들 친구라고 했었지? 그래서 네게도 관심이 생긴 거야."

"그래서 걔들에게 집을 준 거였어요." 더건이 불쑥 말했다. "내 친구들이었으니까."

"집을 줬다고? 그들이 세들어 살았던 게 아니고?"

"아, 그게…… 걔들이 집세는 냈어요. 그러니까 내 말은……"

"됐어. 거짓말을 다른 거짓말로 돌려막는 건 어리석은 짓이야. 결국엔 얘기가 다 꼬여버리게 되니까. 그 애들이 네 밑에서 일을 했던 거지? 대체 무슨 일을 시켜먹은 거야?"

더건이 입술을 살짝 깨물었다. "집세를 수금하는 일을 했어요." 마침내 그가 대답했다.

"그 대가로 집세를 면제해줬다? 이치에 닿는 주장이군. 넌 빼빼 마른 데다가 멍청하기까지 하잖아. 만만치 않은 세입자들을 상대해야 했을 테니 든든한 백업이 필요하지 않았겠어? 내 말이 틀렸나? 세입자들 중엔 순순히 집세를 내놓지 않는 놈들도 있었을 거고." 더건이 고개를 끄덕였다.

"그 두 녀석은 완벽한 백업이었을 거야." 리버스가 계속 이어나갔다. "윌리는 똑똑했잖아. 돈을 안 내고 버티는 세입자들을 논리적으로 설득하는 역할을 맡았겠지. 그렇게 말로 해서 안 될 땐 미치광이 딕시가 나섰을 테고. 내가 제대로 짚었나?"

"네."

리버스가 코를 훌쩍이며 잠시 깊은 생각에 잠겼다. "납치 계획은 누가 세운 거였지?" 그가 물었다.

"얘기했잖아요. 그 사건에 대해선 아무것도 모른다고. 걔들은 그냥 차를 빌려달라고만 했을 뿐이에요!"

"분명 윌리의 아이디어였을 거야." 리버스가 못 들은 척 말을 이어나갔다. "딕시에겐 그런 머리가 없었거든." 그가 더건을 휙 돌아보았다. "설마 네 아이디어는 아니었겠지?"

더건이 항의를 하려다가 멈칫했다. 그들은 한동안 침묵을 지킨 채로 걸음을 옮겨나갔다. "좋아요." 마침내 그가 입을 열었다. "알았어요. 우리 둘만의 비밀로 해줘야 해요. 알았죠?"

리버스가 어깨를 으쓱였다. "아까도 얘기했잖아. 난 네게 별 관심이 없다고. 물론 내게 거짓말을 한다면 문제가 달라지겠지만. 그러니 현명하게 잘 판단해."

"걔들이 무슨 짓을 꾸미려 했는지 알고 있어요."

"당연히 그렇겠지. 너 같은 구두쇠가 얻는 것 하나 없이 차를 빌려줬을 리 없잖아." 리버스가 커스티 케네디의 사진을 꺼냈다. "이 아이가 윌리와 딕시랑 같이 있는 걸 봤지? 응?"

"아뇨."

"달게티는?"

"네?" 더건은 그 이름을 처음 듣는 모양이었다.

"난 네가 이 아이를 봤다는 걸 알고 있어." 리버스가 말했다. "넌 드롭-인 센터를 자주 들락거렸잖아."

"아뇨. 전혀요."

"네 입으로 드롭-인 센터 대여섯 곳의 게시판에 광고를 붙여놨다고 했잖아. 네가 아니라면 누가 했겠어? 유령이?" 리버스가 더건의 얼굴 앞으로 사진을 내밀었다. "이 아이를 봤지?"

"못 봤어요."

"거짓말 마. 대체 뭐가 두려운 거지, 폴?"

그들은 쇼어에 다다라 있었다. 더건은 뒤늦게 그 사실을 깨달았다. 그들은 늘어선 술집들 건너편 물가를 따라 걸어 나갔다. 부두 입구가 있는 쪽으로. 리버스가 갑자기 걸음을 멈추고 더건의 팔뚝을 움켜잡았다. "다시 봐!"

더건이 다시 사진을 들여다보았다. 하지만 그의 시선은 금세 돌아가버렸다. 그의 눈이 가로등 불빛을 받아 반짝거렸다.

"이 아이는 윌리와 친했어. 그의 침실에 뭔가를 놓아두기까지 했다고. 커스티는 그와 가까운 관계였어. 그런데도 넌 몰랐다고?"

더건이 눈을 깜빡였다. "그 친구 침실에 뭘 놓아두었는데요?" 그가 나지막이 물었다.

"그 애가 어디 있는지 얘기해."

더건이 고개를 저었다. 리버스는 그의 코트 소매를 움켜쥐고 물가 쪽으로 홱 잡아끌었다. 술집 손님들이 줄지어 세워놓은 차들을 제외하면 거리는 텅 빈 상태였다.

"여기 빠뜨려줄까, 폴? 물이 차서 정신이 번쩍 들 텐데. 더러운 물에 들어가 쥐들이랑 헤엄치고 싶어?"

"이게 얼마짜리 코트인지 알기나 해요?" 더건이 빽 소리쳤다.

"어차피 감옥에 들어가면 코트는 필요 없잖아. 우락부락한 동료들이 따뜻하게 몸을 데워줄 텐데."

"알았어요, 알았어!"

리버스가 그를 놓아주었다. 더건이 거리를 좌우로 살폈다.

"달아나고 싶으면 그렇게 해, 폴. 네가 어디에 숨든 찾아내는 건 식은 죽 먹기니까."

"맙소사, 흥분하지 말아요. 다 얘기할 테니까. 그래요. 그 애를 본 적 있어요. 걘 한동안 월리와 딕시랑 어울려 다녔어요."

"한동안이라면?"

"일주일, 어쩌면 그보다 조금 더 됐을 수도 있고요."

"걘 지금 어디 있지?"

"최근엔 못 봤어요. 예전에 두어 번 봤을 뿐이에요."

"소튼 집에서?"

"아뇨. 드롭-인 센터에서요."

"그러니까 그 애가 어디서 뭘 하고 있는지 모른다는 거지?" 더건이 고개를 저었다. "좋아. 내 말 똑똑히 들어. 지금부터 넌 그 애를 찾아."

"네?"

"너처럼 수완 좋은 놈은 금방 찾아낼 수 있을 거야."

"지금 내게 뭘 시키고 있는지 알아요?"

리버스가 물을 가리켰다. "싫으면 저기 뛰어들든가." 그가 다시 사진을 내밀었다. "이거 가져가. 도움이 될지도 모르니까."

"아무 도움도 안 될 거예요."

"어째서?"

"걘 이렇게 생기지 않았으니까요. 우린 신문에 난 사진을 보고 엄청 웃었어요. 약을 하기 전까진 저렇게 생겼었나보다, 하고 말이에요."

"마약?"

"얼굴 변한 걸 보니 엄청 했던 모양이던데요."

리버스가 얼굴을 찌푸렸다. "정말 마약을 오랫동안 해온 것 같아 보였어?"

"최소한 일 년 이상은 해온 것 같던데요."

"일 년 이상씩이나?"

더건이 어깨를 으쓱였다. "내가 추측하기로는요. 사실 난 그쪽 세계를 잘 몰라요."

"그래도 그런 놈들을 세입자로 들이는 건 전혀 문제가 되지 않겠지?"

더건이 어깨를 폈다. "난 의회가 해야 할 일을 대신하고 있는 겁니다. 노숙자가 될 뻔한 사람들에게 살 곳을 제공해주고 있으니까요."

"사회적 양심이 대단한 친구로군. 이러다가 시로부터 표창까지 받는 거 아니야? 이 사진 받고 꺼져. 뒷면에 내 전화번호를 적어뒀어. 이틀 안에 연락이 없으면 우린 또 이렇게 만나게 될 거야. 그때는 너희 집에서 볼까? 네 부모님이 우리 대화를 똑똑히 들으실 수 있게? 어때?"

더건은 대꾸하지 않았다. 그는 코트를 여며 쥐고 사진을 주머니에 집어넣었다. 리버스는 발을 질질 끌고 멀어져가는 그를 바라보았다.

시장에게 딸의 최근 사진이 없는 이유를 알게 된 리버스는 더건이 왜 그토록 커스티가 윌리 코일의 침실에 두고 간 무언가에 관심을 보였는지 궁금해졌다. 물론 그 답에 대해서도 짐작 가는 부분이 있었지만.

23

그는 차를 몰고 옥스퍼드 바로 향했다. 닥과 솔티는 각자의 지정된 자리에 서 있었다. 리버스가 나타나자 닥이 그를 위해 맥주를 주문해주었다.

"이렇게 고마울 데가." 리버스가 잔을 번쩍 들고 말했다. 그는 이내 솔티 두게리를 돌아보았다. "저번에 가일 파크 웨스트에 다녀왔어요."

"업무차?"

"그런 셈이죠. 거긴 어떤 곳인가요?"

"산업 단지입니다. 나도 거기서 일해요. 뭐 궁금한 거 있어요?"

"그곳 사업체들 말입니다. 경제개발공사와 거래도 하나요?"

솔티가 고개를 끄덕였다. "LEEL." 그가 말했다. "델토나의 사장도 '노사 협의제'에 관심이 많습니다. 매주 한 번씩 구내식당에 직원들을 모아놓고 20분간 고객 만족, 내부 투자, 생산성, 뭐 그런 주제로 일장연설을 하죠. 툭하면 LEEL 얘기를 늘어놓습니다."

"그러니까 델토나가 LEEL로부터 지원을 받았다는 말인가요?"

"존, 그곳의 모든 업체들이 다 돈을 챙겼습니다. 재배치 인센티브, 창업 인센티브, 재훈련 인센티브, 별의별 우대 정책이 다 있죠." 그가 잔을 들어 보였다. "스코틀랜드 경제개발공사를 위하여."

"왜 갑자기 거기 관심을 보이는 겁니까?" 클래서 박사가 물었다. 평소에는 절대 끄집어내지 않는 화제였다.

"현재 수사 중인 사건에 도움이 될지도 몰라서요." 사실 수사할 사건은 없었다. 당분간 일을 해서도 안 되는 상황이고.

"우리 델토나는 건드리지 말아요." 솔티 두게리가 경고의 톤으로 말했다.

리버스가 미소를 지어 보였다. "혹시 멘성이라는 단어를 들어봤습니까?" 그가 물었다.

"경찰관 뽑을 때 머리는 안 보는 모양이죠?"

바 테이블에 앉은 몇몇이 피식 웃었다. "당신 머리나 신경 써요, 솔티."

솔티가 태연해하는 모습으로 웃음을 터뜨렸다. 리버스는 아직도 그를 응시하고 있었다. "솔직히 말해서······" 솔티가 그에게 말했다. "들어본 적 있어요. 회사 이름이었던 것 같은데."

"그 단지에 있는 회사?"

두게리가 어깨를 으쓱였다. 바텐더는 누군가와 통화 중이었다. 그의 시선이 리버스에게로 돌아왔다.

"당신 전화예요, 존." 그가 전화기를 끌어왔다. 리버스는 솔티에게 묻고 싶은 게 한 가지 더 있었다.

"라바룸은요? 들어본 적 있습니까?"

"이게 뭡니까? 지금 나랑 「마스터마인드」(영국의 퀴즈쇼)하는 겁니까?"

리버스가 바텐더로부터 수화기를 건네받았다. "여보세요?"

"자넨가, 존?"

리버스는 그것이 누구 목소리인지 대번에 알 수 있었다. 하지만 그가 왜? 그것도 다정하게 이름까지 불러가면서?

"자넨가, 플라워?"

"그래."

앨리스터 플라워-리틀 위드('weed'는 '잡초'라는 뜻)-경위가 리버스를 '존'이라고 불렀다. 대체 무슨 일이 터졌길래.

"무슨 일이지?"

"잠깐 서에 들러주겠어? 할 얘기가 좀 있어서 말이야."

"할 얘기? 차랑 비스킷을 준비해놓을 건가?"

플라워가 웃음을 터뜨렸다. 리버스는 갑자기 불안해졌다.

"언제?" 그가 물었다.

"자네 편할 때."

리버스는 30분 안에 가겠다고 했다.

저녁나절의 경찰서는 조용했다. 대부분 CID 형사들은 교통사고 현장에 나가 있었다. 사고는 꽤 괜찮은 인도 레스토랑 밖에서 발생했다고 했다. 덕분에 메인 사무실에는 아무도 없었다. 앨리스터 플라워만이 자리를 지키고 있을 뿐이었다.

"존, 휴가는 잘 보내고 있나?"

"선탠을 하고 싶은데 그게 잘 안 되고 있어."

리버스는 앨리스터 플라워를 유심히 쳐다보았다. 그를 싫어해야 할, 아니, 한 발 더 나아가, 그를 혐오해야 할 이유는 백 가지도 넘었다. 가장 큰 이유는 그가 멍청한 얼간이였기 때문이다. 플라워의 눈은 한시도 멈추지 않았다. 유리한 기회를 포착하기 위해서. 그의 눈 주위는 늘 퉁퉁 부어 있다. 유전적인 문제일 수도 있고, 단순히 과음 때문인지도 몰랐다. 아무튼 부어오른 주변 피부 때문에 그의 눈은 늘 작아 보였다. 그의 눈이 잘 보이지 않는다는 것도 리버스가 그를 좋아하지 않는 이유 중 하나였다.

플라워는 경찰서 내에 많은 친구를 두고 있었다. 스파이들. 부하 형사들. 다들 그와 유사한 타입이었고, 그처럼 되고 싶어 하는 이들이었다. 그 사실이 리버스를 두렵게 만들었다. 하지만 오늘밤 그에게는 동지가 없었다. 그는 두 발을 의자에 얹어놓은 채 책상에 앉아 있었다. 책상도, 의자도, 그의 것이 아니었다. 리버스는 자신의 책상 너머로 컴퓨터를 바라보았다. 그는 새 컴퓨터에는 아무 관심이 없었다.

"차랑 비스킷은 어디 있지?" 그가 말했다.

"나중에 구내식당에 가서 먹으면 되잖아."

"나중이라니?"

"내가 자네에게 뭔가를 보여주고 난 후에. 자."

그는 리버스를 이끌고 유치장으로 내려갔다. 독방에는 긴 머리에 면도를 하지 않은 남자가 부루퉁한 모습으로 앉아 있었다.

"누구지?"

"테리 쇼츠." 플라워가 말했다. "뉴캐슬 출신이야. 프레스턴필드 가의 한 집을 털고 나오다가 붙잡혔지."

"그런데?" 리버스가 독방 문에 붙은 구멍 덮개를 닫았다.

"저 친구의 셋방에 가봤어. 장물이 수북이 쌓여 있더군. 그중엔 당장 추적이 가능한 것들도 있었어. 여기서 훔친 물건을 뉴캐슬로 가져가 파는 수법을 써왔지. 거기서 훔친 물건은 이곳으로 가져와 팔았고."

"대단한 실적을 올렸군, 플라워. 상세한 설명 고마워."

리버스는 계단을 오르기 시작했다. 플라워도 그를 뒤따랐다. 그가 리버스에게 반듯하게 접힌 종이 한 장을 건넸다.

"조르디(잉글랜드 북동부 타인사이드 출신 사람)들이 그의 아파트에서 찾아낸 목록이야. 장물도 여럿 발견됐는데 어떻게 된 일인지 목록과는 전혀 매치가 되지 않아. 보아하니 진작 팔아치운 것들도 있더군. 산탄총 같은 것들." 리버스는 그제야 자신이 불려온 이유를 짐작할 수 있었다. "쇼츠는 지난 3주간 에든버러에 머물렀어. 난 그가 셔그 매커널리에게 총을 팔았다고 생각해."

"쇼츠 씨에게 물어봤나?"

"거의 시인했어."

리버스가 걸음을 멈추었다. "가서 만나보고 싶은데."

플라워가 그의 앞을 막아섰다. "그래봤자 별 소용없을 거야." 리버스는 그와 싸우고 싶지 않았다. 그래서 계속 걸음을 옮겨나갔다. "자네가 기뻐할 줄 알았어. 이로써 미진한 부분들이 다 깔끔하게 정리된 셈이잖아. 안 그래?"

"한 가지는 정리가 됐는지 모르지만 두 가지가 더 꼬여버렸어. 그게 뭔지 알려줄까? 첫째, 왜 자네가 이토록 관심을 보이는 거지? 둘째, 왜 내가 기뻐하기를 바라나?"

그들은 다시 CID 사무실로 돌아갔다.

"그건……" 플라워가 자신의 책상으로 향하며 말했다. "그냥 자네가 알고 싶어 할 것 같았어."

"헛소리 집어치워, 플라워. 대체 무슨 꿍꿍이야?"

플라워가 서랍을 열고 위스키를 꺼냈다. 그걸 본 리버스가 고개를 저었다. 플라워는 손잡이가 깨진 머그잔에 술을 조금 따랐다.

"왜 그리 피해망상적인 거지, 리버스?"

"자네가 날 이렇게 만들었어." 플라워가 위스키를 한 모금 넘기고 나서 담배에 불을 붙였다.

"하긴." 그가 담배연기를 뿜어내며 말했다. "좋아. 솔직히 얘기하지. 누군가가 나더러 자넬 만나보라고 했어. 그게 아니었다면 내가 자넬 불러낼 이유가 없었겠지."

"이제야 털어놓는군." 리버스가 책상 가장자리에 걸터앉았다. "그게 누구지?"

"그냥 중요한 인물."

"농부?"

플라워가 미소를 흘리며 요란하게 한숨을 내쉬었다. 농부보다 훨씬 높은 사람인 듯했다.

"그 사람이 내게 전하려는 말이 뭐지?" 리버스가 물었다.

플라워가 담배 끝을 유심히 쳐다보았다. "그러다가 쫓겨나게 될 거래. 계속 이런 식으로 나온다면."

"쫓겨나?"

"경찰에서." 플라워가 잠시 말을 멈추었다. "그게 시작일 거라더군."

"왜?"

"그건 몰라도 돼."

이미 벌어진 일 때문이 아니라 앞으로 벌어질지 모르는 일 때문인가 보군. 리버스는 생각했다.

"그럼 내가 뭘 어째야 하지?" 그가 물었다.

"더 이상 참견하지 마."

"참견?"

"매커널리 말이야. 그걸 몰라서 물어?"

"그게 무슨……"

"이봐, 난 그냥 메시지만 전하는 것뿐이라고."

"더 이상 까불지 말라는 경고라면 뭐……"

플라워의 눈이 조금 더 가늘어졌다. "이봐." 그가 말했다. "난 자네 커리어가 어떻게 망가지든 신경 쓰고 싶지 않아. 그냥 부탁을 받고 마지막 경고를 전달하는 것뿐이니까 그렇게만 알아둬." 그가 자리에서 일어나 담배 꽁초를 쓰레기통에 떨어뜨렸다.

"타이밍 한번 기가 막히군." 리버스가 말했다. "산탄총 제공자가 갑자기 불쑥 튀어나오다니. 대체 누구지, 플라워? 앨런 거너 차장? 빅 짐 플렛? 왜 뒤에 숨어서 이러는 거야?" 리버스가 플라워 앞으로 바짝 다가갔다. "자네는 왜 이리 설쳐대는 거고?" 그가 손가락으로 플라워의 가슴을 쿡쿡 찔렀다.

"또다시 내 몸에 손댔다간 죽을 줄 알아."

"자네 친구에게 전해. 날 협박하고 싶으면 직접 와서 하라고. 세상에 전령을 두려워하는 사람은 없으니까."

그는 불안해하는 기색을 애써 지우고 홱 돌아서서 걸어 나가기 시작했다. 만약 협박이 장난이 아니라면? 퍼즐의 완성을 눈앞에 두고 있으면 과연 무슨 일이 벌어질까? 그의 걸음이 문 앞에서 멈추었다.

"참." 그가 말했다. "자네가 버린 꽁초가 쓰레기통에 불을 붙여놨어."

플라워의 시선이 쓰레기통 쪽으로 돌아갔다. 리버스의 말대로 쓰레기통에서는 검은 연기가 피어오르고 있었다. 그가 황급히 책상 위로 손을 뻗었다.

그는 자신이 집어든 머그잔에 커피 대신 위스키가 담겨 있다는 걸 까먹은 듯했다.

리버스가 집에 도착했을 때 전화벨이 울렸다. 리코 브릭스였다.

"친구랑 얘길 좀 해봤어요." 그가 리버스에게 말했다. 리코는 수화기를 오래 붙들고 있는 타입이 아니었다.

"그랬는데?"

"11시까지 버스 터미널로 나와요."

"오늘밤에 말이지?"

"오늘밤."

"터미널 어디?"

"그냥 시간 맞춰 나오기나 해요. 사례금 넉넉히 챙겨오는 거 잊지 말고요."

전화는 그렇게 끊어졌다.

24

10시 50분, 리버스는 세인트 앤드류스 광장 버스 터미널에 도착했다. 거나하게 취한 술꾼들이 모여 막차를 기다리고 있었다. 터미널 안에는 펍이 하나 있었다. 흘러나오는 소리를 들어보니 손님들이 꽤 있는 것 같았다. 펍을 후다닥 뛰쳐나온 한 남자가 바닥에 떨어진 기름을 밟고 미끄러져 넘어졌다. 마치 저격용 라이플에 맞기라도 한 것처럼. 그가 힘겹게 몸을 일으켰을 때는 버스가 이미 출발해버린 뒤였다. 그의 입에서 거친 욕이 튀어나왔다. 그의 바지 무릎 부분에는 구멍이 크게 뚫려 있었다.

도로에는 매캐한 배기가스가 낮게 깔려 있었다. 리버스는 숨을 깊게 들이쉬지 않으려 애쓰며 같은 자리를 빙빙 맴돌았다. 십대 아이들 몇몇이 불안정해 보이는 벤치에서 자고 있었다. 더플코트에 잠옷과 슬리퍼 차림을 한 노인 하나가 멍한 얼굴로 중앙 홀을 가로질러나가는 중이었다. 슬리퍼는 크리스마스 선물로 받았는지 새것 같아 보였다.

"대체 어디 있는 거야?" 리버스가 발을 구르며 웅얼거렸다. 그는 두 손을 주머니에 찔러 넣고 계속 서성거렸다.

"앉아요." 목소리가 말했다.

리버스가 남자를 내려다보았다. 팔짱을 끼고 고개를 푹 숙인 남자는 마치 잠들어 있는 듯한 모습이었다. 그는 맨 끝자리에 앉아 있었고, 그의 앞에는 불거진 버스가 한 대 세워져 있었다.

리버스가 벤치에 앉자 남자가 고개를 들고 그를 쳐다보았다. 한쪽 눈을 덮어버린 남자의 갈색 머리에서는 기름이 흘렀다. 얼굴은 덥수룩한 수염으로 뒤덮여 있었다. 그의 오른쪽 눈 아래에는 자그마한 흉터가 남아 있었다. 그의 파란 눈은 날카로워 보였고, 속눈썹은 길었다. 그가 입을 열자 앞니 하나가 빠져 있는 것이 똑똑히 보였다.

"돈."

"리코의 친구야?"

남자가 고개를 끄덕였다. "돈." 그가 다시 말했다.

리버스가 20파운드 지폐 두 장을 꺼내 그에게 쥐여 주었다. "반은 자기 몫이라던데."

"여기서 반을 떼어줄 겁니다." 서해안 지역의 느린 말투였다. "소튼에 대해 알고 싶어요?"

"한 남자가 산탄총으로 자살했어. 소튼에서 출소한 지 얼마 안 됐는데."

"어디 있었대요?"

"C동."

남자가 고개를 저었다. "그럼 도와줄 수가 없겠네요."

운전사가 현금 보관함을 들고 버스 쪽으로 다가왔다. 그는 문을 열고 안으로 들어갔다. 차문이 닫히고 버스에 불이 켜졌다.

"그게 무슨 뜻이지?"

"도와줄 수가 없다고요."

버스에 시동이 걸렸다. 뒤편에서는 배기가스가 뿜어져 나왔다. 승객 두 명이 그들 뒤로 줄을 섰다. 그들은 앞의 두 노숙자를 무시하고 먼저 차에 올라야 하는지 고민에 빠진 듯했다.

"어째서?"

"C동 재소자들은 잘 몰라요." 남자가 자리에서 일어났다. 리버스도 그를 따라 일어났다. "난 이 버스를 타야 해요."

"잠깐."

남자가 그를 돌아보았다. 버스 문이 열리고 있었다. 뒤에 줄을 선 사람들은 따뜻한 차 안으로 빨리 들어가고 싶어 하는 눈치였다. "제리 딥에게 물어봐요."

"제리 딥?"

"그는 C동에 있었어요. 몇 주 전에 출소했고요."

"어디서 찾을 수 있는데?"

"아마 생선을 튀기고 있을 겁니다. 그래서 딥('dip'은 '끓는 기름에 튀김옷 입힌 생선을 담근다'는 뜻)이라는 별명을 갖게 된 거죠." 남자가 플랫폼으로 올라갔다. "이스터 가의 튀김 음식 전문점에서 일하고 있다고 들었어요."

스코틀랜드의 모든 튀김 음식 전문점은 펍의 영업이 끝나고 나서가 가장 바빴다. 살도 없는 생선에 고무 같은 튀김옷을 묻혀 파는 악덕 가게들조차도 밀려드는 손님들로 북적거릴 정도였다. 두 번째 가게의 진열장을 들여다본 리버스는 식욕이 뚝 떨어져버렸다.

문밖에는 많은 사람들이 줄을 서 있었다. 하지만 리버스는 그들의 따가운 눈총에도 개의치 않고 정문으로 향했다. 십대 소녀가 집중한 모습으로 서빙을 하고 있었다.

"솔트 앤 소스(salt and sauce, 맥아식초와 브라운 소스를 섞어 만든 에든버러 지역의 소스)?" 그녀가 손님에게 물었다.

"제리 있어?" 리버스가 물었다.

그녀가 턱으로 카운터 끝을 가리켰다. 그곳에서는 땅딸막한 남자가 생선을 튀김옷 통에 담고 있었다. 튀김 냄비로 던져 넣기 바로 전 단계였다.

"제리?" 리버스가 물었다. 남자는 고개를 저으며 좁은 가게의 뒤편을 가리켰다. 빼빼 마르고 키가 큰 남자가 하얀 면 앞치마를 두른 차림으로 비디오 게임에 열중하고 있었다.

때리고 부수는 격투 게임이었다. 적들은 시야에 들어오기가 무섭게 으르렁거리는 주인공의 공격을 받고 속속 쓰러졌다.

"제리 딥?" 리버스가 말했다.

남자는 이십대 중반쯤 되어보였다. 검은 머리는 짧게 깎은 상태였고, 코에는 단추형 보석이 박혀 있었다. 그의 팔뚝과 손등은 문신으로 뒤덮여 있었는데, 그의 오른쪽 손목에 새겨진 시계 문신이 특히 인상적이었다. 시계는 정각 12시를 가리키고 있었다. 리버스는 자신의 손목시계를 들여다보았다. 놀랍게도 제리 딥의 시계는 정확히 맞았다.

그는 화면에 비친 리버스의 모습을 뚫어져라 들여다보고 있었다. "날 그 이름으로 부르는 사람이 많진 않은데요." 그가 말했다.

"난 당신 친구의 친구야. 소튼 시절 당신이 알았던 재소자. 그가 당신을 찾아가보라고 했어. 도움이 돼줄지도 모른다면서. 묻는 말에 대답만 잘해주면 술을 사줄 수도 있어."

"얼마나요?"

리버스는 이미 현금인출기에 다녀온 상태였다. 그가 빳빳한 20파운드를 조리대에 내려놓았다. 돈을 본 딥은 집중력이 흐트러진 모습이었다. 지

뇌가 폭발하면서 그가 조종하던 게임 주인공의 팔과 다리가 잘려나갔다. 화면에서 게임 오버 메시지가 깜빡거렸다. 디지털화 된 목소리가 말했다. "돈을…… 먹여줘요…… 난…… 배고파요."

제리 딥이 돈을 집어 들었다. "내 사무실로 갑시다."

그는 생선에 튀김옷을 입히고 있는 직원에게 5분 뒤 교대해주겠노라고 말한 후 리버스를 카운터 뒤편으로 안내했다. 그가 문을 열자 주방 겸 창고가 나타났다. 감자 부대들과 대형 냉동고 두 개가 리버스를 맞이했다.

"설마 환경 위생 감시관은 아니겠죠?" 제리 딥이 말했다. 그는 싱크에서 물을 한 잔 받아 들이켰다. "사실 난 당신이 뭐하는 사람인지 알고 있습니다. 멀리서도 냄새를 맡을 수 있거든요."

리버스는 곧장 본론으로 들어갔다. "2주 전에 C동에서 출소한 사람이 있어. 총을 입에 물고……"

"위 셔그." 딥이 고개를 끄덕였다. "그를 알았었죠. 같이 카드 게임도 몇 번 했었고요. 텔레비전과 축구에 대해 수다를 떤 적도 있었어요." 딥이 빈 잔을 다시 물로 채웠다. "아침 6시부터 밤 9시까지 깨어 있어야 하거든요. 소등 시간은 10시고. 그러니 이 사람 저 사람과 질리도록 수다를 떨어댈 수밖에요. 게다가 난 그와 작업장에서 소파에 천 씌우는 일을 했었어요. 나중에 출소하면 우리 가게에 놀러오겠다고 했었는데. 그의 소식은 신문을 보고 알게 됐어요."

"그에게 병이 있다는 걸 알고 있었나?"

"의사를 자주 만나러 갔었어요. 하지만 무슨 병인지는 끝내 알려주지 않았죠. 난 그에게 별의별 약이 다 있다는 걸 알았습니다. 우린 그가 그걸 조금씩 나눠주기를 바랐어요. 그런데 대체 어디가 아팠던 겁니까?"

"암."

"그래서 자살한 거였어요?"

"그런지도 모르지."

"위 셔그에 대해 알고 싶은 게 있다면 그의 감방 동료를 만나보는 게 좋을 거예요. 엄청 거만한 친구죠. 보통내기가 아니에요. 더 있을 필요가 없었는데도 굳이 감방에 머물렀을 정도니까."

빅 짐 플렛도 그 감방 동료에 대해 언급했었다. 리버스는 플렛이 인터뷰를 마치고 왜 그토록 안도했는지 알 것 같았다.

"제리, 위 셔그는 왜 감옥에 갔던 거지?"

"주거침입죄."

"확실해?"

"그렇게 들었어요."

"강간죄 때문이 아니라?"

"네?"

하긴. 리버스는 생각했다. 강간범들은 자기들 죄가 다른 재소자들에게 알려지는 걸 두려워하잖아. 하지만 교도소장은 위 셔그가 동료와 한 방을 썼다는 사실을 슬쩍 흘렸어.

"그는 강간죄로 들어간 게 아니었어요." 제리 딥이 말했다.

"그걸 어떻게 알지?"

"모르는 사람이 없었어요."

"그가 직접 털어놓진 않았을 텐데."

"교도관이 알려줬는지도 모르죠. 누군가는 알려줬을 게 아닙니까? 철창 안에선 그런 비밀을 간직할 수 없어요."

"남들이 아는 걸 원치 않는다면 몰라도." 리버스가 나지막이 말했다.

리버스는 세인트 레너즈 옆 공중전화 박스에서 CID 사무실로 전화를
걸었다. 그는 신원을 밝히지 않고 홈스 경사나 클락 경장을 바꿔줄 것을
요청했다.

바다 안개가 자욱하게 낀 아침이었다. 도시 전체가 해안에서 밀려든 축
축한 구름에 뒤덮여 있었다. 리버스는 마치 시간을 거슬러 올라간 듯한 기
분을 느꼈다. 왠지 헤드라이트를 켠 차들 대신 커다란 사륜마차가 안개를
헤치고 거리를 누비는 광경이 눈에 들어올 것만 같았다.

"클락 경장입니다."

"나야. 컴퓨터로 이름 하나 조회해줘."

"지금 사무실 분위기가 말이 아니에요. 어젯밤 작게 화재가 났었어요.
쓰레기통이 홀랑 타버렸죠. 어쩌다 그렇게 됐는지 모르겠어요. 사무실엔
아무도 없었는데."

"맙소사."

"총경님이 수사를 지시하셨어요. 사무실은 출입 금지 구역이 돼버렸고
요."

"컴퓨터도 탔어?"

"쓰레기통과 바로 옆 책상만 타버렸어요. 불붙은 쓰레기통은 플라워 경

위님이 가장 먼저 발견하셨고요."

"정말?"

"쓰레기통에 홈스의 코트를 덮어 끄셨어요."

"넬이 크리스마스 선물로 사줬다는 바로 그 코트 말인가?"

"바로 그 코트예요. 그건 그렇고, 조회하시려는 이름이 뭐죠?"

"차터스." 그가 철자를 불러주었다. "성만 알고 있어. 현재 소튼에서 복역 중이고. 그 친구 기록을 봤으면 해. 지금 100미터 떨어진 공중전화 박스에 들어와 있거든. DIY 스토어 건너편에 카페가 하나 있는데 거기서 기다릴게."

"최대한 서둘러볼게요."

"이따 도넛 사줄게."

하지만 마침내 쇼반 클락이 카페에 나타났을 때 그녀는 도넛 대신 계란 프라이 샌드위치를 주문했다. 그녀가 리버스에게 마닐라 봉투를 건넸다.

"자네가 컴퓨터 쓰는 걸 누가 보진 않았어?"

"아무도요."

"항상 조심해. 농부뿐만 아니라 플라워도 뭔가 꿍꿍이가 있는 것 같아."

"꿍꿍이라뇨?"

"쓰레기통 사건도 그렇고." 리버스가 봉투를 열고 자료를 꺼내 훑어보기 시작했다. 잠시 후, 클락이 주문한 음식이 도착했다. 그녀는 접시에 노른자를 뚝뚝 흘리며 샌드위치를 먹었다.

"더우드 차터스." 리버스가 소리내어 읽었다. "나이 46세, 이혼, 회사 중역 출신. 사기죄로 기소되어 징역 6년을 선고받았고, HM 에든버러 교도소에서 3년간 복역. 크래몬드에 집이 있었는데 팔아치웠군. 생년월일……

변호사 이름…… 부인과 친척은 없고." 리버스는 나머지 내용을 대충 훑었다. "좀 빈약한데."

"그렇죠?"

"누군가가 컴퓨터로 손을 본 것 같아. 이 사건은 어느 서 담당이었지?" 그가 다시 자료를 들여다보았다. "저런, 세인트 레너즈였잖아."

"하지만 우리가 옮겨오기 전이잖아요."

리버스가 고개를 끄덕였다. "당시 난 그레이트 런던 가에 있었어. 하지만 그건 로더데일 경감도 마찬가지였다고. 그런데 왜 여기 그의 이름이 적혀 있는 거지?" 그는 잠시 생각에 잠겼다. "자, 이제부터 자네는……"

"사무실로 돌아가 사건 기록을 꺼내보라는 말씀이죠?"

"자네가 곤란해질 수 있다는 거 알아."

"그래봤자 잘리기밖에 더하겠어요?"

그는 그녀가 전혀 개의치 않는다는 걸 알고 있었다.

리버스는 한 시간 정도 클락을 기다렸다. 그녀가 슈퍼마켓 쇼핑백을 들고 나타났다. 그는 그녀에게 차를 한 잔 사주었다. 그의 뱃속은 쉴 새 없이 들이킨 차로 출렁거리고 있었다.

"엉뚱한 데 보관돼 있더라고요." 그녀가 말했다. "일부러 찾지 못하게 그랬던 것 같아요."

"누군가가 이걸 숨겨놓았다는 건가?"

"너무 티 나지 않게 숨기려 했던 모양이에요. 아시다시피 보관된 파일의 수가 엄청나잖아요. 그냥 엉뚱한 데 처박아두기만 하면 찾기가 쉽지 않죠."

"누가 자넬 보진 않았고?"

"브라이언이 와서 뭐하느냐고 묻긴 했어요. 그에게 망을 좀 봐달라고 했죠. 아무튼 최대한 빨리 보시고 돌려주세요. 시간을 끌수록 들킬 가능성이 높아지니까."

카페의 여주인이 쇼반 클락의 차를 직접 가져왔다. 리버스는 쇼핑백에서 묵직한 폴더를 꺼냈다.

"아예 여기 죽치고 앉아 있으려고요?"

"이게 다 자넬 위해서야." 그가 빈 테이블들을 가리키며 말했다. "텅 빈 카페엔 아무도 안 들어오잖아."

"당신은 들어왔잖아요." 그녀가 받아쳤다.

리버스는 미소를 지으며 폴더를 열고 사건 기록을 훑어나가기 시작했다.

점심시간, 리버스는 치과에 예약을 했다.

그는 무엇이 문제인지 설명했고, 접수 담당 직원은 끊지 말고 기다려달라고 했다. 잠시 후 돌아온 그녀는 킨 박사가 5시에 시간을 내줄 수 있음을 알려주었다.

병원은 인버리스 로의 연립 건물에 자리하고 있었다. 정문은 식물원 쪽으로 나 있었다. 리버스는 땀에 흠뻑 젖은 채 대기실로 들어섰다. 다행히 같이 기다리던 여자가 먼저 불려 들어갔다. 대기실에 홀로 남겨진 그는 안에서 들려오는 소리를 듣기 위해 귀를 쫑긋 세웠다. 윙윙거리는 드릴과 달가닥거리는 금속 도구들. 한참 후 진료실을 나온 여성 환자가 접수대로 다가가 다음 치료를 예약했다. 그녀를 뒤따라 나온 의사가 미소를 흘리며 대기실 문간으로 다가왔다.

"리버스 씨? 이쪽으로 들어오시죠."

하얀 가운 차림의 의사는 반달형 안경을 걸치고 있었다. 리버스의 눈에는 오십대 후반쯤 되어보였다.

"앉으십시오." 킨 박사가 손을 씻으며 말했다. "입 안이 좀 부었다고요?"

리버스는 의자에 누워 팔걸이를 힘껏 움켜잡았다. 마침내 킨 박사가 다가왔다.

"자, 긴장하실 거 없습니다." 리버스는 자신의 거친 숨소리를 똑똑히 들을 수 있었다. "네, 바로 그렇게요." 의사가 발로 밟는 스위치로 의자 등받이를 내리고 높이를 조절했다. 그가 램프를 끌어와 스위치를 켰다. "그럼 어디 한번 볼까요?" 그가 리버스 옆에 놓인 높은 의자에 앉았다. 그리고 도구들이 가지런히 놓인 받침을 자기 앞으로 돌려놓았다.

"입을 크게 벌리세요."

어딘가에서 음악이 흐르고 있었다. 라디오 투(BBC 라디오 채널 중 하나). 플라시보 효과를 위해 틀어놓은 모양이었다. 리버스는 눈을 크게 뜨고 천장을 올려다보았다. 천장에는 크게 확대시킨 흑백 사진이 붙어 있었다. 공중에서 촬영한 에든버러. 사진에는 북쪽의 트리니티에서부터 남쪽의 브레이드 힐스까지, 도심의 풍경이 고스란히 담겨 있었다. 그는 머릿속으로 여러 거리들을 떠올려보았다.

"농양이 생겼군요." 의사가 말했다. 그가 또 다른 도구를 집어 들고 그 끝으로 리버스의 치아 하나를 톡톡 두드렸다. "느낌이 있나요?" 리버스는 고개를 저었다. 간호사가 바짝 다가왔다. 킨 박사는 그녀에게 알아들을 수 없는 용어들을 늘어놓았다. 그리고 리버스의 입 안에 솜을 채워 넣기 시작했다.

"드릴로 손상된 치아에 구멍을 낼 겁니다. 고름을 빼야 하니까요. 한결 나아질 겁니다. 어차피 이 치아는 거의 죽은 거나 다름없거든요. 치근관 치료는 나중에 하죠. 일단은 고름을 빼내는 게 시급하니까."

리버스의 이마에는 땀이 맺혀 있었다. 침을 빨아들이는 튜브가 그의 입 안으로 파고들었다.

"우선 주사부터 놓겠습니다. 몇 분 있으면 마취가 될 겁니다."

리버스는 천장을 올려다보았다. 데이비 수터가 생을 마감했던 칼튼 힐. 세인트 레너즈도 보이고, 그레이트 런던 가도…… 하이드 클럽은 그 바로 밑에 있었다. 저기! 월리와 딕시가 살았던 스텐하우스. 소튼 교도소도 선명히 보였다. 그리고 매커널리가 자신의 머리를 날려버렸던 워렌더 학교. 그는 복잡하게 얽힌 도로들을 물끄러미 올려다보았다. 많은 사람들이 살고 있는, 그리고 목숨을 잃은 곳. 월리와 딕시는 커스티 케네디와 잘 아는 사이였다. 그녀의 아버지는 시장이었고, 매커널리는 자기파괴 행위의 목격자로 의원을 선택했다. 이 도시의 50만 시민의 삶은 그렇게 서로 얽히고설켜 있었다.

"자," 의사가 말했다. "처음엔 통증이 조금 느껴지실 겁니다."

리버스의 눈은 계속해서 천장의 사진을 훑어나갔다. 그가 살고 있는 마치몬트. 트레사 매커널리의 집이 있는 톨크로스. 사진이 찍혔을 때만 해도 완전히 개발되지 않았던 사우스 가일. 파헤쳐진 사진 속 황무지는 이제 많은 건물과 도로들로 가득 차 있었다. 빌어먹을, 왜 이리 아픈 거야?

"아." 마침내 킨 박사가 말했다. "다 됐습니다." 리버스는 무언가가 목구멍을 타고 흘러내리는 기분을 느꼈다. 코 밑의 압력이 완화되고 있었다. 꼭 물이 새는 라디에이터가 된 느낌이야. 그는 생각했다. "농양이 빠지면……" 그가 속삭임에 가까운 목소리로 말했다. "상태가 나아질 겁니다."

그래. 리버스는 생각했다. 그래야지.

의사가 그의 입 안 구석구석을 잠시 살펴보았다. 킨 박사가 썩은 치아를 불러주자 간호사가 손에 쥔 카드에 그 내용을 받아 적었다.

"오늘은 봉을 더 박아 넣지 않을 겁니다." 그가 리버스에게 말했다.

리버스가 물로 입 안을 헹구자 간호사가 그의 목에 둘러진 고무 턱받이를 빼주었다. 리버스는 혀끝으로 입 안을 찬찬히 훑어보았다. 앞니 뒤에 작은 구멍이 나 있었다.

"농양이 빠지는 중입니다. 며칠만 더 참으세요. 치근관 치료는 농양이 다 빠지고 나서 시작할 겁니다. 아시겠죠?" 그가 리버스를 쳐다보며 미소를 지었다. "그건 그렇고, 마지막으로 검진을 받으신 게 언제였습니까?"

"11년? 12년쯤 됐습니다."

의사가 고개를 저었다.

"다음 치료 예약을 해드릴게요." 간호사가 말했다. 그녀가 진료실을 나가자 킨 박사가 라텍스 장갑을 벗고 손을 씻었다.

"장갑을 꼈으니……" 그가 말했다. "굳이 손을 씻을 필요는 없습니다만 30년 된 습관을 고치기가 힘드네요."

"에이즈 때문에 끼시는 겁니까?"

"그렇습니다. 자, 그럼 다음에 뵙겠습니다, 미스터……"

"리버스, 경위입니다."

"아?"

"잠깐 저랑 얘기 좀 하실까요?" 리버스의 목소리는 웅얼거림에 가까웠다. 마취에서 완전히 풀리지 않았기 때문이다. 다행히 킨 박사는 그의 말을 이해하는 데 어려움이 없는 듯했다.

"공식적인 인터뷰입니까?"

"뭐 그렇다고 볼 수 있겠죠. 박사님께선 더우드 차터스를 아시죠?"

킨 박사가 코웃음을 치며 도구들을 정리했다.

"아신다는 뜻으로 이해하겠습니다." 리버스가 말했다.

"경위님처럼 어느 날 불쑥 찾아와 치료를 요청했습니다. 그 후로 밖에서 몇 번 마주쳤었죠. 제게 제안을 하더군요."

"사업 제안이었습니까?"

"투자자를 찾는 중이라고 했습니다. 좋은 사업 아이템이 있다면서 말이죠. 알아보니 입증된 실적을 갖고 있더군요. 파노테크 창업에 필요한 자금을 댔답니다. 그 정도면 믿을 만하지 않습니까. 물론 그의 말만 철석같이 믿은 건 아닙니다. 회계사를 시켜 좀 알아보라고 했었죠. 전문가들이 내놓은 전망이 꽤 밝은 편이었습니다."

"어떤 회사였습니까?"

"데리(더우드의 애칭)는 아주 설득력 있었습니다. 프로젝트의 부정적인 부분도 솔직하게 털어놓았죠. 신기하게도 그렇게 깎아내릴수록 더 그럴싸하게 들렸습니다. 그는 제게 부담을 주지 않으려고 무던히 애를 썼어요. 아무튼 좀 알아보니까 경기가 침체되면 오히려 수익이 나는 사업이더군요. 바로 그게 방금 말씀드린 부정적인 부분이었습니다. 남들이 불행할수록 투자자들이 돈을 벌 수 있다는 것. 그는 구조조정이라는 명목으로 해고된 직원들에게 재교육과 상담을 해주는 회사를 차리려고 했습니다. 그리고 '앨바바이스'라는 이름을 붙이려고 했죠. 유럽 공동체로부터 보조금을 받고 스코틀랜드 오피스에서 지원금을 받을 수 있을 거라고요. 그런데 당장 착수금이 필요하답니다." 킨 박사가 잠시 말을 멈추었다. "그때도 그말을 믿었고, 사실 지금도 마찬가지입니다. 그 돈을 창업에 쓰기만 했다면 분명 성공했을 거예요."

"하지만 그 돈으로 엉뚱한 짓을 했군요. 그렇죠?"

킨 박사가 한숨을 내쉬었다. "빚을 갚는 데 돈을 썼답니다. 유흥비로도 쓰고. 그는 총 열 명의 투자자를 모았고, 일인당 5천 파운드씩을 걸었습니다. 그렇게 손에 쥔 5만 파운드는 달랑 3주 만에 탕진해버렸고요."

그리고 줄행랑을 치려했지. 한 투자자가 예리한 회계사를 두고 있다는 것도 모르고. 차터스는 런던행 비행기에 오르려다가 체포되었다.

"국세청과 경찰의 사기 전담반이 그의 사건을 조사했는데 사실관계가 명확하지 않은 부분이 꽤 많이 발견됐답니다. 물론 데리는 묵비권을 행사했고요. 재판이 진행되는 내내 한마디도 하지 않았습니다." 그가 리버스를 쳐다보았다. "그런데 무슨 일이라도 생긴 겁니까?"

리버스가 어깨를 으쓱였다. "아직 말씀드릴 단계는 아닙니다." 그가 상투적인 답변을 내놓았다. 하지만 킨 박사는 더 이상 캐묻지 않았다.

"돈을 잃은 게 문제가 아닙니다." 그가 리버스에게 말했다. "배신감이 너무 컸다는 게 문제죠."

"그 심정 이해합니다."

차터스의 사건 기록은 매우 흥미로웠다. 경찰이 앨바바이스와 더우드 차터스의 다른 사업들을 수사했을 당시 사기 전담반에는 프랭크 로더데일의 이름도 올라 있었다. 리버스는 한때 로더데일이 그레이트 런던 가를 떠나 있었다는 사실을 떠올렸다. 하지만 파일에는 로더데일보다 훨씬 흥미로운 이름이 담겨 있었다. 당시 사기 전담반을 지휘했던 앨런 거너 총경. 현재 그는 로디언과 보더스 경찰청 차장이었다.

흥미로운 내용은 그것뿐만이 아니었다.

"킨 박사님, 혹시 할데인이라는 남자를 아십니까?"

"아뇨."

"미국인입니다. 영사관에서 일하고요."

킨 박사가 고개를 저었다. "아뇨, 처음 듣는 이름입니다. 중요한 인물인가요?"

"앨바바이스에게 사기당한 또 다른 투자자입니다. 박사님과 안면이 있는 인물인 줄 알았습니다."

"증인으로 신청됐다면 법정에서 만났을 수도 있겠죠. 하지만 차터스는 마지막 순간에 유죄를 인정했습니다."

"정말요? 그가 왜 그랬을까요?"

"모르겠습니다. 제 변호사도 많이 놀라더군요. 그렇지 않아도 빈틈이 많은 사건이라 골머리를 썩고 있었는데. 말씀드렸다시피 그는 입증된 실적을 갖고 있었습니다. 끝까지 재판을 이어갔다면 무죄를 선고받았을지도 모릅니다. 그냥 벌금만 내고 풀려났을 수도 있고요. 그런데도 그는 굳이 교도소행을 택했습니다. 그땐 그가 왜 그랬는지 많이 궁금했죠."

리버스도 그게 궁금했다. "어쩌면······" 그가 말했다. "법정에서 밝혀질지 모르는 누군가, 또는 무언가를 보호하기 위해서였는지도 모르죠."

"그게 뭐였을까요?"

리버스는 미소를 흘리며 살짝 윙크를 해 보였다. 그는 복도로 나와 코트를 걸쳤다. 간호사는 이미 퇴근한 후였다. 그녀의 책상에는 예약 카드가 놓여 있었다. 킨 박사가 그것을 집어 들고 리버스에게 건넸다.

"며칠 뒤에 또 뵙겠습니다."

리버스가 카드를 살펴보았다. 뒷면에는 예약 날짜 여섯 개가 줄지어 적혀 있었다.

"킨 박사님." 그가 말했다. "대체 봉을 몇 개나 더 박아 넣어야 하는 겁니까?"

"열다섯 개요." 치과의사가 사무적으로 대답했다. 그리고 리버스를 문 밖까지 배웅해주었다.

26

그날 밤, 리버스는 트레사 매커널리를 만나러 갔다.

아파트 문은 잠겨 있지 않았다. 그는 계단을 타고 그녀의 집으로 올라 갔다. 현관문 안에서 흥겨운 음악이 흘러나왔다. 가끔 박자에 맞춘 손뼉 소리도 들려왔다. 리버스는 초인종을 누르고 기다렸다. 응답이 없자 그는 다시 한 번 눌러보았다. 그제야 음악소리가 줄어들었다. 문 뒤에서 목소리 가 흘러나왔다. "누구세요?"

"리버스 경위입니다."

"잠시만요." 그녀는 한참 뜸을 들이다가 문을 열었다. 하지만 도어체인 은 풀지 않았다. "무슨 일이죠?"

그녀 뒤로 굳게 닫힌 거실 문이 보였다. 복도 카펫에는 혼합주 한 상자 가 놓여 있었다. 트레사 매커널리는 편안한 옷차림을 하고 있었다. 헐렁한 티셔츠, 꽉 끼는 검은 바지, 그리고 고리 모양 금 귀걸이. 안에서 무얼 하고 있었는지 그녀는 땀을 뻘뻘 흘리고 있었다.

"잠시 들어가도 되겠습니까?" 리버스가 물었다.

"그건 곤란해요. 대체 무슨 일인데 그래요?"

"위 셔그 문제입니다."

"그 사람은 죽었어요. 다 끝난 일이라고요." 그녀가 문을 닫으려고 했다. 리버스는 한 손으로 문을 밀어냈다.

"돈이 어디서 났습니까, 트레사?"

"돈이라뇨?"

"이 아파트를 꾸미는 데 쓴 돈 말입니다."

"그걸 당신이 알아서 뭘 하려고……"

"솔직하게 털어놓을 때까지 매일 찾아와 괴롭힐 겁니다."

"최후의 심판일까지 기다려야 할 걸요."

리버스가 미소를 지었다. "그날은 생각보다 빨리 찾아올 겁니다." 그가 문에서 손을 뗐다. 하지만 그녀는 문을 닫지 않았다.

"그게 무슨 뜻이죠?"

"안에 또 누가 있습니까?"

"아무도 없어요."

"아무도요?"

트레사 매커널리는 의외로 철면피가 아닌 듯했다. 거짓말을 반복하지 못하는 걸 보면. 그녀가 문을 닫았다.

리버스는 귀를 쫑긋 세운 채 잠시 서 있다가 메이지 핀치의 집으로 발길을 돌렸다. 그가 초인종을 눌러봤지만 예상했던 대로 응답이 없었다. 당연한 일이었다. 트레사 매커널리의 거실 문 뒤에 숨어 있느라 바쁠 테니까.

다음날 아침, 리버스는 미국 영사관에 전화를 걸었다.

"이것도 녹음된 메시지입니까?" 리버스가 물었다.

"아뇨. 저는 기계가 아닙니다."

"다행이군요. 죄송하지만 할데인 씨를 바꿔주시겠습니까?"

"성함이 어떻게 되시죠?"

"존 리버스 경위입니다."

대기 시간은 생각보다 짧았다.

"경위님? 무슨 일로 전화 주셨습니까?" 매끄럽고 세련된 미국 악센트. 리버스는 '아이비 리그'가 무슨 뜻인지 정확히 알지 못했다. 하지만 할데인의 목소리는 그로 하여금 그 단어를 떠올리게 만들었다.

"미납 상태의 주차 위반 딱지가 많이 쌓였습니다."

여유가 넘치는지 상대가 킬킬 웃었다. "맙소사, 고작 그것 때문에 전화 주신 겁니까? 굳이 받으셔야겠다면 납부하겠습니다. 이 문제가 큰 외교적 분쟁으로 번지는 걸 원치 않거든요."

"사실 전화 드린 이유는 또 있습니다. 더우드 차터스와 관련해서 몇 가지 여쭙고 싶어요."

"빌어먹을. 그 친구가 이번엔 또 무슨 짓을 벌였습니까?" 그가 잠시 말을 멈추었다. "이젠 돈을 돌려받을 수 있게 된 건가요?"

"만나 뵙고 말씀드려도 되겠습니까?"

"네, 그러시죠. 이쪽으로 오시겠습니까?" 자신이 마음을 놓을 수 있는 미국 영사관에서 보자는 제안이었다.

"노스 브리티시." 리버스가 말했다. "거기서 모닝커피 같이하시죠."

"요즘도 노스 브리티시라고 부릅니까?"

"스코틀랜드에 대해 아직 모르시는 게 많군요, 할데인 씨. 10시 30분, 괜찮으시겠습니까?"

"좋습니다, 경위님. 그럼 이따 뵙겠습니다."

리버스는 세인트 레너즈에 전화를 걸어 쇼반 클락을 바꿔달라고 했다.
"거기 분위기는 어때?"

"템플러 경감이 출근하자마자 저를 사무실로 호출했어요. 경위님과 연락을 나누진 않았는지 묻더군요. 그것 말고도 많은 걸 물어봤어요."

"물어보라지, 뭐. 또 물어보면 내가 란사로테 섬에 가 있다고 해."

"알겠습니다."

"할데인의 주차 위반 딱지들 있지? 정확히 어디서 떼인 것들이지?"

"어디 적어놓은 것 같은데요." 수화기에서 수첩 펼치는 소리가 흘러나왔다.

"화재 사건 조사는 어떻게 됐나?"

"누가 일부러 불을 낸 게 아니래요. 그럼 천재지변이라도 된다는 건지 원. 쓰레기통에서 담배꽁초나 성냥이 발견되지 않았다나요."

"당연히 그랬겠지. 플라워가 증거를 완벽히 없애고 나서 불이 났다고 알렸을 테니까."

"자, 여기 있네요. 프린스 가, 제임스 크레이그 워크, 그리고 로얄 서커스. 이게 전부네요. 날짜는 모르겠습니다. 뒤의 두 곳에선 딱지를 여러 번 뗀 것으로 확인됐습니다."

리버스는 수고했다는 한마디를 남기고 전화를 끊었다. 그는 지도책을 펼치고 제임스 크레이그 워크를 찾아보았다. 뉴 세인트 앤드류스 하우스에서 멀지 않은 곳이었다. 할데인이 스코틀랜드 오피스를 들락거렸다는 뜻이다. 프린스 가에서 떼인 딱지는 별 의미가 없을 것이다. 보나마나 그곳에서 쇼핑을 했다는 증거에 불과할 테니. 리버스는 로얄 서커스 딱지가 어떤 의미를 갖고 있을지 궁금했다. 그는 의원의 파일을 떠올려보았다.

SDA/SE; A C 할데인; 가일 파크 웨스트; 멘성.

그는 아직도 멘성이 뭔지 모르고 있었다. 부디 할데인이 그 부분에 도움을 주기를 바랄 뿐이었다.

리버스는 발모럴 포르테 그랜드의 라운지에 앉아 있었다. 한때 노스 브리티시라고 불렸던 곳이다. 웨이터가 다가오자 그는 손님을 기다리는 중이지만 주문은 하겠다고 했다. 카페인 없는 커피 두 잔과 케이크나 비스킷 따위.

"과일 스콘은 어떠십니까?"

"아무거나 상관없어요."

"감사합니다."

리버스는 자신이 그나마 괜찮은 축에 속하는 양복을 걸치고 있음을 다행으로 여겼다. 고급 호텔에 그럭저럭 걸맞아 보이는 차림이었다. 그가 마지막으로 이곳에서 커피를 마신 건 질 템플러와 함께였었다. 아주 오래전, 두 사람이 한창 사귀고 있었을 때. 유심히 보니 벽에는 금이 가 있었고, 페인트는 색이 바래 있었다.

리버스는 라운지로 들어서는 남자가 할데인임을 대번에 알아차릴 수 있었다. 크림색 바바리코트 차림의 미국 남자는 키가 컸고 아주 말쑥한 모습이었다. 할데인은 금발이었고, 숱 없는 머리털 안으로는 분홍빛 두피가 훤히 들여다보였다. 그는 마흔 살쯤 되어보였고 둥근 뿔테 안경을 걸치고 있었다. 그의 얼굴은 야위었고 둥글납작한 이마는 번들거렸다.

"리버스 경위님이십니까?" 그가 리버스의 손을 잡았다. 리버스는 그에게 앉으라고 손짓했다.

"이곳 겨울이 아주 혹독하죠?" 리버스가 말했다.

"저는 일리노이 출신입니다." 할데인이 코트를 벗으며 말했다. "그곳 겨울은 여기에 비할 게 아닙니다." 오싹한 기억이 떠올랐는지 그가 몸을 바르르 떨었다. 그리고 또다시 킬킬 웃었다. 보는 이로 하여금 짜증나게 만드는 못된 버릇이었다.

사실 리버스에게도 못된 버릇이 하나 있었다. 혀끝으로 계속해서 치아에 뚫린 구멍을 후벼대는 것. 그는 점점 그 구멍이 좋아져가는 중이었다.

"킨 박사님을 아십니까?" 그가 미국 남자에게 물었다.

할데인이 잘 모르겠다는 표정을 지었다. "힌트를 좀 주시겠습니까?"

"치과의사입니다. 데리 차터스의 또 다른 피해자이기도 하고요."

할데인이 푹신한 의자의 등받이에 몸을 붙였다. "무려 5천 파운드나 꼴아박았습니다. 피해가 이만저만이 아니에요. 저는 백만장자가 아니라 일개 외교관에 불과합니다."

"영사관에서는 무슨 일을 하십니까?"

"산업 부문에서 역할을 하고 있습니다. 다른 나라였다면 양방향 과정이겠지만 스코틀랜드엔 미국에 공장을 지으려는 기업이 많지 않습니다. 그래서 저는 반대로 이곳에 공장을 짓고 싶어 하는 미국 기업들을 알아보는 업무를 맡고 있습니다. 그건 그렇고, 오늘따라 이상하네요. 원래 이렇게 붐비는 곳이 아닌데." 그가 좌우를 살피며 말했다. "웨이터들도 굼뜬 것 같고."

"제가 미리 주문해놓았습니다. 괜찮으시죠?" 할데인이 어깨를 으쓱였다. "데리 차터스는 어떻게 아시는 거죠?"

"파티에서 소개받았습니다. 누가 소개했는지는 기억나지 않습니다만……"

"어떤 파티였는지는 기억하십니까?"

"음, 스코틀랜드 오피스 파티였을 거예요. 그래서 참석했던 거죠."

"차터스 씨는?"

"그는 사업가였습니다. 경위님은 그에 대해 얼마나 알고 계십니까?"

"아는 게 거의 없습니다." 리버스는 거짓으로 둘러댔다. 할데인이 어느 방향으로 대화를 이끌어나갈지 모르기 때문이었다.

"회사 몇 개를 경영하고 있다고 했습니다. 전부 수익을 내고 있다고도 했고요. 하지만 그 정도로는 성에 차지 않는답니다. 하지만 제가 보기엔 권태를 느끼는 것 같았습니다. 프로젝트를 론칭하고 창업하는 걸 즐기지만 막상 자리를 잡고 나면 흥미를 잃어버리는, 그런 패턴이 이어져온 모양입니다. 그래서 늘 새 아이템을 찾아 헤매는 거죠. 그는 그 방면에 재능이 있었습니다. 그래서 저도 후원자가 돼달라는 요청을 받았을 때 어떠한 의심도 하지 않았던 거고요."

"그를 잘 아셨습니까?"

"그건 아니고요. 사업 얘기를 할 때는 멀쩡한데…… 사교적인 부분은 많이 떨어지더군요. 평범하고 의례적인 대화엔 전혀 흥미를 보이지 않았습니다. 전형적인 80년대의 산물이었죠. 빌어먹을 대처 여사가 만들어낸."

카페티에르와 과일 스콘이 도착했다. 스콘에 바를 버터와 잼과 고형 크림도 보였다.

"먹음직스러워 보이는군요. 감사합니다." 할데인이 웨이터에게 말했다. 그가 컵에 커피를 따라주는 동안 리버스는 또 다른 질문을 던졌다.

"혹시 멘성이라는 사람을 아십니까?"

"이름이 뭐라고요?"

"멘싱."

할데인이 고개를 저으며 리버스에게 컵과 받침을 건넸다. 그는 단 한 방울도 흘리지 않고 완벽하게 커피를 서빙했다.

"미국 기업들을 돕고 계시다면 말입니다, 할데인 씨. 스코틀랜드 경제개발공사와도 거래를 하시겠군요."

"늘 하죠."

"투자개발청하고도요?"

"물론입니다. 문제는 협력 관계가 확립됐다 싶으면 정부가 모든 걸 뒤엎어버린다는 겁니다. 이름도 바꾸고, 룰도 바꾸고, 담당자들도 바꾸고. 스코틀랜드 개발청은 스코틀랜드 경제개발공사가 됐고, 하일랜드 개발이사회는 하일랜드 개발공사로 둔갑해버렸죠. 하는 수 없이 저도 원점에서 모든 걸 다시 시작해야 했습니다. 파트너가 돼줄 만한 사람을 찾아 저 자신을 소개하는 일부터 말이죠."

"꽤 고된 일이었군요."

"그래도 누군가는 해야 하지 않겠습니까." 할데인이 반으로 나눈 스콘에 크림을 듬뿍 발랐다. "저는 페이스트리를 아주 좋아합니다." 그가 스콘을 크게 한 입 베어 물었다.

"이곳에 오신 지 오래됐습니까?" 리버스가 물었다.

"9년 됐습니다. 호출을 받고 미국에 돌아가 2년 정도 있었는데요, 제가 윗선을 설득해 다시 오게 됐죠. 저는 스코틀랜드가 좋습니다. 제 조상도 이곳 출신이고요."

"언젠가 이런 소문을 들은 적이 있습니다." 리버스가 말했다. "미국 기업 경영진에 스코틀랜드 마피아가 적지 않다는 소문. 그들이 총수들을 부추겨 스코틀랜드에 공장을 짓게 만든다면서요?"

할데인이 냅킨으로 입가에 묻은 크림을 닦아냈다. "그렇습니다." 그가 말했다. "하지만 뭐 어쩌겠습니까. 불법 행위도 아닌데."

"그럼 어떤 게 불법 행위입니까, 할데인 씨?"

"뇌물을 주고받는 거겠죠."

"이곳에 공장을 짓는 비용이 미국에 비해 많이 싼 편이죠?"

"물론 그런 분야도 있긴 합니다. 아무래도 여기저기서 보조금이 나오니까요. 유럽공동체에서 주는 것도 있고, 영국 정부에서 주는 것도 있고요."

"드로리언 스캔들(자동차 제조업자 존 Z. 드로리언이 1982년, 코카인을 불법 유통시키려다 적발된 사건) 기억하십니까?" 리버스가 말했다.

"그래도 차는 끝내줬잖아요."

"영국 납세자들에게 수백만 파운드의 피해를 끼친 사실을 잊으시면 안 되죠."

"그거랑 상관없이 세금은 꼬박꼬박 내야 하는 거 아닙니까, 경위님. 드로리언이 아니었어도 또 다른 누군가가 챙겨갔을 겁니다." 할데인이 다시 어깨를 으쓱였다. 그의 목소리와 몸집, 무엇 하나 과장되지 않은 게 없었다. 그새 스코틀랜드인이 다 되어버린 모양이었다.

"그러니까 스코틀랜드 마피아에 대한 소문이 사실이라는 말씀이죠?"

"아무래도 그렇지 않겠습니까? 저 역시 경위님처럼 솔직히 다 말씀드리는 겁니다."

"그 점은 감사하게 생각하고 있습니다."

"경위님께선 제 주차 위반 딱지를 쥐고 계시지 않습니까. 오히려 제가 감사하죠." 그가 킬킬 웃었다. "이게 무슨 커피죠?"

"디카페인입니다."

"나쁘지 않은데요. 카페인이 무척 당기긴 합니다만. 웨이터!" 십대 소년이 총총 걸어 다가왔다. "더블 에스프레소. 고마워요." 할데인이 리버스를 돌아보았다. "이제 무슨 일 때문인지 말씀해주시죠, 경위님. 어째서 데리 차터스 얘기가 쏙 들어간 겁니까?"

"수사가 한창 진행 중이라 상세히 설명해드리는 건 좀……"

"이건 너무 불공평하지 않습니까? 이런 게 영국 스타일도 아니고 말입니다."

"여긴 영국이 아닙니다, 할데인 씨."

"그래도 지금껏 제 얘기를 들으셨으니 이젠 경찰 쪽 얘기를 들려주셔야죠."

할데인은 이 상황을 은근히 즐기고 있는 듯했다. 리버스는 문득 할데인이 들려준 이야기 중 어디까지가 진실인지 궁금해졌다. 원래 거짓말은 진실이라는 얇은 포장지에 덮여 나오기 마련이니까. 하지만 포장지를 벗겨내는 건 나중에 리버스가 따로 해야 할 일이었다.

"그러지 마시고요, 경위님." 할데인이 끈질기게 말했다. "데리에 대해 궁금해 하신다는 건 알겠습니다. 하지만 그는 아직도 복역 중입니다. 그가 감방 안에서 페이퍼 컴퍼니라도 차린 겁니까?"

"페이퍼 컴퍼니?"

"그 왜 있지 않습니까. 이름뿐이고 실체가 없는 회사." 할데인이 갑자기 입을 닫고 주머니에서 손수건을 꺼냈다.

일부러 뜸을 들이는 거야. 리버스는 생각했다. 하지만 대체 왜? 마침내 에스프레소가 도착했다. 할데인이 몇 모금 넘기고 나서 평정을 되찾았다.

"오늘 저는 선의를 갖고 이 자리에 나왔습니다." 그가 다시 입을 열었다. "공식 자격으로 오시지도 않은 분께 성심껏 답변해드렸고요." 할데인이 리버스의 표정을 살피며 미소를 지었다. "저는 경위님이 정말 경찰인지 확인해보고 싶었습니다. 우리 미국 외교관들은 한순간도 방심하면 안 되거든요. 경감님께 여쭤보니 경위님이 휴가 중이라고 알려주시더군요."

리버스는 말없이 스콘을 한 입 베어 물었다.

"휴가 중이신데 왜 이리 열심히 수사를 하시는 겁니까?" 할데인이 남은 커피를 마저 들이켰다. "기분 좋은 만남이 되길 바랐는데 오히려 그 반대였네요." 그가 코트를 다시 걸쳤다. "앞으로 다시 뵙는 일이 없었으면 좋겠습니다, 경위님. 참고로 미납된 주차 위반 딱지는 오늘 다 처리해드렸습니다. 이젠 서로 다시 볼 이유가 없겠죠?"

"로얄 서커스는 누굴 만나러 들락거린 겁니까?"

순간 할데인이 당황하는 기색을 보였다. "거기엔 아는 사람이 없는데요." 그가 애써 태연한 척하며 말했다. "제 직장 상사라면 그런 서클에 낄 만하지만 저는 절대 아닙니다."

"그런 서클이라면?"

할데인은 답변하지 않았다. 그가 자리에서 일어나 허리를 살짝 숙여 인사했다. "그럼 계산을 부탁드리겠습니다, 경위님." 그는 돌아서서 밖으로 나가버렸다.

리버스는 그를 따라가 잡지 않았다. 생각할 것도 많고, 마셔야 할 커피도 많이 남아 있었기 때문이다.

27

리버스에게는 옵션이 두 가지 있었다. 집으로 돌아가 농부나 질의 연락을 기다리든지, 먼저 세인트 레너즈로 쳐들어가든지. 그는 후자를 택했다.

그가 건물로 들어선 지 3분도 채 지나지 않았을 때 농부가 그를 발견하고 다가왔다.

"내 사무실로 오게. 당장."

리버스는 농부의 책상에 완벽하게 세팅된 컴퓨터를 내려다보았다. 그자리를 지켜온 그의 가족사진은 서류 캐비닛 위에 놓여 있었다.

"이번 것은 좀 쓸 만합니까, 총경님?" 리버스가 물었다. 하지만 농부는 그런 잡담에 관심이 없는 듯했다.

"대체 무슨 짓을 하고 다니는 건가? 휴가를 받았으면 집에서 조용히 쉴 일이지."

"덕분에 잘 쉬고 있습니다."

"외국 영사관 직원을 괴롭혀대는 게 잘 쉬는 건가?"

"그렇다고 제가 미국까지 날아갈 순 없는 일이지 않습니까."

"차라리 그러지 그랬나."

"그냥 볼일이 좀 있었습니다, 총경님."

"무슨 볼일?"

"경찰 업무는 아닙니다."

농부가 그를 매섭게 노려보았다. "부디 그게 사실이길 바라네, 경위."

"맹세코 사실입니다, 총경님."

"허튼수작 부리다간 징계를 받게 될 거야. 정직 처분이 내려질 수도 있다고."

나한테는 천국이지. 리버스는 생각했다. 그는 농부에게 명심하겠다고 말했다.

그가 메인 사무실로 들어가 메시지를 확인했다. 그의 파노테크 컴퓨터 화면에는 메모지 대여섯 장이 붙어 있었다. 사방에서 키보드 두드리는 소리가 경쾌하게 들렸다. 그는 불청객이라도 되는 듯 자신의 새 컴퓨터를 못마땅한 표정으로 내려다보았다. 화면 속에 비친 얼굴이 그를 응시하고 있었다.

메시지들 중 세 개는 스코틀랜드 오피스의 로리 매컬리스터가 남겨놓은 것이었다. 리버스는 수화기를 집어 들었다.

"매컬리스터입니다."

"매컬리스터 씨, 존 리버스입니다."

"경위님, 전화 주셔서 감사합니다." 매컬리스터의 목소리에서 안도감과 불안함이 동시에 묻어나왔다.

"무슨 일 있습니까?"

"만나 뵙고 말씀드려도 되겠습니까?"

"물론이죠. 하지만 그 전에 대충이라도 알려주시면……"

"칼튼 공동묘지에서 1시에 뵙겠습니다." 그 말만 남기고 그는 전화를 끊었다.

한낮의 칼튼 공동묘지는 쥐 죽은 듯 조용했다. 여름에는 데이비드 흄(스코틀랜드의 에든버러에서 태어난 철학자)의 무덤을 보기 위해 많은 관광객들이 묘지를 찾았다. 아는 게 많거나 호기심이 충만한 사람들은 출판인 콘스터블과 화가 데이비드 앨런의 무덤을 찾아보기도 했다. 묘지에는 에이브러햄 링컨의 동상도 있었다. 이미 공공 기물 파손자들의 대형 해머에 맞아 무너져 내렸는지도 모르지만.

상쾌한 겨울날 오후였지만 묘비를 보러 온 사람은 아무도 없는 듯했다. 리버스는 묘지 정문을 지나 천천히 걸어 올라갔다. 검은 우산을 지팡이처럼 쥔 남자가 기념비에 새겨진 글귀를 읽고 있었다. 올백으로 빗어 넘긴 숱 없는 머리는 희끗희끗했다. 그의 얼굴과 귀는 빨갛게 변해 있었다. 그는 허리에 벨트가 둘러진 검은 모직 외투 차림이었다.

그가 리버스를 발견하고는 와보라고 손짓했다. 리버스는 돌계단을 올라 그에게 다가갔다.

"오랜만에 와봤어요." 남자가 말했다. 세월에 씻겨나갔는지 스코틀랜드 악센트는 들리지 않았다. "당신이 리버스, 맞죠?"

리버스는 남자를 뚫어져라 쳐다보았다. "그렇습니다만."

"매컬리스터 대신 나왔습니다. 난 그의 동료입니다."

남자의 얼굴에는 얽은 자국이 있었고, 한쪽 눈은 다른 쪽에 비해 살짝 졸려 보였다. 그가 한 손으로 캐시미어 목도리를 코트 깃 안으로 쑤셔 넣었다.

"이름이 뭡니까?" 리버스가 말했다. 갑자기 던져진 무뚝뚝한 질문에 남자는 살짝 당황해하는 모습이었다.

"난 헌터라고 합니다." 그의 목소리 톤과 태도가 심상치 않았다. 리버스는 그가 매컬리스터의 동료가 아니라 그의 상사일 거라 짐작했다.

"헌터 씨, 왜 날 보자고 했습니까?"

"당신이 왜 그런 걸 묻고 다니는지 궁금했습니다, 경위."

"그런 거라뇨?"

"당신이 매컬리스터에게 물어본 것들 말입니다." 그때 버스 한 대가 요란한 소리를 내며 지나갔다. 헌터의 목소리가 한층 높아졌다. "난 그게 궁금해요."

"왜 궁금하죠?"

"왜? 스코틀랜드 오피스는 원래 그런 것에 관심이 많거든요."

"그런 것이라는 게 정확히 뭡니까?"

버스가 멀어지자 헌터가 다시 목소리를 낮추었다. "단도직입적으로 얘기하겠습니다. 난 당신이 우리 일에 신경을 꺼주기를 바라고 있습니다. 적절치 않으니까요."

"그래요?"

"이해관계의 충돌이 있을지 모르거든요." 헌터가 우산의 호두나무 손잡이를 올려 자신의 턱에 갖다 댔다. "난 공무원이고 당신은 경찰입니다. 내가 당신 하는 일에 참견하면 기분이 어떻겠습니까?"

"일리가 있군요."

"하지만 결국엔 우리 둘 다 같은 처지 아니겠습니까?" 헌터가 우산 끝으로 땅에 나뒹구는 나뭇잎들을 툭툭 건드렸다. "당신의 참견이 우리가 오랫동안 진행해온 조사에 방해가 될 수 있습니다."

"조사가 스코틀랜드 오피스의 소관인 줄은 몰랐습니다, 헌터 씨. 혹시 내부 조사 말인가요?"

"예리한 데가 있군요, 경위. 남다른 지적 능력을 가진 것 같습니다."

"쓸데없는 말은 집어치우고요."

헌터의 얼굴이 살짝 어두워졌다. "우리 이 문제를 크게 키우지 맙시다." 그가 또다시 우산 끝으로 나뭇잎을 건드렸다.

"협조를 요청하는 겁니까?"

헌터가 잠시 생각에 잠겼다. "아쉽게도 아직은 아닙니다. 조사가 비밀리에 진행되고 있거든요. 하지만 나중엔 그런 요청을 하게 될지도 모릅니다. 전적인 협조 말입니다. 어떻습니까?" 그가 한 손을 내밀었다. "당신과 신사협정을 맺고 싶은데."

리버스는 그 손을 잡았다. 자신이 신사가 아니라는 걸 알고 있었지만 헌터를 안심시키려면 어쩔 수 없었다. 하지만 나이 든 남자는 전혀 마음을 놓은 것 같아 보이지 않았다. 그저 피를 보지 않고 협상이 마무리된 데에 만족하는 눈치였다. 그가 천천히 돌아섰다.

"뭔가 내놓을 정보가 생기면 연락하겠습니다." 그가 리버스에게 말했다.

"헌터 씨? 왜 매컬리스터를 시켜 내게 전화한 겁니까? 왜 직접 걸지 않았죠?"

헌터가 엷은 미소를 지어 보였다. "그래야 더 흥미롭지 않겠습니까?" 그는 절뚝거리며 계단을 내려갔다. 자존심 때문에 지팡이 대신 우산을 챙겨 다니는 모양이었다. 리버스는 30초쯤 기다렸다가 빠르게 걸어 정문을 빠져나갔다. 도로 오른편으로 워털루 플레이스를 따라 걸음을 옮겨나가는 헌터의 뒷모습이 보였다. 리버스는 충분한 거리를 유지한 채 그를 미행했다.

남자의 목적지는 묘지에서 얼마 떨어지지 않은 세인트 앤드류스 하우스였다. 스코틀랜드 오피스 고위 관료들이 일하는 곳. 한때 칼튼 교도소가 버티고 서 있었던 곳이다. 리버스는 거무튀튀한 건물을 지나 길을 건넜다. 그리고 옛 에든버러 왕립 고등학교 앞에 멈춰 섰다. 오랜 세월 동안 많은 정치가들을 배출한 명문 학교였다. 버려진 건물 밖에는 스코틀랜드 의회로의 권력 이양을 요구하는 시위자 한 명이 버티고 서 있었다.

리버스는 세인트 앤드루스 하우스를 한동안 바라보다가 워털루 플레이스를 따라 왔던 길을 되돌아갔다. 자신의 차가 불법으로 세워진 곳으로. 주차 위반 딱지를 받았지만 그건 나중에 수습하면 될 문제였다. 지난 몇 년간 그가 받은 딱지들은 할데인이 받은 것보다 조금 많았다. 내 말만 따르면 돼. 그는 생각했다. 행동은 따르지 말고. 그것 외에도 '부가 혜택'은 많았다. 공짜로 먹을 수 있는 카페와 레스토랑들, 그의 돈의 가치를 인정해주지 않는 술집들, 롤빵 한 묶음을 슬쩍 넣어주는 빵집. 그는 스스로를 부패하다고 생각하지 않았다. 하지만 남들의 눈에 어떻게 비춰지는지는 또 다른 문제였다. 그가 매수되었다고 믿는 이들도 분명 있을 것이다.

내 말은 따르되 행동은 따르지 말라. 그는 속으로 그렇게 중얼거리며 주차 위반 딱지를 북북 찢어버렸다.

아파트로 돌아온 리버스는 스코틀랜드 오피스에 관련된 모든 정보를 꺼내보았다. 헌터라는 이름은 어디에도 없었다. 이런 문서에서는 공무원의 이름을 찾아보기 힘들었다. 재임 중인 국무상, 국무성 장관, 정무차관, 그리고 상원과 하원 의원들의 이름은 대문짝만 하게 걸어두면서. 매컬리스터가 설명했듯 그것들은 임시직에 지나지 않았다. 명목상의 최고위자들. 반면 고위 공무원들은 늘 침묵과 익명 뒤에 자신을 철저히 숨겼다. 겸

손하기 때문인지 신중하기 때문인지 모르겠지만. 어쩌면 전혀 다른 이유가 있는지도 몰랐다.

그는 메리 헨더슨의 집으로 전화를 걸었다.

"특종거리를 주시게요?" 그녀가 물었다. "지금 제 상황이 너무 절박해서 말이죠."

"스코틀랜드 오피스에 대해 뭐 아는 거 있어요?"

"조금 알죠."

"고위 관리직?"

"제가 마지막으로 살펴봤을 때랑 많이 달라졌을 거예요. 신문사에 연락해보세요. 누가 잘 알더라…… 내정內政이나 의회 담당 기자들? 맞아. 로디 맥거크. 그러면 도움이 돼드릴 수 있을 거예요. 제 이름을 대시면 돼요."

"고마워요, 메리."

"아까 특종이 절실하다는 얘기, 빈말이 아니었어요, 경위님."

리버스는 그녀가 알려준 대로 신문사에 전화를 걸어 로디 맥거크를 바꿔달라고 했다. 그는 금세 전화를 받았다.

"맥거크 씨, 저는 메리 헨더슨의 친구입니다. 그녀가 기자님 성함을 알려주면서 연락해보라고 하더군요. 그러면 도와주실 거라면서 말입니다."

"뭐든 물어보십시오." 그의 목소리에서는 웨스트 하일랜드 악센트가 묻어나왔다.

"스코틀랜드 오피스에 소속된 헌터라는 남자에 대해 알고 싶습니다. 오십대 후반쯤 됐고요, 지팡이 대신 우산을 짚고 다닙니다. 그리고……"

맥거크가 웃음을 터뜨렸다. "누군지 알겠습니다. 이아인 헌터 경을 말씀하시는 것 같네요."

"정확한 직함이 어떻게 됩니까?"

맥거크가 다시 웃음을 터뜨렸다. "사무차관입니다. 그 사람 자체가 스코틀랜드 오피스라고 할 수 있죠. 평소에는⋯⋯"

"그냥 퍼머넌트 세크리터리라고 불린다죠?" 리버스는 속이 메스꺼워졌다.

"이 나라의 정책 발기인입니다. '미스터 스코틀랜드'라고 불러도 뭐라 할 사람이 없죠."

"잘 알려진 공인인가요?"

"유명해질 필요가 없는 사람이죠. 옛날 유행했던 노래의 가사처럼 그에겐 이미 큰 파워가 있으니까."

리버스는 맥거크에게 고맙다고 말한 뒤 전화를 끊었다. 그의 몸이 바르르 떨렸다. 미스터 스코틀랜드⋯⋯ 권력자. 그는 갑자기 당혹스러워졌다. 내가 대체 무슨 짓을 한 거지?

그때 전화벨이 울렸다.

"깜빡 잊은 게 있어요." 메리 헨더슨이 말했다.

"뭔데요?"

"저번에 길레스피 의원에 대해 물어보셨죠?"

"뭐 알아낸 거 있어요?"

"어제 BBC 스코틀랜드의 누군가와 얘길 해봤어요. 제가 퀸 가에서 라디오를 진행하고 있다는 거 아시죠? 아무튼, 제가 알아낸 건 길레스피가 아니라 그의 아내에 대한 사실이에요."

"그녀가 왜요?"

"소문에 의하면 그녀가 누군가와 엮여 있다고 해요."

"바람을 피우고 있다는 얘긴가요?"

"네."

리버스는 의원의 집을 찾았던 때를 떠올렸다. 부부는 서로에 대한 애정이 없어 보였다. 당시 그는 외도가 그 이유일 거라고는 상상도 못했다.

"불륜 상대가 누군데요?"

"그건 저도 몰라요."

"BBC에 있다는 그 사람은 어떻게 알아낸 거죠?"

"시청에 취재 나갔다가 그런 소문을 들었다고 했어요. 아마 또 다른 의원일 거라더군요."

"추가 정보 입수하는 대로 알려줘요. 안녕, 메리."

리버스는 수화기를 내려놓고 복잡해진 머릿속을 정리하기 시작했다. 그의 시선이 종이 가닥들로 가득 찬 쓰레기 봉지들 쪽으로 돌아갔다. 아무리 애를 써도 명쾌한 답은 나오지 않았다. 그는 스스로에게 같은 질문을 다시 던져보았다.

내가 대체 무슨 짓을 한 거지?

28

프랭크 로더데일 경감은 왕립 병원의 개방된 병동에 누워 있었다. 창가 옆 구석에 놓인 그의 침대에서는 메도우즈가 훤히 내다보였다. 그와 옆 환자의 침대 사이에는 프라이버시 보호를 위한 커튼이 쳐져 있었다. 그의 침대 옆 캐비닛 위에는 꽃병이 놓여 있었다. 거기에 꽂힌 꽃들은 병실의 살인적인 열기에 바짝 말라가는 중이었다.

"잘하면 여기서 저희 집도 볼 수 있겠네요." 리버스가 창밖을 내다보며 말했다.

"덕분에 위로가 많이 됐어." 로더데일이 말했다. "빨리도 와주었구만."

"저는 병원이라면 질색입니다."

"그건 나도 마찬가지야. 여기 누워 있다고 회복이 빨라지는 것도 아닌데."

두 사람의 얼굴에 일제히 미소가 떠올랐다. 리버스가 경감의 얼굴을 유심히 쳐다보았다. "상태가 썩 좋아 보이진 않는군요."

로더데일은 꼭 안전면도기로 얼굴을 북북 문질러댄 어린아이 같아 보였다. 여기저기 크고 작은 상처들이 나 있었다. 차의 앞 유리가 산산조각 나면서 만들어놓은 것들이었다. 그의 눈 주위는 멍들고 퉁퉁 부어올라 있었다. 코에는 꿰맨 자국이 흉측하게 남아 있었다. 온몸을 뒤덮은 깁스와 붕대가 그를 코미디 프로그램에 등장하는 우스꽝스러운 환자처럼 만들어 놓았다.

"다리는 좀 어떻습니까?" 리버스가 물었다.

"간지러워."

"그건 좋은 징조일 겁니다."

"다시 걸을 수야 있겠지. 적어도…… 의사들은 그렇게 얘기하고 있어." 로더데일이 초조한 표정으로 미소를 지었다. "조금 절뚝거리긴 하겠지만 말이야."

"기왕이면 양쪽 다 절뚝거리시면 좋겠네요." 리버스가 말했다. "그래야 균형이 잡힐 테니까요."

"자네도 깁스에 서명을 하겠나?"

리버스가 로더데일의 다리에 씌워진 깁스를 내려다보았다. 거기에는 여러 방문자들의 서명이 남겨져 있었다. "어느 깁스에 해드릴까요?"

"그건 자네 마음대로 해."

리버스는 주머니에서 볼펜을 꺼냈다. 거친 표면에 무언가를 적는 것은 쉬운 일이 아니었다. 하지만 그는 최선을 다했다.

"뭐라고 적었지?" 로더데일이 목을 길게 뽑으며 물었다.

"'운전하기 전에 찰칵-찰칵(영국의 안전벨트 착용 캠페인 슬로건)'."

로더데일이 다시 몸을 눕혔다. "그 둘은 어떻게 됐지?"

윌리와 딕시 얘기였다. "저야 모르죠." 리버스가 말했다. "지금 휴가 중이거든요."

"그렇다고 들었어."

"그래요?"

"자네의 새 상관이 알려줬지. 하지만 난 의심을 거둘 수가 없어. 누구보다도 자네를 잘 알기 때문이지. 휴가인데도 아직 에든버러에 남아 있지 않은가. 당연히 수사를 계속 이어가고 있다는 뜻이겠지. 그건 그렇고, 그녀는 좀 어떤가?"

질 템플러 얘기였다. 리버스가 고개를 끄덕였다. "뭐 별일 없는 것 같습니다." 리버스는 그것이 프랭크 로더데일이 기대한 답이었을지 궁금했다. 그가 의자를 침대 앞으로 끌어와 앉았다. "솔직히 말씀드리면 문제가 좀 생겼습니다, 경감님."

"짐작은 했어. 그게 아니라면 자네가 날 찾아올 이유가 없잖아."

"시장의 딸 때문은 아니고요……"

"아직도 그 앨 못 찾은 거야?"

"거의 다 찾았습니다. 걘 그 두 녀석과 알고 지내온 사이였습니다."

"그 얘긴 못 들었는데."

리버스가 의자에 앉은 채 몸을 꼼지락거렸다. "아직 보고하지 않은 내용입니다."

로더데일이 고개를 저었다. "맙소사, 존……"

"말씀드린 것처럼 그 애 문제는 지금 당장 중요하지 않습니다. 그보다도 위 셔그 매커널리라는 삼류 건달 문제가 더 시급하죠."

"산탄총으로 직접 이발을 했다는 친구 말이지?"

"그렇습니다." 리버스가 혀끝으로 치아에 난 구멍을 한 번 후볐다. "그는 소튼 시절 더우드 차터스라는 사기꾼과 한 방을 썼답니다. 위 셔그는 원래 다른 감옥에 있었는데 어쩌다 보니 그 방으로 오게 됐다더군요." 리버스는 로더데일을 빤히 쳐다보았다. "다른 재소자들은 매커널리가 무슨 죄로 들어왔는지 몰랐답니다. 참고로 그는 강간죄로 잡혀 들어갔던 겁니다. 미성년자를 건드렸죠. 경감님, 이게 다 무슨 뜻인 것 같습니까?" 로더데일은 말이 없었다. "제가 생각할 땐······" 리버스가 계속 이어나갔다. "다른 재소자들이 알아내지 못하도록 윗선에서 결탁이 있었던 것 같습니다."

"물 좀 주겠나?"

리버스가 컵에 물을 따라 로더데일에게 주었다. "그래야 할 이유가 있었나?" 로더데일이 컵을 건네받으며 물었다.

"많은 이유가 있을 수 있겠죠. 그중 하나를 말씀드릴까요? 매커널리가 첩자로 들어갔을 가능성. 어떻습니까?"

로더데일이 천천히 물을 삼켰다. "첩자?" 그가 말했다.

"차터스를 감시하거나 그의 신뢰를 얻기 위해서 말이죠." 리버스가 의자를 침대 쪽으로 바짝 끌어갔다. "차터스는 사기죄로 잡혀 들어갔습니다. 사기 전담반에게 덜미를 잡혔죠. 당시 그 팀의 리더는 앨런 거너 총경이었습니다. 지금은 경찰청 차장이고요. 휴가를 쓰라고 제 등을 떠민 것도 그였습니다. 그는 제 고삐를 확실히 죄지 않으면 감찰관실의 내사를 받게 될 거라고 농부를 협박했습니다."

"보나마나 자기가 무슨 짓을 했는지 모르고 있을 거야." 로더데일이 잠시 말을 멈추었다. "하지만 감찰관실은 독립된 기구인데. 어떻게 거너가 압력을 넣을 수 있지?"

리버스도 그것을 궁금해 하던 터였다. 감찰관실 사람들은 경찰이 아니라 공무원들이었다.

"보나마나······" 그가 말했다. "거너의 입김이 작용했을 겁니다."

"그랬다면 다른 형사들도 눈치를 챘겠지."

"저는 눈치채지 못했습니다. 아무튼 그 차터스 사건 말입니다. 초동수사를 담당했던 팀엔 제 지인 둘이 속해 있었습니다. 경감님과 앨리스터 플라워. 플라워도 제게 더 이상 파헤치지 말라고 경고했습니다. 심히 수상쩍지 않습니까, 경감님?"

"왜 날 찾아온 건가?"

"경감님이라면 말이 통할 것 같았습니다. 제가 경감님을 신뢰하기 때문이기도 하고요. 경감님은 책략가 아니십니까. 기회주의자이기도 하시고요. 줄곧 농부의 자리를 노려오셨죠? 하지만 경감님의 몸속에는 아직도 경찰의 피가 흐르고 있지 않습니까." 리버스가 잠시 말을 멈추었다. "저처럼 말입니다. 그러니까 매커널리에 대해 솔직히 말씀해주십시오."

"그럴 수 없어." 로더데일이 리버스의 표정을 살폈다. "왜인 줄 아나? 왜냐하면 들려줄 게 없기 때문이야. 자네 말이 맞네. 나도 앨바바이스 사건을 맡아 수사했었어. 정말 그뿐이었다고. 내가 충고 하나 하지. 섣불리 플라워와 거너와 빅 짐 플렛을 들쑤셔대다가는 나중에 크게 후회하게 될지도 몰라. 그러니 조심하라고."

"거기서 끝날 것 같진 않은데요." 리버스가 말했다. "스코틀랜드 오피스, 어쩌면 하원의원이나 장관들까지 연루돼 있을지 모르거든요."

"맙소사, 존." 로더데일이 나지막이 말했다.

리버스는 자리에서 일어났다. "경감님이 퇴원하시면 제가 이 자리를 물려받게 될지도 모릅니다."

"농담하지 말게."

"이게 농담으로 들리십니까?"

"이 문제에 대해서는 더 이상 듣고 싶지 않아. 모르는 게 약이니까."

"경감님 말씀입니까, 아니면 저 말씀입니까?"

로더데일이 힘겹게 상체를 세웠다. "이제 그만하라니까." 그가 말했다. "이번만큼은 제발 내가 시키는 대로 해주게."

리버스는 의자를 원위치에 가져다놓았다. "그럴 순 없습니다, 경감님." 그가 다시 혀끝으로 치아에 난 구멍을 후볐다. 농양은 아직 빠지지 않고 있었다.

"몸조심하게." 로더데일이 말했다.

"그건 오히려 제가 드릴 말씀입니다."

리버스가 병동을 거의 빠져나왔을 때 로더데일이 우렁차게 그의 이름을 부르는 소리가 들렸다. 그는 다시 경감의 침대로 돌아갔다. 로더데일은 일어나 앉은 채 창밖을 내다보고 있었다.

"플라워." 그가 리버스를 돌아보지 않은 채 말했다.

"그가 왜요, 경감님?"

"매커널리는 플라워의 눈과 귀였어."

"그의 정보원이었다고요?"

로더데일이 고개를 끄덕였다. 하지만 그의 눈은 창문에서 떨어지지 않았다.

"감사합니다." 리버스가 다시 돌아서며 말했다.

"몸조심해, 존." 프랭크 로더데일이 나지막이 말했다.

복도 카펫에는 봉투가 하나 놓여 있었다. 집배원은 진작 다녀갔는데. 누군가가 직접 놓고 간 것이었다. 봉투에는 우표가 붙어 있지 않았고, 파란색 잉크로 그의 이름만 적혀 있었다. 봉하는 부분에는 공식 문장紋章이 양

각되어 있었다. 방패를 떠받치고 있는 사자와 유니콘. 리버스는 그것이 스코틀랜드 오피스의 문장임을 알고 있었다. 그가 봉투를 꾹 눌러보았다. 내용물은 얇고 가벼웠지만 딱딱했다. 그는 의자 팔걸이에 봉투를 놓아두고 주방으로 들어가 위스키 잔에 수돗물을 조금 탔다. 그런 다음, 서랍에서 칼을 꺼내 의자로 돌아갔다. 그는 위스키를 한 모금 넘기고 나서 칼로 봉투를 뜯었다.

하얀 카드. 초청장이었다. 검은 잉크로 공들여 적은 글자들에는 금색 띠가 둘러져 있었다.

이아인 헌터 경이
당신을 초대하셨습니다.

3월 4일, 토요일 정오.

루시 이스테이트,
퍼스셔

카드 맨 위에는 리버스의 이름이 파란색으로 적혀 있었다. 회답 요청은 없었다. 그저 주소만 적혀 있을 뿐이었다. 전화번호도 보이지 않았다. 리버스는 카드 뒷면을 살펴보았다. 뒷면에는 주택 단지의 약도가 인쇄되어 있었다. 저택은 퍼스와 오크터라더 사이의 중간 지점에 자리하고 있었다. 토요일까지는 이틀이 남은 상황이었다.

리버스는 벽난로 위 선반에 초청장을 세워놓았다. 왠지 루시 이스테이트는 흔히 보는 일반적인 주택 단지가 아닐 것 같았다.

초대에 응해야 할지 말아야 할지 고민하던 리버스는 옥스퍼드 바에서 한잔 걸치기 위해 집을 나섰다.

클래서 박사는 보이지 않았다. 그는 아주 늦을 거라고 전화로 알려온 상태였다. 어쩌면 아예 오지 못할 수도 있다고 했다. 바텐더가 리버스 앞에 맥주잔을 내려놓기 무섭게 솔티 두게리가 안으로 걸어 들어왔다.

"날씨가 장난 아니네요." 두게리가 말했다.

"여긴 후끈거리니까 몸부터 녹여요. 조나단, 한잔 빨리 부탁해요."

두게리가 리버스 옆에 자리를 잡고 앉았다. "당신에게 줄 정보가 있어요."

"뭔데요?"

"저번에 나한테 멘성을 아느냐고 물었었죠?"

그래. 리버스는 기억하고 있었다. 그것은 로리 매컬리스터에게도 던졌던 질문이었다. 리버스는 매컬리스터를 다시 볼 날이 있을지 궁금했다.

"무슨 정보인데 그래요?"

"그게 뭔지 기억났어요." 두게리가 덤덤하게 말했다. 술이 도착하자 그가 감자칩을 주문했다.

"대체 뭡니까?" 리버스가 물었다.

"소금과 식초 맛으로 부탁해요, 조나단." 두게리가 바텐더에게 말했다. 볼륨이 높여진 TV에서는 스포츠 뉴스가 흘러나오고 있었다. 두게리가 리버스를 돌아보았다. "회사였어요." 그가 맥주를 한 모금 넘겼다. "소금만 뿌린 것도 한 접시 가져오고요." 그가 바텐더에게 말했다.

"지금 회사라고 했습니까?"

"네." 두게리의 시선은 어느새 TV에 고정되어 있었다. 리버스는 그를 잡아끌고 밖으로 나왔다. 밖은 춥고 어두웠다. 차들이 굉음을 내며 캐슬 가를 지나고 있었다.

"여긴 너무 춥잖아요!" 두게리가 투덜거렸다.

"빨리 말해봐요." 두게리는 갈망하는 눈빛으로 술집 문을 쳐다보았다. "여기서 말해달라고요." 리버스가 말했다.

"내가 반도체 회사에서 일했었다고 얘기했던 거 기억하죠?"

"그 회사가 멘성이었나요?"

"그게 아니라, 우리 회사엔 해고된 직원들을 재교육해야 한다는 방침이 있었어요."

"그런데요?"

"나도 해고당한 적이 있거든요. 재취업을 주선하는 에이전시가 있었는데 제대로 기능을 못했어요. 세미나를 열지도 않았고, 재교육 프로그램도 없었죠. 그놈들이 바로 멘성이었어요."

"그 에이전시는 아직 있나요?"

두게리가 어깨를 으쓱였다. "난 그 후로 두 번이나 더 해고당했지만 그 에이전시 얘긴 못 들었어요."

"사무실은 어디 있었습니까?"

"리스 워크 끝에요. 극장 옆에."

"혹시 서면으로 된 정보는 없습니까?"

두게리가 그를 빤히 쳐다보았다. "비서에게 한번 물어볼게요." 심하게 비꼬는 톤이었다.

리버스가 미소를 지었다. "내가 괜한 걸 물었네요, 도니. 미안해요."

"이제 들어가봐도 되죠?"

"물론."

"무슨 문제라도 있습니까?"

"그게 무슨 뜻이죠?"

"방금 나를 솔티라고 부르지 않고 도니라고 불렀잖아요."

"그게 당신 이름이니까요."

"하긴." 두게리가 문을 열고 들어가며 말했다.

29

리버스가 술을 마시는 이유 중 하나는 그것이 수면제 역할을 해주기 때문이다.

맨 정신일 때는 잠이 오지 않았다. 불면증이 찾아들면 그는 어둠을 응시하며 어떤 이미지라도 떠오르기를 기다리거나 끔찍했던 군대 시절을 떠올리곤 했다. 자신의 실패한 결혼생활도 되짚어보았고, 아버지로서, 친구로서, 연인으로서의 결점을 따져보며 눈물짓기도 했다. 어쩌다 간신히 잠이 들면 예외 없이 처참한 악몽에 시달렸다. 늙어가고 죽어가는 꿈. 지치고 썩어가는 꿈. 꿈속에서 어둠은 기묘한 형상을 만들어내지만 그는 차마 보지 못한다. 그는 눈을 꼭 감고 내달려보지만 번번이 어둠에 가로막혀 버린다.

술에 취해 잠이 들면 꿈을 꾸지 않았다. 설령 꾸었다 해도 깨어나서 기억을 하지 못했다. 식은땀에 젖어도 몸이 떨리거나 하지는 않았다. 그런 이유로 그는 매일 밤 의자에 앉아 술을 마셨다. 너무나 편안해서 굳이 일어나 침실로 들어가고 싶은 마음이 생기지 않았다.

그가 머릿속을 싹 비운 채 의자에 앉아 있을 때 버저가 울렸다. 그는 자리에서 벌떡 일어나 램프를 켰다. 그리고 손목시계를 들여다보았다. 1시 30분. 그는 처음 걸음마를 배우는 아이처럼 비틀거리며 복도를 걸어 나갔다. 그리고 인터컴 수화기를 집어 들었다.

"누구세요?"

"페이션스예요."

"페이션스?" 그는 무의식적으로 버튼을 눌러 문을 열어주었다. 그리고 잽싸게 거실로 돌아가 바지를 걸쳤다. 그가 다시 현관으로 돌아갔을 때 그녀는 층계참에 거의 도착해 있었다. 그녀는 일부러 천천히 걷고 있었다. 고개를 푹 숙인 채 계단을 내려다보면서. 그를 보지 않으려 애쓰고 있는 듯했다. 그녀의 머리는 헝클어져 있었다.

"무슨 일이에요?"

그녀가 리버스 앞으로 다가와 섰다. 그녀는 무척 화가 나 있는 상태였지만 끝까지 차분함을 잃지 않았다.

"난 침대에 누워 있었어요." 그녀가 나지막이 말했다. "누워서 머리를 굴리다보니…… 문득 답이 떠올랐어요."

"뭘 말이죠?"

"럭키가 죽었다는 거 알죠?"

"네. 정말 유감이에요."

그녀가 고개를 끄덕였다. "내 곁을 지켜줘서 고마워요. 정말로. 문득 이런 생각이 들더군요. 그가 원래 이렇게 냉정했었나? 새미가 당신에게 알려줬다면서요? 사실 난 그동안 연락이 없었던 이유가 궁금했어요. 그러다 기억해냈죠. 내가 어떻게 그걸 까먹고 있었는지 모르겠어요. 당신이 일요일에 왔었죠? 당신은 온실 문 바로 옆에 앉아 있었어요." 그녀의 목소리는 점점 더 줄어들었다. "당신이 럭키가 못 들어오게 문을 걸어 잠근 거예요."

"페이션스, 난……"

"내 말이 맞죠?"

"오늘은 시간이 많이 늦었어요. 이러지 말고……"

"내 말이 맞죠?"

"맙소사, 나도 몰라요…… 좋아요, 네, 기어이 들어야겠다면 얘기할게요." 그가 한 손을 들어 자신의 얼굴을 북북 문질렀다. "그래요. 그 녀석이 내는 소리가 날 미치게 만들었어요. 그래서 고양이 문을 걸어 잠가버렸어요. 그리고 그 사실을 깜빡했어요. 미안해요."

그녀는 숄더백을 열고 그 안에서 자그마한 비닐봉지를 꺼냈다. "이건 당신 선물이에요." 그가 봉지를 건네받자 그녀가 그의 왼쪽 뺨을 힘껏 올려붙였다. 그리고 홱 돌아서서 계단을 내려가기 시작했다.

"페이션스!"

그녀는 멈추지 않았다. 못 들은 척 계속 걸음을 옮겨나갔다. 그는 봉지를 열고 안을 들여다보았다.

그저 사체일 뿐이었다.

고양이 럭키의 사체.

날이 밝자 그는 봉지를 챙겨 뒤뜰로 나갔다.

정원은 아파트 주민들이 함께 사용하는 공용 공간으로, 리버스 아래층에 사는 코크레인 부인이 화단을 만들어 관리하는 곳이기도 했다. 건물 뒷문 바로 안쪽에는 맹꽁이자물쇠가 채워진 창고가 자리하고 있었다. 아파트 주민이라면 누구나 이용할 수 있지만 리버스는 지금껏 한 번도 창고를 찾은 적이 없었다. 그가 자물쇠를 열고 안에서 삽을 꺼냈다. 세상을 뜬 코크레인 씨가 쓰던 것이었다.

그는 화단 옆에 비닐봉지를 놓아두고 주위를 찬찬히 살폈다. 다행히 창밖을 내다보는 사람은 없었다. 마음이 놓인 그가 삽을 번쩍 들었다.

삽이 땅에 꽂히는 순간 그의 손목에서부터 척추까지 진동이 전해져왔다. 그는 다시 한 번 땅을 찍어보았다. 꽁꽁 얼어붙은 흙덩어리가 떨어져나왔다. 그는 그것을 집어 들었다. 토피 사탕 같았다. 단단하게 얼린 토피 사탕.

"맙소사." 그는 웅얼거렸다. 그가 또다시 삽을 내리찍었다. 하얀 입김이 사방에 뿌려졌다. 건너편 아파트의 주방 창문 안으로 누군가가 아침식사를 준비하고 있는 게 보였다. 아직 어둑했지만 목격자가 있다면 그가 무슨 짓을 하려는지 똑똑히 볼 수 있을 것이다.

불안해진 리버스는 삽질을 포기하기로 했다.

그는 차를 몰고 카우게이트로 향했다. 주차를 하고 나서 비닐봉지를 챙겨 영안실로 들어갔다.

"경위님." 한 직원이 말했다. "오늘은 무슨 일로 오셨습니까?"

리버스는 그에게 비닐봉지를 건넸다. 그리고 고맙다는 말을 남기고 밖으로 나와버렸다.

그는 대학교 근처의 트렌디한 카페 앞에서 홈스와 클락을 만났다. 카페 영업시간까지는 많이 기다려야 했다. 그래서 그들은 니콜슨 가에 자리한 깨끗하고 채광이 좋은 커피숍으로 갔다.

그는 그들에게 세인트 레너즈의 분위기가 어떤지 물었다. 그들은 여전히 감시당하고 있지만 그럭저럭 견딜 만하다고 했다.

"다행이군." 그가 말했다. "자네들에게 부탁할 게 있거든. 좀 깊이 알고 싶은 회사가 있어. 어쩌면 더 이상 존재하지 않는 곳인지도 몰라. 86년과

87년엔 잘 굴러갔던 모양인데."

"유한 책임 회사인가요?"

"그건 모르겠어."

"임원들은요?"

리버스는 어깨를 으쓱였다. "난 회사 이름이 멘성이라는 것만 알고 있어."

클락과 홈스는 서로의 얼굴을 쳐다보았다. "의원의 파일에서 본 이름?" 두 사람이 동시에 말했다.

"재교육 전문 회사라는데 뭐 아주 잘나갔던 회사는 아닌 것 같아. 리스 워크 끝에 있었다더군. 극장 옆에. 자네들이 컴퍼니 하우스(회사 등록 및 관리 기관)를 체크해주면 좋겠어. 스코틀랜드의 재교육 전문 회사 목록이나 기록부 같은 게 있는지." 그가 고개를 끄덕여 웨이트리스를 불렀다. "먹고 싶은 게 있으면 다 시켜 먹어. 부담 갖지 말고." 그가 그들에게 말했다. "중요한 일을 앞두고서는 든든히 먹어야 하는 거라고."

그는 직접 리스 워크로 찾아갔다.

극장 옆, 펍과 신문 판매소 사이에 문이 하나 나 있었다. 그리고 그 문은 살짝 열린 상태였다. 문밖 벽에는 간판이 두어 개 붙어 있었고, 간판을 떼어낸 흔적도 여럿 보였다. 리버스는 문을 마저 열고 안으로 들어갔다. 경첩에서 거슬리는 소리가 났다. 그는 악취가 풍기는 불 꺼진 복도를 천천히 걸어 나갔다. 돌계단의 표면은 닳아 있었고, 벽에는 온갖 낙서가 적혀 있었다.

2층에 오르자 두 개의 육중한 문이 그를 맞았다. 그중 하나에는 '컴바인드 니트웨어' 명함이 붙어 있었고, 또 하나에는 'J. 조셉 심슨 제휴 회사'라고 새겨진 오래된 간판이 걸려 있었다. 리버스는 3층으로 올라가보았다. 그곳 문들에는 간판이 없었고, 자물쇠가 굳게 채워져 있었다. 그는 다시 2층으로 내려가 심슨 제휴 회사의 문을 두드렸다. 그리고 조심스레 문을 밀어보았다.

이곳 복도는 그의 아파트 복도와 매우 흡사한 분위기였다. 접수처 안내 표지가 붙은 문은 이미 활짝 열려 있었다. 리버스는 노크도 없이 안으로 걸어 들어갔다. 책상과 타자기 뒤에는 한 노인이 앉아 누군가와 통화를 하고 있었다. 리버스는 남자 비서가 있다는 사실이 전혀 놀랍지 않았다. 하지만 이토록 노쇠한 비서가 아직도 현역에 있다는 사실에는 놀라지 않을 수 없었다. 책상과 의자와 카펫 위에는 온갖 서류가 널려 있었다.

불쑥 들어온 리버스를 본 남자가 흠칫 놀라며 수화기를 내려놓았다.

"예고도 없이 쳐들어와 죄송합니다." 리버스가 말했다.

"괜찮소. 괜찮아." 남자가 앞에 놓인 서류 몇 장을 주섬주섬 챙겨 들었다. "그런데 무슨 일로 왔소?"

남자는 리버스로 하여금 찰스 로튼(영국의 성격파 배우)을 떠올리게 만들었다. 둥실둥실한 얼굴에는 턱이 여러 겹 있었고, 멀건 눈은 퉁퉁 부어 있었다. 얼룩진 피부는 번들거렸다. 그는 유행이 40년쯤 지난 스타일의 양복 차림이었다. 조끼와 회중시계 쇠줄이 특히 인상적이었다. 리버스는 왠지 그가 이아인 헌터의 뚱뚱하고 성질 사나운 형인지도 모른다는 생각이 들었다.

리버스가 신분증을 내보였다. "리버스 경위입니다, 선생님. 한때 이곳에 사무실을 두었던 회사에 대해 조사하는 중입니다."

"여기 말이오?"

"이 건물에 말입니다. 8년 전쯤에 있었는데요. 혹시 그때도 여기서 일을 하셨습니까?"

"당연히 그랬지."

"멘성이라는 회사였는데요."

"독특한 이름이군요." 남자가 그 이름을 소리 없이 몇 번 웅얼거렸다. "아뇨." 그가 말했다. "처음 듣는 이름입니다."

"확실한가요?"

"그럼요."

"죄송하지만 고용주와 얘기를 좀 나눠봤으면 하는데요."

남자가 미소를 지었다. "내가 바로 고용주요. 조 심슨이라고 합니다."

"몰라봬서 죄송합니다, 심슨 씨."

"내가 비서인 줄 알았소?" 심슨이 미소를 지으며 말했다. "하긴, 충분히 그렇게 보였을 테지. 마지막 비서가 이틀 전에 그만뒀소. 에이전시가 보내주는 여자들은 죄다 형편없습디다. 5시에서 단 1분만 넘어가도 무슨 큰일이 난 것처럼 호들갑을 떨어대죠." 그가 고개를 저었다.

"8년 전 누가 비서로 있었는지 혹시 기억하십니까, 심슨 씨?"

조 심슨이 손가락을 흔들어 보였다. "그녀 기억이 내 기억보다 더 믿을 만하다는 얘기요? 천만에. 게다가 난 그때 누가 비서로 있었는지 알 길이 없소. 이 자리를 거쳐 간 여자가 어디 한둘이었어야지." 그가 다시 고개를 저었다.

"심슨 씨, 8년 전 이 건물엔 어떤 회사들이 있었습니까?"

"물론 우리 회사가 있었고, 캐피탈 얀스라는 방적 회사도 있었소."

"그 회사가 지금의 컴바인드 니트웨어인가요?"

"캐피탈 얀스의 대표는 1989년에 떠났소. 일 년 가까이 사무실이 비어 있었지. 그러다가 컴퓨터 전시실이 문을 열었소. 그건 고작 3개월 만에 문을 닫았고 말이오. 그리고 한참 후, 버넷 부인의 컴바인드 니트웨어가 들어왔소."

"위층은요?"

"당시엔 사무실로 쓰였는데 10년쯤 전부터는 창고가 돼버렸소."

리버스는 막다른 골목에 이르러 있었다. 그는 심슨에게 멘성이라는 이름을 다시 불러주었다. 혹시 몰라 철자까지 적어 보여주었지만 노인은 여전히 처음 듣는다면서 단호히 고개를 저었다. 리버스는 고맙다는 인사를 남기고 사무실을 나왔다. 그는 층계참 난간에 몸을 기댄 채 섰다. 이곳처럼 공동주택에 사무실을 마련한 소규모 업체들은 에든버러에 널려 있었다. 작고, 자주 변하고, 특색 없는 회사들. 리버스는 그런 회사들이 어떻게 수익을 내는지 궁금했다. 그는 J. 조셉 심슨 제휴 회사가 무엇을 하는 곳인지조차 모르고 있었다. 어쩌면 그에게는 제휴 업체가 없을지 몰랐다. 과거에도 그랬고, 앞으로도 계속.

그가 건물을 나서려는 순간 컴바인드 니트웨어 사무실 문이 열리면서 여자 두 명이 걸어 나왔다. 그들은 리버스를 흘끔 쳐다보며 계속 수다를 이어나갔다. 그들 중 하나는 코트 차림에 불룩한 비닐봉지를 들고 있었다. 털실이 담겨 있는지 별로 무거워 보이지는 않았다. 또 다른 여자는 니트로 된 빨간색과 검은색 체크무늬 투피스 차림이었고 진주 목걸이를 차고 있었다. 자그마한 체구에 늘씬한 몸매를 가진 그녀는 리버스 나이 정도 되어 보였다.

"감사합니다." 그녀가 떠나는 고객에게 인사했다. 그리고 리버스를 돌아보았다. "무슨 일로 오셨습니까?"

"버넷 부인이십니까?"

"그런데요." 그녀가 불안해하는 목소리로 말했다.

"리버스 경위입니다." 그가 신분증을 꺼내보였다.

"침입 사건 때문에 오신 건가요? 창고에 강철 문을 달아놔도 결국에는 털려버리고 말 거예요."

"아뇨. 침입 사건 때문에 온 건 아닙니다."

"아." 그녀가 그를 빤히 쳐다보았다. "물을 끓이려고 했는데, 차 한잔 하시겠어요?"

리버스는 기꺼이 그녀 제안을 받아들였다.

컴바인드 니트웨어의 사무실은 조 심슨의 것과 크게 다르지 않았다. 좁은 복도와 네 개의 방. 그중 하나는 사무 공간으로 쓰고 있었다. 버넷 부인은 그 안에 들어가 주전자에 물을 담았다. 리버스는 나머지 방들을 차례로 들여다보았다. 털실. 엄청나게 많은 털실. 방마다 완성품을 진열하기 위한 깊은 선반들이 설치되어 있었다. 뜨개질 본들이 담긴 상자들과 바늘들이 담긴 아크릴 케이스들도 보였다. 벽과 문들은 갖가지 뜨개질 본들의 확대 사진들로 덮여 있었다. 사진 속 남자 모델들은 전부 여유롭게 미소 짓고 있었다. 여자들은 20년 전 모델들인 것 같았다. 한쪽 벽에 붙은 긴 봉에는 하얀 털실의 타래들이 걸쳐져 있었다. 리버스는 안에서 풍기는 냄새가 좋았다. 어머니와 이모들과 그들 친구들을 연상시켰기 때문이다. 그의 어머니는 툭하면 뜨개질 바늘을 드럼스틱으로 쓰는 아들을 나무라곤 했었다.

그가 돌아서자 문간에 서 있는 버넷 부인이 눈에 들어왔다.

"아주 평화로워 보이시던데요." 그녀가 말했다.

"여기 들어오니 마음이 차분해졌습니다."

"차가 준비됐어요."

"혹시 심슨 씨가 무슨 일을 하는지 아시나요?"

그녀가 웃음을 터뜨렸다. "사실 저도 오랫동안 그게 궁금했어요."

"오랫동안?"

"제가 신참이었다는 말씀 안 하시던가요? 그분은 기억하지 못하지만 사실 저는 이곳이 캐피탈 얀스였을 때 여기서 일한 적이 있어요. 제가 운영한 건 아니었고요. 그냥 직원으로 몸담았었죠. 그러다가 제 사업을 시작하기로 했는데 마침 이곳이 비어 있더라고요. 그래서 두 번 생각할 것 없이 계약을 했죠." 그녀가 한숨을 내쉬었다. "제가 좀 감상적이라서 말이죠, 경위님. 향수 같은 것에 휘둘려서는 안 되는데. 프린스 가 고객들이 여기까지 걸음 하는 건 쉬운 일이 아닐 거예요. 다른 데서 가게를 차렸으면 꽤 잘됐을 텐데."

리버스는 IBM이 그리넉에 공장을 짓게 된 사연을 떠올려보았다. 압도적인 향수.

그는 버넷 부인을 따라 사무실로 들어갔다. "8년 전에 이곳에서 일하셨다고요? 1986년이나 87년에 말씀이죠?"

그녀가 두 개의 머그잔에 끓는 물을 따랐다. "오, 물론이죠."

"당시 이 건물에 멘성이라는 회사가 있었습니까?"

"멩쏭?"

그는 정확한 철자를 불러주었다.

"아뇨." 그녀가 말했다. "당시엔 심슨 씨와 캐피탈 얀스만 있었어요. 이 주소가 맞긴 한가요?" 리버스는 고개를 끄덕였다. 그녀가 티백을 머그잔에 담갔다. "우유와 설탕은?"

"우유만 넣으시면 됩니다." 그녀가 그에게 머그잔을 건넸다. "감사합니다. 그런데 방금 그 발음은……"

"멍쏭(Mensonge)?"

"네. 프랑스어처럼 들리는데요."

"프랑스어 맞아요. 거짓말이라는 뜻이죠."

"네?"

"허구, 기만. 혹시 차가 입에 맞지 않으세요, 경위님?"

"아뇨, 버넷 부인. 차는 입에 딱 맞습니다. 아주 좋아요."

리버스는 혹시 몰라 신문 가게에 들러 물어보았다. 그곳에서 18년간 장사를 해왔다는 주인은 고개를 저었다. 리버스는 임대 중개업자와도 얘기를 나누었다. 그들은 문제의 건물에 멘성이라는 상호를 건 회사가 사무실을 임차한 적이 없음을 확인해주었다.

"그 건물은 누구 소유입니까?" 리버스가 물었다. "그냥 좀 궁금해서요."

여자는 망설이는 눈치였다. 리버스는 경찰 수사 때문이라는 것을 다시 강조했다. 마침내 그녀가 입을 열었다.

"건물주는……" 그녀가 말했다. "J. 심슨 씨예요. 심슨 씨가 심슨 제휴 회사와 컴바인드 니트웨어와 앨버트 코스텔로 씨에게 사무실을 임대해준 거죠."

"코스텔로?"

"신문 가게 옆 사무실이에요." 임대 중개업자가 말했다.

"아직 아무것도 못 건졌습니다." 브라이언 홈스가 술을 홀짝이며 말했다. "회사가 존재했던 기록이 없어요."

리버스는 남은 브라이디(고기를 넣은 작은 파이)를 마저 입에 넣었다. "왠지 그런 회사는 애초에 없었을 것 같아. 참, 쇼반은 어디 있지?"

"체육관에요."

"체육관이라니?"

브라이언 홈스가 씩 웃었다. 지난 일 년 동안 살을 많이 찌운 그는 배가 불룩했고, 턱살은 밑으로 축 늘어져 있었다. 그것을 경찰이 누릴 수 있는 특전으로 여기는 이들도 있었다.

"자네도 점심시간에 짬을 내서 운동을 하지 않았나?" 그가 말했다.

"그만둔 지 오래됐습니다."

그날 오후, 리버스는 모처럼 수영장을 찾았다. 간신히 스무 바퀴를 돌고 나서는 한동안 탈의실에 앉아 숨을 골랐다. 운동은 바로 그게 문제였다. 재미가 없다는 것. 주변의 건강하고 활동적인 사람들은 죄다 불행해 보였다. 운동으로 수명을 늘리려는 노력은 무의미했다. 삶 자체가 따분하다면. 그는 솔티 두게리를 만나러 옥스퍼드 바로 향했다. 하지만 아무리 기다려도 두게리는 나타나지 않았다. 결국 리버스는 규칙을 어기기로 했다.

두게리의 집으로 찾아가는 것.

이혼한 두게리는 머레이필드 인근 큰 집의 꼭대기층에 세 들어 살고 있었다. 리버스를 본 그는 마치 문간에서 전 아내의 불륜을 목격한 사람처럼 깜짝 놀랐다.

"여긴 무슨 일입니까?"

"할 얘기가 있어서 왔어요, 솔티."

"오늘밤엔 술 생각이 나지 않았어요. 보스가 우릴 노예 부리듯 하거든요. 마감이 코앞인데 대량주문을 서슴지 않아요. 매티슨은 전화로 고래고래 소리만 질러대고 말입니다."

"매티슨?"

"파노테크 사장이에요. 당신 눈으로 직접 보지 않으면 믿어지지가……"

"솔티? 이런 얘기해서 미안하지만 밖이 너무 추워요."

두게리가 옆으로 비켜서서 리버스가 들어올 수 있게 해주었다. "경고해둘게요." 그가 말했다. "집 안 꼴이 말이 아니에요."

독신 생활을 광고하기에는 굉장히 부적절한 환경이군. 리버스는 생각했다.

"혹시 쓰레기 봉지가 바닥났나요?"

"정리할 틈이 없었어요. 맥주 한잔 하겠어요?"

"고마워요." 리버스가 피자 상자들을 열어보았다. 그는 소파에서 감자칩 봉지와 빈 깡통 몇 개를 멀리 치워내고 앉았다. 솔티가 맥주캔 두 개를 챙겨 나와 그중 하나를 리버스에게 건넸다.

"무슨 일 있었습니까?"

리버스는 맥주를 한 모금 삼켰다. "저번에 멘싱이 리스 워크 맨 위층에 있다고 했었죠?" 두게리가 고개를 끄덕였다. "신문 가게 옆인가요?" 그는 또다시 고개를 끄덕였다. "오늘 아침에 직접 가봤는데 멘싱이라는 회사를 아는 이가 없었어요."

"그래서요?"

"그게 거기 있었다는 거, 확실해요?"

"서류 맨 위에 주소가 적혀 있었다고요."

"혹시 이 집에 그 회사에서 보내온 편지 같은 게 있습니까?" 리버스가 방 안을 둘러보았다. 다른 모든 건 다 보관하고 있으면서 왜 그것만 없느냐는 뜻이었다.

"피오나랑 갈라섰을 때 다 갖다버렸어요. 편지, 사진, 거기다 출생증명서까지. 존, 내가 가본 맨션은 그 주소지에 없었어요. 내가 교육받은 곳은 코스토핀 가에 있는 사무실이었어요."

"번지수를 기억하고 있어요?"

두게리가 고개를 끄덕였다. "코스토핀 가 165번지. 피오나랑 결혼한 날이 5월 16일이었거든요. 그래서 번지수를 쉽게 외울 수 있었죠." 그가 아쉬워하는 표정을 지었다. "두 개의 칩이 인생이라는 마더보드에 나란히 붙은 날."

리버스는 로나와 언제 결혼했는지 떠올려보았다. 6월인가 7월이었을 것이다. 하지만 정확한 날짜는 기억나지 않았다.

다음날 아침, 그는 코스토핀 가 165번지를 찾아나섰다. 리버스는 토끼 사냥 놀이(한 사람이 종이쪽지들을 흘리며 도망가면 다른 사람들이 그걸 보고 추적하는 놀이)를 하고 있는 듯한 기분을 느꼈다. 미국인, 할데인은 페이퍼 컴퍼니를 언급했었다. 그리고 리버스는 그것을 쫓고 있었다. 이름뿐이고 실체가 없을지도 모르는 회사를. 왠지 코스토핀 가에서는 그것을 확인할 수 있을 것만 같았다.

주소지의 사무실 사람들은 86년과 87년에는 오로지 단기 임대 계약만이 가능했다고 알려주었다. 가끔 달랑 며칠만 빌려 쓰는 경우도 있었다고 했다. 하지만 애석하게도 당시 세입자들의 기록은 남아 있지 않았다. 그 후로 건물주도 여러 차례 바뀌었고.

"감사합니다." 리버스는 그들에게 말했다.

막다른 길이군. 그는 생각했다. 데드 컴퍼니. 이제는 길레스피 의원의 입을 열게 만들 수밖에 없었다. 아니면 사건에서 손을 떼든지. 모두가 그걸 원하고 있다. 하지만 그는 그들에게 환심을 사고 싶은 마음이 없었다. 남들이 원하는 대로 반응하는 건 그의 적성에 맞지 않았다.

그는 톰 길레스피 의원을 다시 만나볼 생각이었다. 하지만 그 전에 잠깐 쇼핑을 다녀와야 했다. 새 옷. 어떤 이유에서인지 그는 새 옷을 걸치고 이아인 경의 집에 가고 싶었다.

3부

추크츠방

30

낮은 돌기둥 두 개를 지나자 길고 구불구불한 진입로가 나타났다. 큰 길을 빠져나온 리버스는 자갈길이 나타나자 차를 잠시 세웠다. 표지판이 없어 길을 제대로 찾았는지 알 길이 없었다. 그는 초청장 뒷면에 붙은 약도를 다시 들여다보았다. 다행히 잘 찾아온 것 같았다. 특색 없는 길은 왠지 이아인 헌터 경과 잘 어울리는 것 같았다. 리버스 양옆으로는 드넓은 들판이 펼쳐져 있었고, 그 너머로는 우거진 삼림 지대가 자리하고 있었다. 이끼로 뒤덮인 배수로들은 진입로와 나무들의 경계가 되어주었다.

마침내 그는 그림자를 빠져나와 잘 관리된 앞뜰로 들어섰다. 온실 몇 채와 벽으로 둘러싸인 채소밭이 보였다. 그의 눈앞에는 스코틀랜드 남작에게 어울릴 법한 회색의 석조 건물이 우뚝 서 있었다. 2층에서 시작된 두 개의 작은 탑은 슬레이트 지붕 위로 당당하게 솟아올라 있었다. 분홍빛 자갈길에는 세 대의 차가 세워져 있었다. 랜드로버800, 재규어, 그리고 마세라티. 리버스는 그 차들 옆에 주차한 뒤 꿀리지 않아 하는 척하며 밖으로 나왔다. 먼발치로 잔디밭을 양분하는 개울과 그것에 걸쳐진 좁은 아치형 다리가 보였다. 세인트 앤드류스 골프장의 페어웨이에서나 볼 법한 풍경이었다.

"정말 멋지지 않습니까?" 이아인 경의 목소리였다. 그는 리버스 쪽으로 천천히 다가오고 있었다. 그의 손에는 조각된 지팡이가 쥐어져 있었다. 집에서는 우산 대신 지팡이를 쓰는 모양이었다.

"3번 아이언을 챙겨올 걸 그랬습니다."

"골프를 치나요?"

"3번 아이언으로만 칩니다."

헌터가 웃음을 터뜨리며 리버스의 어깨에 손을 얹었다. "찾아오는 데 별문제 없었고요?"

"네."

"다행입니다." 헌터는 리버스를 집으로 이끌었다. "먼저 가볍게 목부터 축입시다. 총 좀 쏘고 나서 점심을 먹는 게 어떻겠습니까?"

"총?"

"물론 총은 쏴봤겠죠, 경위?"

"총 외에도 다뤄본 건 많습니다."

"꿩이나 토끼를 잡아볼까 했는데 그냥 클레이 피전(공중에 던져 올리는, 진흙으로 만든 원반 과녁)으로 하는 게 좋을 것 같더군요."

"아무래도 그게(pigeon) 더 맛있을 테니까요. 안 그렇습니까?"

이아인 헌터가 미소를 흘리며 고개를 저었다. "앞으로 어떤 조크를 더 듣게 될지 기대가 됩니다, 경위."

그들은 넓은 홀로 들어섰다. 하얀 대리석 바닥과 벽마다 걸린 그림들. 놀랍게도 전부 현대 미술 작품들이었다. 가구들 대부분은 나무 패널, 그리고 세로로 홈이 새겨진 기둥들과 잘 어울리지 않았다. 홀 중앙에서 좌우로 갈라지는 계단에는 연철 난간이 붙어 있었다.

"이쪽입니다." 헌터가 말했다. "코트는 벗어서 내게 줘요."

리버스는 새로 산 레인코트를 벗고 스포츠 재킷을 걸쳤다. 그런 다음, 넥타이를 반듯하게 고쳐 맨 뒤 거실로 따라 들어갔다.

집사가 카트에서 집어든 디캔터로 술을 따라주고 있었다. 보스가 직접 맞아주다니. 리버스는 생각했다. 그럼 나도 이제 거물인 건가? 그는 어딘가로 사라진 이아인 경이 돌아올 때까지 멀뚱하니 서 있었다.

"어서 오게, 존." 누군가가 다가오며 말했다. 한 손에 묵직한 크리스털 텀블러를 쥔 남자가 다른 손을 내밀어 악수를 청했다. 그는 살짝 난처해하는 표정을 짓고 있었다. 리버스는 그의 손을 잡고 나서야 그가 누구인지 알아차릴 수 있었다.

앨런 거너. 경찰청 차장.

"내가 누군지 알아보는 모양이군." 거너가 리버스를 음료 카트 쪽으로 이끌었다. 리버스는 그나마 부끄러워할 줄 아는 거너의 태도에 조금 마음이 놓였다. 그는 자신이 이곳에 제 발로 걸어 들어왔음도 잊지 않았다.

집사는 리버스의 주문을 기다리고 있었다. 평생 해온 아부 때문인지 그의 허리는 구부정했다. 그의 입가에는 완벽히 훈련된 미소가 머금어져 있었다. 그는 꽉 끼는 파란색 나일론 재킷 차림이었고, 재킷의 모든 단추는 전부 채워져 있었다. 왠지 그 재킷이 구부정한 자세를 교정하는 데 도움이 되어줄 것 같았다.

"몰트위스키로 주십시오." 리버스가 말했다.

"웨스트 하일랜드로 드릴까요, 스트래스피로 드릴까요?"

"스트래스피. 물은 섞지 마시고요."

또 다른 손님이 웃음을 터뜨렸다. "이아인 경은 절대 위스키에 물을 섞지 않습니다." 그의 한 손에는 시가와 잔이 쥐어져 있었다. 그가 또 다른 손을 리버스 앞으로 내밀었다.

"콜린 매크레이입니다." 그가 말했다.

"콜린 경은……" 거녀가 말했다. "스코틀랜드 오피스의 농림환경부 장관이시네."

"존 리버스입니다." 리버스가 남자에게 말했다.

이제 남은 손님은 두 명이었다. 그들은 프렌치 도어 앞에서 낮은 목소리로 대화를 나누고 있었다. 콜린 경이 음료 카트에서 빈 술잔을 다시 채우는 동안 거녀는 리버스의 팔뚝을 살며시 잡고 어디론가로 이끌었다. 그들은 돌로 된 거대한 벽난로 앞에 멈춰 섰다.

거녀가 속삭이는 톤으로 말했다. "자네가 무슨 일로 왔는지는 모르겠지만……"

"사실 저도 그걸 모르겠습니다."

"기왕 이렇게 된 거 우리 경찰이 단합된 모습을 보여야 하지 않겠나? 저런 사람들 앞에서는 더더욱."

"옳으신 말씀입니다."

"그럼 성은 빼고 이름만 부르기로 하세."

"알겠습니다, 차장님."

"내 이름은 앨런일세."

"앨런."

"아." 헌터가 안으로 들어서며 지팡이 끝으로 그들을 차례로 가리켰다. "늘 똑같군요. 주인이 오기도 전에 손님들이 먼저 술을 주문해 마시는 것 말입니다."

주문을 받지도 않은 집사가 다가가 술을 따라주었다. 홀 쪽에서 전화벨이 울리자 그가 가볍게 목례를 하고 거실을 나갔다.

"건배." 이아인 경이 말했다. 그가 리버스를 손짓해 불렀다. "다 만나봤습니까?"

창가의 두 남자가 빈 잔을 다시 채우려고 다가왔다. 리버스는 그들을 돌아보며 고개를 끄덕였다.

"로비." 이아인 경이 말했다. "이쪽은 존 리버스 경위입니다. 존, 이쪽은 로비 매티슨이에요."

매티슨이 리버스와 악수를 나누었다. 그는 큰 키에 단단한 체구였고, 숱 많은 검은 머리와 검은 턱수염의 소유자였다. 그가 쥔 잔은 푸른 색조를 띠고 있었다.

"만나서 반갑습니다." 그의 목소리에서는 약간의 미국 악센트가 묻어나왔다.

"파노테크?" 리버스가 말했다.

매티슨이 흠칫 놀라며 고개를 끄덕였다. 이아인 경은 리버스가 매티슨을 알고 있다는 사실이 신기한 모양이었다. 이아인 경이 앨런 거너를 돌아보았다.

"청장, 이런 훌륭한 경찰이 많아지면 범죄율은 낮아지고 범인 검거율은 높아지겠죠?" 그가 다시 리버스를 쳐다보았다. "그렇지 않겠습니까?"

게임이 펼쳐지고 있었지만 리버스는 그것이 무엇인지 알지 못했다. 하지만 그가 매티슨을 알고 있다는 사실이 게임의 일부임은 틀림없었다.

거너가 이아인 경을 바로잡아주었다. "차장입니다."

"내가 실수를 했군요." 헌터가 살짝 윙크를 하며 말했다. "앞으로 그 자리에 앉게 될 거라는 뜻이었습니다. 나 같은 공무원들은 미래를 점치는 데

탁월한 능력이 있습니다. 두갈드, 잔을 다시 채워야겠는데요."

두갈드가 리필을 위해 손을 내밀었다. 아무도 그를 소개하지 않고 있었다. 소개가 필요 없는 사람이기는 했지만. 그는 말수가 적고 생각이 깊은 사람인 듯했다. 쓸데없는 말을 절대 하지 않는 타입. 자신이 내뱉는 모든 말이 나중에 언론을 통해 널리 퍼지게 될 거라는 걸 잘 알기에. 그리고 그 내용이 자신에게 불리한 증거로 돌변할 수 있기에. 그는 자신이 모르는 이를 신뢰하지 않았다.

그는 리버스를 모르는 듯했지만 리버스는 그를 알고 있었다. 두갈드 니븐 각하.

그는 스코틀랜드의 국무장관이었다.

"자, 이제 총기실로 자리를 옮겨볼까요?" 이아인 경이 말했다. "슬슬 나갈 준비들을 해야죠."

리버스는 위스키를 반 잔 더 따라 마신 후 남자들을 따라 거실을 나갔다.

간신히 영상의 기온이 유지되고 있었다. 이아인 경은 피크닉에 적합한 상쾌한 날씨라면서 흥분했다. 음식은 클레이 피전을 하는 장소에 차려져 있었다. 그곳에 이르려면 숲을 가로질러 가야만 했다. 그들은 총기실에서 초록색 재킷을 하나씩 받아 걸쳤다. 소매 없는 두꺼운 패딩 재킷에는 탄띠가 붙어 있었다. 그들에게는 산탄총도 하나씩 주어졌다.

리버스는 무리에서 조금 떨어진 채 걸어 나갔다. 거녀가 걷는 속도를 줄이고 그에게 다가왔다.

"대체 여긴 무슨 일인가?" 거녀가 물었다.

"차장님도 잘 아실 텐데요."

"내가?"

"제가 수사에서 손을 떼도록 만든 분이시니까요."

"난 그런 적 없네."

"좋습니다. 저더러 수사에서 손을 떼라고 정중히 요청하신 거라고 하죠."

거녀가 산탄총을 겨드랑이 밑에 끼웠다. "그게 자네가 여기 온 거랑 무슨 상관인가?"

"저도 그게 궁금합니다. 지금 제 짐작을 물으시는 거라면……"

"얘기해보게."

"차장님이 저를 설득하기 위해 이런 자리를 마련하신 게 아닙니까?"

"뭐?"

"또다시 저를 압박하시려고 말입니다. 이곳에 모인 거물들을 내세워 저를 주눅 들게 만드시려고."

거녀가 이글거리는 눈으로 리버스를 쳐다보았다. "말도 안 돼."

"그럼 차장님께선 무슨 일로 오신 겁니까?"

"나도 모르네. 이곳에 초대받아 온 건 오늘이 처음이야. 이아인 경이 나랑 친분을 쌓으려 하는지도 모르지. 워낙 약삭빠른 외교관이 아닌가. 상대를 조종하는 데도 능한 사람이고." 거녀가 잠시 말을 멈추었다. "청장이 곧 은퇴할 거야."

"은퇴하기엔 아직 젊지 않으신가요?"

"사모님이 편찮으신가봐. 곁에서 간병해줄 사람이 필요하다더군."

"그럼 차장님이 그 자리에 오르시는 겁니까?"

"그렇게 되지 않겠나?"

"차장님 건강에 아무 문제가 없으시다면야, 뭐."

"뭐?"

"감찰관실이 그걸 확인한다면 말입니다. 그런 협박은 어느 쪽에나 유용하죠."

거녀의 눈이 가늘어졌다. "그게 무슨 뜻이지?"

"셔그 매커널리는 자살했습니다. 저는 그 이유를 알아보고 있고요. 그가 얼마 전까지 차터스라는 남자와 감방을 같이 썼답니다. 매커널리가 강간죄로 잡혀 들어갔는데도 말입니다. 놀랍게도 다른 재소자들은 그 사실을 몰랐다더군요."

"자네가 무슨 얘길 하려는 건지 모르겠군."

"다 아시면서 왜 이러십니까. 매커널리는 앨리스터 플라워의 끄나풀이었습니다. 플라워는 차장님 밑에서 차터스 사건을 수사했고요. 매커널리는 일부러 차터스의 감방에 들여보내진 겁니다. 그로부터 정보를 캐내기 위해서 말이죠. 당시 플라워에겐 그럴 만한 힘이 없었습니다. 빅 짐 플렛에게 압력을 행사하려면 계급이 그 친구보다 훨씬 높아야 했을 겁니다. 바로 차장님처럼 말입니다." 거녀의 시선은 여전히 땅에 고정되어 있었다. 리버스는 계속 이어나갔다. "저는 이미 헌터 같은 사람들에게 경고를 몇 번 받은 상태입니다."

거녀가 고개를 들고 앞서가는 무리를 바라보았다. 그들은 떨어진 나뭇가지들, 그리고 나무들 사이의 덤불을 요리조리 피해 걸음을 옮겨나가는 중이었다.

"나랑 얘기 좀 하세." 그가 말했다.

"그러죠."

"여기서 말고."

이아인 경이 걸음을 멈추고 그들에게 손짓했다. "꾸물거리지 말고 빨리들 와요! 멀쩡한 다리가 하나밖에 없는 나도 이렇게 빨리 걷는데." 그는 그들이 따라잡을 때까지 기다려주었다.

"대체 여기 면적이 얼마나 됩니까?" 거녀가 갑자기 예의 바른 손님으로 돌아가 물었다.

"170에이커쯤 됩니다. 하지만 걱정 말아요. 오늘 이 땅을 다 커버하는 건 아니니까."

잠시 후, 숲을 빠져나온 그들 앞으로 바퀴 자국이 깊이 팬 들판이 나타났다. 그 끝의 좁은 길에는 랜드로버 한 대가 세워져 있었다. 차는 그들의 재킷과 같은 황록색을 띠고 있었다. 차 뒤에서는 집사가 커다란 고리버들 바구니에 싸온 음식을 꺼내는 중이었다. 들판 한복판에는 또 다른 남자가 서 있었고, 그의 옆에는 클레이 피전을 쏘아 올리는 기계가 놓여 있었다.

어쩌다 보니 리버스는 국무장관 옆에 서게 되었다. 남자는 그와 말을 섞고 싶지 않은 모양이었다. 리버스는 그가 거실에서 로비 매티슨과 무슨 얘기를 나누었을지 궁금했다. 리버스가 매티슨을 돌아보았다.

"제 친구가 사장님 회사에 부품을 공급하는 업체에서 일을 하고 있습니다."

"그래요?" 매티슨이 의욕 없는 톤으로 말했다.

"델토나." 리버스가 말했다.

턱수염으로 덮인 매티슨의 얼굴에 미소가 머금어졌다. "그렇다면 이번 주말 스케줄을 비워놓으라고 하십시오. 주중에 큰 주문이 들어갈 테니 아마 주말 내내 추가 근무를 하게 될 겁니다. 저는 새 공급 업체를 찾아볼 마음이 없거든요."

"라바룸은 잘 굴러가고 있습니까?"

매티슨이 그를 잠시 응시하다가 산탄총의 탄약을 장전했다. "매끄럽게 진행 중입니다." 그가 말했다. "그런데 그건 어떻게 아셨습니까?"

리버스가 어깨를 으쓱였다. "소문으로 들었습니다."

"그래요?" 매티슨이 산탄총을 번쩍 들며 말했다.

"사실 한 의원의 스텐하우스 집에서 사장님 회사의 사업계획서 사본을 봤습니다."

"그 문서가 거기서 나왔다고요?" 매티슨은 여전히 차분한 모습이었다.

"저도 그 이유를 모르겠습니다." 리버스가 그에게 말했다. "아무튼 그 문서에 누군가가 '달게티'라고 휘갈겨 적어놓은 게 보이더군요." 그 말에 매티슨이 움찔했다.

"샷!" 이아인 경이 소리쳤다. 클레이 원반 하나가 공중으로 튀어 올랐다. 요란한 총성이 뒤따랐다. 그리고 또 한 번. 원반이 산산조각 났다. 이아인 경이 재장전을 위해 산탄총을 꺾어 열었다.

"제대로 맞았군요." 콜린 매크레이 경이 말했다.

"오늘은 좀 이상하네요. 이아인 경은 토요일에도 주로 일만 하시는데 말입니다. 어쩐 일인지 오늘은 경찰이 두 명이나 초대받아 왔어요." 매티슨은 리버스로부터 그 이유를 듣고 싶어 하는 눈치였다. 사실 리버스도 그게 궁금하던 차였다.

"샷!" 또다시 총성이 몇 번 울렸다.

"실력이 녹슬지 않았는데요, 두갈드, 아주 멋진 샷이었어요!"

"혹시……" 리버스가 매티슨에게 말했다. "더우드 차터스라는 남자를 아십니까?"

"아뇨."

"그가 초창기에 파노테크 재정을 도왔다는 얘기를 들었습니다."

매티슨이 웃음을 터뜨렸다. "어디서 잘못된 정보를 들으셨군요."

"자, 앨런, 당신 차례예요!"

로비 매티슨의 차례가 돌아왔을 때 그는 원반을 제대로 맞추지 못했다.

"당신답지 않군요, 로비." 이아인 경이 웃음을 터뜨리며 리버스를 돌아보았다. 그는 꽤 기뻐하는 눈치였다. 리버스는 그에게 이용당하고 있는 기분을 느꼈다. 그는 아직도 그 이유가 궁금했다.

마침내 리버스의 차례가 돌아왔다. 두 발을 쏘았지만 모두 크게 빗나갔다. 이아인 경이 다시 한 번 시도해볼 것을 권했다.

"당신은 초보자이지 않습니까." 그가 말했다. "연습이 더 필요할 겁니다. 누구나 처음엔 그렇죠."

리버스는 다시 방아쇠를 당겼다. 이번에는 원반의 한 부분이 떨어져나갔다.

"어떻습니까?" 이아인 경이 말했다. "이젠 감이 좀 잡히는 것 같죠?"

그 말이 맞는 것 같았다.

리버스는 그들을 따라 랜드로버로 향했다. 그의 귓속은 아직도 총성으로 울려대고 있었다. 집사가 스카치 수프(채소와 보리를 넣어 걸쭉하게 끓인 것)와 샌드위치를 준비해놓았다. 위스키가 담긴 휴대용 술병과 차가 담긴 커다란 플라스크도 보였다. 리버스의 샌드위치는 흑빵에 훈제연어를 넣은 것이었다. 두툼한 연어에는 레몬즙과 후추가 뿌려져 있었다. 술병이 건네지자 그는 위스키를 한 모금 마셨다. 그는 진한 차도 두 잔이나 들이켰다. 그는 복잡해진 머릿속을 정리해보려 애썼다. 그는 자신이 게임의 참가자인지, 모조 화폐인지, 아니면 주사위인지 갈피를 잡을 수 없었다. 한 가지 분명한 것은 이것이 매우 위험한 게임이라는 사실이었다. 어쩌면 경찰로서의 그의 생애가 위태로워질 수도 있었다. 사실상 이 자리에 모인 모두가 리버스를 게임 보드에서 떠밀어버리려고 혈안이 되어 있었다. 그는 점점 화가 났다. 제 발로 이곳을 찾은 자신에게. 그리고 교활하게 사람을 조종해대는 이아인 경에게. 리버스는 단순히 경고를 듣기 위해 이곳으로 불려온 게 아니라는 걸 깨달았다. 그는 애써 분노를 삭였다. 차보다 뜨겁고, 위스키보다 독한 분노를.

그들이 저택으로 돌아왔을 때 이아인 경이 리버스의 팔꿈치를 붙잡고 온실 쪽으로 이끌었다.

"조금 있다가 들어갈게요!" 그가 나머지 남자들에게 큰 소리로 말했다. 그리고 여전히 리버스의 팔꿈치를 붙잡은 채로 그에게 말했다. "로비 매티슨과 좋은 얘기 많이 나눴습니까?" 리버스는 팔을 흔들어 이아인 경의 손을 떼어냈다. "아까 보니까 앨런 거너와도 뭔가 중요한 얘길 나누는 것 같던데요."

"왜 날 이곳으로 불러들인 겁니까?"

"당신의 단순명쾌함이 마음에 드는군요. 난 당신이 어떤 결정을 내렸는지 궁금해서 초대한 겁니다."

"결정이라뇨?"

"수사에서 손을 뗄 것인지 말 것인지."

"왜 이 사건에 관심을 갖는 겁니까?"

이아인 경의 눈빛이 진지해졌다. "당신이 그걸 들을 준비가 됐는지 궁금하군요."

그들은 길게 늘어선 온실 앞에서 한동안 서로를 노려보았다. 리버스는 김이 서린 창문 안으로 탁자와 빈 화분, 그리고 모종 심는 상자들을 볼 수 있었다. 흥미롭게도 온실 안에서는 아무것도 자라고 있지 않았다.

"얘기해봐요." 리버스가 말했다.

"스코틀랜드의 일자리들이 위험에 처해 있습니다."

"무슨 위험 말입니까?"

"바로 당신 말입니다, 경위. 당신이 무턱대고 여기저기 들쑤시고 다니면 이 나라 일자리가 위험해진다고요. 그냥 알아서 흘러가도록 내버려둬요."

리버스가 그를 돌아보았다. "알아서 흘러가도록 내버려두라고요? 뭐가 문제인지 얘길 해줘야 계속하든 그만두든 할 게 아닙니까?"

"그건 말하지 않아도 알지 않습니까." 헌터가 차분하게 말했다. "이제 그 사건에서 손을 떼요. 내 말을 듣지 않으면 수백 개 일자리가 날아가버릴 겁니다. 알아듣겠어요? 수백 개가 날아가버릴 거라고요. 설마 당신도 그걸 원하진 않겠죠?"

"난 당신을 못 믿겠습니다." 리버스가 말했다.

헌터가 딱하다는 눈빛으로 그를 쳐다보았다. "아뇨. 당신은 나를 믿고 있어요, 경위."

그것은 사실이었다. 헌터의 의기양양한 목소리와 그가 입을 열 때마다 가볍게 떨리는 몸의 반응도 그것을 확인시켜주었다. 그는 헌터의 말을 믿었다. 그것도 아주 열정적으로. 수백 개의 일자리.

325

이아인 경이 돌아서서 저택 쪽으로 걸어 나가기 시작했다. 리버스도 그를 따라 움직였다. 그에게 너무 가까이 붙지 않으려 애를 쓰면서.

약속대로 리버스와 거너는 따로따로 저택을 나섰다. 그리고 오크터라더의 한 호텔에서 다시 만났다.

"난 원래 술을 마시지 않네." 거너가 아스피린 두 알을 오렌지 주스와 함께 삼키고 나서 말했다. 그들은 조용한 라운지 바의 구석 자리에 앉았다. 토요일의 거리는 이상하리만큼 한산했다. 쇼핑객들은 퍼스의 백화점과 대형 슈퍼마켓으로 몰려간 모양이었다. TV에서는 「리오 브라보」(1959년작 서부극)가 방영되고 있었다. 화면 속에서는 존 웨인이 독특한 자세로 걸어 다니고 있었다.

"저도 원래 총을 쓰지 않습니다." 리버스가 말했다.

"이제 다른 사람들이 사는 법을 알았을 테니⋯⋯" 거너가 잔을 내려놓고 깊은 숨을 한 번 들이쉬었다. "어디 본격적으로 얘길 나눠볼까? 자네가 무슨 생각을 하고 있는지는 모르겠지만 나는 자네에게 겁을 주기 위해 그곳에 갔던 게 아니었네. 나도 자네처럼 우편으로 초대장을 받았어. 곰곰이 생각해봤는데 말이야. 이아인 경은 우리를 불러놓고 서로 싸움을 붙이려 했던 것 같아. 나를 초대하는 것으로 자네를 주눅 들게 만들려고 했는지도 모르고."

리버스가 동의한다는 듯 고개를 끄덕였다. "하나 더 있습니다." 그가 덧붙였다. "우리 둘 다 누군가에게 겁을 주기 위해 초대를 받았을 가능성. 매티슨은 경찰이 와 있다는 사실을 못마땅해 하더군요."

"그들이 뭘 두려워하는 거지?"

"헌터가 일자리 얘길 했습니다."

"일자리? 무슨 일자리?"

리버스는 고개를 저었다. 거너를 신뢰해도 될까? 가장 먼저 나를 게임에서 퇴장시키려 했던 사람인데. "매커널리에 대해서 솔직히 말씀해주시겠습니까?"

거너가 자신의 손톱을 잠시 내려다보았다. "자네가 짐작하고 있는 대로야. 내가 매커널리를 소튼에 집어넣었어. 차터스 감방에. 하지만 그가 암에 걸린 걸 알고 조기 출소시켰지. 어차피 그런 몸 상태로는 필요한 정보를 뽑아내지 못했을 테니까."

"출소 직후 그는 길레스피 의원을 찾아가 그가 보는 앞에서 산탄총으로 자살을 했죠."

"그 친구가 왜 그랬는지는 나도 모르네."

"매커널리를 왜 차터스의 감방에 집어넣으신 겁니까?"

"그가 차터스의 비밀을 캐낼 수 있는지 보려고. 난 차터스가 뭘 숨기고 있는지 알고 싶었네. 혼자서 방법을 궁리하고 있는데 플라워가 매커널리 얘기를 슬쩍 들려주더군."

"차터스가 뭘 숨기고 있습니까?"

"당연히 돈이지, 또 뭐가 있겠는가? 물론 진실은 더 파헤쳐봐야겠지만. 80년대 중반 그는 꽤 큰돈을 주물러댔다고 하네. 그 많은 돈이 다 어디서 들어왔는지는 확인하지 못했어. 당시 그는 합법적으로 차린 회사 대여섯 개를 운영했었네. 적어도 사기 전담반이 조사해본 바에 따르면 그렇다더군. 아무튼 우린 그 수상쩍은 회사들을 계속 주시해왔어."

"그건 대처리즘(마거릿 대처 전 영국 총리가 영국 경제를 살리기 위해 추진

했던 사회·경제 정책을 통칭하는 말)이었을 뿐인데요. 혹시 그 회사들 중 하나가 멘성이었습니까?"

"그래."

"그게 전부 재교육과 관련된 회사들이었습니까?"

"대개 그런 일을 하는 곳들이었지. 서류를 죄다 모아 와서 살펴봤는데 굉장히 복잡하더군. 들여다보고 있으면 마치 미궁에 빠진 듯한 기분이 들 정도였어. 전문가들마저도 혀를 내두르던데. 그들이 입을 모아 인정한 게 하나 있었는데, 바로 데리 차터스가 물을 흐려놓는 데 천부적인 재능이 있다는 거야. 몇 달 동안 들여다봤는데도 재정 상태를 파악하기가 쉽지 않더라고."

"그가 한때 파노테크의 재정을 도왔다는 얘길 들었습니다."

"누가 그러던가?"

"사실입니까?"

"아닐걸. 차터스에게 투자한 사람이 들려준 건가?" 리버스가 고개를 끄덕였다. "보나마나 그가 지어낸 얘기일 거야. 투자자를 설득하려고 무리수를 둔 거겠지."

"하지만 이 모든 건 8~9년 전 일들입니다."

"그래. 그 후로 그는 새사람이 됐지. 앨바바이스로 또 다른 사기를 치기 전까지는 말이야."

"그런데 왜 이 오래 묵은 케이스를 계속 파헤치고 계시는 겁니까?"

"두 가지 이유가 있네. 첫째, 난 오랫동안 사기 전담반에서 그를 쫓아왔어. 하지만 아무런 성과도 내지 못했네. 아직까지도 내 커리어의 유일한 오점으로 남아 있지. 둘째, 당시 그는 수백만 파운드에 달하는 회계 내용을 조작한 혐의로 수사를 받았었어." 리버스는 차장의 설명을 집중해서 듣고 있었다. "수백만 파운드." 거녀가 다시 말했다. "경찰이 그런 놈을 가만 놔두면 되겠는가?"

"그 수백만 파운드는 어디서 난 겁니까?"

거녀는 어깨를 으쓱였다. 리버스는 잠시 골똘한 생각에 잠겼다. 술집에는 손님들이 빠르게 늘어가고 있었다. 구석의 TV가 축구 경기 결과를 알려주고 있었다. 경기가 별로 없는 조용한 날이었다. 꽁꽁 얼어붙은 경기장 상태가 그 이유였다.

"앨바바이스 관련된 자료는 이미 읽어봤습니다. 다른 자료도 살펴봤으면 하는데 괜찮으시겠습니까?"

거녀가 그를 빤히 응시했다. "관련 서류가 한둘이 아니야. 정리도 전혀 안 돼 있고. 금융 전문가들도 훑다가 포기했는데 자네가 무슨 수로 그걸 해보겠단 말인가?"

리버스가 어깨를 으쓱였다. "직접 살펴봐야 마음이 편해질 것 같습니다. 차터스도 한번 만나보고 싶고요."

"뭐?"

"그의 감방 동료가 자살을 기도했습니다. 게다가 어느 누구도 그에게 매커널리의 출소 전 정신 상태에 대해 묻지 않았답니다. 생각해보십시오. 그 친구보다 누가 더 잘 알겠습니까?"

거녀가 고개를 끄덕였다. "하긴, 듣고 보니 그렇군."

"매커널리 얘기가 나와서 말인데요. 그에게는 돈을 얼마나 쥐여 주셨습니까?"

"뭐?"

"그는 차장님 밑에서 일했습니다. 성실히 정보를 제공했으니 그에 따른 보상을 받았을 텐데요."

"그는 증거로 쓸 만한 정보를 하나도 내주지 않았어. 우린 가끔 몇 파운드씩 쥐여 준 게 전부였다고. 정말이야." 리버스의 머릿속에 트레사 매커널리의 아파트가 떠올랐다. 새 문, 새 인테리어, 새 TV. "그게 뭐 중요한가?"

"위 셔그에게는 중요했을 겁니다." 리버스가 나지막이 말했다. 누군가가 그에게 돈을 주었고, 그 돈은 고스란히 트레사에게 전달되었다. 마치 생명보험처럼. 위 셔그가 알고 지냈을 만한 재력가는 감방 동료 외에는 없었다.

거녀가 남은 술을 마저 비웠다. "이아인 경이 오늘밤 무슨 일을 꾸밀지 모르겠군."

"아까 보니 술을 꽤 퍼마시던데요. 그냥 조용히 집에서 쉬지 않을까요? 매일 에든버러로 출근하는 것 같던데."

"루시는 주말에만 찾는 것 같아. 주중에는 뉴 타운의 아파트에서 지내고."

"그 아파트는 어디 있습니까?"

"로얄 서커스."

로얄 서커스라. 리버스는 생각했다. 할데인이 주차 위반 딱지를 받았던 곳인데. 인생은 우연으로 넘쳐난다. 하지만 리버스는 우연을 믿지 않았다.

31

일요일 이른 아침, 잠이 덜 깬 로디언과 보더스 경찰 본부의 경사가 리버스의 아파트를 찾아왔다.

"좀 도와주십시오." 그가 말했다.

리버스는 그를 따라 로비로 내려갔다. 차고 가에는 순찰차 한 대가 세워져 있었다. 그는 그 앞으로 다가가 조수석 창문 안을 들여다보았다.

"윈치(드럼에 와이어 로프를 감아 짐을 오르내리게 하거나 끌어 당겨서 이동시키는 기계)가 필요할 것 같은데."

그들은 네 차례에 걸쳐 계단을 오르내린 끝에 경사가 가져온 모든 상자들을 리버스의 거실까지 옮겨놓을 수 있었다. 리버스는 그것들을 위한 공간을 마련하기 위해 쓰레기 봉지들을 소파 뒤로 치워놓았다.

"여기 서명해주십시오." 경사가 전표를 내밀며 말했다.

더우드 차터스 관련 사건 기록 일지 영수증(상자 8개).

리버스는 전표에 서명했다.

"날짜와 시간도 적어주십시오." 경사가 말했다.

"나중엔 팁까지 달라고 하겠는데." 리버스가 웅얼거렸다.

"뭐 주신다면야 감사히 받겠습니다."

"이게 자네에게 주는 내 팁이야. 무거운 걸 들 때는 무릎을 구부려야

331

해. 허리를 구부리지 말고."

그는 쇼반 클락에게 전화를 걸었다.

"왜 하필 접니까?" 그녀가 말했다.

"브라이언 홈스에겐 가정이 있잖아."

"지금 저를 차별하시는 건가요? 젠장, 언제까지 가면 되죠?"

"한 시간 내로 와."

그는 거실을 대충 정리했다. 쓰레기 봉지들은 복도로 옮겨놓았고, 파일 상자들은 바닥에 줄지어 놓아두었다. 그런 다음, 사용한 머그잔과 술잔과 접시들을 모아 주방으로 가져갔다. 라디에이터 밑에 받쳐놓은 커피 병을 비우고 나서는 거실 창문을 열어 환기시켰다. 가을 이후로 청소하지 못한 창문은 지저분했다. 갑자기 리버스에게 짜증이 확 밀려들었다.

"그녀는 일을 하러 오는 거라고." 그가 중얼거렸다. "로맨틱하게 저녁을 먹으러 오는 게 아니라."

그들은 늦은 오후가 되어서야 비로소 중요한 단서 두 개를 찾아낼 수 있었다.

첫 번째 단서는 고객의 이름이었다. 퀸론.

"들어본 적 있는 이름이야." 리버스가 말했다. 그는 잠시 기억을 더듬어보았다. "로리 매컬리스터가 퀸론이라는 이름을 언급했었어. 건설업자라고 했던가? 개발청과 그 친구 사이에 수상한 거래가 있었다더군. 개발청의 운명을 결정할 때 가장 걸림돌이 되었던 문제였었지." 리버스가 노트를 몇 장 더 넘겨보았다. "그리고 차터스의 고객도 건설업자였어."

"그래서요?"

"언론이 개발청과 퀸론의 거래에 대해 알게 됐고, 그게 보도되면서 개발청이 치명타를 맞게 됐지. 개발청이 파국에 이르면 누가 가장 이득을 보게 될 것 같은가?"

"차터스?"

"맞아. 모든 장부가 깨끗이 지워질 테니까. 그러면 수백만 달러의 행방을 영영 찾을 수 없게 되겠지."

"차터스가 고객의 정보를 경찰에 흘렸다는 말씀인가요?"

"그것도 충분히 가능한 일이고."

곧이어 두 번째 단서가 나타났다.

그들은 사건 기록을 통해 사기 전담반이 오랫동안 차터스에 주목해왔음을 확인할 수 있었다. 그의 '동료'들이 언급되었을 때 경찰은 그들을 단순히 금융업자 정도로만 여겼다. 그 누구도 임원들이 차터스의 사기 행각에 어떤 식으로든 연루되어 있다고 생각하지 않았다.

문서에서 그들이 자주 언급되지 않은 이유였다. 멘성 케이스와 관련해서는 단 한 번도 언급이 되지 않았다. 리버스는 차터스가 개발청에 띄운 편지의 사본을 집어 들었다. 맨 위에는 멘성 로고와 존재하지 않는 리스워크 주소가 찍혀 있었다. 멘성 하우스. 맨 아래에는 회사의 등록번호가 찍혀 있었다.

"컴퍼니 하우스에서 멘성을 못 찾았다고 했지?"

"네." 클락이 대답했다. "기록 보관 담당자를 시켜 꼼꼼히 살펴보게 했는데 없더라고요."

"실제로 등록이 돼 있거나 가짜 번호이거나, 둘 중 하나일 텐데."

"기록이 엉뚱한 곳에 보관돼 있는지도 모르죠."

"설마 그럴까?" 편지의 마지막 줄은 흐릿해져 있었다. 리버스는 멘성 임원들의 이름을 찬찬히 훑어나갔다.

차터스의 이름은 어렵지 않게 짚어낼 수 있었다. 하지만 나머지 이름들은 눈에 잘 들어오지 않았다. 한참을 살펴본 끝에 그는 간신히 J. 조셉 심슨의 이름을 해독해내는 데 성공했다.

"내 이럴 줄 알았지." 리버스가 말했다. 그는 심슨을 또 한 번 만나보려고 했었다. 하지만 그가 왜 멘성의 주소를 허위로 알려주었는지에 대한 의문은 이것으로 속 시원히 풀린 셈이었다. 회사는 위기에 빠진 상태였고, 설상가상으로 경찰의 조사까지 받고 있었다. 심슨은 자신이 그곳의 임원이라는 사실을 널리 알리고 싶지 않았을 것이다.

그리고 세 번째이자 마지막 이름……

"여기 뭐라고 적혀 있는지 알겠어?" 리버스가 문서를 쇼반 클락에게 넘기며 물었다.

"M으로 시작되는 이름 같은데요." 그녀가 말했다. "머치슨?"

"머치슨?"

"글쎄요. 매튜스라고 적혀 있는 것 같기도 하고요. 잘 모르겠어요."

리버스는 문서를 돌려받았다. 매튜스…… 머치슨…… "매티슨." 그가 편지를 들여다보며 말했다. "매티슨일 수도 있겠는데."

그녀가 어깨를 으쓱였다. "매티슨이라면……?"

"어제 로비 매티슨이라는 남자를 만나고 왔어. 알고 보니 파노테크 사장이더군."

"실리콘 글렌의 대표적인 자수성가 케이스, 그 사람 말씀이시군요."

리버스가 고개를 끄덕였다. "이번에 우리 경찰서 컴퓨터들이 전부 파노테크 것으로 바뀌었지?"

"청장님 밑으로 다 제공받았습니다."

앨런 거너도 새 컴퓨터를 받았다는 뜻이었다. "그런 건 누가 결정할 수 있는 거지?"

"그런 거라뇨?"

"컴퓨터 제조사를 선정하는 것 말이야."

"기업 지원국 책임자 정도는 돼야 하지 않을까요?"

"거너도 그런 문제에 대해서는 발언권이 있었을 텐데."

"아마도요. 그런데 그게 이 문제와 무슨 상관이죠?"

리버스도 그게 궁금했다. 파노테크는 가일 파크 웨스트에서 컴퓨터를 조립했다. 그리고 가일 파크 웨스트는 멘성과 함께 길레스피 의원의 파일에 등장했었다. 데리 차터스가 초창기에 파노테크의 자금줄이 돼주었다는 얘기가 돌았고, 파노테크 사장은 어떤 이유에서인지 이아인 헌터 경의 집에 모습을 드러냈었다. 앨런 거너도 그곳에 불려가 있었고……

뭐가 이리 복잡해? 그는 생각했다. 밖에서 들여다보면 스코틀랜드는 기계였다. 하나의 거대한 기계. 하지만 안에서 보면 복잡하게 얽힌 부품들이 정교하게 맞물려 돌아가는, 작고 은밀한 형태를 취하고 있었다. 이아인 헌터 경은 기계 밖에 머물러 있는 리버스를 안으로 들여보내주었다. 그가 리버스를 사격 파티에 초대한 것은 통제가 안 되는 형사를 기계의 일부로 만들어버리기 위함이었다. 마더보드의 칩으로 만들어버리기 위해서. 영향력 있는 친구 몇 명만 동원하면 손쉽게 해결될 일이었다.

그 후로 무슨 일이 벌어지게 될지는 누구도 예상할 수 없겠지만.

그들은 5시 30분까지 쉬지 않고 일했다.

"저녁 대접은 꼭 받고 싶어요." 클락이 기지개를 켜며 말했다.

"누구에게?"

"당연히 경위님이죠." 그녀가 말했다.

리버스는 고개를 저었다. "미안. 오늘은 선약이 있어서 말이야."

"일요일인데도 기꺼이 달려와 도와드렸는데 정말 이러시깁니까?" 그녀의 눈이 가늘어졌다. "데이트 약속 있으세요?"

그녀는 스코틀랜드식 전략을 시도하고 있었다. 경솔한 척하면서 진지하기.

"데이트가 아니라 일이야." 리버스가 말했다.

"일?"

"만나볼 사람이 있어."

"제가 아는 사람인가요?"

리버스는 고개를 저었다. "어쨌든 오늘 고생 많았어. 진심으로 고맙게 생각해." 그는 그녀를 현관으로 이끌었다.

그녀가 떠난 지 2분쯤 지났을 때 초인종이 울렸다. 그는 그녀가 무언가를 두고 간 모양이라고 생각했다. 하지만 문을 열어보니 클락이 아닌 질 템플러가 서 있었다.

"잠깐 들어가도 돼요?" 그녀가 안으로 들어서며 말했다.

"막 나가려던 참이었는데요."

"오래 걸리지 않을 거예요. 전화를 여러 번 걸었는데 계속 통화 중이더군요."

"하루 종일 전화선을 뽑아놨어요." 리버스가 말했다. 그는 그녀를 따라 거실로 들어갔다. 그녀의 시선이 문서가 담긴 상자들을 찬찬히 훑어 나갔다.

"휴가를 꽤 알차게 보내고 있군요."

"졸지에 떠맡게 된 것들이라고요, 질. 당신도 그 자리에 있었잖아요."

"기억나요. 그때 총경님이 많이 곤란해 하셨잖아요. 내가 총경님 입장이었어도 같은 처분을 내렸을 거예요."

"이제 보니 놀러온 게 아니었군요."

"맞아요. 놀러온 게 아니에요. 시장님이 총경님께 전화를 걸어 당신이 무례하게 굴었다고 이른 모양이에요."

"내가 뭘 어쨌는지 구체적으로 설명했답니까?"

"아뇨."

"그럴 줄 알았어요."

"날이 밝으면 농부가 직접 전화를 걸어올 거예요. 공식적으로 징계가 내려질지도 몰라요. 정직을 당하게 될지도 모르고." 그녀가 이글거리는 눈으로 그를 돌아보았다. "어떻게 나한테 이럴 수 있죠?"

"네?"

"난 당신의 직속상관이에요! 이 자리에 앉은 지 일주일도 채 안 됐는데 벌써부터 날 괴롭히는 거예요? 지금 내 체면이 말이 아니라고요."

"내가 하는 일은 당신과 아무 상관이 없어요."

"상관이 없긴요! 지금 그걸 말이라고 해요? 당신은 내 부하라고요. 당신이 또 무슨 일을 벌이고 다닐지 몰라 총경이 불안해하고 있어요. 이런 상황에서 내가 어떻게 일에 집중할 수 있겠어요? 아직 새 자리에 적응도 못했는데."

리버스가 무언가를 깨달았다는 듯 고개를 끄덕였다. "그래서 이 난리를 치고 있는 거군요. 농부가 당신에게 관심을 주지 않아서. 그에게 깊은 인상을 심어주고 싶었는데 그게 뜻대로 되지 않아서."

"내 말 왜곡하지 말아요."

"왜곡이라고요?" 그가 그녀의 팔뚝을 붙잡았다. "내 얼굴 똑바로 쳐다보고 얘기해요. 내가 틀렸다고 얘기해보라고요."

그녀가 어깨를 으쓱여 그의 손을 떼어냈다. "존." 그녀가 한층 차분해진 톤으로 말했다. "난 당신에게 경고하려고 온 거예요. 어쩌면 내일 아침에 형사로서 당신의 생애가 끝날지도 몰라요."

"내가 그 얘길 듣고 겁이라도 집어먹을 줄 알았어요?" 그는 최대한 태연한 척하려 애썼다.

그녀가 그의 앞으로 한 걸음 다가섰다. "그래요." 그녀가 나지막이 말했다. "당신이 그럴 줄 알았어요." 그녀의 초록색 눈이 그를 똑바로 쳐다보았다. "말해봐요. 솔직히 두렵죠?"

"두렵냐고요?" 그가 미소를 지었다. "당연히 두렵죠. 으슥한 골목에서 맞닥뜨린 덩치 큰 깡패나 청부를 맡아 날 죽이려고 찾아온 킬러 따위는 조금도 두렵지 않아요. 하지만 당신들 협박은 정말 죽을 만큼 무섭네요."

"두려우면 손을 떼면 되잖아요. 그냥 몇 사람에게 미안하다고 사과하면 끝날 일이잖아요."

그가 다시 미소를 지었다. "정말 그렇게 쉬워요? 당신이라면 그러겠어요?"

"네, 나라면 그러겠어요."

"뭐, 생각해볼게요."

그녀는 그 대꾸의 진정성을 가늠하려는 듯 잠시 그를 응시했다. 하지만 차가운 바다 안개에 뒤덮여 있는 듯한 그의 속내는 끝내 들여다보이지 않았다.

32

빅 짐 플렛은 어디서도 보이지 않았다.

"가끔 여기저기서 몇 시간 쉬다 오시곤 합니다." 소튼 교도소의 부교도소장이 리버스를 이끌어나가며 말했다.

"그렇군요." 리버스가 말했다. 그는 교도소장이 자신을 피해 다니는 중이라는 걸 알고 있었다. 그가 리버스에게 늘어놓은 거짓말 때문에.

"데리를 면회 오는 사람은 별로 없습니다." 부교도소장이 말했다. 그는 지나치게 사무적이고 신경이 과민한 사람이었다. 얼굴이 불그레한 그는 재킷을 걸치지 않았고, 셔츠 소매는 걷어 올린 상태였다.

"그에 대해 알고 계십니까?"

"그와 얘길 나눠본 적이 있습니다."

"남들과 잘 어울리지 않는다고 들었는데요."

"그건 사실입니다. 하지만 몇 마디 나눠보니 말이 잘 통하는 친구더군요."

"혹시 그가 뭔가를 팔려고 하지는 않던가요?"

부교도소장이 웃음을 터뜨렸다. "아뇨, 아직까진 그런 일이 없었습니다. 하지만 세일즈에 남다른 재능을 갖고 있는 것 같기는 합니다."

"어떤 사람인가요?"

"평소에는 아주 조용합니다. 말썽을 일으키거나 하진 않아요." 그들이 금속 문 앞으로 다가갔다. 문 옆에는 교도관이 서 있었다. 교도관이 자물쇠를 풀고 문을 열어주었다.

"제가 같이 들어가지 않아도 되겠습니까?" 부교도소장이 리버스에게 물었다. 리버스는 자애로운 미소를 지으며 고개를 저었다. "알겠습니다. 면회가 끝나면 먼로가 데리를 방으로 데려갈 겁니다."

"감사합니다." 리버스가 말했다.

그가 안으로 들어서자 문이 닫혔다. 밖에서 자물쇠 걸리는 소리가 들려왔다. 방 안에는 리버스와 더우드 차터스, 단 둘뿐이었다.

차터스는 팔짱을 낀 채 방 안을 빙빙 맴돌고 있었다. 고개를 푹 숙인 그는 마치 골똘한 생각에 잠겨 있는 듯했다.

"체스 둘 줄 알아요?" 차터스가 고개를 들지 않은 채 물었다.

"아뇨."

"쯧쯧."

리버스가 방 안을 둘러보았다. 바닥에 고정된 테이블과 의자 두 개. 한쪽 벽에는 방의 유일한 장식품인 칠판이 붙어 있었다.

"앉아도 되겠습니까?" 리버스가 말했다.

"물론이죠." 차터스가 미소를 흘리며 말했다. 그는 계속해서 방 안을 맴돌았고, 리버스는 그런 그를 유심히 지켜보았다. 차터스는 사십대 중반으로, 큰 키에 떡 벌어진 어깨를 가지고 있었다. 그는 말쑥한 차림이었고, 머리도 단정하게 빗은 상태였다. 말끔히 면도한 그의 얼굴에서는 광채가 났다.

"'추크츠방'이 무슨 뜻인지 알아요?"

"독일어인가요?" 리버스가 말했다.

그제야 차터스가 고개를 들고 그를 쳐다보았다. "그렇습니다. 체스 포지션이죠. 자기에게 불리하게 말을 움직일 수밖에 없는 판국. 재앙 같은 결과가 나올 걸 뻔히 알면서도 무조건 말을 움직여야 하는 상황을 뜻하죠. 오늘 신문에 체스 퍼즐이 실려 있었는데 당최 풀리질 않더군요."

"그럴 땐 이 방법을 써봐요." 리버스가 말했다.

차터스의 걸음이 뚝 멎었다. "무슨 방법 말이죠?"

"골프를 시작하는 것."

차터스가 미소를 지었다. 그가 테이블로 다가와 리버스 맞은편에 앉았다. 두 손은 가지런히 모아 테이블에 얹어놓았다. "신분증을 보여줘요."

리버스는 신분증을 꺼내 앞으로 내밀었다. 차터스는 그것이 위조된 것인지 확인하려는 듯 불빛에 비추어보았다.

"일요일 밤." 그가 신분증을 돌려주며 말했다.

"네?"

"평소에도 면회가 거의 없습니다. 일요일 밤은 말할 것도 없고요. 그런데 경찰이 이렇게 찾아주시다니."

"난 위 셔그 매커널리에 대해 몇 가지 물어보려고 왔어요."

"아, 휴 말이군요." 생전에 매커널리를 '휴'라고 불러준 사람은 그에게 세례를 준 사제와 그에게 형을 선고한 판사뿐이었을 것이다. 차터스는 리버스의 생각을 읽은 모양이었다. "난 사람의 이름을 존중합니다. 세상이 우리에게 챙겨주는 유일한 선물이니까요. 난 애칭이 데리인데요, 이곳에서는 '도제 소년'이라는 별명으로 불리고 있습니다."

차터스의 무조성 목소리는 나지막했다. 듣고 있노라면 꼭 최면에 빠져

드는 듯한 기분이 느껴졌다. 그의 시선은 리버스에게 단단히 고정되어 있었다.

"그가 자살했다는 거 알고 있죠?"

"참 안됐어요."

"자살 사건은 반드시 수사하게 돼 있습니다."

"그건 몰랐네요."

"당신이 알았는지 몰랐는지는 전혀 중요하지 않습니다. 자, 말해봐요. 매커널리랑 대화를 많이 나눴습니까?"

"쉴 새 없이 수다를 떨어댔죠. 솔직히 좀 짜증이 났습니다. 조용히 책을 좀 보려고 해도 옆에서 온갖 잡담을 늘어놓는 통에 미칠 지경이었죠. 감방 안이 잠잠할 틈이 없었습니다. 그렇지 않아도 소란스러운 곳인데. 처음에는 그가 징계를 받아 내 방으로 온 줄 알았습니다. 그 왜 있지 않습니까. 심리적 고문."

"그가 주로 무슨 얘길 하던가요? 보나마나 일방적인 대화였을 것 같은데."

"독백이었습니다. 내용은…… 자신의 배경, 자신의 아내…… 아내 얘기를 특히 많이 했습니다. 덕분에 그녀에 대해 빠삭하게 알게 됐죠. 만나본 적도 없는데 말입니다. 뭐, 가끔 다른 여자들과 바람피운 얘기도 했고요. 물론 난 한 마디도 믿지 않았습니다. 아무튼 그는 자기 얘기가 끝나면 늘 나에 대해 들려달라고 애원했습니다." 차터스가 잠시 머뭇거렸다. "이상하지 않습니까? 휴는 늘 자기 얘기에만 열을 올렸지만 가끔 뜬금없이 내게 질문을 던지곤 했어요. 희한하죠?"

리버스는 그의 질문을 못 들은 척했다. "그는 무슨 죄로 들어왔습니까?"

"봐요. 당신도 내가 묻는 말에 대답하지 않잖아요! 하루에도 스무 번 넘게 이런 수모를 당했다니까요."

"대답이나 해요."

"주거침입죄로 들어왔다고 했어요."

"당신은 사기죄로 들어왔죠? 안 그렇습니까?"

"흥미롭군요." 차터스가 손가락으로 자신의 입을 두드리며 말했다. "휴가 무슨 죄로 들어왔는지는 왜 묻는 겁니까?"

"그냥 궁금해서요." 리버스가 둘러댔다. "두 사람이 그 부분에 대해 얘길 나눠본 적이 있는지. 그의 배경을 살펴보는 데 도움이 될 것 같아서요."

"그래야 그가 자살한 이유를 알 수 있을 것 같아서요?"

"그렇습니다."

"그는 암으로 죽어가고 있었습니다. 그래서 자살한 거라고요."

"그가 그렇게 얘기하던가요?"

차터스가 다시 미소를 지었다. "그냥 내 추측입니다."

"당신 말이 맞는 것 같습니다. 그래서 자살을 했던 것 같아요. 하지만 왜 하필 그런 방법으로 죽음을 맞이했는지 궁금합니다."

"왜 그가 시의회 의원 앞에서 그랬는지 말이죠?" 리버스가 고개를 끄덕였다. "의원에게 같은 걸 물어봤나요?"

"네."

"그랬더니 그가 뭐라고 하던가요?" 차터스는 호기심에 찬 모습을 능청스럽게 연기하고 있었다. 리버스는 그를 빤히 쳐다보았다.

"혹시 그 의원과 친분이 있습니까?" 그가 물었다.

"만나본 적도 없어요."

"만나봤는지 물은 게 아닙니다."

차터스는 등받이에 몸을 기댄 채 팔짱을 꼈다. "조금씩 심문 실력이 늘어가는군요, 경위. 대결이 점점 재미있어지는데요."

"이건 체스 게임이 아닙니다."

이내 차터스의 풀이 꺾였다. "미안합니다."

"의원과 친분이 있습니까?" 리버스가 다시 물었다.

"난 신문을 읽습니다. 바깥세상이 어떻게 돌아가고 있는지 늘 관심 있게 지켜본다고요. 그러니 길레스피 의원을 아예 모른다고는 할 수 없겠죠."

"그도 당신을 압니까?"

"그가 왜 날 알아야 하는데요?"

이번에는 리버스가 미소를 지었다. 차터스의 방어 기제가 조금씩 무너져 내리는 게 느껴졌기 때문이다.

"멘싱이라는 회사를 운영했었죠?"

"오래전 일입니다." 차터스는 겉으로는 말쑥해 보였지만 치아는 죽은 생선과 같은 색을 띠고 있었다. "당신의 전략이 마음에 듭니다. 꽤 절묘한데요. 당신처럼 엉뚱한 상대에겐 추크츠방이 절대 안 먹히죠. 7년 전 문을 닫은 회사 얘긴 왜 꺼내는 겁니까?"

"친구에게 당신을 만나러 간다고 알려줬습니다. 그는 코스토핀 가 멘싱 사무실에서 진행된 재교육 세미나에 참석했었다더군요."

차터스는 리버스의 대답에 만족해하는 눈치였다. "어느 회사에서 일했답니까?"

"그건 모르겠어요. 현재는 전자회사에서 일하고 있습니다. 파노테크의 하도급 업체에서요."

"그렇다면 세미나가 큰 도움이 됐겠군요."

리버스가 고개를 끄덕였다. "당신이 초창기에 파노테크의 재정을 도와 줬다고 들었습니다."

차터스가 한쪽 눈썹을 추켜세웠다. "밖에선 그렇게들 알고 있나요?"

"그럼 사실이 아닙니까?" 차터스가 고개를 저었다. "그건 그렇고, 멘성 은 어쩌다 파산하게 된 겁니까?"

"파산한 게 아니라 그냥 접어버린 겁니다. 재미가 없어져서 말이죠. 인 수하겠다고 나서는 사람도 없었고." 그가 어깨를 으쓱였다. "난 뭐든 금세 싫증을 느끼는 타입입니다." 그가 일어나 또다시 방 안을 빙빙 맴돌기 시 작했다. "아까 휴에 대해 몇 가지 물어볼 게 있어서 왔다고 했죠? 대체 왜 그랑 아무 상관도 없는 걸 자꾸 묻는 겁니까?"

리버스도 자리에서 일어났다.

"벌써 가보려고요?"

"당신이 인터뷰를 너무 즐기는 것 같아서 말이죠. '데리'. 원래 이건 재 밌으면 안 되거든요. 사람이 죽은 사건인데."

차터스의 걸음이 멎었다. "그는 어차피 죽을 운명이었잖아요. 기왕이면 자기가 원하는 방법으로 가는 게 좋죠. 세상에 그럴 수 있는 사람이 많은 줄 알아요? 만약 의사가 내게 살날이 몇 달 남지 않았고, 그 기간 동안 무 척 고통스러울 거라고 알려주었다면 나 역시 총부터 구하러 다녔을 겁니 다. 하지만 눈에 들어오는 세상이 아주 불공평하게 느껴졌겠죠. 주변에 살 아 있는 사람들, 생기가 넘쳐나는 사람들이 득실거리는데 왜 나만 죽어야 하지? 병원에서 중병을 고치고 새 생명을 얻는 환자도 한둘이 아닌데. 내가 그랬어도 이 불평등한 현실에 분개했을 겁니다. 권력을 대표하는 사람들에 대해서도 증오심이 생겨났을 거고요. 그도 그래서 의원을 찾았던 게 아닐까요? 그에게 자신의 고통을 보여주고 공포를 나누기 위해서. 의원은 쉬운 표적이었을 겁니다. 접근이 쉽고 대중적으로 잘 알려져 있으니까요. 거기다 말을 붙이기가 쉬운 타입이기도 하고요. 그는 그를 이용해 자기 혼자 조용히 죽지 않겠다는 걸 보여주려고 했을 겁니다."

차터스가 입을 닫자 방 안에 정적이 찾아들었다. 그는 흥분을 가라앉히려 애쓰는 중이었다. 그의 목소리에서는 분노와 열정과 확신이 묻어나왔다. 그의 눈은 리버스에게 단단히 고정되어 있었다. 이런 사람이 세일즈맨을 하면 정말 엄청날 텐데.

"난 믿을 수 없어요." 리버스가 문 쪽으로 다가가며 말했다.

"경위." 리버스가 멈칫했다. "당신은 날 '데리'라고 불렀어요. 비록 반칙을 저지르긴 했지만 꽤 잘해냈어요." 그가 다시 방 안을 맴돌았다. "휴는 자기 아내에 대해 말을 아꼈어요. 자기 인생에 또 다른 여자가 있었다면서…… 그 여자 얘기를 좀 많이 했죠. 어찌나 상세히 묘사를 해주던지 아직까지도 그녀의 모습이 눈앞에 그려질 정도입니다. 그 여자 이름은 메이지였습니다. 그는 쉴 새 없이 그녀 얘기만 늘어놓았어요. 세상 누구보다도 그녀를 사랑하는 것 같았죠. 그녀를 한번 찾아가보는 게 어떻겠습니까?"

"이미 찾아가봤어요."

감방을 나온 리버스는 차터스가 알려준 단어를 떠올려보았다. 이번 사건, 월리와 딕시, 그리고 전반적인 삶에 대한 그의 심정을 실로 완벽히 표현해주는 단어였다.

추크츠방.

새벽 4시. 그의 전화가 울렸다. 그는 잠에서 깼지만 응답하지 않았다. 새벽 4시에 걸려온 전화가 좋은 소식을 전해줄 리 없었으니까. 하지만 발신자는 끈질겼다. 결국 리버스는 잠을 포기하고 수화기를 집어 들었다.

"리버스 씨?"

오만함이 묻어나는 젊은 남자의 목소리였다. 상대는 살짝 취한 상태인 듯했다. 수화기에서 요란한 음악과 사람들의 수다 소리가 흘러나왔다. 파티.

"그런데요?"

"폴이에요. 폴 더건."

"폴, 무슨 일로 이 시간에 전화를 다 주고?"

"시간이 너무 늦었나요? 내가 지금 시계가 없어서."

"파티장이야, 폴? 주소를 알려주면 경관 몇 명을 데리고 갈게."

"그러지 말아요, 리버스 씨. 좋은 소식을 전하려고 전화한 거란 말이에요. 드디어 그 애를 찾았어요."

"커스티 케네디 말이야?"

"네."

"무사해?"

"마약쟁이 치고는 나쁘지 않아요."

"걔를 좀 바꿔주겠어?"

"아주 단호해요. 절대 집으로 돌아가지 않겠대요. 계모가 미치광이라나요?"

"걔 좀 만나봐야겠어. 집으로 돌려보내려는 게 아니니까 걱정 말라고 해."

"글쎄요." 더건은 의심을 거두지 않았다.

"폴, 전화 끊지 마! 돈을 좀 쥐여 주면 걔가 날 만나줄까?"

"내가 일단 얘기해볼게요. 그녀가 어떻게 나올지는 모르겠지만. 누가 압니까? 그녀가 순순히 입을 열어줄지."

"다음엔 제발 환한 대낮에 연락해줘. 부탁이야."

"그뿐만이 아니라, 다음부터는 술이 완전히 깬 상태에서 연락할게요."

33

아침 8시. 그의 전화가 다시 울렸다.

"네?" 그가 바짝 말라버린 입을 간신히 열고 응답했다.

"존?" 농부의 목소리였다.

결국 올 게 와버렸군. 리버스는 생각했다. "안녕하십니까, 총경님. 이번엔 뭡니까? 문책? 정직? 아니면 해고?"

"젠장, 존. 자네 때문에 지옥 같은 주말을 보냈어."

"죄송합니다, 총경님. 본의 아니게 피해를 끼쳐드렸군요."

"바로 그게 자네의 문제야, 경위. 자네는 너무 이기적이야. 달리 표현할 방법이 없어. 자네의 그 빌어먹을 집착 때문에 자네 주변의 모두가 피해를 보고 있어. 친구, 적, 그리고 민간인들까지도."

"그렇군요."

"그런데도 별생각이 안 드나? 응?" 리버스는 대답하지 않았다. 보나마나 농부는 오랫동안 오늘 연설을 준비해왔을 것이다. "자신의 도덕성만 만족시키면 남이야 어떻든 상관없다는 건가? 남들 문제는 전혀 중요하지 않은 거야?"

"가끔 그렇게 느껴질 때가 있긴 합니다, 총경님." 리버스가 나지막이 말했다.

"난 자네의 도덕성의 기준이 마음에 들지 않아. 절대 동의할 수 없다고."

"굳이 제 기준에 맞춰 살 필요 없습니다. 저만 이렇게 살면 되니까요."

"자넨 황당할 만큼 운이 좋은 친구야."

리버스의 얼굴이 찌푸려졌다. "그게 무슨 말씀입니까?"

"거녀와 의논을 했네. 그가 자네를 대신해 시장에게 사과를 할 거야. 감찰관실도 우리 대신 F 트룹을 내사하기로 했고."

F 트룹은 리빙스턴의 F팀을 의미했다. "이해가 안 되는군요."

"빨리 돌아오라는 얘기야. 휴가가 끝났다는 뜻이라고. 오전에 내 사무실로 와."

"치과에 예약이 돼 있습니다."

"그럼 오후에."

"알겠습니다, 총경님."

"존, 혹시 거녀와 접촉한 적 있었나?"

"저는 휴가 중이었는데요."

"정말 없었어?"

"리조트 수영장에서 잠깐 마주친 적은 있었던 것 같습니다만……"

오늘도 암울한 날이었다. 눈이나 얼음은 없었지만 어는 바람과 몰아치는 비가 시민들을 괴롭혔다. 하늘은 먹구름으로 완전히 덮인 상태였다. 마치 도시 전체가 상자 안에 갇혀버린 듯했다. 누군가가 뚜껑을 너무 꽉 닫아버린 듯한 느낌.

킨 박사에게 받는 두 번째 치료는 생각보다 나쁘지 않았다. 리버스는 세상 그 무엇도 적응이 되면 나아진다는 걸 새삼 깨달았다. 치아에서는 농양이 완전히 빠진 상태였다. 리버스가 천장의 사진에 집중하고 있는 동안 킨은 치근관 치료를 진행했다. 리버스는 폴 더건의 부동산 일람표를 떠올려보았다. 어쩌면 더건의 말이 옳은지도 몰랐다. 그가 '세입자'들에게 바가지를 씌웠다는 주장은 어디서도 나오지 않고 있었다. 그는 분명 자신의 집과 아파트를 통해 수익을 내고 있었지만 그 누구에게도 터무니없는 요구를 한 적이 없었다. 오히려 딱한 처지의 사람들에게 거처를 제공하는 기특한 일을 하고 있었다. 리버스는 그에게 내밀 협상 카드를 고민해보았다. 더건은 커스티를 만나게 해주는 조건으로 리버스에게 재판에서 유리한 증언을 해달라고 요구할지도 몰랐다. 실제로 재판까지 가게 될지는 알 수 없지만. 머지않아 지방 의회는 곧 또 다른 기관으로 교체될 것이다. 그 과정에서 무엇이 탕감되어버릴지 누가 알겠는가.

순간 리버스의 뇌리를 스치는 생각이 있었다. 진작 알아차렸어야 하는 것이 이제야 떠오른 것이다. 킨 박사는 기왕 손을 댄 김에 봉까지 박아 넣겠다고 했지만 딴 데 정신이 팔린 리버스의 귀에는 들리지 않았다.

환호도, 축하 현수막도, 장식용 깃발도 없었다. 세인트 레너즈로 들어온 리버스는 커피부터 한 잔 따라 마셨다.

"저기, 경위님." 쇼반 클락이 말했다.

"왜?"

"커피가 넥타이로 떨어지고 있어요."

그것은 사실이었다. 마취가 풀리지 않은 그의 입에서는 커피가 흘러내리고 있었다. 그는 화장실로 들어가 물 묻힌 종이 타월로 넥타이를 닦았다.

"여기 있었군." 플라워가 문을 밀고 들어왔다. "돌아오지 않기를 바랐는데."

"너무 자책하지 마." 리버스가 받아쳤다. 플라워가 세면대로 다가가 거울을 들여다보며 머리를 매만졌다. "불을 지른 게 자네였는데 이젠 불을 껐다고 칭찬을 받는군."

플라워가 씩 웃었다. "벌써 소문이 퍼졌나?"

"자네 정보원에 대해 누군가와 얘기를 나눠봤어."

"정보원 누구?"

"셔그 매커널리. 애초에 그가 자네 정보원이었다는 걸 밝혔으면 이런 고생은 안 해도 됐을 텐데."

"그런 걸 사방에 광고하고 다닐 순 없지 않은가." 플라워가 주위를 둘러보았다. "정보원을 누군가의 감방에 집어넣는 것 말이야."

"거녀랑 얘기해봤어?"

"자네가 여기저기 들쑤시고 다녔다던데." 플라워는 스스로 만족하는 모습이었다. 리버스는 그 이유를 알 것 같았다.

"거녀랑 죽이 잘 맞는 것 같군."

"매커널리 문제로 거녀가 곤란해질 수 있거든." 플라워가 윙크를 했다. "그가 내게 알랑거릴 수밖에 없는 이유지."

"어떻게 되든 자네만 좋게 생겼군. 계획이 성공한다면 자네가 잘했기 때문이고, 실패한다면 은폐를 위해 자네의 도움이 절실하게 되는 거고. 어쨌든 거녀는 자네에게 빚을 질 수밖에 없는 입장이야. 자네가 날 막으려 했던 것도 그래서였겠지? 내가 거녀랑 엮이는 걸 원치 않았을 테니까. 자네는 그에게 꽤 공을 들여왔잖아."

플라워가 웃음을 터뜨리며 삐져나온 머리카락을 귀 뒤로 쓸어 넘겼다. 그때 두 개의 변기 칸 중 하나에서 물 내리는 소리가 들려왔다. 플라워가 흠칫 놀라며 돌아보았다. 문을 열고 농부가 걸어 나오자 그의 입이 쩍 벌어졌다.

리버스는 전혀 놀라지 않았다. 자신이 들어오기 바로 전 농부가 먼저 들어가는 걸 보았기 때문이었다.

"안녕하십니까, 총경님." 그가 말했다.

플라워는 말이 없었다. 농부가 손으로 그를 가리켰다. "내 사무실로 와, 플라워. 지금 당장!" 그가 문을 벌컥 열고 밖으로 나갔다. 플라워가 리버스를 돌아보았다.

"자넨 알고 있었지? 보나마나 알고 있었을 거야."

리버스가 젖은 종이 타월을 공처럼 뭉쳐 쓰레기통에 떨어뜨렸다.

일 대 영.

누군가가 프런트에서 그를 찾고 있다고 했다. 하지만 리버스가 내려왔을 때 그곳에는 아무도 없었다. 주위를 찬찬히 둘러보던 그의 눈에 정문 밖에서 그에게 손짓하는 남자가 들어왔다. 폴 더건이었다. 그는 오늘도 검은색 롱코트 차림이었다. 코트의 한쪽 소매는 조금 찢어져 있었고, 어깨에는 하얀 얼룩이 묻어 있었다.

"미안해요." 리버스가 밖으로 나오자 그가 말했다. "난 체질적으로 경찰서를 싫어하거든요."

"길 건너에 카페가……"

더건은 고개를 저었다. "그 애가 우릴 기다리고 있어요."

"커스티가?" 더건이 고개를 끄덕였다. "어디서?"

"차 있어요?"

그들은 리버스의 차로 향했다.

더건은 그를 플레전스로 안내했다. 음침한 홀리루드 가 쪽으로. 텅 빈 부지와 방치된 창고들로 넘쳐나는 동네였다. 영거 유니버스는 공사 중이었다. 언론은 모든 게 원상태로 복구될 거라고 전망했다. 리버스는 부디 그러기를 바랐다. 그는 상징주의에 집착하는 타입이었다. 미국에는 디즈니랜드가 있고, 스코틀랜드에는 맥주 공장이 지은 테마 파크가 있었다. 테마 파크는 군주가 사는 홀리루드 궁 바로 옆에 자리하고 있었다. 리버스는 그 사실도 마음에 쏙 들었다.

"어디로 가는 거지?"

"궁문 옆에 세우면 돼요."

이맘때는 주차가 어렵지 않았다. 온난 계절에는 관광객들을 실어 나르는 버스들의 행렬로 주차할 곳을 찾는 게 불가능했다. 한 아이가 굳게 걸린 정문 앞에 서서 문틈으로 안을 들여다보고 있었다.

"경적을 한 번 울려요." 더건이 조수석 창문을 내리며 말했다. "이봐, 커스티!"

그 소리에 '아이'가 돌아섰다. 리버스는 몸과 달리 나이 들어 보이는 소녀의 얼굴에 살짝 놀랐다. 커스티 케네디는 작고 뼈만 앙상한 체구를 가지고 있었다. 차로 다가오는 그녀의 얼굴은 시멘트처럼 딱딱하게 굳어 있었다. 립스틱, 아이섀도, 그리고 파운데이션. 그녀는 마치 가면을 쓰고 있는 듯했다. 꽉 끼는 검은 청바지가 그녀의 성냥개비 같은 다리를 더 두드러지게 만들었다. 특정한 모양이 없는 긴 검은 스웨터의 소매는 손을 완전히 가릴 정도로 늘어나 있었다. 어깨까지 내려오는 그녀의 기름투성이 머리는 고무줄로 묶었고, 선홍색으로 염색한 앞머리는 눈을 가렸다. 그녀는 껌을 질겅질겅 씹어대고 있었다. 그녀가 뒷문을 열고 차에 올랐다.

"안녕, 커스티." 리버스가 말했다. "이제 어디로 갈까?"

"아이스크림 먹고 싶어요."

리버스는 부담스럽게 먼 루카스로 향하려다가 이내 생각을 바꾸었다. 그냥 톨크로스 정도면 적당할 것 같았다.

그들은 아이스크림 가게로 들어갔다. 그녀는 메뉴에서 가장 큰 아이스크림과 특대형 콜라를 주문했다. 가게 안은 조용했다. 멀리 떨어진 테이블에서는 나이 든 커플이 담배를 뻐끔대며 거품 나는 커피를 홀짝이고 있었다. 또 한쪽 구석에서는 지쳐 보이는 어머니가 현란한 색의 아이스크림을 놓고 두 아이와 씨름하고 있었다.

리버스는 커피, 더건은 오렌지 주스와 크림을 얹은 애플파이를 각각 주문했다. 리버스는 새미가 어렸을 때 딸을 데리고 종종 이곳을 찾았었다. 그는 시장의 딸을 물끄러미 쳐다보며 그녀가 아직 열일곱 살밖에 되지 않았다는 사실을 스스로에게 상기시켰다.

"폴에게 들었어요. 날 만나고 싶어 했다면서요?" 그녀가 구사하는 천박한 거리의 말씨는 배운 지 얼마 되지 않는 듯 어색하게 들렸다.

"밥 호프('마리화나'를 의미하는 은어)는 얼마나 했지, 커스티?"

"메리 말인가요?"

더건이 리버스를 쳐다보았다. "메리 맥('코카인'의 별칭) 말이에요." 그가 설명했다.

"오래했어요." 커스티가 대답했다.

"질릴 정도로 오래?"

"절대 질리지 않는다는 걸 깨닫게 될 정도로 오래." 그녀가 주문한 아이스크림이 도착했다. 세 가지 맛이 섞인 아이스크림에는 초콜릿 소스와 땅콩, 통조림 복숭아와 웨이퍼가 뿌려져 있었다. 보고만 있어도 이가 시릴 정도였다.

"아버지가 많이 걱정하고 계셔." 그가 말했다.

"그래서요?"

"네 어머니도 마찬가지이시고."

그녀가 갑자기 경련을 일으켰다. 그녀의 입에서 아이스크림 한 덩어리가 툭 떨어졌다. "엄마는 내가 다섯 살 때 돌아가셨어요. 당신이 얘기하는 그 사람은 지금 아빠랑 같이 사는 여자일 뿐이에요."

"그렇군."

"그 여자를 만나봤어요?"

"아니."

"정신 나간 여자예요."

"그녀랑 잘 지낼 마음이 없는 것 같군. 그래서 가출한 거였어?"

"꼭 무슨 이유가 있어야 하나요?"

리버스가 어깨를 으쓱였다. "내가 아는 가출 청소년들 대부분은 좀 멀리 달아나는 경향이 있던데."

"런던 말인가요? 난 거기가 싫어요. 내 친구들이 다 있는 여기가 좋다고요."

"월리와 딕시 같은 친구들 말이지?"

그녀가 그릇에 스푼을 내려놓고 콜라를 마시기 시작했다. "난 윌리를 좋아했어요. 딕시, 걔는 좀 이상했고요. 당최 종잡을 수 없는 아이였어요. 하지만 윌리는 괜찮았어요."

"그들이 무슨 짓을 했는지 들었어?"

그녀가 고개를 끄덕였다.

"네가 그들을 위해 다리에 화환을 걸어뒀지? 응?"

그녀는 또다시 고개를 끄덕였다. 그녀가 손가락을 펴 초콜릿 소스를 찍었다. 그녀는 태연한 모습을 보이려 애썼지만 복잡해진 머리 탓에 그게 잘 되지 않는 모양이었다. 그녀의 얼굴에서 죄책감이 살짝 엿보였다.

"네 아이디어였지, 커스티?" 그녀가 고개를 들고 그를 쳐다보았다. "그렇지? 안 그래?"

그녀가 자리에서 벌떡 일어났다. "화장실에 다녀올게요."

리버스가 그녀의 손목을 낚아채 움켜쥐었다. "왜 그랬지, 커스티? 단순히 돈 때문이었나? 왜 아버지의 사무실에서 라바룸 계획서를 훔쳤던 거지?"

그녀가 그의 손을 뿌리쳤다. "이거 놔요!" 그녀가 비틀거리며 화장실 쪽으로 달려 나갔다. 리버스는 자리에 앉아 담배에 불을 붙였다.

"여긴 금연 구역입니다." 웨이트리스가 다가와 말했다.

"맥주 있어요?"

"저희는 주류 판매 허가를 받지 않았습니다."

리버스가 불을 끈 담배를 도로 집어넣었다. 그의 시선이 테이블 맞은편의 폴 더건에게로 돌아갔다.

"저 앨 좋아하지? 아닌가?" 리버스가 말했다.

더건은 대답하지 않았다. 그는 스푼으로 아이스크림에 원을 그리기 시작했다.

"저 애가 윌리의 침실에 뭔가를 놔두고 왔다는 얘기, 기억해? 그건 저 애가 아버지로부터 훔친 문서였어. 쟤가 그걸 왜 챙겨 나왔는지 짚이는 데 없나?"

더건이 천천히, 하지만 결연한 모습으로 고개를 저었다. "저 애는…… 너무 몰아붙이진 말아요. 네?"

"그럴 수 없다면 어쩔 건데?"

"쟤가 달아나버릴지도 몰라요." 더건이 잠시 말을 멈추었다. "또다시."

마침내 화장실 문이 열리고 그녀가 걸어 나왔다. 그녀는 두 팔을 축 늘어뜨린 채 테이블로 돌아왔다. 리버스는 그녀의 눈을 쳐다보았다. 그녀의 동공은 실핀의 머리만큼이나 작아져 있었다.

"어리석은 짓이었어."

"뭐가요?" 그녀가 다시 아이스크림을 떠먹기 시작했다. 그녀는 두 스푼을 연달아 입에 넣고 나서 그릇을 멀리 밀어냈다.

"납치." 리버스가 말했다. "몸값 요구. 그게 다 네 아이디어였지?"

"그래요."

"새어머니에게 복수하려고?"

"아버지에게 앙갚음한 거였어요."

"아버지에게?"

그녀가 고개를 끄덕였다. "아버지의 모든 걸 무너뜨리고 싶었어요." 그녀는 어느새 자신감을 되찾은 모습이었다. 자신이 무슨 말을 늘어놓는지 더 이상 신경 쓰지 않는 듯했다.

"그게 범죄였다는 건 알고 있겠지?" 리버스가 물었다.

"법정에서 부인할 거예요. 어디로 불려가든 내 답변은 한결같을 거라고요. 그 애들이 어리석은 계획을 짰고, 그걸 실행에 옮긴 거였어요."

"확증적인 진술이 나왔어." 리버스가 더건을 흘끔 돌아보았다.

"폴은 나를 밀고할 아이가 아니에요." 그녀가 더건의 어깨에 몸을 기대고 그의 얼굴을 살살 어루만졌다. "앤 절대 그럴 사람이 아니라고요."

"내가 세입자들에게 사기 친 걸 덮어주겠다고 했어. 이 친구랑 거래를 했다고."

커스티는 고개를 저었다. "폴은 내게 피해를 줄 아이가 아니에요. 얘네 엄마가 날 얼마나 좋아하는데요."

"하긴, 폴까지 끌어들일 거 뭐 있나? 라바룸 문서만 있으면 끝나는 건데. 그게 너랑 윌리를 완벽히 엮어줄 거야." 그가 잠시 말을 멈추었다. "계획서 마지막 페이지에 '달게티'라고 적어놓은 것도 너였지?" 그녀가 고개를 끄덕였다. "왜 그랬지?"

"아빠가 누군가와 통화하면서 그 단어를 언급하는 걸 엿들었어요. 달게티. 왠지 중요한 인물인 것 같아서 적어놓은 거예요."

"달게티가 사람 이름이라고?"

"네."

"커스티, 라바룸 계획서는 왜 훔친 거지?"

그녀의 얼굴에 경멸의 표정이 떠올랐다. "우리 아빠 때문이에요. 아직도 모르겠어요? 그걸 꼼꼼히 읽어봐요. 자그맣게 찍힌 모든 글자를 하나도 빼놓지 말고 읽어보란 말이에요. 그럼 당신을 쳐다보며 의기양양하게 웃는 우리 아빠의 얼굴이 보일 거예요."

"의기양양?"

"그게 아빠를 영웅으로 만들어줄 테니까요. 난 아빠가 통화하는 걸 다 엿들었어요. 그들은 모든 걸 은폐할 궁리를 했죠. 그건, 그건…… 정말 상상을 초월하는 수법이었어요! 빌어먹을! 내 말 알아듣겠어요?"

"말조심해요." 웨이트리스가 다가와 경고했다. "여기 어린애들도 있다고요."

"듣든지 말든지!" 커스티가 벌떡 일어나며 소리쳤다. "어차피 다들 된통 당하게 됐는데, 뭐. 쟤들까지도!"

"이만 나가주세요."

리버스와 더건도 자리에서 일어났다.

"가자, 커스티."

"애 마약하는 것 같은데, 그렇죠? 내 말이 맞죠?"

리버스가 돈을 꺼내 테이블 위로 휙 던졌다. 커스티 케네디의 다리가 풀려버렸고 더건이 달려와 부축해주었다.

"차로 데려가야겠어." 리버스가 말했다. 곧장 그녀를 세인트 레너즈로 데려가야 했지만 그는 아직 그러고 싶지 않았다.

더건은 그녀가 머무는 곳으로 리버스를 안내했다. 리스의 그레이트 정션 가 뒷골목에 자리한 아파트였다.

"여기도 네 아파트야?" 리버스가 더건에게 물었다. 하지만 잠든 커스티의 이마를 쓰다듬는 데 온 신경을 집중시킨 더건은 그 질문을 듣지 못한 듯했다.

그들은 양쪽에서 그녀를 부축해 계단을 올라갔다. 두 남자는 팔로 그녀의 허리를 감쌌고, 그녀는 양팔을 그들의 어깨에 걸쳐놓았다. 리버스는 그녀의 작은 가슴과 그 밑의 앙상한 흉곽을 느낄 수 있었다.

"소원을 풀었으니 됐죠?" 더건이 말했다.

"나중에 또 만나야 할 일이 있을 거야." 그녀는 아직도 감추고 있는 게 많았다. 리버스는 어떻게든 그걸 파헤쳐보고 싶었다.

그는 누가, 혹은 무엇이 윌리와 딕시를 죽음에 이르게 했는지 알고 싶었다. 뼈만 앙상한 이 여자애가? 그 애들 스스로가? 무섭게 추격했던 경찰이? 그 모든 걸 허락해준 시장이? 커스티를 멀리 쫓아낸 계모가? 가만히 따져보면 계모만의 문제가 아니었다. 시장에게도 분명 어느 정도 책임이 있었다.

어쩌면 시스템의 문제였는지도 몰랐다. 새미가 열렬하게 비난했던 시스템. 윌리와 딕시에게 실망을 주고 이아인 헌터 경과 로비 매티슨 같은 사람들을 보호해온 바로 그 시스템. 모든 문제는 균형에 있었다. 성공하는 사람이 있으면 실패하는 사람도 반드시 있기 마련이다. 등 떠밀려 추락하는 사람들. 견디다 못해 알아서 추락하는 사람들.

어쩌면…… 그들을 쫓기 위해 기어이 잔해에서 기어 나왔던 리버스 자신 때문이었는지도 몰랐다. 바짝 다가가 그들로 하여금 운명의 선택을 하게끔 부추긴 그 때문에. 내 집착 때문에. 그는 생각했다. 내 개인적인 도덕성 때문에. 어쩌면 농부 말이 옳았는지도 몰라……

"얘랑 같이 있을 거야?" 계단을 마저 오른 그가 더건에게 물었다.

더건이 고개를 끄덕였다. 리버스는 그녀가 걱정되지 않았다. 이토록 성심껏 챙겨주는 사람이 곁에 있으니.

"경위님은요?" 더건이 물었다. "이제 뭘 어쩔 거죠?"

리버스는 아무 말도 없이 그들을 남겨둔 채 다시 계단을 내려갔다.

그는 리스 워크 끝에 자리한 싸구려 술집으로 들어갔다. 바닥에는 진홍색 리놀륨이 깔려 있었고, 벽도 같은 색으로 칠해져 있었다. 마치 누군가의 목구멍을 들여다보는 기분이 들었다.

"위스키." 리버스가 말했다. "더블."

주문한 위스키가 나오자 그는 두 입 만에 잔을 비워냈다.

"그거 알아요?" 그가 가까이 앉은 술꾼에게 말했다. "며칠 전까지만 해도 난 훈제한 야생 연어를 먹으며 클레이 피전을 쏴댔어요."

"이러고 사는 것보다 그게 훨씬 낫지, 뭐." 나이 든 술꾼이 모자를 고쳐 쓰며 말했다.

그날 밤, 코크레인 부인이 위층에 올라와 자신의 집 거실 천장에 작은 얼룩이 생겼음을 알렸다. 리버스가 커피 병 비우는 걸 깜빡한 것이다. 넘쳐난 물은 아무것도 깔리지 않은 바닥 밑으로 고스란히 스며들어버린 후였다.

"마를 때까지 좀 기다려주세요." 그가 말했다. "제가 내려가서 새로 칠해드릴게요."

의자에 앉은 채 잠에 빠져 있던 그가 갑자기 눈을 번쩍 떴다. 11시 30분. 무엇을 하기에도 늦은 시간이었다. 기다렸다는 듯 전화벨이 울렸고, 그는 냉큼 수화기를 집어 들었다.

"관심 없어요." 그가 말했다.

"여기엔 관심 있으실 걸요."

리버스는 로버트 번스 경장의 목소리를 기억하고 있었다. "설마 웨스트 엔드가 내 도움을 필요로 하는 건 아니겠지?"

"다행히 그 정도로 절박하진 않습니다. 경위님께 알려드릴 소식이 있어서 연락드린 겁니다. 살인사건입니다."

수화기를 쥔 리버스의 손에 힘이 들어갔다. "내가 아는 사람이야?"

"피해자 신원을 확인해보니 토머스 길레스피라더군요."

"길레스피 의원 말인가?"

"네. 던디 가와 달리 가를 잇는 도로에서 발견됐답니다."

리버스는 머릿속 지도를 펼쳐보았다. "묘지 옆에서?"

"네. 그래서 그 길을 코핀 워크(Coffin Walk, 'coffin'이 '관'을 뜻함)라고 부르는 거죠."

코핀 워크는 달리 가에서 빠져나온 가파른 경사로였다. 그 한쪽에는 늘 붐비는 웨스턴 어프로치 가, 또 다른 쪽에는 달리 공동묘지가 각각 자리하고 있었다. 좁은 길은 채광이 좋은 편이었다. 하지만 너무 길었다.

"중간 지점에서 붙잡히면……" 번스가 골목을 걸어 나가며 리버스에게 말했다. "빠져나올 수가 없죠."

"범인이 숨을 공간도 없지 않은가."

번스가 턱으로 묘지의 담을 가리켰다. "저 뒤에 숨어서 기다리면 되지 않겠습니까? 누가 오는 소리가 들리면 타이밍에 맞춰 덮치면 되고요. 매복하기에 완벽한 곳 아닙니까?"

"누군가가 매복하고 있다가 범행을 저질렀다고 생각하나?"

번스가 어깨를 으쓱였다. 그들은 시체가 있는 쪽으로 다가갔다. 손전등으로 무장한 경관들이 묘지 안을 뒤지고 있었다. 범인의 발자국과 살인 흉기를 찾기 위해서였다. 골목의 양쪽 입구는 이미 봉쇄된 상태였다. 검시관

게이츠 박사와 경관 몇 명이 시체 주변을 서성이고 있었다. 게이츠는 사진 담당에게 어디를 어떻게 촬영해야 하는지 당부하는 중이었다. 데이비드슨 경위는 장의사와 무언가를 의논하고 있었다. 장의사는 검은 양복 대신 패딩 재킷과 청바지 차림이었지만 리버스는 대번에 그를 알아볼 수 있었다.

"정확히 어떻게 된 일인가?" 리버스가 번스에게 물었다.

"디거스에서 술을 마시고 나온 사람이 앵글 파크 테라스를 따라 걷다가 여길 내려다봤는데 시체가 널브러져 있었답니다. 처음에는 쓰러져 잠든 노숙자인 줄 알았다네요. 고르기 가에 노숙자 쉼터가 있다는 걸 알려주려고 내려와봤답니다."

"모범시민인가 보군."

"아무튼 여기 내려와서 피가 흥건한 걸 보고 곧바로 경찰에 신고했답니다."

리버스가 시체 옆 떨어진 지갑을 가리켰다. "원래 저렇게 놓여 있었나?"

"네. 운전면허증, 헌혈증서……"

"현금이나 신용카드는?"

"없습니다."

"목격자는 없고?"

"범인은 저쪽 벽을 넘어 달아났을 것 같습니다."

게이츠 교수가 시체를 대충 살펴본 모양이었다. "이제 옮겨도 되겠습니다." 그가 말했다.

하지만 리버스는 그 전에 시체를 직접 보고 싶었다. 톰 길레스피는 태아형 자세로 누워 있었다. 고꾸라지자마자 숨진 게 아니라는 뜻이다. 그는 극심한 복부 통증에 신음하며 몸을 웅크렸던 것이다.

"자창이 보이더군요." 게이츠 교수가 말했다. "아마 쇼크로 사망했을 겁니다."

"집에는 알렸나요?"

"직접 알려주려고요, 존?" 데이비드슨이 말했다.

"여긴 내 관할구역이 아니잖아요."

"그래도 당신은 피해자를 잘 알았지 않습니까. 혹시 우리에게 들려줄 얘기 없어요?"

리버스가 고개를 저었다. "이상하네요. 저 사람이 여긴 무슨 일로 왔을까요? 마치몬트에 살면서 코핀 워크라는 곳이 있다는 걸 어떻게 알았는지. 사실 나도 오늘 처음 알았거든요. 의원이 도대체 왜 이곳을 찾았을까요? 어디로 가던 길이었을까요?"

"어쩌면 디거스로 향하던 길이었는지도 모르죠."

디거스는 어슬레틱 암스 펍의 별명이었다. 과거에 무덤 파는 사람들 (gravediggers)이 자주 찾았다는 이유로 그렇게 불리고 있었다.

"여긴 지름길도 아닌데요."

"하긴." 데이비드슨이 말했다. "질문만 잔뜩 던져놓고 가버렸군요."

"당신이 무슨 생각을 하고 있는지 알아요, 데이비드슨. 이걸 단순한 노상강도 사건으로 보고 있죠? 가해자, 알 수 없음. 범행 동기, 강도."

"어디 당신의 이론을 한번 들어봅시다."

리버스가 미소를 지었다. 그의 머릿속은 무수히 많은 이론들로 가득 차 있었다. 어쩌면 이론이 너무 많은 게 문제인지도 몰랐다. "담배 한 대 줘봐요." 그가 말했다.

"안 됩니다. 여긴 사건 현장이라고요." 데이비드슨이 경고했다. 리버스는 다시 시체에게로 시선을 돌렸다. 경관들이 시체를 운반용 부대에 담고 있었다. 시체는 일단 영안실로 옮겨졌다가 나중에 장례식장으로 보내질 것이다. 죽음의 길은 인생의 첫 여정만큼이나 예측이 가능하다.

"무슨 이론이 있느냐고 물었잖아요." 데이비드슨이 말했다.

"알았어요, 알았어." 리버스가 두 손을 들고 항복했다. "날 따뜻한 경찰서로 데려가줘요. 거기서 담배를 피우며 들려줄게요. 나중에 이치에 닿지 않는다고 구박할 생각일랑 말고요."

그는 자신이 아는 모든 것을 데이비드슨에게 들려줄 참이었다. 실제로 아는 건 별로 없었지만.

34

다음날 아침, 데이비드슨 경위는 리버스를 대동하고 미망인의 집으로 향했다.

창문에는 커튼이 쳐져 있었다. 리버스는 트레사의 아파트에서 치러진 매커널리의 장례식을 떠올렸다. 현관문을 열고 나온 사람은 길레스피 부인이 아니라 헬레나 프로핏이었다. 그녀는 검은 스커트에 팬티스타킹, 구두, 그리고 심플한 하얀 블라우스 차림이었다.

"소식 듣자마자 달려왔어요." 그녀가 그들을 안으로 안내하며 말했다. 그녀는 함께 온 리버스를 보고 흠칫 놀라는 눈치였다. 자꾸 이렇게 만나는 게 부담스럽긴 할 거야. 그는 생각했다.

"형사 두 분이 오셨어요, 오드리." 프로핏이 거실 문을 열며 말했다.

큰 방의 한쪽 벽에는 천장 높이의 책장들이 나란히 세워져 있었다. TV는 거의 새것이나 다름없어 보였다. 그 밑에는 비디오 기기와 테이프 대여섯 개가 놓여 있었다. 방 한구석에는 온갖 서류가 널브러진 커다란 책상이 버티고 있었고, 그 옆의 작은 테이블에는 전화기와 팩스기가 놓여 있었다. 거실은 사무실을 증축한 방 같았다. 리버스는 길레스피의 가정생활이 어땠을지 궁금해졌다.

그의 미망인은 두 발을 밑으로 접어 넣은 채 소파에 앉아 있었다. 그녀가 자리에서 일어나려 했지만 데이비드슨이 괜찮다고 손짓했다. 그녀의 몰골을 보니 밤을 꼬박 샌 모양이었다. 바닥에는 빈 머그잔과 작은 갈색 약병이 놓여 있었다. 중앙난방 장치가 돌고 있었지만 오드리 길레스피는 몸을 덜덜 떨고 있었다.

"차를 내올까요?" 헬레나 프로핏이 물었다.

"저희는 괜찮습니다." 데이비드슨이 대답했다.

"그럼 저는 이만 가볼게요. 나중에 봐요, 오드리."

"고마워요."

"고맙긴요, 뭐." 많이 울었는지 그녀의 눈 주위는 벌게져 있었다. 리버스는 초췌해진 그녀의 모습을 유심히 응시하다가 그녀를 따라 거실을 나왔다.

"주방에서 잠깐 기다려주겠어요? 긴히 할 얘기가 있어서요."

그녀가 내켜하지 않는 표정으로 고개를 끄덕였다. 리버스는 다시 거실로 들어가 데이비드슨 옆에 앉았다.

"저를 기억하시죠, 길레스피 부인?" 데이비드슨이 말했다. "어젯밤에 만났지 않습니까."

데이비드슨은 여느 형사들보다 노련했다. 상대의 비탄에 적절히 반응하며 질문의 강도를 조절하는 것은 쉬운 일이 아니다.

오드리 길레스피가 고개를 끄덕였다. 그리고 리버스를 쳐다보았다. "당신도 기억나요."

"남편분을 뵈러 한 번 왔었죠." 리버스도 데이비드슨처럼 차분한 톤으로 말했다.

"의사를 만나보셨습니까, 길레스피 부인?" 데이비드슨이 물었다.

"수면제를 처방해줬어요. 지금 잠이 문제가 아닌데."

"다른 문제는 없으시고요?"

"저는……" 그녀는 적절한 표현을 찾아 머리를 굴렸다. "그럭저럭 버티는 중이에요. 마음 써주셔서 고마워요."

"몇 가지 여쭐 게 있는데 괜찮으시겠습니까?"

그녀가 고개를 끄덕였다. 데이비드슨은 살짝 안도했다. 그가 수첩을 펼쳐 들고 잠시 눈으로 훑었다.

"자," 그가 말했다. "부인께서는 어젯밤 남편분이 선거구 주민을 만나러 간다며 집을 나섰다고 하셨습니다. 남편분께서 분명 그렇게 말씀하셨죠?"

"네."

"그 미팅이 정확히 어디서 있었는지 모르십니까?"

"저는 몰라요."

"그 주민의 이름도 모르시고요?"

"네."

"그럼 두 사람이 무슨 일로 만나려 했는지도 모르시겠군요."

그녀가 어깨를 으쓱였다. "저희는 늘 그렇듯 8시에 저녁을 먹었어요. 모처럼 톰이 가장 좋아하는 닭고기 캐서롤(오븐에 넣어서 천천히 익혀 만드는 찜 요리)을 만들었죠. 그 사람 혼자서 2인분을 해치웠어요. 식사 후에는 남편이 사무실에 들어가 일을 하거나 신문을 읽을 줄 알았어요. 늘 그래왔으니까요. 하지만 그는 미팅이 있다면서 그냥 나가버리더라고요."

"남편분이 달리에서 발견됐다는 사실에 놀라셨나요?"

"많이 놀랐어요. 그 동네엔 아는 사람이 없거든요. 그 사람이 왜 제게 거짓말을 했는지 이해가 안 돼요."

"남편분은 부인께 뭔가를 숨기고 있었습니다." 리버스가 불쑥 끼어들었다.

"그게 무슨 말씀이죠?"

데이비드슨이 리버스를 돌아보며 경고의 눈빛을 날렸다. 리버스의 목소리가 한층 부드러워졌다.

"저번에 제가 찾아왔을 때 두 분은 문서를 파쇄하고 계셨습니다. 남편분이 특별히 빌려온 파쇄기로 말입니다."

"맞아요. 기억나요. 톰은 사무실에 더 이상 보관할 공간이 남지 않았다고 했어요. 어차피 그 문서들은 고대사에 지나지 않았고요. 보시다시피 사방이 온갖 문서들로 빽빽이 채워져 있잖아요." 그녀가 손짓하며 말했다.

"길레스피 부인." 리버스가 말했다. "의원님은 산업계획위원회에서 의장을 맡고 계셨습니다. 아시죠? 그때 파쇄된 문서들이 그 위원회와 관련 있는 것들이었습니까?"

"그건 모르겠어요."

"방금 그 문서들이 고대사에 불과했다고 하셨는데 그렇다면 왜 굳이 파쇄시킨 겁니까? 그냥 밖에 던져버리셔도 되는데."

오드리 길레스피가 자리에서 일어나 벽난로 앞으로 다가갔다. 데이비드슨이 성난 눈빛으로 리버스를 쏘아보았다.

"톰은 그게 엉뚱한 사람의 손에 들어가면 안 된다고 했어요. 기자들이나 뭐 그런 사람들. 비밀 유지가 중요하다나요."

"파일에 담긴 내용은 좀 살펴보셨습니까?"

"저는…… 아무 기억이 없어요." 그녀는 당황하는 기색이 역력했다. 그녀의 시선은 두 형사를 애써 피하고 있었다.

"전혀 궁금하지 않으셨어요?"

"그게 이번 사건과 무슨 상관이죠?"

리버스가 그녀에게 다가가 그녀의 손을 살며시 잡았다. "남편분의 죽음과 밀접한 관련이 있는지도 모릅니다, 길레스피 부인."

"이봐요, 존." 데이비드슨이 불평하는 톤으로 말했다. "그건 아직 알 수가……"

하지만 오드리 길레스피는 리버스의 눈을 똑바로 쳐다보고 있었다. 마치 그의 눈 속에서 신뢰할 수 있는 무언가를 발견하기라도 한 것처럼. 그녀가 촉촉해진 눈을 깜빡였다. "그는 비밀이 많은 사람이었어요." 그녀가 나지막이 말했다. 그녀는 흥분하지 않으려 애쓰는 듯했다. "지난 몇 달간 해온 일에 대해선 철저히 보안을 유지했죠. 그게 정확히 무슨 일인지는 모르겠지만. 그는 일 년 가까이 거기에만 매달렸어요. 적당히 하라고 몇 마디 했더니 나중에 다 보상받게 될 거라면서 길게 두고 보자고 하더군요. 보나마나 하원의원 자리에 앉을 계획이었을 거예요. 그게 그 사람의 오랜 꿈이었거든요."

"그가 그토록 집착했다는 프로젝트가 뭔지 정말 모르십니까?"

그녀가 고개를 저었다. "그가 위원회에 몸담고 있을 때 발견한 거였어요. 회계 장부 같은 건데…… 그의 어깨 너머로 슬쩍 봤죠. 대차 대조표, 손익 계산서…… 사실 저는 회계를 공부했었어요. 톰은 그 사실을 종종 까먹더군요. 저는 가게 몇 곳을 운영하고 있어요. 요즘도 회계 장부를 직접 관리하죠. 제가 도울 수도 있었는데 남편은 모든 걸 혼자 처리하려 했어요." 그녀가 잠시 말을 멈추었다. "그는 내가 벌어다주는 돈에만 관심 있을 뿐이었어요. 무정하게 들릴지 모르겠지만."

"전혀요." 데이비드슨이 말했다.

"그게 특정 회사의 장부였습니까, 길레스피 부인?" 리버스가 물었다.

"그랬던 것 같아요. 수억 파운드가 움직인 흔적들을 봤거든요."

"수억 파운드라고요?"

멘성이나 차터스의 기업 왕국을 훨씬 뛰어넘는 규모였다. 리버스는 파노테크와 '수억 파운드'라는 표현을 썼던 또 다른 인물을 떠올렸다. 로리 매컬리스터.

"길레스피 부인, 혹시 그게 개발청에 관련된 자료는 아니었습니까?"

"저도 몰라요!" 그녀가 다시 소파로 돌아가 주저앉았다.

"존." 데이비드슨이 말했다. "그 정도면 됐어요."

하지만 데이비드슨도 조금 더 파고들고 싶어 하는 눈치였다.

"길레스피 부인." 리버스가 그녀 옆으로 다가가 앉으며 말했다. "누군가가 남편분을 겁주려고 했고, 그 계략은 제대로 먹혀들었습니다. 그들은 매커널리라는 남자에게 돈을 주고 그를 압박하게 만들었죠. 하지만 매커널리가 어떤 사람인지는 잘 몰랐던 모양입니다. 매커널리는 남편분에게 경고 메시지를 전달했고, 자신의 의지를 증명하기 위해 자살까지 했습니다. 어차피 시한부 인생이었으니 아쉬울 게 없었겠죠. 보수도 두둑이 받아 챙겼을 테고요. 겁에 질린 남편분은 황급히 문서 파쇄기를 빌려와 자신이 매달렸던 모든 것을 없애버렸습니다. 모든 증거를 인멸해버린 것이죠."

"무엇에 대한 증거를 말씀하시는 거죠?" 그녀가 물었다.

"엄청난 스케일의 사건. 매커널리는 실수를 했고 황당한 방법으로 목숨을 끊었습니다. 저는 그가 왜 그랬는지 궁금했어요. 제가 알아낸 건 남편분이 알고 계셨던 내용의 절반에도 미치지 못할 겁니다. 하지만 그런 건 아무래도 상관없습니다. 중요한 건 그들이 의원님을 의심했다는 사실입니다. 그가 경찰 수사에 협조하고 있다고. 그가 민감한 자료를 경찰에 넘겼거나 곧 그러려고 한다고. 그래서 그들은 극단의 방법을 쓰기로 했던 겁니다. 적당히 겁을 주는 것으로는 절대 해결되지 않는다는 걸 깨달았겠죠."

"당신이 집요하게 파고들지만 않았어도 톰이 그런 일을 당하진 않았겠군요."

리버스가 고개를 살짝 숙였다. "하지만 의원님을 살해한 건 제가 아니었습니다." 그가 잠시 머뭇거리다가 말했다. "저는 그 범인을 꼭 잡고 싶습니다."

"제가 어떻게 도와드리면 되죠?"

리버스가 데이비드슨을 흘끔 돌아보았다. "수사에 도움이 될 만한 정보를 하나도 빠짐없이 들려주시면 됩니다. 혹시 단서가 숨어 있을지 모르니 남편분의 서류를 꼼꼼히 살펴봐주시고요."

그녀는 잠시 생각에 잠겼다. "저도 위험에 처해 있는 건가요?"

리버스가 그녀의 손을 잡았다. "전혀 그렇지 않습니다, 길레스피 부인. 혹시 톰과 비밀을 나눴을 만한 사람은 없습니까?"

그녀가 고개를 저으려고 했다. "아뇨, 잠깐…… 한 사람 있긴 해요." 그녀가 벌떡 일어나 방을 나갔다. 데이비드슨이 리버스를 노려보았다.

"이봐요." 리버스가 말했다. "당신은 감상적으로 접근하는 데 선수지만 난 이렇게 약점을 파고드는 데 선수라고요."

데이비드슨은 대꾸하지 않았다.

오드리 길레스피가 탁상용 메모장을 들고 돌아왔다. "이건 작년 메모장이에요." 그녀가 리버스 옆에 앉으며 말했다. "톰은 5월부터 이 첩보영화 같은 일에 매달렸어요. 하지만 10월과 11월이 돼서야 본격적으로 바빠졌죠." 그녀가 메모장을 몇 장 넘겼다. 거의 모든 날이 미팅과 약속 메모로 빽빽이 채워져 있었다.

"보세요." 길레스피 부인이 메모장을 가리키며 말했다. "이 주에는 미팅이 두 번 있었어요." 그녀가 두 장을 더 넘겼다. "그다음 주에도 두 번 있었고……" 두 장 더. "이 주에는 무려 세 번이나 있었어요."

미팅 시간 옆에는 두 개의 글자가 적혀 있었다. CK. "카메론 케네디." 리버스가 말했다.

"맞아요."

"누구라고요?" 데이비드슨이 말했다. 그가 소파로 다가와 메모장을 들여다보았다.

"시장님 말이에요." 길레스피 부인이 설명했다. "그들은 자주 만나 점심을 먹었어요. 그때마다 톰이 양복을 드라이클리닝 맡기라고 해서 저도 생생히 기억하고 있죠. 시장님을 만나러 나갈 땐 옷차림에 굉장히 신경 썼어요."

"왜 그리 자주 만났는지 설명해주지 않던가요?" 리버스는 그녀에게서 건네받은 메모장을 유심히 살펴보았다. 10월 이전까지는 'CK'와의 미팅이 한 차례도 없었다. 하지만 그 후로는 매주 한 번 이상씩 미팅을 가져왔다.

"톰은 개편 때 좋은 자리가 날지도 모른다고 했어요. 그는 시장과 같은 당 소속이었거든요."

"흥미롭군요." 리버스가 등받이에 몸을 붙이며 말했다.

데이비드슨도 몇 가지 물어볼 게 있는 듯했다. 그래서 리버스는 메모장을 챙겨 방을 나왔다. 헬레나 프로핏은 식탁에 앉아 레이스 손수건을 만지작거리고 있었다.

"정말 끔찍한 사건이에요." 그녀가 말했다.

"네." 리버스가 그녀 맞은편 자리에 앉으며 말했다. 그는 차터스의 '예민함'과 미망인을 대하는 데이비드슨의 태도를 떠올렸다. 쉽게 던질 수 없는 질문이지만 그렇다고 모른 척 넘길 수도 없는 문제였다. "프로핏 씨, 지금 같을 때 이런 질문을 던지게 돼서 죄송합니다만……" 그녀가 고개를 들고 그를 쳐다보았다. "혹시…… 그러니까, 길레스피 부인과 그녀 남편 사이에……"

"그들의 부부 관계가 어땠는지 묻는 건가요?" 그녀가 나지막이 말했다.

"네."

이내 그녀의 얼굴이 굳어졌다. "어떻게 그런 걸 물을 수 있죠?"

"우린 살인사건을 수사하고 있는 겁니다, 프로핏 씨. 이런 질문에 감정이 상했다면 유감이지만 반드시 물을 수밖에 없는 우리 입장도 이해해주십시오. 그 답을 빨리 알아야 범인도 빨리 잡을 수 있지 않겠습니까?"

그녀는 잠시 생각에 잠겼다. "그건 당신 말이 맞아요. 그래도 비열한 질문인 건 사실이잖아요."

"혹시 길레스피 부인이 바람을 피우진 않았습니까?"

헬레나 프로핏은 대답이 없었다. 그녀가 일어나 코트에 단추를 채웠다.

"좋습니다." 리버스가 말했다. "그럼 시장님은요? 길레스피 의원이 왜 그를 자주 만나왔는지 알려준 적이 있었습니까?"

"톰은 그에게 보고할 게 있다고만 했어요."

"무엇에 대해서 말이죠?"

"그건 나도 몰라요. 보나마나 산업계획위원회 관련된 문제였겠죠. 또 물어볼 게 남았나요?"

리버스는 고개를 저었다. 헬레나 프로핏은 주방을 쌩하니 나가버렸다. 잠시 후 현관문이 열렸다 닫히는 소리가 들렸다. 아주 훌륭했어. 그는 생각했다.

그는 다시 거실로 돌아갔다. 데이비드슨이 수첩을 접고 오드리 길레스피에게 귀한 시간 내주어 고맙다고 인사했다.

"별말씀을요." 미망인이 정중하게 말했다.

리버스와 데이비드슨은 차에 나란히 앉아 몇 가지 문제를 놓고 의논했다. 그들이 떠나려는 찰나 또 다른 차 한 대가 나타나 주차할 곳을 찾기 시작했다. 스포티한 잿빛 도요타였다.

"잠깐만요." 리버스가 말했다. 그가 백미러로 주차를 시도하는 도요타를 지켜보았다. 잠시 후, 운전석 문이 열리고 로리 매컬리스터가 내리는 게 보였다. 그는 근심에 가득 찬 표정을 하고 있었다. 그는 차문을 걸어 잠그고 머리를 잠시 매만진 뒤 물웅덩이들을 요리조리 피해 오드리 길레스피의 현관으로 올라갔다.

리버스는 데이비드슨을 자신의 아든 가 아파트로 데려갔다.

"보여줄 게 있어요." 그가 복도에 놓인 쓰레기 봉지들을 가리키며 말했다.

데이비드슨이 놀란 표정으로 그 안을 들여다보았다. "파쇄된 문서들인가요?" 리버스가 고개를 끄덕였다. "이걸 어디서 구했는지는 묻지 않겠습니다."

"길레스피 부인도 특별히 문제 삼지 않을 겁니다. 이게 범인을 잡는 데

도움이 된다면 말이죠."

"피고 측 변호사가 가만히 두고만 보겠습니까?"

"그때 일은 그때 가서 고민하면 되겠죠."

"이걸로 뭘 어쩌겠다는 겁니까?"

"당신은 살인사건 수사를 지휘하고 있어요, 데이비드슨. 길레스피를 살해할 계획을 세웠던 자들의 정보가 바로 이 안에 숨어 있습니다. 그러니 이 퍼즐을 토르피첸 플레이스로 가져가서 맞춰봐요."

"보스가 허락하지 않을 것 같은데요. 알다시피 인력이 많이 부족한 상황이라서요. 세인트 레너즈로 가져가는 건 어때요?"

리버스가 고개를 저었다. "왜 안 되는지 궁금해요? 거기서 누굴 믿어야 할지 모르기 때문이에요. 잠시 한눈을 팔았다가는 이 결정적인 증거가 증발해버릴 수도 있거든요. 그러니까 당신이 가져가요. 이 문서들이 다 뭔지, 그리고 어디서 구했는지는 절대 발설하지 말고요. 이 조각 퍼즐을 다 풀면 범인들의 이름과 그들의 범행 동기를 알게 될 겁니다. 자, 차에 싣는 걸 도와줄게요."

"아주 징그러울 정도로 배려심이 넘치는군요." 데이비드슨이 봉지 하나를 집어 들며 말했다.

그들은 게이츠 교수를 만나기 위해 영안실로 향했다. 그들이 도착했을 때 교수는 대학교 스태프 클럽에서 점심을 먹고 있었다. 그들은 하는 수 없이 카우게이트를 나와 챔버스 가로 올라갔다.

리버스는 스태프 클럽에 와본 적이 있었다. 너무 튀어 보이지만 않으면 무리 없이 들어갈 수 있는 곳이었다. 하지만 우려했던 대로 경비가 달려와 그들을 막아섰다. 그의 눈에는 그들이 학구적인 타입으로 보이지 않았던 모양이었다. 리버스는 신분증을 꺼내 보여주었고, 경비는 군말 없이 그들을 들여보내주었다.

게이츠는 홀로 앉아 식사를 하고 있었다. 그의 접시 옆에는 반듯하게 접은 신문이 놓여 있었다. 그의 앞에는 반쯤 마신 와인병과 물병이 놓여 있었다.

"무슨 일로 여기까지 오셨습니까?" 그들이 테이블 맞은편에 앉자 그가 물었다. "오신 김에 같이 식사라도?"

"아닙니다. 괜찮습니다." 데이비드슨이 말했다.

"한 잔 정도는 괜찮겠죠." 리버스가 말했다.

"물은 내드릴 수 있습니다." 게이츠가 와인을 지키려는 듯 말했다.

그들은 바의 웨이트리스를 불러 맥주를 주문했다.

"무슨 일이십니까?" 검시관이 푸석푸석해 보이는 감자를 썰며 말했다.

"뭔가 알아내신 게 없는지 궁금해서 왔습니다."

"어젯밤 살인사건 말씀인가요? 뭐가 그리 급하십니까? 제게 시간을 좀 주십시오. 그건 그렇고, 살인 흉기는 찾으셨습니까?"

"아뇨." 데이비드슨이 말했다. "발자국도 찾지 못했습니다. 현장 바닥이 꽁꽁 얼어 있었거든요."

"긴 날을 가진 칼입니다. 상처 주변 피부를 보니 톱니모양의 날이었던 것 같습니다. 현재로서는 이 정도만 알려드릴 수 있습니다. 피해자의 두 손에는 칼에 베인 흔적이 남아 있더군요. 그가 저항을 했다는 뜻입니다. 그는 숨지기 전 기름진 음식을 먹은 것으로 보입니다. 손가락에 기름이 묻어 있었거든요."

리버스가 데이비드슨을 돌아보았다. "현장에서 음식 포장지 같은 게 발견되진 않았습니까?"

"그런 건 없었던 것 같습니다. 그건 왜요?"

"길레스피는 8시에 닭고기 캐서롤을 2인분 먹었습니다. 그가 그걸 손으로 집어 먹었을까요?"

"설마요."

"그가 왜 저녁을 거하게 먹은 지 세 시간도 채 되지 않아서 튀김 음식 전문점을 찾았을까요?" 리버스가 검시관을 돌아보았다. "위 내용물을 살펴보시면 분명 닭고기 캐서롤만 확인하실 수 있을 겁니다."

"사실 나도……" 검시관이 말했다. "그게 좀 이상했습니다. 대개 사람들은 식사 후에 손가락을 닦지 않습니까. 하지만 피해자의 손가락에 묻은 기름인지 라드인지는 고형이었습니다."

리버스가 알아야 할 모든 것이 확인된 순간이었다.

35

리버스는 점심시간이 끝나기 전에 이스터 가의 튀김 음식 전문점에 도착했다. 솔기가 뜯긴 얇은 파카 차림의 십대 소년 뒤로 양복과 넥타이를 걸친 남자 두 명이 서 있었다. 리버스는 그들 뒤에 서서 미소를 흘리며 직원에게 손을 흔들어 보였다. 하지만 그는 애써 못 본 척했다.

마침내 리버스의 차례가 돌아왔다. "안녕, 제리." 제리 딥이 조리대에 묻은 소스를 문질러 닦았다. "나 기억해?"

"왜 왔죠?"

리버스가 카운터 위로 몸을 기울였다. "어젯밤 9시에서 11시 사이에 어디 있었지? 확실한 알리바이가 있기를 바라네."

"그건 왜 묻죠?" 제리 딥이 말했다.

리버스는 또다시 미소를 지었다. "자, 같이 가자고."

"안 돼요. 여긴 나밖에 없다고요."

"다 끄고 나와. 문을 걸어두면 되잖아. 앞에 '곧 돌아옵니다'라고 써붙여 놔도 되고."

제리 딥이 스위치를 끄려는 듯 몸을 숙였다. 잠시 후, 카운터 너머로 무언가가 날아들었다. 끓는 기름에서 건져낸 생선 튀김이었다. 리버스는 본능적으로 몸을 웅크렸고, 뜨거운 생선은 사방에 기름을 뿌려대며 그의 머리 위로 날아갔다. 제리 딥이 어깨로 문을 밀치고 주방으로 들어갔다. 리버스는 잽싸게 카운터를 돌아 들어갔다. 딥은 앞을 막은 감자 부대를 옆으로 밀어놓고 뒷문을 향해 내달렸다. 감자 부대를 간신히 뛰어넘은 리버스가 딥을 향해 몸을 날렸다. 안타깝게도 그의 손은 딥의 발목에 닿지 못했다. 그가 벌떡 일어나 밖으로 달려 나갔다. 골목 왼편은 막다른 길이었다. 제리 딥은 무릎까지 내려오는 하얀 앞치마를 휘날리며 오른쪽으로 달아나고 있었다.

"저 사람을 잡아요!" 리버스가 소리쳤다.

데이비드슨은 주머니에 손을 넣은 채 골목 입구에 서 있었다. 지나다가 멈춰 선 구경꾼 같았다. 딥이 바짝 다가오자 그가 한쪽 팔을 쭉 뻗었다. 형사의 팔에 목이 걸린 딥이 뒤로 벌러덩 넘어졌다. 그는 두 손으로 자신의 목을 감싸 쥔 채 캑캑거렸다.

"그러다 저 친구 기관이 터져버리면 어떡합니까?" 리버스가 말했다. 하지만 그것은 전혀 질책의 톤이 아니었다.

오후 4시. 조사실로 붙들려온 제리 딥은 여전히 묵비권을 행사하고 있었다. 리버스는 그를 데이비드슨에게 맡겨두고 경찰서를 나왔다.

제리는 노련한 사람이었다. 그는 '경찰 수사에 협조하기'라는 게임의 법칙을 누구보다도 잘 알고 있었다. 그는 결코 입을 열지 않을 것이다. 변호사가 있든 없든 간에. 붙잡혀온 후로 그가 한 말이라고는 인권을 유린당했으니 SWEEP에 연락하겠다는 협박뿐이었다. 그를 살인 혐의로 기소하려면 리버스의 직감 외에도 확실한 증거가 필요했다. 데이비드슨은 리버스를 통해 제리 딥의 수상한 인맥에 대해 전해들은 상태였다. 이제 제리 딥의 셋방과 튀김 음식 전문점에 대한 수색 영장이 필요한 이유를 설명하고 상부를 설득하는 것은 데이비드슨의 몫이었다. 가게 주인은 이미 제리가 전날 밤에 일을 하지 않았다고 진술한 상태였다. 리버스는 머릿속으로 당시 상황을 그려보았다. 미팅 시간에 맞춰 나타난 길레스피, 불쑥 튀어나와 길레스피를 덮친 제리 딥, 패닉에 빠져 버둥거리는 길레스피, 기름 묻은 딥의 셔츠나 재킷을 움켜잡는 길레스피······

한 가지 거슬리는 게 있었다. 제리 딥 혼자서 길레스피를 덫으로 유인할 수는 없었을 것이다. 분명 공범이 있다. 그가 신뢰하는 누군가가. 그가 만나고 싶어 했던 누군가가······

카메론 맥클라우드 시장의 단독 주택은 코스토핀에 자리하고 있었다. 그곳의 집들은 상자 모양의 퀸스페리 가 단층집들의 후예였다. 길가에 세워진 차는 몇 대 없었다. 집집마다 차고가 갖춰져 있기 때문이었다. 리버스는 시장의 집 밖에 차를 세워놓았다. 그가 정원 문에 다다르기도 전에 문이 스르르 열렸다. 시장은 문간에 서 있었고, 몇 걸음 뒤에는 그의 아내가 서 있었다.

"전화로는 알 수 없는 말씀만 하시더군요." 케네디가 리버스의 손을 잡으며 말했다. "새로운 소식이라도 들어왔습니까?"

"주께서 하시는 대로 지켜보기만 하면 돼요!" 그의 아내가 버럭 소리를 질렀다. 육중한 체구에서 터져 나온 목소리는 우렁찼다. 시장이 그녀와 리버스를 거실로 이끌었다.

"따님을 만나봤습니다." 리버스가 말했다.

"걘 지금 어디 있죠?" 케네디 부인이 신경질적으로 물었다. 리버스는 그녀를 유심히 쳐다보았다. 그녀의 휘둥그레진 눈은 깜빡이지 않았고, 작고 통통한 손은 주먹을 쥐고 있었다. 쪽 찌어진 그녀의 머리는 별로 단정해 보이지 않았고, 볼은 벌겋게 달아올라 있었다. 리버스는 그녀가 웨스트하일랜드의 아주 신앙심 깊은 가정 출신일 거라 짐작했다. 소수 자유 교회파 사람들은 열의에 있어서만큼은 이슬람 근본주의 신자들에 절대 뒤지지 않았다.

"따님은 무사합니다, 케네디 부인."

"그럴 줄 알았어요! 내가 얼마나 기도를 했는데. 당연히 무사하겠죠. 그 애 영혼을 위해 밤낮으로 기도했다고요."

"베스, 제발……"

"태어나서 이번처럼 열의를 다해 기도해본 적이 없었어요."

리버스는 거실 안을 둘러보았다. 카펫 위 가구들은 조금의 흐트러짐도 없이 배치되어 있었다. 자로 잰 듯이 일정한 간격으로 진열된 장식품들은 전문가의 손을 거친 것 같았다. 두 개의 작은 창문에는 레이스 커튼이 쳐져 있었다. 어린 아이들 사진이 여럿 보였지만 죄다 십대에 이르기 전에 찍은 것들이었다. 왠지 커스티가 즐겨 찾았을 공간으로는 보이지 않았다.

"경위님." 카메론 케네디가 말했다. "뭐라도 한잔 하시겠습니까?"

리버스는 그가 술을 얘기하는 게 아닐 거라고 생각했다. "아뇨, 괜찮습니다."

"연초에 만든 진저 코디얼(생강, 레몬 껍질, 건포도, 물로 만든 음료)이 있어요." 케네디 부인이 큰 소리로 말했다.

"감사합니다. 정말 괜찮습니다. 시장님, 사실 저는 따님 문제로 찾아온 게 아닙니다. 그보다는 톰 길레스피에 대해 여쭐 게 좀 있습니다."

"그 친구 정말 안됐어요." 시장이 말했다.

"좋은 분이셨으니 주께서 천국으로 인도해주실 거예요." 그의 아내가 덧붙였다.

"저……" 리버스가 말했다. "시장님과 단둘이 대화할 수 없을까요?"

케네디가 아내를 흘끔 돌아보았다. 한동안 뜸을 들이던 그녀가 코를 훌쩍이며 거실을 나갔다. 잠시 후, 벽 뒤편에서 라디오 소리가 들려왔다.

"참으로 안됐습니다." 시장이 다시 말했다. 그가 리버스에게 앉으라고 손짓했다.

"하지만 별로 놀라진 않으셨죠?"

시장이 고개를 들고 그를 쳐다보았다. "당연히 많이 놀랐죠!"

"길레스피 의원이 위험한 불장난을 하고 있다는 걸 아셨지 않습니까."

"제가요?"

"그에게 겁을 한 번 주셨죠?" 리버스가 미소를 지었다. "저는 길레스피가 무슨 일을 꾸몄는지 알고 있습니다. 민감한 정보가 있다면서 시장님께 접근했죠? 그 후로는 틈틈이 경과보고를 해왔고요."

"그건 사실이 아닙니다."

"점심때마다 미팅을 가져오셨지 않습니까. 저희가 그 기록을 입수했습니다. 그는 시장님이 관심을 보일 줄 알고 있었습니다. 그가 알아낸 건 시장님의 선거구인 가일 파크 웨스트와 직접적인 관련이 있었기 때문입니다. 구체적인 내용은 모르지만 길레스피는 공익을 위해 그 일을 했을 겁니다. 그리고 결국에는 자신이 알아낸 것을 만천하에 폭로하려고 했겠죠. 하지만 그 전에 그걸 이용해 시장님을 압박하려고 했을 겁니다. 자신의 출세를 위해서요. 누군가는 그 내용이 세상에 공개되는 걸 어떻게든 막아보려고 했을 테고요. 그래서 그에게 겁을 주었고, 끝내 살해까지 했던 겁니다."

시장이 자리에서 벌떡 일어났다. "설마 제가 그를 죽였다고 생각하는 건 아니시겠죠?"

"제 동료들에게 시장님이 유력한 용의자라는 걸 확신시킬 순 있을 것 같습니다. 오해받는 게 싫으시면 그와 자주 가져온 은밀한 미팅에 대해 설명해주십시오."

시장의 눈이 가늘어졌다. 그의 양쪽 눈썹이 가운데서 하나로 이어졌다. "원하시는 게 뭡니까?"

"아시는 모든 걸 말해주십시오."

"아깐 이미 다 알고 있다고 하지 않으셨습니까."

"하지만 육성으로 들어야 더 믿음이 갈 것 같습니다."

시장이 잠시 머리를 굴리다가 고개를 저었다.

"그러니까⋯⋯" 리버스가 말했다. "본인의 평판보다 선거구가 더 중요하다는 말씀인가요?"

"저는 아무것도 말씀드릴 수 없습니다."

"파노테크가 연루돼 있기 때문입니까?"

케네디의 얼굴이 강한 펀치에 맞은 듯 일그러졌다. "파노테크와는 아무 상관도 없는 일입니다. 파노테크는 로디언에서 직원을 가장 많이 두고 있는 회사예요. 우리에겐 그 회사가 절실히 필요합니다, 경위님."

"파노테크와 아무 상관도 없다면 로비 매티슨은 어떻습니까? 그와도 상관이 없습니까?"

"그건 말씀드릴 수 없습니다."

"달게티는 누굽니까? 시장님께선 왜 그를 그토록 두려워하시는 겁니까? 커스티는 시장님이 누군가와 그에 대해 통화하시는 걸 엿들었다고 했습니다. 시장님은 따님이 라바룸 사업계획서에 그의 이름을 적어놓았다는 걸 아시고 나서는 더 이상 따님이 발견되는 걸 원치 않으셨고요."

"저는 그 문제에 대해 입을 열지 않겠습니다!"

"알겠습니다." 리버스가 말했다. "더 이상 귀찮게 하지 않겠습니다." 그가 자리에서 일어났다. "앞으로 많이 바빠지실 테니까요. 퇴임사도 쓰셔야 할 거고." 그가 문 쪽으로 다가갔다.

"경위님……" 리버스가 그를 돌아보았다. "우리 커스티…… 정말 무사히 잘 있습니까?"

리버스가 다시 자리로 돌아왔다. "따님을 보고 싶으십니까?" 시장은 고민에 빠진 듯했다. 리버스가 파고들 약점이 노출된 것이다. "따님을 이곳으로 데려올 수 있습니다. 하지만 시장님도 저를 위해 무언가를 해주셔야 합니다."

"아무 죄도 없는 아이를 두고 거래를 하겠단 말입니까?"

"아무 죄도 없는 건 아닙니다, 시장님. 당장 따님에게 적용할 수 있는 혐의만 대여섯 개가 넘습니다. 따님을 체포해 유치장에 보내지 않으면 제가 직무 유기로 고소당할 겁니다."

시장이 돌아서서 창가로 다가갔다. "저는 산전수전 다 겪어본 사람입니다. 비열한 계략, 부정한 전략…… 정치를 통해 배울 수 있는 게 아주 많습니다. 시의회는 말할 것도 없고요." 케네디가 잠시 말을 멈추었다. "그 애를 여기로 데려올 수 있다고 하셨죠?"

"그렇습니다."

"그럼 그렇게 해주십시오."

"그러면 제가 알고 싶어 하는 걸 말해주시겠습니까?"

시장이 그를 돌아보았다. "그러죠." 그의 얼굴은 어느새 잿빛을 띠고 있었다.

그들은 악수를 나누었고, 시장은 그를 현관까지 배웅했다. 집 뒤편 어딘가에서 케네디 부인이 찬송가 부르는 소리가 들려왔다.

이제 리버스에게 남은 일은 커스티를 구슬려 집으로 돌려보내는 것뿐이었다.

리버스는 먼저 그녀의 아파트로 찾아갔다. 하지만 집에는 아무도 없었다. 그는 드롭-인 센터 두어 곳도 차례로 살펴보았다. 웨이벌리 역 뒤편의 센터와 프린스 가의 햄버거 가게까지 둘러보고 나온 리버스는 차를 몰고 리스로 향했다. 그곳의 펍들은 마약 밀매자와 마약쟁이들의 인기 접선 장소였다. 그는 펍 세 곳을 차례로 살펴보았지만 역시 헛수고였다. 리버스는 상대적으로 안전해 보이는 펍에서 잠시 쉬어가기로 했다. 안으로 들어서자 내항에서 주로 활동하는 매춘부들이 그의 눈에 들어왔다. 그들 중 하나가 인상착의를 기억한다고 주장했지만 리버스는 그 말을 곧이곧대로 믿을 수 없었다. 그는 다시 따뜻한 차로 돌아갔다.

리버스는 커스티가 했던 말을 떠올려보았다. 폴의 어머니가 자기를 좋아했다는 말. 그래서 그는 폴의 부모를 찾아갔다. 더건은 당혹스러워했지만 그의 자그마하고 상냥한 어머니는 리버스를 반겨 맞아주었다.

"문간에 서서 얘기하기엔 날이 너무 추워요."

애비힐 인근에 자리한 작은 아파트였다. 더건은 경고의 눈빛으로 리버스를 쳐다보며 그를 거실로 안내했다. 더건의 아버지는 파이프 담배를 피우며 신문을 보고 있었다. 그가 자리에서 일어나 리버스와 악수를 나누었다. 그는 아내와 같은 자그마한 체구를 가지고 있었다. 여기가 바로 폴 더건의 은신처였군.

"폴이 무슨 잘못이라도 저질렀습니까?" 폴의 아버지가 파이프를 입에 문 채 씩 웃으며 말했다.

"아닙니다, 더건 씨. 저는 폴의 친구를 찾고 있습니다."

"폴이 성심껏 협조해드릴 겁니다. 안 그러니, 폴?"

"네, 물론이죠." 폴 더건이 웅얼거렸다.

"커스티를 찾고 있어." 리버스가 말했다.

"커스티?" 더건 씨가 말했다. "귀에 익은 이름인데."

"폴이 집에 몇 번 데려오지 않았었나요, 더건 씨?"

"폴이 가끔 여자친구를 데려오긴 합니다, 경위님. 하지만…… 집에서 이상한 짓을 벌인다거나 하진 않아요." 그가 살짝 윙크를 해 보였다. "저희 부부가 늘 감시하거든요."

두 남자가 동시에 웃음을 터뜨렸다. 소파에 앉은 폴 더건은 잔뜩 움츠러든 모습이었다. 그의 두 손은 다리 사이에 끼워져 있었다. 꼭 젖은 벽에서 떨어져 나온 벽지를 보는 듯했다.

"저는 못 봤어요." 그가 리버스에게 말했다.

"언제부터?"

"걜 집에 데려다준 후로 지금껏 못 봤어요."

"어디 갔을지 짚이는 데 없어?"

더건 씨가 입에서 파이프를 뗐다. "폴이 알고 있다면 솔직하게 말씀드릴 겁니다, 경위님."

"그 애 아파트는 가봤어요?" 폴이 물었다. 리버스는 고개를 끄덕였다.

"설마 네 침실에 숨어 있는 건 아니겠지, 폴?"

더건이 움찔했다. 그의 아버지가 의자에 앉은 채 몸을 앞으로 기울였다. "경위님." 그가 또다시 어색한 미소를 지으며 말했다.

"아내분은 어디 가셨습니까, 더건 씨?"

리버스가 벌떡 일어나 복도로 들어갔다. 더건 부인이 커스티 케네디를 현관문 밖으로 몰래 내보내려 하고 있었다.

"이쪽으로 데려와주시겠습니까, 더건 부인?" 리버스가 말했다.

그들 모두 거실에 앉고 나서야 더건 부부의 해명이 시작되었다.

"저희는 커스티가 누구인지 알고 있습니다." 더건 부인이 말했다. "커스티는 자기가 왜 가출했는지 들려줬어요. 들어보니 딱한 처지가 이해되더라고요." 시장의 딸은 그녀 옆에 앉아 벽난로를 응시하고 있었다. 더건 부인은 커스티의 머리를 살살 쓸어내렸다. "커스티는 마약에 중독돼 있어요. 얘도 그걸 순순히 인정했고요. 그래서 저희가 집으로 불러들인 거예요. 여기서 지내면서 한번 끊어보라고 말이죠. 신속히 바깥세상과 격리시켜놓는 게 중요하다고 생각했거든요."

"그게 사실이니, 커스티? 정말 여기서 약을 끊어보려고 했던 거야?"

그녀가 몸을 바르르 떨며 고개를 끄덕였다. 더건 부인이 그녀의 어깨를 감싸 안았다. "식은땀이 나고 몸이 떨리잖아요." 그녀가 말했다. "레이치 씨가 얘기한 대로예요." 그녀가 리버스를 돌아보았다. "웨이벌리 드롭-인 센터에서 일하는 사람이에요." 리버스는 고개를 끄덕였다. "그가 콜드 터키에 대해 상세히 들려줬어요." 그녀가 다시 소녀를 돌아보았다. "복싱 데이(영 연방 국가 및 일부 유럽국가에서 공휴일로 지정된 12월 26일)에 먹는

'차가운 칠면조(cold turkey)'도 있지, 응?"

커스티는 더건 부인에게 찰싹 달라붙어 있었다. 마치 어머니와 딸을 보는 것 같았다. 그래. 리버스는 생각했다. 이들은 대리 가족이 돼주고 있는 거야.

"사실 저희는……" 더건 씨가 말했다. "경위님이 이 아이를 데려 가실까봐 걱정했습니다. 집에 돌아가고 싶어 하지 않거든요."

"싫다면 굳이 돌아갈 필요 없습니다, 더건 씨. 마약을 한 것 빼고는 잘못한 게 없거든요." 폴과 커스티가 일제히 그를 쳐다보았다. 그들이 벌인 납치 사건이 언급되지 않았기 때문이었다. "난 말이야……" 리버스가 커스티를 쳐다보며 말했다. "네게 부탁할 게 있어서 왔어. 네 새어머니를 만나봤거든. 네가 집으로 돌아가고 싶어 하지 않는 이유를 알 것 같았어. 하지만 아버지는 다르잖아. 딱 5분만 시간을 내드리면 안 되겠니? 네가 무사히 잘 지내고 있다는 것만 확인시켜드리면 안 될까?"

한동안 침묵이 흘렀다. 더건 부인이 커스티의 귀에 대고 무언가를 속삭였다.

"그 정도야 뭐." 마침내 커스티가 말했다. "지금 말인가요? 오늘밤에?"

리버스가 고개를 저었다. "내일은 어때?"

"오늘보다 내일이 나을 게 뭐 있어요?"

"그래도 내일이 좋겠어. 그건 그렇고, 우리가 저번에 만났을 때 말이야. 네가 아버지 사무실에서 서류를 훔쳐 나온 이유를 들려줬었지?"

그녀가 고개를 끄덕였다. "아빠가 누군가와 통화하시는 걸 엿들었어요. 스캔들을 덮어야 한다나, 뭐 그런 말씀을 하셨어요. 라바룸도 언급하셨고요. 아빠는 늘 자신을 본받으라고 하셨어요. 하지만 아빠도 남들과 다를 게 없잖아요. 거짓말쟁이에, 사기꾼에, 비겁자이기까지." 그녀가 울먹이기 시작했다. "아빠는 이번에도 날 실망시키셨어요. 그래서 그걸 훔쳤던 거예요. 그게 정확히 뭔지도 모르면서. 라바룸이라고 적힌 것만 보고 챙겨 넣었어요." 그녀가 깊은 숨을 한 번 들이쉬었다. "어쩌면 내가 다 알고 있다는 걸 아빠에게 알려드리고 싶었는지도 몰라요."

리버스는 더건 부인이 흐느끼는 소녀를 진정시키려 애쓰고 있는 틈을 타 조용히 거실을 빠져나왔다.

리버스가 집에 들어서는 순간 전화벨이 뚝 멎었다. 2분 뒤, 하이파이에서 롤링 스톤스가 흘러나오고 있을 때 전화벨이 다시 울렸다. 그는 무릎에 위스키 병을 얹어놓은 채 앉아 응답할지를 놓고 잠시 고민에 빠졌다.

"네?"

"데이비드슨입니다."

"아직도 경찰서에 있는 겁니까?"

"그래요. 제리가 아직까지 입을 열지 않고 있습니다."

"거래를 제안해봤나요?"

"아직요. 일단 폭행 혐의로 붙잡아두고 있습니다. 피해자는 당신으로 해뒀고요."

"재킷에 묻은 기름은 영영 빠지지 않을 겁니다. 그건 그렇고, 수색 영장은 어떻게 됐습니까?"

"받아냈습니다. 지금 번스를 기다리고 있어요. 잠깐만요. 마침 저기 들어오네요." 데이비드슨이 손으로 송화구를 막아 줬다. 리버스는 나머지 손으로 병뚜껑을 따는 데 성공했지만 잔은 찾을 수 없었다. 데이비드슨의 목소리가 다시 흘러나왔다. "결과를 알려줄게요. 신용카드 두 장, 출입증과 비자. 둘 다 토머스 길레스피의 이름이 찍혀 있고요. 매트리스 밑에서 찾아냈답니다."

"거래를 시도해볼 겁니까?"

"그의 변호사랑 얘기해봐야죠."

"딥을 잡은 것으로 끝내면 안 됩니다. 그를 죽이라고 시킨 사람도 잡아야 해요."

"그야 당연하죠, 존." 하지만 데이비드슨의 목소리에서는 의욕이 묻어나지 않았다. "이제 나쁜 소식을 전해줄게요."

"이봐요. 난 지금 진지하게 얘기하는 겁니다. 반드시 배후 인물을 찾아 체포해야 한다고요!"

"나쁜 소식이 있다는 것도 진지하게 한 얘깁니다."

리버스는 흥분을 가라앉혔다. "좋아요. 그게 뭔가요?"

"당신이 일요일 밤에 그를 만나보고 온 후로 차터스를 면회 온 사람이 있었는지 알아보라고 했죠? 다음날 아침, 그리고 오늘 그를 면회한 여자가 있었습니다. 단골인 듯하더군요."

"그런데요?"

"그녀 이름은 사만다 리버스입니다. 뭐, 별일 아닐 수도 있습니다. 그녀는 다른 재소자들도 면회해왔으니까요. 우린 그녀가 SWEEP 소속이라는 걸 알고 있습니다. 그녀는 단지……"

하지만 리버스는 이미 집을 나설 채비에 들어간 후였다.

"그게 뭐 대수인가요? 새미가 말했다.

"뭐?"

"그게 뭐 대수냐고요."

페이션스의 아파트에 도착했을 때 그는 잔뜩 흥분한 상태였다. 그는 마지막 이곳을 찾았을 때 벌어진 일들을 떠올리며 초인종을 꾹꾹 눌렀다. 하지만 정작 문을 열고 나온 건 새미였다.

"코트 입어." 그가 말했다. "페이션스에게는 친구랑 나갔다 온다고 하고."

그들은 아파트에서 얼마 떨어지지 않은 모퉁이 너머 호텔로 향했다. 그곳 로비의 바는 텅텅 비어 있었다. 여자 바텐더와 구석 자리의 단골손님이 전부였다. 리버스와 새미는 바에서 가장 멀리 떨어진 자리에 앉았다.

"뭐가 대수인지 알려줄게." 그가 말했다. "넌 그 자식을 위해 교도소에서 뭔가를 몰래 빼내왔어."

"그냥 편지 한 통일뿐이었어요."

새미는 차분한 모습으로 테킬라를 홀짝였다. 아버지와 딸. 리버스는 생각했다. 그의 머릿속에 시장과 커스티가 떠올랐다. 하긴, 매번 옳은 선택만 하는 사람은 세상에 없겠지. 아버지들의 눈에 딸들은 그저 딸들일 뿐이었다. 소녀에서 여자가 되었을 뿐 달라진 건 없었다.

"이번이 처음이 아니었어요." 새미가 말했다. "교도관들이 밖으로 나가는 모든 우편물을 꼼꼼히 살펴본다는 거 아시죠? 검열하고 엿보고…… 정말 역겹지 않나요?" 그녀가 잠시 말을 멈추었다. "하지만 게이 러브레터엔 별 관심을 보이지 않아요."

"차터스가 그래? 자기가 게이라고?"

"그냥 암시만 했어요. '아주 특별한 친구'라고 하던데요."

리버스는 고개를 저었다. "제리 딥 얘기로군. 그래서 그 메시지를 그의 아파트로 배달했어?"

"더우드는 튀김 음식 전문점 주소만 알려줬어요."

"메시지 내용은 읽어봤고?"

"아뇨."

"봉투가 봉해져 있었어?" 그녀가 고개를 끄덕였다. "두꺼웠어?"

새미가 잠시 기억을 더듬었다. "네." 새미가 말했다.

"돈이 들어 있었을 거야."

"그게 뭐 어쨌다는 거죠?" 새미의 얼굴이 시뻘겋게 달아올랐다. 언성도 조금씩 높아졌다. "그깟 형편없는 교도소 룰 좀 어긴 게 큰 잘못인가요?"

"네 말대로 별일 아니길 바란다." 리버스가 나지막이 말했다.

새미가 흥분을 가라앉히고 말했다. "대체 뭐가 문제라는 말씀이죠?"

그는 차마 대답할 수 없었다. 딸에게는 차마…… 하지만 결국에는 들려줘야 할 답이 아닌가. 안 그래?

"새미." 그가 말했다. "내 생각엔 차터스가 제리 딥에게 돈을 주고 사람을 죽이게 한 것 같아. 네가 배달한 봉투에는 돈과 지시사항이 들어 있었을 거야."

새미의 얼굴에서 핏기가 싹 가셨다. "뭐라고요?" 리버스의 속이 울렁거렸다. 새미가 술잔을 집어 들려다가 말고 황급히 두 손으로 입을 틀어막았다. 리버스는 주머니에서 손수건을 꺼내 딸에게 건넸다.

"지금 제게 겁을 주시려는 거죠?" 새미가 말했다. "다 알아요. 아빠는 제가 하는 일이 못마땅하신 거예요. 이렇게 겁을 줘서 손을 떼게 만드시려는 거잖아요!"

"새미, 아빠 말 좀……"

새미가 자리를 박차고 일어났다. 그 바람에 잔이 쓰러졌고 그의 바지에 술이 튀었다. 그는 딸을 쫓아 밖으로 나갔다. 바텐더와 손님이 호기심에 찬 눈으로 그들을 바라보았다. 계단을 달려 내려간 새미는 모퉁이를 빠르게 돌아나갔다. 옥스퍼드 테라스로 돌아가려는 것이었다.

"새미!"

그는 딸이 시야에서 사라질 때까지 지켜보았다.

"빌어먹을!"

마침 지나쳐가던 술꾼 하나가 때늦은 새해 인사를 건넸다. 리버스는 그에게 썩 꺼지라고 소리쳤다.

36

다음날 아침, 리버스는 예정대로 사우스 가일로 향했다. 그는 시장의 집 근처 모퉁이에 차를 세워놓고 나와 초인종을 눌렀다. 시장이 직접 문을 열어주었다. 함께 온 딸을 찾는지 그가 좌우를 흘끔 살폈다.

"저랑 잠깐 드라이브 하시죠." 리버스가 말했다.

그때 카메론 케네디 뒤에서 검은 형체 하나가 불쑥 튀어나왔다.

"그 앤 어디 있죠?" 케네디 부인이 가볍게 떨리는 목소리로 물었다. 그녀의 코에서는 뜨거운 콧김이 연신 뿜어져 나왔다. "우리 길 잃은 어린 양은요?" 그녀가 남편을 돌아보았다. "이 사람이 데려올 거라고 했잖아요!"

시장은 말없는 리버스를 빤히 쳐다보았다. "리버스 경위님과 잠시 나갔다 올게, 베스."

"저도 코트를 가져올게요." 케네디 부인이 말했다.

"아니, 베스." 시장이 그녀의 팔뚝에 손을 얹었다. "나 혼자 다녀오는 게 낫겠어."

부부 간에 언쟁이 시작되었다. 리버스는 돌아서서 천천히 계단을 내려갔다. 시장이 그를 따라 내려왔다.

"코트는요?" 리버스가 물었다.

"괜찮습니다."

문간에서 그의 아내가 소리쳤다. "'내가 너희에게 이르노니 이와 같이 죄인 한 사람이 회개하면 하늘에서는 회개할 것 없는 의인 아흔아홉으로 말미암아 기뻐하는 것보다 더하리라.'"

"저 사람은 스코틀랜드어로 된 신약 성서를 읽었어요." 시장이 설명했다. "거꾸로도 줄줄 읊을 수 있을 정도라니까요." 그것은 전혀 자랑처럼 들리지 않았다.

커스티는 리버스의 차 뒷좌석에 앉아 있었다. 그녀 옆에는 폴 더건이 앉아 있었다. 그녀는 목욕을 한 상태였고, 깨끗이 감은 머리는 단정하게 빗었다. 그녀는 더건 부인이 나름 성의를 다해 골라온 옷을 걸치고 있었다. 누구라도 커스티를 심통 사나운 평범한 십대 소녀로만 볼 것이다. 발작적으로 쏟아지는 구토와 근육의 경련만 아니라면.

딸을 본 케네디의 숨이 턱 막혔다.

"데려오겠다고 약속드리지 않았습니까." 리버스가 그에게 말했다. "자, 타시죠."

시장의 얼굴은 돌을 깎아놓은 듯한 모습이었다. 그들은 포스 로드 브리지를 향해 달려 나가는 중이었다. 그날 밤 리버스가 로더데일과 함께 달렸던 바로 그 길이었다. 그가 그곳을 회합 장소로 선택한 이유는 가깝고 개방되었으며 사적인 공간이었기 때문이다. 하지만 그에게는 또 다른 이유가 있었다.

A90 고속도로를 빠져나온 그들은 로터리의 4분의 3을 돌아 모트 하우스 호텔 쪽으로 달려 나갔다. 그곳의 크고 한적한 주차장에서는 포스 강이 훤히 내려다보였다. 주차장은 누군가가 폭주 드라이브를 즐긴 후 버리고 간 듯한 포드 카프리 한 대를 제외하고는 텅 비어 있었다. 리버스는 차를

멈춰 세우고 시동을 껐다.

"내릴 시간이야." 그가 폴 더건에게 말했다.

더건이 커스티의 손을 꼭 잡았다. "괜찮겠어?" 그가 그녀에게 물었다.

"괜찮을 거야." 그녀가 차분하게 말했다. 그녀의 시선은 백미러 속 아버지의 얼굴에 고정되어 있었다. 그도 딸을 빤히 쳐다보고 있었다.

리버스와 더건은 차에서 내렸다.

리버스는 타맥(아스팔트 포장재)으로 포장된 주차장을 가로질러 그 끝으로 다가갔다. 두 개의 다리와 그 너머 파이프 해안이 훤히 내려다보였다. 사방에서 거센 바람이 불어오고 있었다. 강풍과 충돌할 때마다 리버스의 발목이 불안정하게 흔들렸다. 그는 외투 안에 얼굴을 파묻고 담배에 불을 붙였다. 여섯 번의 시도 끝에 간신히 성공한 것이었다. 부탄가스 냄새가 그의 머릿속을 아찔하게 만들었다.

폴 더건은 조금 떨어진 곳에 서 있었다. 그의 한쪽 팔이 금속으로 된 유료 망원경 위에 얹어졌다. 리버스는 그에게 신경 쓰지 않고 경치를 감상했다. 하늘에서는 구름이 느릿느릿 흘러가고 있었다. 술집에서 한바탕 싸움을 벌이고 나온 진 빠진 술꾼을 보는 것 같았다. 그 밑으로는 파이프가 회녹색 돌판처럼 펼쳐져 있었다.

폴 더건이 그의 옆으로 천천히 다가왔다. "윌리와 딕시를 떠올리고 있죠?" 그가 말했다. 리버스는 말없이 그를 돌아보았다.

"난 얼굴만 잘생긴 게 아니에요. 똑똑하기까지 하다고요."

"그들 때문에 여기까지 온 거야. 그들의 자살 때문에. 걔들을 생각하면…… 나 자신에게 많은 걸 물어보게 돼. 매커널리가 자살했을 땐 진실을 끝까지 파헤쳐보고 싶어졌고." 그가 미소를 지었다. "내가 무슨 얘길 지껄이고 있는지 모르겠지?"

더건은 어깨를 으쓱였다. "알아들을 수 있게 설명해봐요." 한동안 두 사람 사이에 어색한 침묵이 흘렀다. 더건은 연석에 발가락을 북북 문질러댔다. "골치 아픈 문제가 있어요. 경찰이랑 시의회랑……"

"내가 도와줄 수 있을 것 같아?"

"모르겠어요."

숨 막히는 집에서 도망쳐 나온 커스티가 별반 다를 게 없는 또 다른 집으로 들어가다니. 조금 이상했지만 리버스는 그 이유를 알 것도 같았다. 윌리와 딕시가 세상을 뜬 후 그녀는 완전히 무너져 내리고 말았다. 그녀에게 있어 그들은 '현실'을 상징했었다. 아버지와 그의 정치적 음모로부터 멀리 떨어진 삶. 윌리와 딕시는 동전의 양면이었다. 그녀가 동경해온 세상. 그리고 그녀는 그들을 죽였다. 그 후 나락으로 떨어진 그녀는 자신에게 피신처와 위로가 절실하다는 걸 깨닫게 되었다. 그걸 얻지 못하면 자신도 죽을지 모른다고 생각했다. 다행히 폴 더건과 그의 부모는 그녀가 필요로 하는 것들을 기꺼이 제공해주었다.

"이제야 알겠어." 리버스가 말했다. "저 애가 왜 그 서류에 '달게티'라고 휘갈겨 써놨는지 말이야. 만약 저 애 아버지가 몸값을 내놓았다면…… 아니, 설령 그러지 않았다 해도 커스티는 라바룸 계획서를 아버지에게 돌려보냈을 거야. 그건 아버지에게 보내는 경고에 불과했었다고. 자신이 치명적인 약점을 잡았으니 더 이상 괴롭히지 말라는 메시지."

"커스티 얘긴 잠시 접어두고요, 난 이제 어떻게 되는 거죠?"

"죄를 지었으면 당연히 그 대가를 치러야지, 폴." 리버스가 그를 돌아보지 않은 채 말했다. "그게 세상 돌아가는 이치잖아."

"물론이죠." 더건이 경멸적으로 말했다. "내가 페츠(수업료가 고액인 오랜 전통의 독립적 사립 중등교육기관) 출신의 부잣집 아들이었어도 찻값을 치러야 했을까요? 그랬다면 보나마나 옥스갱스 중퇴자랑 똑같은 대우를 받았겠죠. 커스티가 시스템이 어떻게 돌아가는지 다 알려줬어요."

그가 돌아서서 터덕터덕 걸어 나가기 시작했다.

일리 있는 말이었다. 리버스도 인정할 수밖에 없었다. 하지만 그의 머릿속은 더 중요한 문제들로 가득 차 있었다. 거센 바람 때문에 담배는 평소보다 빨리 끝이 났다. 그래서 그는 또 한 대를 꺼내 물었다. 더건은 버려진 차로 다가갔다. 그가 차 안을 잠시 살피다가 손잡이를 잡고 차문을 살짝 당겨보았다. 놀랍게도 문은 걸려 있지 않았다. 그를 위한 피신처가 마련된 것이었다. 어떤 이들은 날씨가 스코틀랜드인들을 만든다고 했다. 깨우침과 생기가 드문드문 찾아드는 길고 음울한 계절. 그것은 허튼소리가 아니었다. 이 겨울에 끝이 있을 것 같지 않았다. 분명 있다는 걸 알면서도. 하지만 그렇게 믿어지지가 않았다. 나이 든 사제는 믿음의 문제라고 했을 것이다. 리버스는 한동안 성당을 찾지 않았었다. 그는 리어리 신부와의 격의없는 대화가 그리웠다. 성당 자체는 별로 그립지 않았지만. 리어리는 자살을 크게 문제 삼았을 것이다. 자살이라는 개념과 그 행위 모두를 대죄라고 몰아붙였을 것이다. 남의 도움을 받아 하는 자살 역시 그에게는 극악무도한 죄악일 것이다.

리버스의 어머니는 큰 병으로 괴로워했고, 그의 아버지에게 제발 고통을 멈추게 해달라고 애원했었다. 어느 날, 어린 존이 불쑥 들어갔을 때 그의 아버지는 침대 가장자리에 걸터앉아 있었다. 어머니는 잠들어 있었고, 그녀의 가슴에서는 끔찍한 소리가 새어나왔다. 그의 아버지는 두 손에 쥔 베개를 물끄러미 내려다보고 있었다. 마침내 그가 어린 아들을 돌아보았다. 마치 어찌 해야 하는지 알려달라고 묻는 듯이.

그때 리버스가 들어가지 않았더라면 그의 아버지는 계획했던 일을 기어이 해버렸을지도 모른다. 그의 어머니를 고통으로부터 해방시켜주는 것.

하지만 그의 어머니는 그 후로 몇 주간 더 고통에 시달려야 했다.

그는 포스 강으로부터 돌아섰다. 어느새 그의 시야가 흐릿해져 있었다. 그는 고개를 살짝 들고 배어나오려는 눈물을 도로 집어넣은 후 버려진 차를 향해 걸어 나갔다. 폴 더건이 차 안에서 울고 있었다.

"걔들은 내 친구들이기도 했어요!" 그가 울부짖었다. "저 어리석은 애가 그들을 죽인 거예요! 그런데도 난 저 애를 증오할 수가 없어요. 화도 낼 수가 없다고요!"

리버스가 더건의 어깨에 손을 얹었다.

"누구도 그들을 죽이지 않았어." 그가 나지막이 말했다. "그건 그들의 선택이었어."

두 사람은 한동안 남의 피신처 안에 말없이 앉아 있었다.

리버스는 그들을 태우고 도시로 돌아갔다. 뒷좌석의 십대 아이들은 벌게진 눈으로 펑펑 울었다. 앞좌석의 남자들은 울음을 꾹 참았다. 리버스는 그 사실이 별로 자랑스럽지 않았다. 그는 케네디의 집으로 통하는 갈림길을 그냥 지나쳤다. 그럼에도 시장은 아무 말이 없었다. 리버스가 더건의 애비힐 집 앞에 차를 세웠다.

"여기가 어디죠?" 케네디가 물었다.

"커스티는 좋은 분들과 함께 지내고 있습니다." 리버스가 설명했다.

시장이 몸을 틀고 딸을 돌아보았다. "집에 돌아오는 거 아니었니?"

"아직은 아니에요." 그녀가 단호하게 말했다.

"제 딸을 데려오겠다고 하셨지 않습니까."

"따님이 집에 남을 거라고는 안 했습니다." 리버스가 말했다. "언제 돌아갈지는 커스티가 결정해야 할 문제입니다."

그녀는 더건과 함께 차에서 내렸다. 인도에 오른 그녀가 갑자기 몸을 웅크리고 헛구역질을 시작했다. 그녀의 입에서 거품으로 된 침이 흘러나왔다.

"몸에 무슨 문제가 있는 거 아닙니까?" 케네디가 말했다. 그가 차문을 열고 나가려하자 리버스가 황급히 액셀러레이터를 밟아 차를 출발시켰다.

"따님이 왜 저러는지 아시지 않습니까." 그가 말했다. "힘겹게 끊고 있습니다. 곧 좋아질 겁니다."

"그럼……" 케네디가 차갑게 말했다. "집에 가면 좋아지지 않을 거라는 말씀입니까?"

"어떻게 생각하십니까?" 리버스가 말했다.

"지금 어디로 가는 겁니까?"

"에든버러가 좋은 이유는 말입니다, 시장님, 조용히 대화를 나눌 수 있는 곳이 사방에 널렸기 때문입니다. 어디 가서 저랑 얘기 좀 하시죠. 제게 하실 말씀이 있으실 텐데요. 제가 귀담아 들어드리겠습니다."

그는 솔즈베리 크래그로 차를 몰아나갔다. 그리고 아서스 시트 산 정상 근처 주차장에 차를 세웠다. 이미 주차된 차 몇 대가 보였다. 강풍이 부는데도 아이들을 데려온 부모들이 몇몇 있었다. 보나마나 '바람을 쐬는 중'이라고들 하겠지.

리버스와 시장은 차에서 내리지 않았다. 시장은 덤덤하게 모든 걸 털어놓았다. 그의 설명이 끝나자 무거운 침묵이 찾아들었다. 리버스는 시장을 집에 데려다주었다.

언덕 꼭대기에서는 한 남자가 담을 수리하고 있었다.

리버스는 모르타르(시멘트와 모래를 물로 반죽한 것) 없이 쌓아올린 돌담을 따라 언덕을 천천히 올라갔다. 그는 에든버러와 칼롭스의 중간 지점인 펜틀랜드 산의 작은 언덕에 와 있었다. 이곳에는 바람과 추위를 피할 공간이 없었다. 하지만 정상을 향해 묵묵히 나아가는 리버스는 땀을 비 오듯 쏟고 있었다. 남자가 그를 흘끔 내려다보았지만 일손을 멈추지는 않았다. 그의 옆으로 다양한 크기와 형태의 돌무더기 세 개가 보였다. 그는 그것들에서 골라낸 적당한 크기의 돌을 담에 끼워 넣는 중이었다. 남자는 새 돌을 끼워 넣고 돌무더기들로 시선 돌리기를 반복해나갔다. 멈춰 서서 숨을 고르는 리버스는 남자를 한동안 지켜보았다. 언뜻 봐도 보통 작업이 아니라는 걸 알 수 있었다. 다른 재료 없이 오로지 돌만으로 교묘히 쌓아나가야 하니 그럴 수밖에 없었다.

"이 기술도 오래 버티진 못하겠네요." 정상에 도착한 리버스가 말했다.

"왜 그렇게 생각하죠?" 남자가 물었다.

리버스는 어깨를 으쓱였다. "전기 철조망, 가시철사 울타리. 요즘엔 돌담에 의존하는 농부가 없으니까요." 그가 잠시 말을 멈추었다. "이런 일을 하는 사람들도 점점 사라져가는 중이고요."

남자가 몸을 틀고 그를 쳐다보았다. 그의 불그레한 얼굴은 억센 빨간 수염으로 덮여 있었고, 관자놀이 부분의 머리는 희끗희끗하게 변해가는 중이었다. 그는 헐렁한 아란 스웨터(겉뜨기로 줄과 다이아몬드 모양을 내는 전통적인 뜨개질법으로 짠 스웨터)에 초록색 전투복 재킷, 코르덴 바지, 그리고 검은 작업용 부츠 차림이었다. 그는 장갑을 끼지 않은 두 손을 연신 호호 불어댔다.

"맨손으로 해야 합니다." 그가 설명했다. "촉감으로 적당한 돌을 골라야 하거든요."

"혹시 이름이 달게티입니까?"

"에이단 달게티입니다."

"달게티 씨, 리버스 경위입니다."

"그래요?"

"전혀 놀라지 않는군요."

"이런 일을 하면 사람 만나기가 쉽지 않거든요. 사실 난 그 점이 가장 마음에 듭니다. 하지만 이 담을 쌓기 시작한 후로 별의별 사람들이 다 찾아왔어요."

"길레스피 의원도 찾아온 적 있었죠?"

"몇 번 왔었습니다."

"그는 죽었습니다."

"알아요."

"그래서 형사가 나타났는데도 놀라지 않는 겁니까?"

달게티가 미소를 지으며 또 다른 돌을 집어 들었다. 그는 골라든 돌을 손바닥에 올려놓고 무게 중심을 가늠해본 후 담에 조심스레 끼워 넣었다. 하지만 돌은 다시 뽑혀 나왔고, 금세 또 다른 자리를 찾아 들어갔다. 돌 하나를 끼워 넣는 데 소요된 시간은 무려 2분이었다.

리버스는 자신이 올라온 길을 내려다보았다. 돌담은 그가 차를 세워놓은 언덕 밑 샛길까지 이어져 있었다. "이 정도 담에는 돌이 몇 개나 들어갑니까?"

"수만 개가 들어가겠죠." 달게티가 말했다. "그 수를 헤아리는 데만도 몇 년이 걸릴 겁니다. 쌓는 것만큼이나 괴로운 작업이겠죠."

"컴퓨터와는 아무 상관이 없어 보이는 작업 같은데요."

"그런 것 같습니까? 하긴 뭐, 그렇게 보일 수도 있겠네요. 하지만 잘 보면 연관성이 아주 없진 않습니다."

"당신은 로비 매티슨의 파트너였습니다. 파노테크 초창기에 말이죠."

"그땐 파노테크라고 부르지 않았습니다. 그건 로비가 지어 붙인 이름이에요."

"하지만 당시 디자인…… 그 부분은 당신 소관이었죠?"

"그랬는지도 모르죠." 달게티가 골라든 돌을 돌무더기 위로 휙 던졌다.

"난 그렇게 들었습니다. 그는 회사를 운영했고, 당신은 회로를 디자인했다고. 당신 아이디어 덕분에 회사가 제대로 돌아갈 수 있었다면서요?" 달게티는 대꾸가 없었다. "그런 당신을 그는 돈을 쥐여 주고 쫓아냈습니다."

"돈을 받고 쫓겨났죠." 그가 따라 말했다.

"그렇게 된 게 맞죠?"

"의원에게 들려준 그대로였습니다. 그때 난…… 너무 오랫동안 과로를 해온 상태였어요. 몸이 견뎌내질 못했습니다. 간신히 몸을 추스르고 돌아가보니 회사는 더 이상 내 것이 아니었습니다. 로비가 깨끗하게 정리를 해놓았더군요. 내 디자인도 전부 그의 손으로 들어가버렸고요. 회사 전체가 그의 소유가 돼버린 겁니다. 처음엔 달맷(Dalmat)이라고 불렀었죠. 달게티와 매티슨을 합쳐 만든 상호였습니다. 하지만 그는 가장 먼저 그걸 바꿔버렸어요." 달게티가 또 다른 돌을 골라 들었다.

"그가 무슨 돈이 있어서 당신에게 쥐여 준 겁니까? 당신을 쫓아내려면 적지 않은 돈이 들었을 텐데."

"편법을 쓰진 않았습니다. 그에겐 누군가가 투자한 돈이 좀 있었어요. 그가 그 돈으로 내 지분을 몽땅 사들인 거죠." 그가 잠시 말을 멈추었다. "나중에 변호사들에게 들은 얘깁니다. 난 그와 의논을 하거나 서류에 서명을 한 적도 없었는데 말이죠."

"많이 씁쓸했겠군요."

달게티가 웃음을 터뜨렸다. "난 또다시 신경쇠약에 시달렸습니다. 그들은 나를 민간 요양소로 보냈고요. 그때 들어간 돈이 아마 내 퇴직 장려금이었을 겁니다. 요양소를 나와서는 그 일에서 손을 떼고 싶었어요. 아니, 세상 그 어떤 일도 하고 싶지 않았습니다. 정말 그랬어요."

"그 후로 파노테크는 급성장 해왔습니다."

"로비 매티슨은 꽤 능력 있는 친구입니다. 그를 잘 아십니까?" 리버스는 고개를 저었다. "그의 가족은 그가 열여덟 살 때 미국으로 갔습니다. 그는 큰물에서 놀던 친구예요. IBM인지 휴렛 팩커드인지, 뭐 그런 데 들어가서 일을 배웠다고 합니다. 그러다가 유럽 지사로 오게 됐죠. 로비는 스코틀랜드를 좋아했습니다. 당시 나는 혼자 일을 하고 있었어요. 이런저런 것들을 디자인하고, 또 비현실적인 아이디어도 많이 구상했습니다. 어쩌다 보니 그 친구랑 엮이게 됐는데, 처음 보는 순간부터 서로에게 호감을 느꼈습니다. 그때 그가 자신의 계획을 들려줬어요. 사표를 쓰고 나와 여기서 컴퓨터 사업을 시작할 거라고 말이죠. 그는 동업을 하자면서 나를 설득하기 시작했어요. 처음 몇 년은 정말 잘나갔었는데……" 달게티는 자신의 손에 돌이 들려 있다는 사실을 잊은 듯했다. 거센 바람이 리버스의 귀를 시리게 했지만 그는 내색하지 않으려 애썼다.

"좀 더 솔직해질 필요가 있겠군요." 에이단 달게티가 말했다. "사실 난 알코올 중독자였습니다. 적어도 그렇게 될 뻔했었죠. 그게 바로 로비가 나를 쫓아내려 했던 이유였습니다. 그 친구는 오래전부터 나를 쫓아낼 궁리를 해왔던 것 같습니다. 그때 내가 포기한 몇 가지 권리 덕분에 파노테크는 큰돈을 벌 수 있었죠." 그가 깊은 숨을 한 번 들이쉬었다. "다 지난 일인데요, 뭐."

"매티슨이 당신의 지분을 사들이는 데 쓴 돈 말입니다."

"더우드 차터스라는 사람이 있었습니다. 초창기부터 로비랑 알고 지냈죠. 그는 회사의 총무 부장이 되고 싶었던 모양입니다. 그에겐 돈벌이를 위한 책략이 많았어요. 한마디로 사기꾼이었죠. 로비가 그에 대해 몇 번 들려준 적이 있습니다. 차터스는 페이퍼 컴퍼니를 차려놓고 여기저기서 보조금을 뜯어냈답니다. 지방 정부 당국, 개발청, 유럽공동체. 그런 쪽으로는 천재적인 사람이었습니다. 그는 어딘가에서 파노테크 개발비로 쓸 돈을 끌어왔고, 그 덕분에 회사는 급성장할 수 있었죠."

"지금껏 이 얘기를 가슴에 담아두고 살아온 겁니까?"

"여기저기 떠벌리고 다닐 게 뭐 있습니까? 자기들끼리 잘 먹고 잘 살면 됐지."

"하지만 매티슨에게 사기를 당하지 않았습니까!"

"덕분에 그가 회사를 키워 많은 일자리를 만들어냈잖아요. 나 하나 희생시켜서 그만큼 성공을 일구었으면 잘한 거 아닙니까?"

리버스는 돌담에 등을 붙이고 차가운 땅바닥에 주저앉았다. 그가 두 손으로 머리를 감싸 쥐었다.

"난 아직도……" 달게티가 계속 이어나갔다. "그 바닥 돌아가는 사정에 관심을 갖고 있어요. 그러고 싶진 않지만 습관이 돼놔서 말이죠. 유럽에서 제조되는 모든 PC의 35퍼센트, 그리고 모든 반도체의 24퍼센트가 이곳에서 제조되고 있습니다. 그리넉의 IBM 공장에서 매년 제조되는 컴퓨터는 무려 200만 대에 이릅니다. 유럽에서 판매되는 모니터와 IBM 컴퓨터의 상당수를 차지하죠." 그가 웃음을 터뜨렸다. "그 바닥엔 5만 명도 넘는 인력이 달라붙어 있습니다. 그리고 계속 빠르게 성장하는 중이에요. 일본 회사들이 왜 이곳으로 몰려오는지 알아요? 높은 생산성 때문이에요. 이 사실이 믿어집니까?" 그의 웃음이 뚝 멎었다. "하지만 뿌리가 깊지 않다는 게 문제죠. 하드웨어 쪽은 탄탄하지만 소프트웨어는 그렇지 못해요. 그래서 공급자가 필요한데…… 우리 부품들 중 공급자가 따로 있는 건 고작 15퍼센트에 불과해요. 우리는 그저 조립 라인일 뿐입니다. 어쩌면 파노테크가 그걸 바꿔놓을지도 몰라요." 그가 어깨를 으쓱였다. "뭐 그러든지 말든지 내가 상관할 바는 아니지만."

"길레스피에겐 왜 입을 열었습니까?"

"마음의 짐을 털어버리고 싶었습니다." 그가 손에 쥔 돌을 유심히 살펴보다가 멀리 휙 던져버렸다. "내가 지금 무슨 얘길 늘어놓든 달라질 게 없으니까요. 당국이 파노테크를 들들 볶아댈 것도 아니고."

"그래서 의원이 그걸 알아버렸던 거군요." 에이단 달게티가 그를 쳐다보았다. 하지만 그의 입은 열리지 않았다. "겁나지 않아요?"

"아뇨." 달게티가 두 손으로 커다란 돌을 집어 들고 담 위에 얹어놓았다. "전혀 무섭지 않아요. 내가 죽은 후로도 이 담은 계속 이 자리를 지키고 있을 테니까. 내가 백 살까지 살든 내일 당장 급사해버리든." 그가 두 손으로 담을 톡톡 두드렸다. "이건 오래 버텨줄 겁니다."

리버스가 몸을 일으켰다. "오늘 시간 내줘서 고마워요."

"고맙긴요, 뭐. 하루 종일 담이랑 수다를 떠는 것도 지겨울 때가 있어요." 그는 또다시 웃음을 터뜨렸다. 리버스는 터덕터덕 내리막을 걸어 내려갔다. "담에도 귀가 있다는 옛말 알죠?"

바람 쐬기 딱 좋은 날이었다. 늦은 오후, 리버스는 이아인 헌터 경과 함께 식물원으로 들어섰다.

"난 이곳을 좋아합니다." 이아인 경이 접은 우산을 앞세우고 잔디를 가로질러 나갔다. 그들은 인버리스 하우스 쪽으로 향하는 중이었다. "국립 현대 미술관이 이전한 후로는 예전 같지 않지만, 어떻습니까?"

"너무 뜸을 들이는 것 같군요."

이아인 경이 미소를 지었다. "가끔 여기서 미팅을 갖기도 합니다. 여긴 내 옥외 사무실이나 다름없습니다. 식물원이 좋은 이유는 확 트인 공간이라 누구도 우리 대화를 엿들을 수 없기 때문입니다." 그가 걸음을 멈추고 주위를 둘러보았다. 그들 앞으로 도심 풍경이 그림처럼 펼쳐져 있었다. "경치가 아주 좋죠?" 그가 말했다.

"아무도 엿듣는 사람이 없습니다. 그런데 왜 주저하십니까?"

"그렇긴 하지만 요즘엔 첨단 도청장치가 워낙 넘쳐나서 말입니다."

"도청장치 따윈 필요 없습니다." 리버스가 말했다. "이미 길레스피의 파일을 손에 넣었으니까요."

"길레스피 의원. 참으로 딱하게 됐습니다."

"네, 딱하게 됐죠. 으슥한 골목에서 더우드 차터스가 고용한 전과자에게 난도질당했으니. 차터스가 매커널리를 고용해 길레스피에게 겁을 주었던 것처럼 말이죠. 하지만 그는 위 셔그가 그렇게 도를 넘어버릴 줄은 꿈에도 몰랐을 겁니다."

"당신이 이 사건에 이토록 집착하게 될 거라는 것도 상상하지 못했겠죠. 맞아요. 그게 실수였어요. 좋습니다. 당신을 한번 믿어보겠습니다. 당신이 우리 대화를 몰래 녹음하고 있지 않다고 믿어볼게요." 이아인 경이 목에 두른 캐시미어 목도리를 잠시 매만졌다. "자, 왜 날 만나자고 했습니까?"

"당신이 이 사건의 중심에 서 있기 때문입니다."

"증거 있습니까?"

"아까 얘기한대로 나한테는……"

"알아요, 알아. 길레스피의 파일이 있다는 얘기죠? 하지만 그게 뭘 증명한다는 말입니까?"

"그건 당신이 더 잘 알지 않습니까. 시장이 길레스피로부터 들은 내용을 고스란히 전해줬을 텐데요. 차터스가 운영하는 회사들이 전부 페이퍼 컴퍼니였다는 것. 물론 맨 앞에 내세운 회사는 합법적으로 운영됐습니다. 그리고 나머지는…… 누군가가 체크하러 나서면 차터스는 잽싸게 사무실 공간을 단기로 빌렸습니다. 또 누군가를 시켜 멘성 하우스 주소가 적힌 우편물을 가져오게 했고요. 보나마나 스코틀랜드 오피스에도 그가 심어놓은 사람이 있었을 겁니다. 그 누군가가 임박한 조사에 대해 그에게 귀띔을 해주었겠죠. 그런 도움 없이 혼자서 이런 엄청난 사기극을 벌여왔겠습니까? 그것도 이토록 오랫동안? 어떻습니까?"

이아인·경은 여전히 도심 풍경을 감상하고 있었다. "하나도 맞는 게 없군요. 전부 당신 추측일 뿐입니다."

"차터스에겐 익명 동업자(출자만 하고 경영에는 관여하지 않는 투자자)들이 있었습니다. 그는 페이퍼 컴퍼니를 잔뜩 만들어놓고 온갖 보조금과 장려금을 챙겨왔죠. 하지만 초반에는 어느 정도의 현금과 운전 자본이 필요했을 겁니다. 그 회사들을 최대한 그럴 듯해 보이게 만들어야 했을 테니까요. 그래서 익명 동업자들을 필요로 했던 거고요. 그는 그들에게 높은 투자 수익률을 약속했습니다. 절박한 심정으로 보조금만 바라보고 있었던 거죠. 그는 제도를 가지고 노는 데 달인이었습니다. 그 친구 덕분에 많은 사람들이 큰돈을 벌 수 있었죠. 로비 매티슨도 그들 중 하나였습니다. 매티슨은 파노테크를 설립하는 데 들어간 돈이 개발청과 유럽공동체를 상대로 등쳐먹은 돈이었다는 사실이 세상에 알려지는 걸 원치 않았을 겁니다. 여기서 할데인과 미국 영사관을 빼놓을 수 없겠죠. 돈 욕심 많은 그는 차터스와 사교적으로 만나는 사이였습니다. 그가 끼어들자 당신은 할데인에게 압력을 넣었어요. 이곳에 공장을 세우도록 미국 회사들을 설득해보라고 말이죠. 이 바닥 미국인들과 친분을 쌓아온 로비 매티슨도 마찬가지 입장이었을 겁니다."

"이건 심각한 명예훼손입니다." 이아인 경이 계속 미소를 흘리며 말했다.

"할데인은 당신의 로얄 서커스 아파트를 자주 들락거렸습니다. 그 사실은 미납된 주차 위반 딱지를 통해 확인했죠. 두 사람은 할 얘기가 아주 많

앉을 겁니다. 차터스는 많은 사람들에게 뇌물을 뿌렸고, 그렇게 구축해온 탄탄한 인맥 덕분에 용케 덜미를 잡히지 않을 수 있었습니다. 그들 대부분은 공무원들이었고요. 그동안 난 여기저기 찔러보고 다녔습니다. 8년 전, 당신은 서열이 별로 높지 않았어요. 그러다가 여러 회사를 스코틀랜드에 유치하는 데 속속 성공하면서 초고속 승진이 시작됐죠. 루시 이스테이트의 집도 한두 푼이 아니었을 텐데 당신이 그걸 무슨 돈으로 샀겠습니까? 당신들은 그 기발한 수법을 꽤 오랫동안 써먹어왔습니다. 회사들은 생겨났다 사라지기를 반복했고, 가끔 등록 증명서들이 회사와 함께 증발해버리곤 했죠. 그러는 와중에 개발청이 경제개발공사로 바뀌었고, 회계 절차도 달라졌습니다. 더 이상 망한 회사가 투자한 옛 프로젝트들에 관심을 두는 사람도 없어졌고요. 하지만 차터스는 멈출 수가 없었습니다. 그리고 긴장이 풀리면서 크고 작은 실수를 범하기 시작했죠. 결국 덜미가 잡힌 그는 순순히 죄를 인정했습니다. 친구들도 보호해야 했고, 무엇보다도 재판 과정에서 민감한 내용이 끄집어내지는 걸 원치 않았기 때문입니다. 그러던 중 길레스피가 우연히 무언가를 보게 됐습니다. 그는 호기심을 주체하지 못하고 계속 파헤쳤어요. 그 소식은 차터스의 귀에까지 들어갔고요." 리버스가 잠시 말을 멈추었다. "언젠가 내게 이런 음모론을 즐긴다고 했었죠? 지금까지 들어본 내용은 어떻습니까?"

이아인 경은 어리둥절한 표정으로 어깨를 으쓱였다.

"이제……" 리버스가 말했다. "가장 중요한 내용으로 넘어가보죠. 과연 누가 차터스에게 그 소식을 전했을까요? 그게 누구였든 길레스피를 죽음으로 이끄는 데 어느 정도 역할을 했다고 봐야할 겁니다. 길레스피는 자기가 밝혀낸 내용을 시장에게 들려줬습니다. 그건 전혀 놀라운 일이 아니죠.

하지만 그는 시장이 매티슨에게 쪼르르 달려가 그 내용을 고스란히 전달할 거라고는 상상도 못했을 겁니다. 하지만 그의 입장에선 손을 써볼 도리가 없었겠죠. 매티슨은 그의 선거구에서 가장 큰 규모의 회사를 운영하고 있었으니까요. 아무튼 시장은 그에게 무슨 일이 벌어지고 있는지 미리 귀띔해주었습니다."

"매티슨이 차터스에게 말했다고 생각하는 겁니까?"

"충분히 가능한 일 아니겠습니까? 당신들 중 누구라도 그랬겠죠."

"우리?"

"당신도 아주 곤란하게 됐습니다."

"말조심해요, 경위. 나중에 후회하게 될 수도 있으니까."

"왜죠? 나한테까지 난도질을 해놓으려고요?"

헌터의 볼은 벌겋게 상기되어 있었다. "그건……" 그는 차마 말을 잇지 못했다.

"전부 다 차터스가 벌인 짓이라고요?" 리버스가 말했다. "그럼 차터스에겐 누가 알려줬을까요? 그가 그 소식을 듣고 어떻게 반응할지 뻔히 알았을 텐데. 자기 손에만 피를 묻히지 않으면 된다, 뭐 그런 생각이었을까요?"

이아인 경의 눈가가 촉촉해져 있었다. 하지만 그것은 눈으로 스며든 바람 때문이었을 뿐, 회개의 반응은 아니었다.

"그래서 이제 어쩔 셈입니까?"

"당신들을 차례로 털어야죠. 최대한 많이."

마침내 헌터가 그를 돌아보았다. "그날 우리 집에서 내가 들려줬던 말 기억합니까? 이 나라 일자리가 위험한 수준에 이르렀다고 했었죠." 기괴

한 톤이었지만 진심이 묻어나는 것 같았다.

"당신에겐 모든 게 정책으로만 보이는 모양이군요." 리버스가 말했다. "옳음과 그름, 합법과 불법, 공정함과 부패함, 이런 것들은 안중에도 없습니까? 모든 걸 그렇게 정치적으로만 따져야겠습니까?"

"당신은 어떻고요?" 이아인 경이 말했다. "당신이 무슨 구약성서에 나오는 선지자라도 됩니까? 당신이 뭔데 그걸 판정합니까?" 그는 우산 끝으로 땅을 푹 찍고 흥분을 가라앉혔다. "자신에게 좀 솔직해져봐요. 따지고 보면 우리는 같은 편에 서 있지 않습니까?"

"전혀요." 리버스가 결연하게 말했다.

"이게 세상에 알려지면 스캔들 수준을 뛰어넘어 최악의 위기에 빠지게 될 겁니다. 신뢰는 깨질 것이고, 해외 투자자와 기업들은 스코틀랜드로부터 영영 등을 돌리겠죠. 정말 그렇게 되길 바라는 겁니까?"

리버스는 좌절과 분노를 삭이려 묵묵하게 담을 쌓아나가는 에이단 달게티를 떠올렸다. "한 사람이라도 피해를 보면 안 되지 않습니까." 그가 나지막이 말했다.

"그 정도는 감수해야죠." 헌터가 말했다. "그 정도도 감수하지 않으면 뭘 할 수 있겠습니까?"

리버스가 돌아서서 걸음을 옮겨나가기 시작했다.

"경위? 당신에게 소개할 사람들이 있습니다."

그것은 리버스가 기대했던 초대였다. "언제 말입니까?"

"오늘밤. 물론 가능하다면요. 디테일은 전화로 알려줄게요."

"난 6시까지 세인트 레너즈에 있을 겁니다." 리버스가 말했다. 그리고 나이 든 남자를 홀로 남겨둔 채 식물원을 빠져나왔다.

하지만 리버스는 경찰서 대신 집으로 돌아갔다.

아파트에는 그가 없는 사이 누군가가 침입한 흔적이 미묘하게 남아 있었다. 깔끔하고 꼼꼼하게 처리한 걸 보면 전문가의 소행이 틀림없는 듯했다. 무단 침입은 아니었다. 사라진 물건도, 흐트러진 데도 없었다. 하지만 그의 책들은 원래 위치에서 살짝 벗어나 있었다. 그가 무질서하게 쌓아놓은 책탑들은 사실 구매한 순서와 읽고 싶은 순서로 공들여 정리해놓은 것이었다. 침입자는 거실을 둘러보던 중 책탑 하나를 건드려 허물어뜨렸을 것이다. 그리고 침입의 흔적을 남기지 않기 위해 대충 다시 쌓아올렸을 것이다. 그가 항상 열어놓는 서랍들도 닫혀 있었다. 음반들에도 누군가의 손이 닿은 흔적이 남아 있었다. 그가 절단된 종이 가닥들을 음반 재킷 안에 숨겨놓았을 거라 생각한 모양이었다.

그는 위스키가 담긴 잔을 손에 쥔 채 앉아 머릿속을 비워보려 애썼다. 잡념이 떠오르면 그걸 고스란히 행동으로 옮기게 될까봐 두려웠다. 달게 티처럼 쿨하게 손을 떼버릴까? 그들이 뭘 어쩌든 신경 쓰지 말고? 그는 이아인 헌터 경이 사람들을 이용해먹는 방식이 마음에 들지 않았다. 하지만 엄밀히 따지면 폴 더건 역시 사람들을 이용해먹은 것이나 다름없었다. 커스티도 자신의 친구들을 마구 이용해먹었고. 모두가 누군가에게 그런 짓을 해왔다. 차이가 있다면 이아인 경과 그의 무리는 모든 걸 다 가진 사람들이라는 것이다. 심장, 영혼, 은과 금. 하지만 아무도 그걸 몰랐다. 그 가능성을 짐작해본 사람도 없었고.

더 큰 문제는 누구도 그것에 관심이 없었다는 사실이다.

7시. 그의 전화기가 울렸다.

"세인트 레너즈에 전화를 걸어봤습니다." 이아인 경이 말했다. "당신이 오늘 오후에 경찰서로 돌아오지 않았다더군요."

"걱정 말아요. 내가 도착하기 전에 당신 친구들이 이미 다녀갔으니까."

"그게 무슨 소립니까?"

"아무것도 아닙니다. 자, 내 말 잘 들어요. 길레스피의 파일은 안전한 곳에 보관해뒀습니다."

"당최 무슨 말인지 이해가 안 되는군요."

"혹시 도청당하고 있을까봐 모른 척 연기하고 있는 겁니까?"

"난 그저 미팅 약속을 잡기 위해 연락했을 뿐입니다. 오늘밤 9시. 괜찮겠습니까?"

"잠시만요. 내 사교 일정이 어떤지 좀 살펴볼게요."

"가일 파크 웨스트 알죠?"

"알죠."

"파노테크 공장. 9시까지 와요."

37

파노테크의 가일 파크 웨스트 공장은 한때 디자인 상을 수상한 바 있었다. 자동화된 현장 운반 시스템-복잡하게 얽힌 레일을 따라 움직이는 로봇 포크리프트 같은 시설들-과 최적화된 둥글납작한 실내조명 덕분이었다. 로비의 벽은 크롬과 회색 금속으로 덮여 있었고, 바닥에는 검은 고무가 깔려 있었다.

데스크에 앉아 있는 경비원은 리버스를 막지 않았다. 그가 자동문으로 들어서자 스피커에서 '절대 금연 구역'임을 상기시키는 메시지가 흘러나왔다. 이아인 헌터 경은 진열대 앞에 서 있었다. 이아인 경은 진열대를 덮은 천을 들추고 진열된 모델을 살펴보는 중이었다.

"라바룸의 새 건물입니다." 그가 설명했다. "봄에 공사가 시작될 겁니다." 그가 리버스를 돌아보았다. "새 일자리가 만들어진다는 뜻이죠."

"당신에겐 또 하나의 훈장이겠죠? 오늘은 또 무슨 얘길 할 겁니까, 루시의 헌터 경?"

이아인 경의 얼굴에서 미소가 사라졌다. "그들이 임원 회의실에서 기다리고 있습니다."

그들은 환한 조명이 켜진 엘리베이터를 타고 맨 위층인 3층으로 올라갔다. 엘리베이터 문이 열리자 좁은 복도가 나타났다. 복도에는 세 개의

문이 나 있었다. 이아인 경이 벽에 붙은 콘솔에 네 자릿수 암호를 꾹꾹 눌러 입력한 뒤 문을 열었다. 회의실 안에서는 세 남자가 창가에 서서 그들을 기다리고 있었다. 창밖으로 턴하우스 공항에서 막 이륙한 작은 비행기가 보였다. 어찌나 가깝던지 비행기에 탑승한 지친 모습의 이사들이 똑똑히 보일 정도였다.

리버스는 먼저 할데인에게 시선을 주었다. 그리고 J. 조셉 심슨과 로비 매티슨을 차례로 쳐다보았다. "갱이 여기 다 모였군요." 그가 말했다.

"그런 표현은 반칙입니다." 매티슨이 다가와 리버스 앞으로 손을 내밀었다. 그는 고급 양복 차림이었지만 넥타이는 매지 않았고, 셔츠 단추도 몇 개 풀어놓았다.

"어서 와요." 그가 리버스에게 다정한 톤으로 말했다.

"초대해줘서 고맙습니다." 리버스는 일단 그들의 게임을 따라가보기로 했다.

매티슨이 회의실 안을 손으로 가리켰다. 크림색 벽, 컴퓨터 칩의 확대 사진, 그리고 액자에 담긴 열 개 남짓의 상장들. 회의실 중앙에는 커다란 타원형 테이블이 놓여 있었다. 테이블은 바닥과 마찬가지로 검은색이었다. "매주 한 번씩 도청장치가 숨겨져 있지 않은지 꼼꼼히 살펴봅니다. 산업 스파이는 꾸준한 위협이 되고 있거든요. 불행하게도 이번 미팅은 예고도 없이 촉박하게 소집돼서⋯⋯"

"그래서요?"

"탐지 장비를 미처 챙겨올 틈이 없었습니다. 당신이 몸에 도청장치를 차고 있을지 누가 알겠습니까?"

"그럼 내가 어떻게 하면 되겠습니까?"

매티슨은 곤란해 하는 표정을 지으려 애쓰고 있었다. 리버스는 그가 연극을 하고 있음을 대번에 알아차렸다. "옷을 좀 벗어 봐줄 수 있겠습니까?"

"이게 그런 파티인 줄은 몰랐는데요."

매티슨이 미소를 지었다. 하지만 이내 진지한 표정으로 돌아갔다.

"같이 벗을 사람?" 리버스가 재킷을 벗으며 말했다.

이아인 헌터 경이 웃음을 터뜨렸다.

리버스는 옷을 하나씩 벗으며 네 남자를 천천히 관찰했다. 가장 불편해 하는 사람은 심슨이었다. 그는 그룹에 가장 어울리지 않는 인물이기도 했다. 할데인은 테이블에 앉아 두꺼운 크롬 펜을 만지작거리고 있었다. 시작도 하기 전에 따분해 죽겠다는 듯이. 매티슨은 여전히 창가에 서 있었다. 그는 옷을 벗는 리버스를 보지 않으려 아예 시선을 멀리 돌려놓은 상태였다. 하지만 이아인 경은 끝까지 버티고 서서 지켜보았다.

리버스는 팬티와 양말만 남겨놓고 있었다.

"고마워요." 매티슨이 말했다. "이제 다시 입어도 됩니다. 번거롭게 해서 미안해요." 그가 낮고 차분한 사무적인 톤으로 말했다. 'R' 발음을 약간 진동시키는 미국식 악센트에 스코틀랜드 억양이 섞인 말씨였다. "자, 다들 앉읍시다."

심슨은 의자로 향하며 자신이 여기서 뭘 하고 있는지 모르겠다고 툴툴거렸다. 이미 오래전 일이 돼버렸는데……

"당신이 이 자리에 불려온 건 말입니다, 조……" 매티슨이 단호한 목소리로 말했다. "국법을 어겼기 때문입니다. 우리 모두가 그러지 않았습니까."

그가 리버스를 돌아보았다.

"경위, 아주 오래전, 우리 모두는 더우드 차터스가 만들고 운영한 회사들로부터 이익을 얻었습니다. 법원은 이걸 궁금해 하겠죠. 우리가 사기적인 방식으로 그 이득을 취했는지. 만약 그랬다면 당시 우리가 그 사실을 알고 있었는지." 그가 어깨를 으쓱였다. "그 문제는 변호사들이 알아서 처리하겠죠. 알다시피 법인 관련 법률 사건은 처리 시간이 오래 걸립니다. 변호사들이 최대한 시간을 끌기 때문이죠. 수임료는 수백만 파운드에 달하고요. 시간과 돈이 엄청나게 드는 일입니다." 그가 두 손을 펼쳐 보였다. 장광설을 늘어놓는 전형적인 쇼맨의 모습이었다. "하지만 좀 억울한 측면도 있습니다. 불법으로 취한 그 이익 덕분에 이 공장을 세울 수 있었어요. 수백 개의 일자리가 만들어졌고요. 그뿐만이 아닙니다. 기업분할로 수천 개의 일자리가 추가로 만들어졌어요. 당신 친구도 그 덕을 봤다고 하지 않았습니까. 법적으로 따지면 이 모든 게 다 사기 행각에 불과할 뿐입니다. 물론 그 점은 우리도 인정하고요. 법은 지나치게 가혹한 면이 있습니다." 그가 살짝 미소를 지었다. "하지만 법이 전부는 아니지 않습니까. 도덕적으로, 윤리적으로, 그리고 경제적으로 꼼꼼히 따져봐야죠." 그가 손가락 하나를 펴고 자신의 입술에 갖다 댔다. "도덕률은 전혀 별개의 문제입니다. 나쁜 돈이 좋은 목적으로 쓰였다면 그걸 끝까지 나쁜 돈이라고 불러야 할까요? 한 아이가 사과를 좀 훔쳤습니다. 그리고 나중에 커서 많은 생명을 구하는 의사가 됐어요. 굳이 그를 법정에 세워 어릴 적에 벌인 절도에 대한 책임을 물어야 합니까?"

매티슨은 준비를 철저히 해온 듯했다. 리버스는 그의 말을 귀담아듣고 싶지 않았다. 하지만 애석하게도 그의 청력은 너무나도 온전했다. 리버스

421

의 태도가 미묘하게 변한 사실을 깨달은 매티슨이 자리에서 일어났다.

"경위, 굳이 고대사를 파헤치겠다면 말리지 않겠습니다. 하지만 당신 양심에 큰 부담이 될 겁니다."

리버스는 매티슨이 자신에 대한 정보를 얼마나 모아왔을지 궁금했다. 사람을 시켜 그를 감시하거나 그의 주변 사람들을 만나보게 했는지도 몰랐다. 하지만 그런 방법으로 캐낼 수 있는 건 많지 않았다. 어쩌면 매티슨은 직감에만 의존하고 있는지도 몰랐다.

"살인이 벌어졌습니다." 리버스가 말했다.

매티슨은 그 부분에 대해서도 반론할 준비가 완벽히 된 모양이었다. "우린 그 사건과 아무 상관이 없습니다." 그가 말했다.

"그럼 차터스가 혼자서 벌인 일이었단 말입니까?"

매티슨이 턱수염을 살살 긁어대며 고개를 끄덕였다. 리버스는 그것이 에이단 달게티를 추억하며 기른 수염인지 궁금했다. "더우드에겐 잃을 게 많았습니다." 그가 설명했다. "오랫동안 감옥에 갇혀 있었으니까요. 만약 당신이 이 사건을 세상에 폭로한다면 그는 영영 바깥세상을 보지 못하게 될 겁니다."

"하지만 길레스피는 자신이 아는 누군가에게 유인당했습니다. 그게 아니라면 그가 그 동네를 찾을 이유가 없었을 겁니다."

"어째서 그렇게 생각하죠?"

"그는 겁에 질려 있었으니까요."

"그럼 누가 그랬다는 얘깁니까?" 매티슨이 물었다.

"난 이아인 경이었을 거라고 생각합니다." 리버스가 말했다. 네 쌍의 눈이 일제히 퍼머넌트 세크리터리 쪽으로 돌아갔다. "어쩌면 차터스가 솔직하게 털어놓을지도 모릅니다. 당신 말처럼 잃을 게 가장 많은 사람이니까요. 형기를 줄여준다고 하면 술술 불지 않겠습니까?"

"황당하군요." 헌터가 지팡이로 바닥을 탁 내리치며 말했다.

"정말 그렇습니까?" 리버스가 말했다. "당신은 총을 좋아하지 않습니까. 집에 산탄총으로 가득 찬 방도 있고요. 내가 그 총들의 기록을 살펴보면 어떨까요? 그중 하나가 사라졌을 것 같은데. 당신이 셔그 매커널리에게 슬쩍 전달한 것 말입니다." 리버스가 매티슨을 돌아보았다. "난 오늘 당장 이 사람을 체포할 겁니다. 나머지 세 사람은 나중에 차차 체포할 거고요."

"잠깐만요." 할데인이 말했다. "무슨 증거로 체포하겠다는 겁니까? 분명히 얘기하지 않았습니까. 우린 아무것도……"

"헛소리 집어치워요, 할데인 씨. 난 이아인 경이 지금껏 당신들을 좌지우지해왔다는 걸 알고 있습니다."

매티슨이 천천히 고개를 저었다. "이 사실이 밖으로 새어나가면 큰일입니다. 이아인 경이 체포되면 언론이 가만히 두겠습니까? 정치적으로도 큰 문제가 될 거고요. 그냥 차터스만 기소하면 깔끔하게 끝날 일을 왜 긁어 부스럼을 만들려고 합니까?"

"그렇게 되면 당신들이 처벌을 면하게 될 테니까요."

매티슨의 얼굴에는 좌절하는 기색이 역력했다. "경위, 내 말 잘 들어요. 난 이아인 경이 어찌되든 상관없습니다. 오늘밤 여기 모인 사람들에 대해선 조금도 신경 쓰지 않습니다. 물론 나를 포함해서요." 그의 언성이 조금씩 높아졌다. 그가 임원 회의에서 쓰는 톤인 듯했다. "나는 오로지 파노테크만 챙길 뿐입니다. 내가 회사를 얼마나 끔찍이 생각하는지 당신은 모를 겁니다." 그의 목소리에서 또다시 힘이 빠져나갔다. "라바룸은 대규모 확장 프로젝트입니다. 새 공장, 새 연구 개발 유닛, 거기에 공급업체와 도급업체도 크게 늘 거고요. 거액의 자금이 투입되면 지역 경제 발전에도 큰 도움이 되지 않겠습니까? 어디 그뿐인 줄 알아요? 라바룸은 유럽의 마이크로소프트가 되는 겁니다. 스코틀랜드는 직접 제조하는 컴퓨터에 직접 개발한 소프트웨어를 설치할 수 있게 되는 거라고요."

"사람들이 당신에게 알랑거리는 이유가 있었군요."

"8년 전 벌어진 일을 건드려서 이 모든 걸 허물어뜨리는 게 과연 현명한 일입니까? 그깟 납세자들이 조금 피해를 본 게 뭐가 대숩니까? 어차피 자기들이 낸 세금이 어디서 어떻게 쓰이는지 신경도 안 쓰잖아요. 고작 몇 백만 파운드가 날아갔을 뿐입니다. 새 발의 피였다고요. 유럽 본토에서 저질러지고 있는 사기의 규모가 어느 정도인지 알아요? 존재하지도 않는 나폴리의 항공기 조종사 훈련 계획은 1,700만 파운드를 벌어들였습니다. 농축산물이 국경 너머로 운송될 때마다 보조금이 지급됩니다. 유럽공동체는 포도원을 없애려고 10억 파운드를 쏟아 부었지만 오히려 매년 늘어나는 추세이지 않습니까. 그리스는 쳐낸 포도나무 가지를 땅에 꽂아놓는 수법으로 보조금을 두 배로 챙겼습니다. 다시 말하지만 달랑 몇 백만 파운드에 피해 보는 사람은 없습니다."

"에이단 달게티는 피해를 봤는데요."

"그건 자기 자신을 탓해야죠. 그때 에이단이 어땠는지 알아요? 어찌나 별나고 변덕스러웠는지 그 친구 때문에 회사가 망해버릴 뻔했다고요."

"그 후로 다른 사람들도 피해를 입었습니다." 리버스는 커스티를 떠올렸다. 아버지를 더 이상 우상으로 여기지 않게 된 딸을. 그리고 그녀의 계획을. 그들은 자기들이 처벌을 면할 수 있을 거라 믿었다. 그녀의 아버지가 영영 딸을 되찾지 못할 테니까. 그들은 라바룸 서류와 커스티가 알게 된 민감한 정보를 손에 넣기 위해 온갖 노력을 다해왔었다. 그리고…… 윌리와 딕시는 목숨을 잃게 되었다.

"이 과정에서……" 매티슨이 말했다. "사람이 죽었다는 사실은 인정합니다. 하지만 그건 더우드가 미쳐버렸기 때문입니다."

"이 생각도 한번 해봐요." 한층 차분해진 이아인 경이 불쑥 끼어들었다. "할데인 씨도 알고 있겠지만 미국 회사 두 곳이 로디언에 유럽 지사를 세우려고 준비 중입니다. 만약 내 이름이나 할데인 씨의 이름이 사람들의 입에 오르내리게 되면……" 헌터가 어깨를 으쓱였다.

"차라리……" 리버스가 말했다. "코스타 델 솔 해변을 팔겠다고 사기를 치는 편이 낫겠습니다." 그가 심슨을 돌아보았다. "당신은 어떻습니까, 조?"

심슨이 흠칫 놀랐다. 하마터면 그는 의자에서 미끄러질 뻔했다. "뭘 말입니까?"

"이 도덕적 모노폴리 게임에서 흥정할 때 쓸 재산이 있습니까? 혹시 '감옥으로 가시오' 카드라도 손에 넣은 겁니까?"

"난 감옥에 갈 수 없어요! 내가 한 일이라고는 임시 주소를 제공한 것밖에 없습니다. 그게 불법입니까?"

"그럼 여기엔 왜 와 있는 겁니까?" 리버스가 매티슨을 쳐다보았다. 그의 굳게 닫힌 입이 실룩거렸다.

"제물." 그가 말했다.

"들었죠, 조?"

심슨은 그 말을 똑똑히 들었다. 그가 몸을 덜덜 떨며 자리에서 일어났다.

"이들에게 불리한 증언은 언제라도 환영입니다." 리버스가 그에게 말했다.

"우리가 무슨 약점을 잡혔나요?" 할데인이 말했다.

"할데인 씨의 말이 맞습니다, 경위." 매티슨은 다시 테이블 끝의 크고 아늑해 보이는 의자에 앉았다. 테이블에 모서리가 없는 이유는 모든 참석자를 동등한 위치에 놓기 위함이었다. 하지만 가죽으로 된 왕좌는 매티슨의 의자가 유일했다. 그는 눈앞에서 펼쳐지고 있는 상황에 전혀 동요되지 않은 모습이었다. 머릿속이 복잡해진 리버스와 달리 그는 무척 편안해 보였다.

수백 개의 일자리, 기업 분할, 행복하게 웃는 얼굴들. 솔티 두게리 같은 사람들이 자존심을 회복할 수 있는 감사한 기회. 리버스는 과연 자신에게 그런 사람들의 미래에 먹구름을 드리울 권한이 있는지 궁금해졌다. 그 사람들은 누가 무슨 죄를 저지르고 어떻게 처벌을 모면했는지에 관심이 없었다. 매달 말에 꼬박꼬박 월급이 지급되기만 한다면.

길레스피는 죽었다. 하지만 리버스는 이들이 그를 죽이지 않았다는 걸 알고 있었다. 적어도 이들에게는 직접적인 책임이 없었다. 그럼에도 그는 네 사람이 영 마음에 들지 않았다. 그들의 자신감, 그들의 무심함, '선의'에서 한 일이었다는 그들의 주장, 그들에 대한 모든 게 역겹게 느껴졌다. 그들은 세상 물정을 너무나 잘 알았다. 누가, 아니, 무엇이 이 세상을 이끌어 나가는지 알고 있었다. 세상을 움직이는 사람들은 경찰이나 정치인처럼 최전선에 나서는 어리석은 이들이 아니었다. 진짜 주인공은 따로 있었다. 뒤에서 조용히, 그리고 비밀스럽게 움직이는 사람들. 필요에 따라 뇌물을 쓰고 '진전'과 '제도'라는 이름으로 법을 어기는 사람들.

셔그 매커널리는 죽었지만 아무도 슬퍼하지 않았다. 트레사는 메이지 펀치와 함께 그가 남긴 돈을 펑펑 쓰며 인생을 즐기는 중이었다. 오드리 길레스피도 조만간 연인과 새 인생을 시작하게 될지 모른다. 대차 대조표에서 리버스의 편에 선 사람은 겁에 질린 채 잔혹하게 죽어간 길레스피뿐이었다. 나머지 모든 것은 그 반대편에 서 있었다.

"경위?" 심상치 않은 리버스의 눈빛을 감지했는지 매티슨이 그를 불렀다. 그가 왕좌에서 일어났다. "한잔 할까요?"

리버스는 한쪽 벽에 붙은 찬장을 돌아보았다. 문에는 손잡이가 붙어 있지 않았다. 매티슨이 그 가장자리를 살며시 누르자 문이 자동으로 열렸다.

"몰트위스키 한 잔씩들 합시다." 매티슨이 말했다. 방금 브리지 게임을 끝낸 사람처럼 태연한 톤이었다.

"진은 없습니까?" 조 심슨이 말했다.

"네, 없어요, 조."

"그럼 위스키로 하죠, 뭐."

"그래요, 조."

"경위." 할데인이 차분하게 말했다. "이젠 모든 게 당신에게 달렸습니다. 이 일을 어떻게 처리할 건지 결정해요."

"일단 술부터 한잔 하고 얘기하죠." 매티슨이 신경질적으로 말했다.

이아인 경은 입을 뿌루퉁 내민 채 리버스를 쳐다보고 있었다. 리버스의 뇌리를 스치는 노래 가사가 있었다. 하필이면 가장 필요 없을 때. '원하는 걸 항상 누릴 수는 없어요. 하지만 노력하면 가끔 필요한 걸 찾을 수 있죠 (롤링 스톤스의 〈You can't always get what you want〉 가사).'

아무래도 술을 한잔 해야겠어. 그는 생각했다. 로비 매티슨이 실실 웃으며 그에게 잔을 건넸다.

"당신은 너무 걱정할 필요 없습니다." 리버스가 할데인에게 말했다. "외교관 면책특권이 있으니까요. 감옥 탈출 카드 말입니다."

할데인이 돼지 같은 소리를 내며 피식 웃었다. "난 더우드 차터스의 앨바바이스에 사기당해 5천 파운드를 잃었습니다."

"누가 그의 꾐에 넘어가라고 했습니까?" 이아인 경이 으르렁거렸다.

할데인의 손에서 빛을 받은 잔이 번뜩였다. "과거엔 아무 문제없지 않았습니까."

"경위." 매티슨이 말했다. "다른 경찰이었다면, 그리고 다른 공무원이었다면 금전적인 인센티브를 제공했을지 모릅니다."

남자들이 일제히 입을 닫고 귀를 쫑긋 세웠다. 리버스는 크리스털 텀블러를 입에 갖다 대고 위스키를 홀짝였다.

"하지만 당신은……" 매티슨이 계속 이어나갔다. "당신에게 그랬다간 역효과만 날 겁니다."

"돈으로 따지면 내 가치가 어느 정도나 됩니까, 매티슨 씨?"

"내겐 아무 가치도 없습니다. 하지만 파노테크를 살릴 수만 있다면…… 현금보다 다른 걸로 거래를 제안하겠죠. 현금은 아주 지저분하거든요. 국세청도 눈을 부릅뜨고 지켜볼 거고."

"상상만 해도 끔찍합니다."

"하지만 넓은 땅에 새 집은 어떻습니까? 딸을 위한 신탁 자금, 그리고 몇 년 후에 껑충 뛸 회사 주식…… 물론 무형의 보상도 가능합니다. 필요할 때 도움이 되어줄, 특히 진급 기간에 결정권자에게 영향력을 행사해줄 수 있는 각계 높은 위치의 친구들……" 매티슨이 말끝을 흐리며 조 심슨에게 잔을 건넸다. 그도 한 잔 따라 마셨다. 그의 왕좌 너머로 밤하늘에 떠오른 비행기 한 대가 보였다.

"뇌물을 쓰시겠다?" 리버스가 말했다.

이아인 헌터 경이 앉은 채로 허리를 곧게 폈다. 그는 인내심의 한계를 느낀 듯했다. 그가 지팡이로 바닥을 톡톡 두드리며 입을 열었다. "부유한 외국 기업들에게 침체된 지역에 와달라고 뇌물을 먹이는 게 잘못된 일입니까?" 그가 말했다. "내겐 오히려 도리에 맞는 일인 것 같은데요."

"그래도 협박은 협박입니다." 리버스가 말했다.

"난 동의할 수 없습니다."

"다들 제 밥그릇 챙기기에 급급하지 않았다고요?"

이아인 경이 마지막 남은 위스키를 천천히 음미했다. "아무래도 뇌물을 써야 할 것 같군요." 그가 말했다.

리버스는 웃음을 터뜨렸다. 위스키 때문인지 그는 긴장이 살짝 풀린 상태였다. "바로 그겁니다. 애국심이 어쩌고, 일자리 창출이 어쩌고 하는 헛소리는 집어치워요. 자, 말해봐요. 그날 거너와 나를 한자리로 불러들인 이유가 뭡니까?"

이아인 경이 앉은 채로 몸을 살짝 틀었다. "차터스가 너무 위협적으로 커버렸어요. 난 그를 막고 싶었지만 내 위치가 위치인지라…… 그래서 당신에게 올바른 방향을 알려주려 했던 겁니다. 직접 그쪽으로 이끄는 대신."

리버스가 다시 웃었다. "웃기시네. 당신은 우리를 이용해 매티슨을 겁주려고 했던 겁니다. 절대 입을 열지 말라고 경고하고 싶었던 거겠죠." 그가 매티슨을 돌아보았다. "당신은 도살장에 끌려온 돼지처럼 땀을 쏟고 있었습니다." 그의 시선이 다시 이아인 경에게로 돌아갔다. "당신은 차터스가 매커널리에게 그랬던 것과 똑같은 방식으로 우리를 이용해먹은 겁니다. 그리고 할데인을 협박해 외국 기업들을 이곳으로 끌어들이게 만들었습니다. 직무 분석표에 부패도 명시돼 있었나 보죠?"

헌터는 아무 대꾸가 없었다. 입을 열기에는 너무 화가 나 있는 상태였다.

"대답해봐요. 차터스에겐 퀸론이라는 고객이 있었습니다. 개발청 소속 누군가와의 불법 거래로 큰돈을 번 건설업자죠. 차터스는 퀸론을 당국에 신고했습니다. 개발청을 폐쇄시켜야 하는 이유를 던져준 것이죠. 그때 다들 차터스를 알고 있었겠죠? 개발청이 사라지면 그와 관련된 모든 기록도 함께 묻혀버리게 된다는 것 역시 알고 있었을 테고요. 그러면 당신들의 사기 행각도 영영 세상에 드러나지 않게 되는 거 아닙니까? 퀸론에 대해 알고 있었죠?" 그가 이아인 경을 매섭게 쳐다보았다. "차터스가 당신을 찾아와 그 스토리를 들려줬죠? 필요한 사람들이 당신을 통해 그 내용을 전해 듣게 만들려고?"

"상상력이 풍부하군요." 이아인 경이 말했다. "난 그 부분에 대해 할 말이 없습니다."

"좋습니다. 그럼 이건 어떻습니까? 차터스는 자신의 페이퍼 컴퍼니를 통해 수백만 파운드를 벌었습니다. 감옥에 잠깐 다녀와도 아섭지 않을 정도의 돈이 생기자 그는 유죄를 인정했습니다. 나중에 출소하면 그 돈을 마음껏 누릴 수 있을 테니까요. 당신들도 다 알고 있었겠죠? 알면서도 그냥 모른 척했습니다. 그가 살인자라는 걸 알면서도 그 사실을 조용히 묻어뒀어요."

"경위." 할데인이 말했다. "우린 거머리들이 아닙니다."

"알고 있습니다. 거머리에겐 치유력이라도 있죠. 그거 알아요?" 이제 그는 네 사람 모두에게 말을 하고 있었다. "톰 길레스피가 내게 들려준 얘기가 있습니다. 내가 큰 실수를 저지르고 있다면서 경고하더군요. 당시엔 그걸 협박으로 받아들였습니다만 지금 와서 돌이켜보니 협박이 아니었다는 걸 알겠군요. 그건 말 그대로 진실이었습니다. 구린 구석이 있는 사람이라 보나마나 불법적인 무언가일 거라고 생각했습니다. 하지만 내가 사람을 잘못 봤어요. 그는 그저 겁에 질려 있었을 뿐입니다. 극도의 공포에 사로잡힌 채 마지막 며칠을 보냈던 거라고요." 리버스 역시 그게 어떤 기분인지 잘 알고 있었다.

"그의 죽음을 애도하는 사람이 하나도 없지 않습니까!" 이아인 경이 툴툴대며 말했다.

리버스가 그를 홱 돌아보았다. "그걸 당신이 어떻게 알죠?"

"뭐라고요?"

"그에겐 미망인이 있습니다. 그녀가 슬퍼하고 있지 않을까요?"

이아인 경이 잠시 지팡이 손잡이를 물끄러미 내려다보았다. "내가 깜빡했군요." 그가 말했다.

"아뇨. 당신은 깜빡하지 않았습니다." 리버스가 나지막이 말했다.

"자, 어떻게 하겠습니까, 경위?" 매티슨도 점점 안달하는 모습이었다. 그는 자신이 언쟁에서 이겼다는 걸 알고 있었다. 하지만 싸움에서는 처절히 깨질 수 있다는 것 역시 아는 듯했다. 그는 잔을 살짝 들어 보였다. 리버스가 정답을 내놓으면 건배를 제안하려는 듯이. "출세를 원한다면 지금이 그 기회입니다."

리버스는 여전히 이아인 경만 응시하고 있었다. 그는 남은 위스키를 단 숨에 들이켜고 잔을 테이블에 내려놓았다. 그런 다음, 두 손으로 테이블을 힘껏 밀어 자리에서 일어났다.

"내 답은 이겁니다, 매티슨 씨." 그가 말했다.

그리고 회의실을 쌩하니 나와버렸다.

38

왜냐하면 마음의 결정을 내리지 못했기 때문이다.

자존심이 헌터와 매티슨 같은 사람들에게 아첨하는 것을 용납하지 않았기에. 그들은 인간일 뿐, 신이 아니었다. 그는 그들에게 속고 싶지 않았다. 그들에게 굴복하는 순간부터 기만이 시작된다는 걸 그는 알고 있었다. 하지만, 하지만…… 그의 눈앞에는 아직도 수백 명의 얼굴 없는 노동자들이 어른거리고 있었다. 새 차를 타고 출근하는 사람들. 후텁지근한 노동청 사무실에서 실업 수당 신청서에 서명하는 사람들. 한 사람의 목숨이 더 중한가, 아니면 그 희생으로 인해 이득을 챙기게 될 수천 명의 삶이 더 중한가? 아무리 생각해도 부당했다. 왜 그걸 내가 판단해야 하지?

그냥 다른 데 맡겨버리는 건 어떨까? 그는 차를 몰고 코스토핀 가로 향했다. 그리고 한때 멘성이 사용했던 사무실을 지나 토르피첸 플레이스로 들어갔다. 데이비드슨이 자리에 있을 시간은 아니었지만 적어도 길레스피의 파일이 어디까지 작업되었는지 정도는 알 수 있을 것 같았다.

내근 경사가 그를 안으로 들여보내주었다. 리버스는 정적에 묻힌 홀을 지나 계단을 올라갔다. CID 상황실은 랍 번스가 혼자 지키고 있었다.

"어서 오십시오, 경위님. 오늘은 무슨 일이십니까? 점잖게 대화 나눌 상대가 필요하셨나요? 커피 대용품밖에 없는데, 그래도 한잔 하시겠습니까?"

"쓰레기 봉지 때문에 왔어."

"네?"

리버스는 자신이 온 이유를 설명해주었다. 다 듣고 난 번스가 고개를 저었다. "저는 모르는 일인데요."

"어디 보관해둔 거 아니야?"

"그렇다면 벽장에 있는지도 모르겠네요. 잠시만 기다리십시오. 열쇠를 가져오겠습니다." 하지만 벽장에는 아무것도 없었다. "실수로 버려진 건 아닐까요?"

그 말에 리버스의 등골이 오싹해졌다. "전화 좀 쓸게." 그는 곧장 데이비드슨의 번호로 다이얼 했다. 형사가 응답하자 그가 말했다. "나예요. 그 파일들 다 어디 있습니까?"

"존, 그렇지 않아도 연락하려고 했어요."

"어디 있냐니까요."

"위에서 지시가 내려왔어요, 존."

"뭐라고요?"

"징발령이 떨어졌습니다. 아침에 당신에게 알려주려고 했어요."

"누가 그런 명령을 내렸습니까?"

데이비드슨이 잠시 뜸을 들였다. "앨런 거너 사무실."

리버스는 거칠게 수화기를 내려놓았다. 빌어먹을 앨런 거너가! "혹시 거너 사무실 전화번호 알고 있나, 랍?"

"오, 물론이죠. 저희랑 친하거든요."

리버스의 험악한 표정에 그가 입을 꾹 다물었다. 그는 비상근무 당번표에서 전화번호를 찾아냈다. 리버스는 그 번호로 전화를 걸었다. 한참을 기다리니 여자의 목소리가 응답했다. 수화기에서 누군가의 웃음소리가 흘러나왔다. 파티가 벌어지고 있는 모양이었다. 디너 파티.

"거너 씨를 부탁합니다."

"누구시라고 전해드릴까요?"

"월트 디즈니."

"네?"

리버스는 씩씩대며 고개를 저었다. "빨리 데려오기나 해요."

1분쯤 지나서 거너가 수화기를 집어 들었다. "누구십니까?"

"리버스입니다. 대체 무슨 꿍꿍이십니까?"

"그게 무슨 말버릇인가?" 거너가 목소리를 낮추고 말했다. 다른 방의 손님들이 들을까봐 걱정되는 모양이었다.

"좋습니다. 예의를 갖춰 다시 여쭙겠습니다. 지금 무슨 짓을 꾸미고 계신 겁니까?"

"그게 무슨 소린가?"

"길레스피 파일 말입니다. 어디 있습니까?"

"소각로 안에."

그리고 거너는 전화를 끊어버렸다. 리버스는 다시 전화를 걸었지만 통화 중이었다. 수화기를 아예 내려놓은 것이다. 리버스는 번스에게서 비상근무 당번표를 낚아채 들고 거너의 집 주소를 확인했다.

"필요하시면 제 컴퓨터를 쓰셔도 됩니다." 번스가 말했다.

"컴퓨터는 왜?"

"사직서 쓰시라고요."

"랍." 리버스가 말했다. "그건 내가 했던 말이잖아."

리버스는 오랫동안 초인종을 눌렀다. 현관문을 열고 나온 거너는 전혀 놀라는 기색이 없었다.

"서재로 들어와." 그가 이를 갈며 말했다.

리버스는 그를 따라 안으로 들어갔다. 디너 파티가 아직도 진행 중인지 한쪽에서 웅성대는 소리가 들려왔다. 그는 서재로 향하는 거너를 무시하고 한쪽에 난 문을 벌컥 열었다.

"안녕들 하십니까." 그가 말했다. "집주인은 잠시 후 돌려드리겠습니다."

그는 손님들을 향해 환히 미소를 지어 보이고 나서 문을 닫았다. 테이블에는 시장과 그의 아내가 앉아 있었다. 지서장과 그의 아내, 그리고 거너의 아내도. 나머지 두 자리 중 하나는 거너를 위한 것이었다.

"이아인 경은 못 오셨나요?" 리버스가 말했다.

거너가 서재 문을 닫았다. "나중에 커피 한잔 하러 오실 거야."

"분위기가 좋군요."

"이봐, 리버스……"

"오는 길에 머리를 좀 굴려봤습니다. 문득 떠오르는 생각이 있더군요. 바로 이겁니다. 매커널리는 필요한 정보를 캐내기 위해 차터스의 감방으로 들여보내진 게 아니었습니다. 차터스가 끝까지 입을 열지 못하도록 하기 위함이었죠. 증거도 있습니다. 차터스는 매커널리에게 돈을 쥐여 주고 의원을 겁주라고 시켰어요. 이건 처음부터 은폐 공작이었습니다. 플라워가 그 사실을 알았는진 모르겠지만. 당신은 모든 걸 묻어두고 싶어 했습니다. 그래서 파일들을 죄다 소각시켜버린 거죠. 그것들이 영영 빛을 보지 못하도록."

"아직 자네가 남았지 않은가."

리버스는 고개를 저었다. "아뇨. 저는 아무 쓸모가 없습니다. 모든 건 차장님 손에 달렸어요. 하지만 당연히 아무것도 안 하시겠죠. 계속 헌터의 꼭두각시로 살다가 지서장 자리에 오르셔야 할 테니."

그때 초인종이 울렸다. 거너는 응답하러 밖으로 나갔고, 잠시 후 이아인 헌터 경과 함께 서재로 돌아왔다.

"경위." 헌터가 외투를 벗으며 말했다. "여기서도 보는군요." 그가 주머니에서 카세트를 꺼냈다. "여기 다 들어 있습니다." 그가 그것을 거너에게 넘겼다.

리버스의 가슴이 철렁 내려앉았다. "도청장치를 차고 있었습니까?" 그가 말했다.

헌터가 미소를 지었다. "나한테까지 옷을 벗으라고 할까봐 아주 조마조마했습니다."

리버스는 고개를 끄덕였다. "이제야 이해가 되는군요."

"이아인 경은……" 거너가 말했다. "당혹스러운 스캔들의 증거를 모으고 계셨던 거야."

"스캔들." 리버스가 말했다. "보나마나 중요한 이름 하나가 빠지겠죠. 처음부터 스코틀랜드 오피스가 관여했다는 걸 알았어야 했는데. 빅 짐 플렛 같은 교도소장이 경찰 지시에 따라 매커널리의 기록을 덮으려 했다니. 하긴, 퍼머넌트 세크리터리와 경찰청 차장이 함께 나섰으니…… 대충 그림이 그려집니다. 결국 돈줄을 움켜쥐고 있는 건 스코틀랜드 오피스니까." 그가 헌터를 쳐다보았다. "그들이 움켜쥔 게 어디 돈줄뿐이겠습니까?"

"리버스 경위." 헌터가 냉랭하게 말했다. "퍼머넌트 세크리터리를 불미스러운 일에 엮으면 안 된다는 건 피할 수 없는 인생의 현실입니다. 국익을 위해서 반드시 보호돼야 하죠."

"그가 비리덩어리라 해도 말입니까?"

"그렇습니다."

"납득이 안 되는군요." 리버스가 말했다. "그 테이프는 뭡니까? 보험인가요?"

"파일을 준비하고 있어." 거녀가 말했다. "비공식적으로. 절대 공개되는 일도 없을 거고."

"그래도 나중에 유출이 된다면요?"

"파일엔……" 헌터가 말했다. "차터스와 그의 일당이 불법을 저질렀다는 내용만이 담겨 있을 겁니다."

"살인을 포함해서 말입니까?" 헌터가 고개를 끄덕였다. "매티슨은요? 그도 연루됐다는 걸 명시해놓을 겁니까?" 리버스가 미소를 지었다. "미안합니다. 어리석은 질문이었네요. 당연히 그렇게 되겠죠. 법정에 모든 걸 다 내주고 나 혼자만 살아남겠다? 역시 당신은……"

"위선자라고요?" 헌터가 말했다. "공익을 위해서라면 그런 위선은 얼마든지 용인되어야죠."

"자네를 해고할 수도 있어." 거녀가 말했다.

"저는 끝까지 싸울 겁니다."

거녀가 미소를 지었다. "자네가 그럴 거라는 것도 알아."

헌터가 거녀의 팔뚝에 살며시 손을 얹었다. "손님들이 기다리고 있지 않습니까, 앨런."

거녀의 시선은 여전히 리버스에게 고정되어 있었다. "다른 날이었다면 자네도 초대하겠지만……"

"당신이 끝장나도 그런 초대엔 응하고 싶지 않습니다."

"나보다는……" 거녀가 말했다. "자네 처지가 더 곤란한 것 같던데."

"명심해요, 경위." 헌터가 지팡이를 유심히 살펴보며 말했다. "당신도 회의실에 같이 있었다는 사실 말입니다. 당신 목소리도 테이프에 담겨 있습니다. 당신은 그들의 자백을 듣고도 가만히 있었습니다. 경고조차도 하지 않았어요. 만약 우리가 곤란에 빠지면 당신도 한통속으로 취급될 겁니다."

"내가 현관까지 배웅해주지." 차기 지서장이 리버스에게 말했다.

　존 리버스는 자신이 해야 할 일-48시간 논스톱 벤더(술을 진탕 마시는 것)-을 했다.

　에든버러에서는 어려운 일이 아니었다. 영업시간이 연장되지 않는 겨울에도 머리만 잘 쓰면 하루 종일 술과 함께할 수 있었다. 늦게까지 영업하는 레스토랑과 카지노들, 그리고 일찍 문을 여는 술집들을 요령껏 공략해야 했다. 물론 집에서는 언제든지 퍼마실 수 있고. 물론 기분은 나지 않겠지만. 곁에서 주정을 받아줄 사람이 없다면 그것은 진정한 벤더라 할 수 없었다.

　일은 걱정되지 않았다. 리버스는 예전에도 벤더에 빠져 지낸 적이 있었다. 거의 다 풀었다고 믿었던 사건들을 보기 좋게 날려버렸을 때. 그런 경우에는 상관들조차 그를 말리려 들지 않았다. 오히려 돈까지 쥐어 주며 그를 부추기곤 했다. 내가 술집에서 농부에게 전화를 걸었었나? 농부가 앨런 거녀를 언급했던 것 같기도 하고. 아무리 머리를 쥐어 짜내도 기억이 나지 않았다.

　잊는 것은 더 어려웠고.

　그는 한 시간 정도 눈을 붙이고 일어났다. 잊고 싶은 기억이 찾아들자 그의 속이 쓰렸다.

첫날 밤, 그는 로디언 가의 한 술집에서 신나게 술을 퍼마시는 메이지와 트레사를 발견했다. 그들은 테이블 자리에 앉아 있었고, 리버스는 바에 앉아 있었다. 남자 두 명이 다가가 치근댔지만 그들의 관심을 끄는 데는 실패했다. 잠시 후, 메이지가 리버스를 알아보고 자리에서 일어났다. 그녀는 술꾼들을 요리조리 피해 그에게 다가왔다.

"애도 기간이 다 끝난 모양이군요." 리버스가 말했다.

그녀가 미소를 지어 보였다. "위 셔그는 별로 나쁘지 않았어요."

"그에 대해 들려줘요."

그녀의 눈꺼풀은 반쯤 내려앉아 있었다. "그게……" 그녀가 말했다. "사실 내가 원했던 건 그가 아니라 트레사였어요." 그녀가 담배를 꺼내 물고 오닉스와 금으로 된 라이터를 이용해 불을 붙였다. "자살했던 날 그가 나를 찾아왔었어요. 자기가 무슨 짓을 벌일 건지 미리 귀띔해줬죠. 이 라이터 보이죠? 그가 준 거예요. 이걸로 동정을 사고 싶었나 봐요. 아니면 내가 자기를 말려주기를 바랐는지도 모르고요. 어리석은 사람. 그는 내가 원하는 대로 일을 벌였어요. 난 트레사를 차지하고 싶었거든요. 난 그녀를 사랑해요. 그것도 아주 많이."

리버스는 위 셔그에 대해 그녀가 들려주었던 말을 떠올렸다. '그는 그런 최후를 맞아 마땅한 사람이었어요.' 그는 그제야 깨달을 수 있었다. 그것이 단순한 보복적 반응이 아니었다는 것을. 그녀는 그를 교도소로 보낸 장본인이었다. 하지만 그는 출소 후 그녀에게 돌아와 자신의 이야기를 속속들이 들려주었고……

"정말로 그에게 강간을 당했었나요?" 리버스가 물었다.

그녀가 어깨를 으쓱였다. "강간까지는 아니고요."

그가 담배를 길게 한 모금 빨았다. "당신이 비명을 지른 건 맞습니까?"

그 말에 그녀가 웃음을 터뜨렸다. "이웃들은 그렇게 생각했나 봐요. 그렇게 믿고 싶었겠죠. 죄책감 때문에라도. 우리 스코틀랜드인들에겐 적당한 죄책감이 필요하잖아요. 안 그래요? 우리가 하루하루를 근근이 버텨나가는 것도 다 죄책감 덕분이고."

그녀가 그의 볼에 기습적으로 키스를 했다. 그리고 뒤로 물러나 그를 빤히 쳐다보다가 트레사 매커널리가 기다리고 있는 테이블로 돌아갔다.

죄책감에 대해선 나도 같은 생각이야. 그는 생각했다. 하지만 과연 그것뿐이었을까? 당시 이웃들은 아무 조치도 취하지 않았다. 에든버러 시민들답게. 사람들은 아무것도 알고 싶어 하지 않는다. 안다고 해서 손해 볼 게 없음에도. 자신들의 몸이 암으로 썩어가고 있다는 말도, 질병 하나 없이 건강하다는 말도 듣고 싶어 하지 않는다. 추크츠방. 그냥 그렇게 방관만 할 뿐. 차터스와 이아인 헌터 경 같은 사람들이 그런 짓거리를 신나게 벌이고 다니는 동안.

둘째 날, 그는 전날과 같은 지저분한 옷차림으로 커스티 케네디와 맞닥뜨렸다. 그는 니코틴과 위스키에 단단히 절어 있었다. 숙취에 시달렸지만 그마저도 술로 날려버리려 했다. 그들이 마주친 곳은 리스 워크였다. 어쩌면 이스터가 끝이었는지도 몰랐다. 리버스보다 키가 작은 그녀는 그의 귀에 무언가를 속삭이고 싶어 했다. 하지만 발끝으로 설 필요는 없었다. 그가 머리와 어깨의 무게에 눌려 땅바닥에 납작 엎드려 있었기 때문이다.

"정신 차려요." 그녀가 말했다. "죽는다고 뭐가 해결되나요?"

그는 달리 가의 한 술집에서 정신을 차리고 나서야 그녀가 했던 말을 기억해낼 수 있었다. 술집의 면적과 분위기는 보세 창고와 비슷했다. 그는 빼빼 마른 노인과 미국 역사에 대해 수다를 떨어대던 중이었다. 하지만 리버스가 호팔롱 캐시디와 아무 상관도 없는 역사 강의를 시작하려 하자 그는 발을 질질 끌며 타탄 무늬 신발 끈으로 무장한 남자가 부정한 아내 모래그와 나란히 서 있는 바의 반대쪽 끝으로 달아나버렸다. 리버스는 술집에 들어서자마자 그들에게 술을 두어 잔씩 사주었다.

한쪽 구석에서는 청년 몇몇이 포켓볼을 치고 있었다. 그들을 지켜보던 리버스가 요란하게 하품을 했다.

"우리 때문에 못 자겠어요?" 그들 중 하나가 으르렁거렸다.

"자극하지 말아요." 여자 바텐더가 그들에게 말했다. "경찰이니까."

"경찰이면 다예요? 저렇게 자기 몸도 못 가누는데."

바로 그때 커스티가 했던 말이 그의 뇌리를 스쳤다. '정신 차려요. 죽는다고 뭐가 해결되나요?' 그야 문제가 무엇이냐에 달려 있겠지. 정신 차려야 해. 정신을…… 그때 누군가가 그의 옆자리에 앉았다. 그는 힘겹게 고개를 돌려 방금 들어온 손님을 쳐다보았다.

"여기 계셨군요."

"새미?"

"커스티라는 여자가 전화를 걸어왔어요. 아빠 상태가 걱정된다면서."

"난 괜찮아. 보다시피 아무 문제없다고."

"지금 아빠 몰골이 말이 아니에요. 대체 왜 이러시는 거예요?"

"시스템. 정말 문제더라고. 네가 옳았어, 새미. 네가 옳다는 걸 알면서도 난 지금껏 네가 틀렸다고만 떠들어댔던 거야."

새미가 리버스를 쳐다보며 미소를 지었다. "아빠 말씀도 옳았어요. 더우드 차터스의 편지를 밀반출한 건 제 잘못이에요."

"걱정 마. 제리 딥이 밀고하진 않을 테니까. 필요하다면 신용카드 사기 혐의라도 씌워서 잡아넣어야지. 법정에서 차터스는 언급되지 않을 거야. 네가 엮여 들어갈 일은 없을 테니까 안심해."

"하지만 전 엮여 있잖아요."

리버스는 고개를 저었다. "넌 그냥 입만 닫고 있으면 돼. 다들 그러고 있잖아. 아무 일도 없을 거야."

"그 문제 때문에 이러고 계시는 거예요?"

리버스가 허리를 곧게 폈다. 그는 자신의 이런 모습을 새미에게 보이고 싶지 않았다.

그가 말했다. "이 일을 잊든지 말든지, 그건 네 양심에 맡길게. 아빠는 그저 그 얘길 하고 있을 뿐이야." 그가 자리에서 일어났다. "가서 좀 씻어 야겠어."

그는 화장실로 들어갔다. 포켓볼 청년들과의 불필요한 마찰을 피하기 위해 종이 타월을 문틈에 단단히 끼워두었다. 그는 세면기에서 찬물을 틀고 그 밑으로 머리를 들이밀었다. 순간 그의 입에서 구토가 쏟아졌다. 그는 간신히 뒤처리를 하고 나서 화장실을 나왔다.

"기분이 좀 나아지셨어요?" 새미가 물었다.

"이제 95퍼센트 남았어." 리버스가 딸의 손을 잡으며 말했다.

누구에게 가야 할까?

검찰총장? 안 돼. 보나마나 그도 헌터의 사냥 친구일 거야. 어떻게든 보호받는 기득권층이기도 하고. 지서장? 하지만 그는 은퇴를 앞두고 있잖아.

남은 몇 달은 최대한 말썽 없이 보내고 싶어 할 텐데. 그럼 언론? 메리 헨더슨? 엄청난 특종거리이긴 한데 증거가 없잖아. 적의 품은 형사의 말을 누가 믿어주겠어? 게다가 상대는 만만치 않고.

욕조에 오랫동안 몸을 담그고 있던 그는 샤워를 하고 밖으로 나왔다. 새미는 숙취에 좋다면서 오렌지 주스를 2리터씩이나 만들어놓았다.

"제가 저지른 짓을 잊을 수가 없어요." 새미가 나지막이 말했다.

"강박적 죄의식이라…… 부전여전이군." 그가 말했다.

새미가 페이션스의 집으로 돌아간 후 리버스는 질 템플러에게 전화를 걸었다. 그는 그녀에게 조언을 요청했다. 그들은 그녀가 다니는 헬스클럽에서 만나기로 했다. 그녀는 사우나와 마사지 예약이 되어 있는 상태였다. 그들은 헬스클럽 바에서 얘기를 나눌 생각이었다.

바의 1층 창문 밖으로 조용한 뉴 타운 거리가 내다보였다. 바는 건강해 보이는 사람들로 북적거렸다. 모두들 구릿빛 피부와 완벽한 치아를 자랑하고 있었다. 그들의 태도에서는 당당함이 묻어나왔다. 그는 자신이 이런 환경에 얼마나 어울리지 않는지 잘 알고 있었다. 꼭 교실에 갇힌 소아성애자가 된 기분이었다. 그는 이아인 경의 저택에 초대받아 갔을 때처럼 말쑥한 옷차림을 하고 있었다.

바로 들어선 질이 그를 쳐다보며 고개를 끄덕였다. 그녀는 무알코올 음료를 주문했다. 그녀의 피부에서는 윤기가 흘렀다. "꼴이 말이 아니군요." 그녀가 말했다.

"아깐 더 심했어요."

그녀가 잔에 꽂힌 오렌지 조각을 뽑아들고 쪽쪽 빨아댔다. "무슨 일로 보자고 했죠?"

그는 그녀에게 모든 걸 들려주었다. 이야기가 반쯤 진행되었을 때 그녀의 얼굴에 곤혹스러워하는 표정이 떠올랐다.

"오렌지 주스 한 잔 더 해야겠어요. 당신이 살 거죠?" 그의 이야기가 끝나자 그녀가 말했다.

그녀는 생각할 시간이 조금 필요한 모양이었다. 리버스는 일부러 천천히 바로 향했다. 그녀는 그가 테이블로 돌아온 후로도 한동안 입을 열지 않았다.

"질, 거녀의 집을 뒤져볼 필요가 있어요. 수색 영장을 신청해줘요. 서둘러 파일과 테이프를 압수해야 한다고요. 치안 판사들 중 아무나 골라서 신청하면 되지 않을까요?"

그녀의 얼굴이 어두워졌다. "왜 하필 나인 거죠?" 그녀가 말했다.

"왜 당신이면 안 되는데요?"

"내게 득이 될 게 없잖아요. 내가 당신을 도왔다는 게 알려지면 좋을 게 뭐 있어요?"

"맙소사, 질."

그녀의 목소리가 한층 부드러워졌다. 그녀의 시선은 주스에 고정되어 있었다. "미안해요, 존."

"그들이 날 어떻게 하든 상관없어요."

그녀가 그의 얼굴을 쳐다보았다. "그건 그들이 바라는 게 아니에요. 아직도 모르겠어요?"

"뭘 말이죠?"

"당신은 경감으로 진급하게 될 거예요. 갈라쉴즈에 빈자리가 났거든요. 거녀가 총경에게 얘기해놓은 모양이에요." 그녀가 미소를 지었다. "그는 어떻게든 당신을 추켜세우려 하고 있는데 당신은 그런 그의 집을 뒤지겠다고요? 법원이 이 상황을 어떻게 받아들이겠어요?"

"사실이네." 왓슨 총경이 확인해주었다.

리버스는 농부의 사무실에 들어와 있었다. 하지만 그는 앉을 수 없었다. 똑바로 서 있는 것조차도 쉽지 않았다.

"전 원치 않습니다. 받아들이지도 않을 거고요. 설마 제게 그럴 권한이 없는 건 아니겠죠?"

농부의 표정이 일그러졌다. "자네가 거부하면 모두에게 엄청난 모욕이 될 거야. 또다시 이런 기회가 주어지지도 않을 거고."

"앨런 거너가 모욕을 느끼는 건 조금도 부담스럽지 않습니다."

"존, 빈 경감 자리에 자네를 추천한 건 거너가 아니었어. 바로 나였다고."

"네?"

"벌써 몇 달 전 얘기네."

"총경님께서요?"

"그래."

"그런데 거너가 이제야 결정을 내린 겁니까? 우연으로 보기엔 좀 이상하지 않습니까? 그리고 왜 하필 갈라쉴즈입니까?"

"마침 거기 빈자리가 생겼으니까."

"마침 아주 외진 곳에 빈자리가 생겼단 말씀입니까? 거긴 사건도 거의 발생하지 않는데요. 가끔 농부들끼리 주먹다짐을 하는 것 빼고는. 그런 깡촌에 경감으로 가면 뭐합니까?"

"일생에 단 한 번만이라도 자기 자신을 배려해주면 어디 덧나나, 존? 자네가 무슨 구세군 북도 아니고, 왜 그리 자신을 두들겨대는 거지? 그냥……" 농부가 어깨를 으쓱였다.

"북은 자기 혼자 두들기지 못합니다." 리버스가 말했다. 그는 귀를 닫은 채 농부의 컴퓨터를 내려다보았다. "좋습니다." 그가 말했다. "거너에게 전해주십시오. 그 자리로 가겠다고."

"잘 생각했네."

하지만 농부는 예상과 달리 시무룩한 반응이었다. 승리가 무승부처럼 느껴지고, 무승부가 패배처럼 느껴지게 만드는 것은 리버스의 장기이기도 했다.

"존." 그가 일어서서 한 손을 내밀었다. "축하하네."

리버스는 그 손을 물끄러미 내려다볼 뿐 악수에 응하지는 않았다. "진급 결정을 받아들이겠다고는 하지 않았습니다. 총경님은 그저 거너에게 제가 그 결정을 받아들였다는 말만 전해주시면 됩니다."

그는 휙 돌아서서 농부의 사무실을 나가버렸다.

플라워는 또 야간근무 중이었다.

리버스는 플라워가 왜 그리 야간근무를 선호하는지 궁금했다. 밤에 굵직한 사건이 많이 터지기 때문인가? 리버스는 심상치 않은 표정으로 적에게 성큼 다가갔다. 그는 의자를 끌어와 플라워의 책상 앞에 앉았다.

"요즘은 불 안 지르고 다녀?"

플라워의 얼굴에는 경멸의 표정이 떠올라 있었다.

"저번 트릭은 효과가 괜찮았지?" 리버스가 말했다.

"뭐?"

"쓰레기통 화재 사건 얘기가 아니야. 거녀에게 매커널리를 내준 걸 얘기하는 거라고. 그를 차터스의 감방에 집어넣는 건 누구 아이디어였지?"

"그건 알아서 뭐하게?"

"얘기해봐." 리버스는 플라워에게 담배를 내밀었다. 플라워는 경계하는 모습으로 담배를 받아 들고 책상에 내려놓았다.

"좋아." 그가 말했다. "그건 거녀의 아이디어였어."

"그럴 줄 알았어. 자네는 그가 이끄는 대로만 따라갔을 뿐이지? 누구라도 그랬을 거야. 그렇다면 거녀가 자네에게 빚을 진 셈인데…… 보상이 별로였나 보군."

"무슨 소린지 모르겠어."

"내 말은, 거녀에게 숨은 의도가 있었다는 뜻이야. 그는 차터스가 함부로 입을 놀리지 않도록 자네 정보원을 이용했어. 밖에서 진땀을 빼고 있는 사람들이 있었으니까. 차터스는 누군가를 보호하고 있었어. 파노테크 사장과 스코틀랜드 오피스의 퍼머넌트 세크리터리 같은 사람들. 하지만 지방 의회 의원이 냄새를 맡아버렸어. 그냥 놔뒀으면 그가 차터스를 찾아갔겠지. 어쩌면 이미 만나봤는지도 모르고. 그래서 그들은 겁이 났던 거야. 자기들 입장이 난처해지진 않았는지 확인해볼 필요가 있었다고. 아무튼 차터스는 그 의원에 대해 알고 있었고, 매커널리를 시켜 그에게 겁을 주게 했어."

"젠장."

"이제 머릿속에 그림이 좀 그려지나?" 리버스가 담배를 한 모금 깊게 빨았다. 플라워는 말없이 머리를 굴려대고 있었다. 하지만 자신이 원하는 답을 찾기까지는 몇 주가 걸릴지 모르는 일이었다. "말해봐." 그가 말했다. "자네 친구 거너 말이야. 그는 자네에게 로더데일 자리를 내주지도 않았어. 그래서 자넨 불안해졌을 거고, 내 말이 맞지?"

"그러기엔 너무 이른 감이 있잖아. 사람들도 의심할 거고."

리버스가 웃음을 터뜨렸다. 플라워는 더 혼란스러워하는 모습이었다. "그가 그렇게 해명하던가?"

"묻지 마."

"한심한 친구. 자네에게 소식 하나 전해주지. 거너가 내게 경감 자리를 제안해왔어."

"웃기시네."

리버스는 어깨를 으쓱였다. 플라워는 담배를 집어 들고 불을 붙였다. 그가 수화기를 들고 농부의 집으로 전화를 걸었다. 그들은 한동안 열띤 언쟁을 벌였다. 플라워는 자신이 리버스보다 3개월이나 선배라는 점과 남들보다 자선 사업에도 열심이었다는 사실을 강조했다. 한참 후, 그는 몸을 바르르 떨며 수화기를 내려놓았다.

"자네가 연락해야 할 사람은 따로 있어." 리버스가 말했다. "자네 친구 앨런 거너. 그에게 물어봐. 왜 자네가 아니라 내게 경감 자리를 제안했는지. 과연 그가 뭐라고 대답할까? 난 그 이유를 아는데. 듣고 싶어? 그가 나를 진급시킨 건 내가 그에게 위협적인 존재이기 때문이야. 나를 좌천시켰다간 무슨 봉변을 당하게 될지 모르거든. 그래서 내게 뇌물을 먹이려 하는 거라고. 그가 자네를 외면하는 건 그래도 아쉬울 게 없기 때문이고. 복잡하지 않지?"

"왜 내게 그걸 들려주는 거지?" 플라워가 나지막이 물었다.

"자네가 당혹스러워하는 모습을 보고 싶기도 하고……"

"그리고?"

리버스가 몸을 앞으로 기울였다. "나 대신 진급하고 싶나?" 플라워는 말없이 비웃기만 할 뿐이었다. 솔직히 리버스는 속이 쓰렸다. 하지만 그의 앞에서 내색하지 않으려 애썼다. 사냥감을 잡을 수만 있다면 그는 이보다 더한 희생도 감수할 각오가 되어 있었다. 부임지가 갈라쉴즈라는 사실을 알게 되면 플라워는 어떤 반응을 보일까? "이건 진지하게 하는 얘기야." 그가 말했다.

플라워가 구미가 당긴다는 표정으로 말했다. "내가 뭘 해야 하지?"

40

겨울 아침은 선의와 무모한 계획을 약화시키곤 한다. 리버스와 플라워는 각자의 침대에 누워 있고 싶었다. 아름답고 풍만한 여자 밑에 깔린 채로. 하지만 현실은 가혹했다. 그들은 리버스의 차 안에 나란히 앉아 있었다. 길 건너로 앨런 거너의 집이 보였다. 동네는 아직도 어둠에 묻혀 있었다. 우유와 빵을 배달하는 밴들이 속속 지나쳐갔다. 첫차를 타기 위해 총총 걸어가는 주민들도 가끔 눈에 띄었다.

"이게 바로 아침이라는 거군." 플라워가 말했다.

"별로 아름답진 않지?"

"계획대로 풀릴까?"

"믿음을 가져." 리버스가 길 건너 집을 바라보았다. "그가 일어났어."

플라워도 앞 유리 밖을 내다보았다. 거너의 집 위층 창문에서 불빛이 새어나오고 있었다.

"5분 있다 움직이자고." 리버스가 말했다.

하지만 고작 2분 만에 아래층 불이 켜졌다.

"그의 아내가 일어난 게 아닐까?" 플라워가 말했다. "사랑하는 남편을 위해 정성스럽게 아침을 준비하려고 말이야."

"혹시 '뉴맨(New Man, 육아와 가사 등을 공동으로 하는, 공격적이지 않고 섬세한 남성)'이라는 표현 들어봤나?"

"아니. 가게 이름이야? 자, 2분만 더 기다려보자고. 그가 식탁에 앉을 때까지."

"이미 발이 꽁꽁 얼어붙었어." 리버스가 말했다. "지금 당장 쳐들어가는 게 좋겠어."

그들은 초인종을 눌렀다. 안에서 거너의 목소리가 흘러나왔다. "내가 나갈게!" 잠시 후, 문이 벌컥 열리면서 셔츠 차림의 차장이 모습을 드러냈다. 그는 한 손에 커피가 담긴 머그잔을 쥐고 있었고, 넥타이와 커프스 단추는 아직 걸치지 않은 상태였다. 두 형사를 본 그가 흠칫 놀라며 뒤로 주춤 물러났다.

거너는 아내가 있는 위층으로 달려 올라갔다. 리버스와 플라워는 거침없이 주방으로 들어갔다. 전기 그릴에서 연기가 피어오르고 있었다. 플라워가 다가가 그릴 팬을 열고 재로 변한 빵을 입으로 후후 불었다. "아까 뉴맨이라고 했던가?"

리버스는 전기주전자를 켜고 식기 건조대에서 머그잔 두 개를 집어 들었다. 그가 커피 병 뚜껑을 열고 있을 때 거너가 돌아왔다. 거너가 그의 손에서 커피 병을 낚아채 들었다.

"겁들도 없이." 그가 전기주전자를 껐다. "대체 무슨 일이지?" 그가 자신의 손목을 내려다보았다. 시계가 없다는 사실을 깨달은 그는 벽에 걸린 시계를 올려다보았다. "딱 30초 주지."

"차장님이 정리하신 파일을 가지러 왔습니다." 리버스가 말했다. "이아인 경이 만든 테이프도요. 오늘은 그 두 가지만 챙기면 됩니다."

거너가 플라워를 돌아보았다. "이 친구 꾐에 빠진 건가? 응? 둘 다 단단히 미쳤군. 지서장님께 오늘 일을 말씀드려야겠어."

"제발 좀 그래주십시오." 플라워가 말했다. 그가 먹다 남은 토스트를 쓰레기통에 떨어뜨렸다. "차장님은 저를 속이셨습니다."

"그 파일과 테이프를 순순히 내주시지 않으면⋯⋯" 리버스가 말했다. "저희는 일을 더 크게 벌일 수밖에 없습니다. 온 세상이 차장님 관련 기사로 도배될 수도 있어요."

"헛소리 집어 치워. 난 자네들에게 내줄 게 없네."

"그럼 지서장님과 신문사부터 시작해봐야겠네요."

거너가 팔짱을 꼈다. "어디 자네들 마음대로 해봐. 그럴수록 자네들만 더 곤란해질 테니까."

"저희는 상관없습니다." 리버스가 말했다.

"썩 꺼져!" 거너가 으르렁거렸다.

그들은 밖으로 나왔다.

"우리가 너무 정중했나?" 플라워가 진입로를 걸어 나오며 말했다. "좀더 세게 밀어붙였어야 했어."

"아니, 그 정도가 딱 적당했어. 이제 공은 그에게로 넘어간 거야. 그가 아직도 보고 있어?"

플라워가 뒤를 흘끔 돌아보았다. "침실 창문으로."

"역시."

그들은 리버스의 차로 돌아갔다. 그리고 곧장 동네를 빠져나갔다.

100미터쯤 달려 나갔을 때 리버스가 차를 세웠다. 플라워를 내려주기 위해서였다. 플라워는 근처에 세워둔 자신의 차로 잽싸게 들어갔다. 리버스는 백미러로 뒤를 살폈다. 거너는 밖으로 나오지 않고 있었다. 리버스는 차를 몰고 동네를 한 바퀴 돌았다. 잠시 후, 그는 거녀의 집 또 다른 쪽에 차를 세워놓았다.

그들은 경찰 주파수를 믿지 못했다. 그래서 리버스에게 빚을 진 한 딜러로부터 온라인식 휴대 전화 두 개를 빌려왔다. 리버스의 휴대폰이 울렸다.

"그가 보여?" 플라워가 말했다.

"아직."

"토스트를 또 만들고 있는 모양이지?"

"식욕이 싹 가셨을 텐데."

그렇게 5분이 흐르자 현관문이 거칠게 닫히는 소리가 들렸다. 거녀의 집 정문이 스르르 열리고 있었다. 그의 랜드로버800은 진입로 밖에 세워져 있었다. 그가 차문을 열고 들어가 시동을 걸었다.

"빙고." 리버스가 말했다.

"뭐 들고 나온 거 있어?"

"서류가방."

"부디 우리 예상이 맞기를."

리버스는 가로등 불빛이 미치지 않는 곳에 차를 세워놓았다. 그는 거녀의 차가 움직이기 시작할 때까지 시동을 걸지 않았다. 랜드로버의 배기관에서 연기가 뿜어져 나왔다. 거녀의 차 뒤 유리는 성에로 덮여 있었지만 그는 긁어낼 정신이 없는 듯했다.

"뒤에서 따라와." 리버스가 플라워의 차를 지나쳐 달리며 말했다.

그들은 굼뜨게 움직이는 통근 차량들을 따라 도심으로 향했다. 랜드로버 뒤 유리의 성에는 거의 사라져버린 상태였다. 중앙 분리대가 있는 고속

도로에서 플라워가 리버스를 추월했다.

"그가 어디로 향하는 중이지?"

"일터로 가는 건 분명 아니야." 리버스가 말했다. "이 길로 가는 걸 보면."

그들은 그가 선택할 수 있는 모든 루트와 목적지를 꼼꼼히 살펴보았다. 그들은 프린스 가를 계산에 넣지 않았다. 하늘이 조금씩 환해져가는 중이었다. 성과 올드 타운은 불그스름한 빛에 물들어 있었다. 리버스의 히터는 제대로 작동하지 않았다. 오직 여름에만 제 기능을 했다. 구두 안에서 그의 발가락이 웅크러졌다.

"그가 신호를 넣었어." 플라워가 말했다. "좌회전해서 웨이벌리 브리지로 들어갈 것 같아. 기차를 타러 가나?"

리버스가 말했다. "그건 아닐 거야. 어쨌든 역으로 향하는 건 맞는 것 같아."

지하에 자리한 웨이벌리 역 중앙 홀 밖에는 검은 택시들이 길게 늘어서 있었다. 미팅이나 조찬회의 장소로 향하는 통근자들을 실어 나르기 위해서였다. 그들은 택시들을 지나 가파른 경사로를 내려갔다. 거너는 탑승 구역을 지나쳐 달려 나갔다. 출구로 빠져나가 웨이벌리 브리지로 올라가려는 것인지도 몰랐다. 하지만 그는 왼쪽으로 방향을 틀어 역 뒤편 주차장으로 들어섰다.

"차부터 세워야겠어." 리버스가 플라워에게 말했다. "이제부턴 걸어서 미행해야 돼."

"그가 눈치채면?"

"플랫폼으로 올라가. 거기서 거꾸로 내려오면 되잖아."

"그가 플랫폼으로 올라가면?"

"기차를 타러 온 건 아닐 거야. 참, 휴대폰은 꼭 챙겨야 해. 알았지?"

리버스는 차를 세워놓고 중앙 홀 반대편으로 향했다. 그는 시계 반대 방향으로 움직였고, 거너는 시계 방향으로 움직였다. 리버스는 시간에 쫓기는 사람처럼 가볍게 달리기 시작했다. 역 뒤편으로 향하는 내내 그는 휴대폰을 얼굴에서 떼지 않았다.

"오예." 플라워가 말했다. 리버스는 약속된 위치에 도착해 있었다. 멀리 플라워가 보였다. 두 형사 사이의 중간 지점에는 앨런 거너가 있었다. 그는 리버스가 예상했던 대로 이동 중이었다. 수하물 보관소 카운터. 리버스는 산업 공간 임대 광고판 뒤에 몸을 숨기고 기다렸다. 거너는 카운터에 서류가방을 맡기고 티켓을 받아들었다. 그가 왔던 길로 되돌아가자 리버스는 광고판을 돌아 나와 수하물 보관소로 다가갔다. 직원이 거너의 서류가방을 앞쪽 선반에 놓아두고 있었다.

"어떻게 됐어?" 플라워가 물었다.

"그냥 보내줘."

"가방은?"

"여기 있어, 플라워. 우리가 예상했던 대로."

리코 브릭스를 설득하는 데는 시간이 조금 걸렸다.

다행히 리버스와 플라워는 설득의 달인들이었다. 거너로 하여금 증거를 내버리게 한 것도 그들의 설득 능력 덕분이었다. 솔직히 설득이라기보다는 겁주기에 가까웠지만. 만약 깊이 생각할 여유가 있었다면 그는 수하물 보관소보다 훨씬 그럴 듯한 은폐 장소를 떠올렸을 것이다. 그곳에 가방을 맡겨둔 것은 임시적인 조치에 불과했다. 리버스와 마찬가지로 거너 역시 수하물 보관소를 최고의 임시 은폐 장소로 생각한 것이다.

리버스와 플라워는 번갈아가며 그곳 카운터를 감시했다. 기차역에서의 감시 작업은 어렵지 않았다. 주변에 서성이는 사람들이 많았기 때문이다. 리버스는 문제의 가방이 내일까지 움직이지 않을 거라 예상했다. 하지만 거너가 그들 몰래 돌아와 가방을 챙겨갈 가능성도 배제할 수 없었다. 보나 마나 거너는 평소와 다를 게 없는 평온한 모습으로 일을 하게 될 것이다. 그리고 퇴근 후 귀가해서는 한동안 깊은 고민에 빠졌다가 몇 명에게 전화를 걸 것이다. 사무실에서는 절대 걸 수 없는 전화를. 그는 증거가 담긴 가방을 완벽히 처리했다는 생각에 안도하고 있을 게 분명했다. 치밀하게 후속 조치를 계획할 수 있는 마음의 여유가 생겼을 것이다.

서류가방이 당분간 이곳에 방치될 가능성이 높은 이유였다.

리버스는 리코에게 전화를 걸어 당장 역으로 올 것을 주문했다. 그들은 바에서 만났다. 리버스는 이미 커피와 정크 푸드로 배를 채워놓은 상태였다. 바에서 풍기는 퀴퀴한 술 냄새가 그의 속을 울렁거리게 만들었다. 영업을 막 시작한 바에서 흔히 맡을 수 있는 냄새였다. 전날 밤, 사방에 뿌려진 담배연기와 맥주 냄새.

"라거 한 잔." 리코가 바텐더에게 말했다. 바텐더는 손님 볼에 새겨진 문신을 쳐다보지 않으려 애쓰고 있었다. 술을 따르는 동안 리코는 손으로 자신의 볼을 만지작거렸다. 한쪽 구석에 놓인 전자 오락기를 발견한 그가 그쪽으로 다가가 기계에 동전 몇 개를 넣었다. 리버스는 계산을 한 후 잔을 들고 리코에게로 갔다. 또 다른 손에는 휴대폰을 쥐고 있었다. 이러고 있으니 꼭 진 빠진 회사원 같군. 그는 생각했다.

내가 진 빠진 회사원이 맞나?

리버스는 게임에 정신이 팔려 있는 리코에게 상황을 설명해주었다. 리코의 동전이 다 떨어지자 리버스가 몇 푼을 보태주었다. 그의 휴대폰이 울렸다.

"그 친구가 뭐래?" 플라워가 물었다.

"싫대."

"교대해줘."

리버스는 플라워 대신 수하물 보관소를 감시했다. 20분쯤 지났을 때 그가 바로 전화를 걸어보았다.

"뭐래?"

"내 돈을 다 써버렸어." 플라워가 말했다. 결국 리코를 설득해낸 것은 플라워가 아닌, 오락 기계였다. 플라워에게 20파운드를 빌린 리코는 어떻게든 그 빚을 갚아야 하는 입장에 놓이게 되었다.

빚을 탕감해주겠다는 약속, 그리고 돈을 추가로 대주겠다는 약속에 리코는 무너져 내리고 말았다. 그는 새벽 1시에 그들과 만나기로 했다.

약속 시간까지는 겨우 열세 시간이 남아 있을 뿐이었다.

리버스와 플라워는 오후 내내 수하물 보관소를 감시했다. 따분해지면 역 매점에서 신문과 잡지를 사와 읽었고, 출출해지면 황당할 만큼 비싼 샌드위치와 싱거운 커피로 허기를 달랬다. 그들은 뜻하지 않게 기차역에서의 삶에 대해서도 많이 배우게 되었다.

리버스는 보안용 카메라들이 거슬렸다. 그래서 그는 스콧레일(스코틀랜드의 철도 회사)의 경비실을 찾아가 뉴캐슬에서 온 소매치기 일당 얘기를 슬쩍 꺼냈다. 경비실장 사무실은 후끈했다. 실장은 CID 출신이라면서 리버스를 반겨 맞아주었다. 두 사람은 한참 동안 화기애애하게 대화를 나누었다. 리버스는 그에게 경비실을 구경시켜달라고 요청했다. 실장에게 이끌려 구석구석을 둘러본 후에야 리버스는 비로소 안심할 수 있었다. 수하물 보관소의 카메라는 흐릿한 이미지를 전송해오고 있었다. 그곳을 들락거리는 사람들은 볼 수 있지만 그들의 상세한 인상착의는 확인할 수 없다. 리코가 기뻐할 소식이었다.

게다가 자정 이후에는 감시하는 인력도 없었다. 카메라는 그저 현장 상황을 녹화할 수 있을 뿐이었다.

자정이 되자 역의 모든 문이 내려졌다. 하지만 새벽 1시에도 야간열차는 속속 들어왔다. 화물열차, 그리고 런던행 침대열차. 리버스는 몸을 덜덜 떨고 있었다. 추위 때문이기도 했지만 팽팽한 긴장감도 한몫 하고 있었다.

10분 후, 약속대로 리코가 나타났다.

"발라클라바 가져왔어요." 그가 말했다.

"필요 없어." 리버스는 그에게 카메라 상태를 설명해주었다. 콕번 가에 차를 세워두고 나온 그들은 수하물 보관소가 자리한 1번 플랫폼으로 향하며 작전을 세웠다. 낮에 사무실을 대충 둘러본 리코는 필요한 도구를 챙겨왔다. 자그마한 자물쇠따개는 리버스로 하여금 치과 기구를 연상시키게 했다. 그의 혀끝이 본능적으로 이빨을 훑었다. 킨 박사 덕분에 더 이상 구멍은 찾을 수 없었다.

리코의 작업은 오래 걸렸다. 하지만 그는 기어이 문을 여는 데 성공했다.

셔터가 내려진 사무실은 칠흑 같은 어둠에 파묻혀 있었다. 리버스는 챙겨온 두 개의 손전등 중 하나를 플라워에게 건넸다.

"여기서 망 잘 보고 있어, 리코." 그가 지시했다. 두 형사는 조심스레 안으로 들어갔다.

보관 중인 수하물은 많지 않았다. 문제의 서류가방은 리버스가 어제 본그 자리를 지키고 있었다. 자물쇠가 걸려 있었지만 상관없었다. 그가 가방을 꺼내 문으로 돌아왔다.

"자, 리코. 이런 것쯤은 쉽게 열 수 있겠지?"

그가 손전등으로 가방을 비추는 동안 리코는 자물쇠따개를 분주히 놀렸다. 플라워는 수하물들의 위치와 *그것들*에 붙은 꼬리표를 요리조리 바꿔놓고 있었다.

"뭐하는 거야?" 리버스가 나지막이 물었다.

"혼란을 극대화시키려고."

"그만둬. 빨리 원위치에 돌려놔. 침입자가 있었다는 걸 굳이 알려줄 필요가 없잖아."

리코가 혀를 몇 번 찼다. 그들은 황급히 손전등을 끄고 숨을 죽였다. 누군가가 느릿느릿 다가오고 있었다. 팝송을 휘파람으로 불면서. 리코가 닫힌 문에 잽싸게 몸을 갖다 붙였다. 다가온 누군가가 문을 몇 번 밀어보았다. 셔터도 두어 번 출렁거렸다. 살짝 들린 셔터 밑으로 손전등을 비춘다면 쇼윈도 안 마네킹처럼 서 있는 플라워를 발견할 수 있을 것이다. 잠시후, 셔터가 요란한 소리를 내며 다시 내려졌다. 그리고 발소리는 멀어져갔다.

리버스는 그제야 안도의 한숨을 내쉬었다.

"갈색 팬티를 걸치고 오길 잘했군요." 리코가 속삭였다. 리버스는 다시 손전등을 켜고 서류를 비추었다. 잠시 후, 리코는 기어이 자물쇠를 푸는 데 성공했다.

리버스가 서류가방을 낚아채들고 안을 살펴보았다. 두툼한 문서 파일과 카세트테이프. 리버스는 그것들을 챙기고 나서 리코에게 자물쇠를 다시 채워놓으라고 했다.

"그게 다야?" 플라워가 말했다.

리버스는 문서를 대충 훑어보고 나서 미소를 지으며 고개를 끄덕였다. 그는 증거를 쇼핑백에 집어넣고 서류가방을 선반에 올려놓았다. 가방 표면을 재킷 소매로 잘 닦아놓는 것도 잊지 않았다. 리코는 보관 중인 다른 가방들을 찬찬히 훑는 중이었다.

"꿈도 꾸지 마." 리버스가 말했다. 그는 문 앞으로 다가가 리코의 손이 닿았던 부분도 소매로 문질러 닦았다. "나중에도 안 돼. 알겠어?"

그들은 밖으로 나와 문을 걸어 잠갔다. 그리고 정문이 걸리기 전에 역을 빠져나왔다.

41

리버스는 잠이 오지 않았다.

그는 의자에 앉아 담배를 피우며 거너가 공들여 작성한 파일을 훑어나가는 중이었다. 상세한 내용이 담겨 있었지만 실제로는 누락된 부분이 많았다. 그는 헤드폰을 쓰고 카세트테이프를 재생시켜보았다. 이아인 경이 옳았다. 누구라도 이 테이프를 들어보면 현장에 있었던 경찰이 아무 조치도 취하지 않았다고 생각할 것이 분명했다. 리버스의 손이 덜덜 떨리기 시작했다. 그는 하루 종일 술을 입에 대지 않았다. 솔직히 마시고 싶은 마음도 들지 않았다. 그는 살짝 두려웠다. 그뿐이었다. 여기서 더 밀고 나가야 하는지 고민이 되었다.

그의 뇌리를 스치는 생각이 있었다. 그가 그토록 잊고 싶어 했던 생각. 그는 전화번호부를 펼쳐들고 손끝으로 이름과 주소들을 훑어나갔다. 더블린 가의 아파트.

리버스는 3시가 넘어서야 그곳에 도착할 수 있었다. 거리는 조용했다. 그 흔한 택시조차도 보이지 않았다. 리버스는 초인종을 누르고 기다렸다. 응답이 없자 그는 또다시 눌러보았다. 그리고 또다시. 그는 버튼에서 손가락을 떼지 않았다.

마침내 인터컴에서 목소리가 흘러나왔다. "뭐야? 뭡니까?"

"매컬리스터 씨?" 리버스가 태연하게 물었다. 마치 대낮에 들이닥치기라도 한 것처럼.

"그런데요?"

"리버스 경위입니다. 혼자 있다면 잠깐 올라가겠습니다. 할 얘기가 있어요."

옷도 제대로 걸치지 못한 로리 매컬리스터는 반쯤 깬 상태였다. 다행히 그는 혼자 있었다.

리버스는 넓은 거실을 찬찬히 둘러보았다. 장식품과 책들을 구경하며 나지막이 탄성을 내기도 했다. 매컬리스터는 주방에서 커피를 내왔다.

그들은 각자 자리를 잡고 앉았다. 매컬리스터는 눈을 비비며 하품을 했다.

"무슨 일입니까?"

리버스는 매끈한 나무 바닥에 머그잔을 내려놓았다. "그날 함께 점심을 먹었을 때 기억합니까? 그때 당신은…… 이걸 어떻게 표현해야 하나…… 지나치게 의욕을 보였었죠. 모든 걸 털어놓고 싶어 입이 근질거리는 사람 같아 보였습니다. 그게 좀 이상했는데 당신이 오드리 길레스피를 만나러 들어가는 걸 보고 나서는…… 머리를 좀 굴려봤습니다."

매컬리스터는 모락모락 김이 피어오르는 머그잔 뒤에 숨어보려 애쓰고 있었다. "그게 무슨 소립니까?"

"길레스피 부인을 만나러 갔다는 건 부인하지 않는군요."

"물론이죠. 그녀와 난 서로 아는 사이니까요. 난 그녀 남편을 여러 번 만난 적 있습니다. 일 때문에 만난 적도 있고, 사교상 만난 적도 있어요. 사교상 만나는 자리엔 늘 길레스피 부인을 대동하고 나타났습니다."

리버스는 고개를 끄덕였다. "일로 만났을 때는…… 지방 의회와 스코틀랜드 오피스 사이에 무슨 교류가 있었습니까?"

"그럼요. 길레스피 의원과 나는 산업계획위원회에 함께 몸담았었어요."

"음." 리버스가 말했다. "당신이 그의 아내를 몰래 만나왔다는 걸 의원도 알고 있었습니까?"

"잠깐만요……"

"내 말 아직 안 끝났습니다, 매컬리스터 씨. 톰 길레스피가 누구의 도움도 받지 않고 그 많은 정보를 손에 넣었다는 게 말이 됩니까? 분명 누군가가 떠먹여줬겠죠. 어쩌면 익명으로."

"그래서 무슨 말이 하고 싶은 겁니까?"

"걱정 말아요. 그건 차차 알게 될 테니까. 당신은 멘성과 파노테크와 차터스의 다른 사기 행각들에 대해 알게 됐습니다. 이아인 경은 당신을 신뢰했고, 자신의 후계자로 낙점까지 해놓은 상태였습니다. 그래서 당신을 멘성으로 보낸 거겠죠. 민감한 내용이 밖으로 새어나오지 못하도록 확실히 조치시키려고 말입니다." 리버스가 일어났다. "자, 이야기는 이제부터 흥미로워집니다. 당신은 내게 정보를 내놓는 것으로 이아인 경에게 반기를 들었습니다. 공익을 위해 말이죠. 어쩌면 그것은 길레스피를 바빠지게 만들려는 당신의 계략이었는지도 모릅니다. 그의 아내와 더 많은 시간을 함께하려고, 공익이 아니라 사익을 위해서 말입니다. 둘 중 무엇이 진실이든 당신이 범인이라는 건 확실합니다."

"그런 황당한 주장을 들려주려고 한밤중에 날 찾아온 겁니까?" 매컬리스터가 등받이에 몸을 붙였다. 기도하듯 모은 두 손은 턱에 괴고 있었다.

"내가 이렇게 불쑥 들이닥친 건⋯⋯" 리버스가 말했다. "만약 당신이 오드리 길레스피를 차지하기 위해 그랬던 거라면 나는 좋다 만 겁니다. 하지만 이아인 경에게 타격을 주기 위함이었다면 우린 서로를 도울 수 있는 입장이 되는 거예요."

매컬리스터가 고개를 들고 얼굴을 찌푸렸다. "그게 무슨 소리죠?"

리버스는 다시 자리에 앉아 자신의 계획을 설명해주었다.

그것은 이아인 경이 원하던 바였다. 그는 차터스와 이아인 경을 제외한 방정식의 다른 모든 요소들을 상쇄시켜버렸다. 데리 차터스를 낚으려면 이아인 경을 이용하는 수밖에 없었다. 리버스는 어떻게든 그를 무너뜨리고 싶었다. 이아인 헌터 경 같은 사람들은 늘 바른 쪽에 서 있었다. 온갖 부정한 일을 다 저지르면서도. 이아인 경은 많은 악당들이 신조로 삼는 기본 원칙에 따라 살았다. 겉보기와 달리 그는 무척 이기적인 사람이었다. 자기 정당화가 습관이 된 사람. 그는 공익을 옹호한다고 주장하지만 사실은 대중의 돈을 부정하게 챙기기만 할 뿐이었다. 그런 면에서는 폴 더건과 별로 다를 게 없었다. 리버스가 좀 더 파헤치면 윌리 코일과 딕시 테일러의 비극적인 운명에 이아인 경을 엮을 수도 있을 것이다. 커스티가 가출을 결심한 이유는 아버지가 도시의 부패한 심장을 보고도 모른 척해버렸기 때문이었다.

리버스가 아파트에 도착했을 때 누군가가 문간에서 그를 기다리고 있었다. 새미였다. 그가 딸의 어깨에 손을 얹자 새미가 흠칫 놀라며 일어났다.

"무슨 일이야?" 그가 물었다.

"왜 하루 종일 전화 안 받으셨어요? 제가 얼마나 걱정했는지 아세요?"

그녀의 볼에는 눈물자국이 선명히 남아 있었다. "불안해서 이렇게 와봤어요."

그는 딸을 데리고 집으로 들어갔다. 새미가 거실을 찬찬히 둘러보았다. 의자에는 이불이 놓여 있었다. "여기서 주무시는 거예요?"

"가끔." 리버스가 난로에 불을 붙이며 말했다.

"여기서 어떻게 숙면을 취하실 수 있죠?"

"내 걱정일랑 마. 뭐 마실 거 줄까?" 그녀는 고개를 저었다.

"정말 괜찮으신 거예요?" 그녀가 물었다.

그는 두 볼을 볼록하게 부풀렸다가 긴 한숨을 내쉬었다. "괜찮아. 그럭저럭." 그가 의자에 풀썩 주저앉았다. "겁을 조금 집어먹었을 뿐이야. 내일 뭔가를 하려고 해. 내가 원하는 결과가 나오지 않을 수도 있지만."

"오늘 아빠를 만나러 온 진짜 이유는……" 새미가 말했다. "아무리 애를 써도 머릿속에서 그 편지가 지워지지 않아서…… 그리고 그것으로 인해 벌어진 일들도 마찬가지고요. 아빠가 설명해주시면 그 악몽 같은 기억을 지워버리는 데 도움이 될 것 같아서요."

리버스는 미소를 지었다. "잠자리에서 듣는 재밌는 옛날 얘기랑은 거리가 먼데, 괜찮겠어?"

그의 딸은 쿠션을 끌어안은 채 벽난로 앞에 웅크려 앉아 있었다. "괜찮아요." 그녀가 말했다.

그래서 리버스는 모든 걸 상세히 들려주었다. 새미는 들을 자격이 있었다. 이야기가 끝이 나자 새미는 쿠션을 품은 채로 잠이 들었다. 리버스는 딸에게 이불을 덮어주었다. 그리고 불을 조금 줄인 후 다시 의자로 돌아가 앉았다. 눈물이 그의 볼을 타고 흘러내리기 시작했다.

그는 자신이 가진 가장 좋은 양복을 꺼내 걸쳤다.

플라워는 이미 동행하지 않겠다고 알려온 상태였다. 이유는 설명하지 않았지만 리버스는 대충 알 것 같았다. 다행스럽게도 더 이상 플라워로부터 얻어낼 것은 없었다. 플라워는 전략적으로 움직일 모양이었다. 만약 모든 게 잘못되면 플라워는 참호에 틀어박혀 죽은 듯이 지낼 것이다. 리버스의 약속을 되새기면서. 경감.

새미는 아버지의 몸단장을 도와주었다. 숙면을 취하지는 못했지만 리버스의 상태는 나쁘지 않았다. 무엇보다도 말쑥한 양복의 공이 컸다.

"페이션스가 골라준 거야." 그가 딸에게 말했다.

"워낙 안목이 있으니까요." 새미가 말했다.

그는 먼저 전화를 걸어 비밀 유지를 당부하고 상황의 긴급함을 상기시켰다. 과정은 순탄치 않았지만 그는 결국 15분을 약속받는 데 성공했다. 오전의 중반까지는 시간이 조금 남아 있었다. 그래서 그는 거실을 빙빙 맴돌았다. 라디에이터 밑에 받쳐둔 병도 비워냈다. 우연히 발견한 치과 예약 카드는 북북 찢어버렸다.

새미가 행운을 빈다며 집을 나서는 그에게 살짝 입을 맞추었다.

"우린 별로 다르지 않은 것 같아요." 새미가 아버지에게 말했다.

"부전여전이지." 그도 딸에게 입을 맞추었다.

그는 세인트 앤드류스 하우스 앞에 차를 세웠다. 경비가 나와 차를 치우라고 했다. 리버스는 신분증을 꺼내 보여주었지만 경비는 물러서지 않았다. 그는 리버스에게 방문자 전용 주차 공간을 알려주었다.

"말해봐요." 리버스가 말했다. "내가 이아인 헌터 경이었어도 이랬겠습니까?"

"아뇨." 경비가 말했다. "그랬다면 달랐겠죠."

리버스가 긴장을 풀고 미소를 지었다. 경비가 옳았다. 그랬다면 분명 달랐을 것이다.

그는 계단을 올라 건물로 들어갔다. 가까이서 본 건물은 발전소나 독일 의회를 연상시켰다. 그가 데스크에서 방명록에 서명하자 직원이 방문자 패스를 내주었다. 보안 요원이 그의 가방 속 내용물을 체크했다. 문서 몇 장과 카세트테이프. 누군가가 내려와 그를 위층 국무장관의 사무실로 안내했다. 짧고 좁은 복도를 걸어 나가는 그들 앞으로 이아인 헌터 경이 불쑥 나타났다. 여직원이 흠칫 놀랐지만 이아인 경은 그녀에게 눈길도 주지 않았다. 리버스는 미소를 흘리며 그에게 살짝 윙크를 해 보였다. 뒤통수가 따가웠지만 리버스는 끝내 돌아보지 않았다.

월리와 딕시의 한을 풀어줘야지. 그는 생각했다. 톰 길레스피도 마찬가지고. 이건 거짓말과 부정행위와 절도가 횡행하는 세상에서 손해만 보는 무고한 시민들을 위하는 일이야.

하지만 누구보다도 그 자신을 위한 일이었다.

사무실에 비서는 보이지 않았다. 로리 매컬리스터만이 약속대로 자리를 지키고 있었다. 리버스는 그에게도 윙크를 해 보였다. 잠시 후, 비서가 들어와 그들을 대기실로 안내했다. 그녀가 장관 사무실에 노크를 하고 문을 열었다.

그는 아래층 보안 요원에게 가방의 내용물에 대해 농담을 던졌었다. "설마 내가 쇼핑백에 폭탄을 넣어왔을라고요." 하지만 그가 겨드랑이에 끼고 있는 건 위장 폭탄이 분명했다.

"이렇게 시간 내주셔서 감사합니다, 장관님."

그것은 진심이었다. 스코틀랜드 국무장관 두갈드 니븐은 바쁜 사람이었다. 리버스는 그가 오늘 일정도 평소처럼 매끄럽게 마칠 수 있을 거라 믿었다. 이곳에서 무슨 일이 벌어지든.

감사의 말

다음 분들에게 감사의 마음을 전한다.

내 궁금증을 많이 풀어준 로니 매킨토시, 지방 정부가 어떻게 돌아가는지 상세히 알려준 데빈 스코비 의원, 많은 조언을 해준 HM 에든버러 교도소의 직원 교육 담당 장교 존 매티슨, 스코틀랜드 국무성-특히 뉴 세인트 앤드류스 하우스의 간행물 관리부-, 에든버러 시청 직원 여러분, LEEL과 스코틀랜드 경제개발공사 직원 여러분, 에든버러 센트럴 렌딩 도서관과 스코틀랜드 국립 도서관 직원 여러분, 소파를 사준 존, 그리고 늘 그렇듯 옥스퍼드 바의 모든 분들.

모든 오류는 전적으로 내 책임이다.

케네디 부인이 인용하는 구절은 W. L. 로리머가 번역한 『스코틀랜드 신약 성서』(펭귄, 1985)에 실려 있다.

옮긴이의 말

영국에서 매년 팔려나가는 범죄소설 전체에서 무려 10퍼센트를 차지하는 엄청난 시리즈가 있다. 제임스 엘로이가 '타탄 누아르의 제왕'이라고 칭한 이언 랜킨의 '존 리버스 컬렉션'이 바로 그것이다. 지금까지 발표된 그의 모든 작품이 출간 3개월 만에 50만 부 이상씩 팔려나갔다는 통계도 있다. 이처럼 영국 범죄문학계에서 이언 랜킨이 차지하는 비중은 실로 대단하다.

이 소설의 제목은 롤링 스톤스의 앨범 《Let It Bleed》에서 따온 것이다. 음악 애호가 입장에서 다양하고 친숙한 록 음악과 절묘하게 엮이는 스토리는 특히 더 매력으로 와닿는다.

소설은 심상치 않은 다중 자살 사건으로 시작된다. 소년들의 투신자살에 이은 말기 환자의 엽기적이고 드라마틱한 자살. 거기다 에든버러 시장의 딸은 납치까지 당한 상태다.

골치 아픈 사건을 떠맡게 된 존 리버스는 이번에도 온갖 불행에 휘말리며 허우적댄다. 하긴, 그가 언제 한 번이라도 손쉽게 사건을 해결한 적이 있었던가?

『렛 잇 블리드』에서 그가 겪는 수난은 특히 그 정도가 심하다. 자동차 충돌 사고에 부상을 입고, 고통스러운 치근관 치료를 받고, 진급을 위한 절호의 기회를 날려버리게 되며, 고양이 사체가 담긴 가방을 배달받기까지 한다.

하지만 그를 이 지경에 몰아넣는 소설 속 악당들을 마냥 나쁘게만 볼 수도 없다. 그들은 시스템의 온전한 작동을 위해, 스코틀랜드의 쇠퇴를 막기 위해 그런 짓을 벌였을 뿐이니까. 언제나 그렇듯 리버스는 이번에도 흑과 백이 뚜렷이 갈린 세상이 아닌, 회색으로 짙게 물든 세상 속에서 갈등하고 고민하고 좌절한다.

그렇다고 너무 침울해 할 필요는 없다. 우리가 사랑하는 조역들이 전부 컴백해 스토리를 풍요롭게 만들어주니까. 페이션스, 새미, 쇼반 클락, 농부 왓슨, 질 템플러, 그리고 브라이언 홈스까지. 특히 클락은 이번 작품에서도 맹활약하며 깊은 인상을 심어준다. 결정론적 태도와 리버스를 물심양면 도우면서도 흔들림 없이 상관들과 같은 입장을 유지하는 능력이야말로 그녀를 유독 돋보이게 만드는 매력 포인트라 할 수 있다. 리버스에게 그런 든든한 아군이 있어 정말 다행이다.

리버스는 『렛 잇 블리드』에서도 여전히 매력 넘치는 캐릭터로 그려지고 있다. 아내와의 별거, 의절한 것이나 다름없는 딸과의 관계. 리버스는 악몽 같은 현실을 잊으려는 듯 여느 때보다 더 술과 음악에 의지한다. 수사에 대한 그의 집착은 그의 암울한 삶에 대한 과잉보상으로 여겨지기까지 한다.

이번에도 리버스는 모두의 예상을 깨고 혈혈단신으로 거대한 적에 맞서 사건을 해결해냈다. 과연 다음 편에서는 또 누가, 또 어떤 시련들이 그를 무너뜨리려고 칼을 갈고 있을까?

최필원

렛 잇 블리드

초판 1쇄 인쇄 2018년 8월 12일
초판 1쇄 발행 2018년 8월 19일

지은이 | 이언 랜킨
옮긴이 | 최필원
펴낸이 | 정상우
편집 | 이민경
디자인 | 김해연
관리 | 남영애

펴낸곳 | 오픈하우스
출판등록 | 2007년 11월 29일 (제13-237호)
주소 | 서울시 마포구 동교로13길 34(04003)
전화 | 02-333-3705 팩스 | 02-333-3745
openhousebooks.com
facebook.com/vertigo.kr

ISBN 979-11-88285-61-7 04840
    979-11-86009-19-2 (세트)

VERTIGO는 (주)오픈하우스의 장르문학 시리즈입니다.

이 도서의 국립중앙도서관 출판예정도서목록(CIP)은 서지정보유통지원시스템 홈페이지(http://seoji.nl.go.kr)와
국가자료공동목록시스템(http://www.nl.go.kr/kolisnet)에서 이용하실 수 있습니다.(CIP제어번호: CIP2018020563)